Christian Endres

Sherlock Holmes und das Uhrwerk des Todes

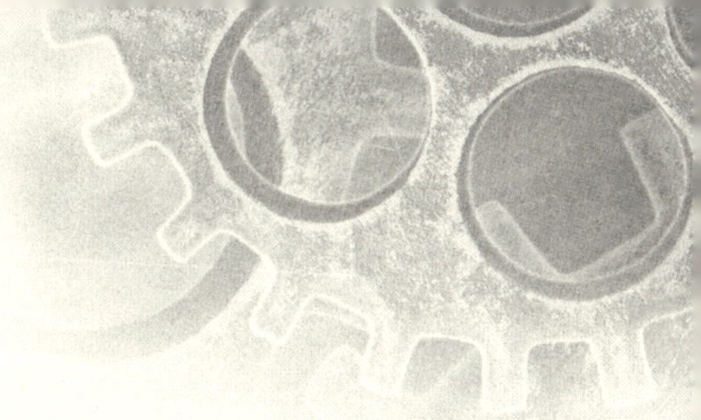

Christian Endres

Sherlock Holmes
und das Uhrwerk des Todes

Neue fantastische Geschichten aus der Baker Street

Mit einem Vorwort von Win Scott Eckert

ATLANTIS

Eine Veröffentlichung des
Atlantis-Verlags, Stolberg
Dezember 2009

Titelbild & Umschlaggestaltung: Timo Kümmel
Lektorat: André Piotrowski
Druck: Schaltungsdienst Lange, Berlin

Gesetzt aus der Baskerville

ISBN: 978-3-941258-16-7

Besuchen Sie uns im Internet:
www.atlantis-verlag.de

Weitere Titel im Atlantis Verlag
Die Zombies von Oz
Der Preis des Lebens
Die Grube (Saramee Bd. 8)
Tanz der Bestien (Saramee Bd. 10)

Außerdem Geschichten in
Disturbania
In den Gassen von Saramee
Das Glück Saramees

INHALT

Für Sir Arthur Conan Doyle,
William S. Baring-Gould
und Philip José Farmer

Vorwort

von Win Scott Eckert

Sherlock Holmes lebt.

Jeder, der das bezweifelt, leidet an Wahnvorstellungen und verdient es, kräftig verhauen zu werden.

Die wissenschaftliche Beschäftigung mit der Biografie von Sherlock Holmes (gemeinhin »The Game« – »Das Spiel« – genannt) entsprang der Vielzahl an Diskrepanzen in Watsons Aufzeichnungen der Fälle des Meisterdetektivs. Die sherlockianische Tradition, das Objekt der fiktiven Biografie wie eine reale Person zu behandeln, folgt dem meistens auf dem Fuße. In diesem typisch sherlockianischen Spiel wird Holmes' Chronist Dr. Watson ebenfalls wie eine lebende Person behandelt. Und während Dr. Watson die Fälle niederschreibt, wird Arthur Conan Doyle meist zu Watsons »Herausgeber« degradiert.

Da scheint es einleuchtend zu sein, dass es viel mehr Fälle gab, die Watson dokumentierte, Conan Doyle jedoch niemals editierte und auch nicht dem Original-Kanon hinzufügte. Die Fülle solcher Sherlock-Holmes-Erzählungen – von denen gerne behauptet wird, dass sie in dem legendären zerbeulten Blechtornister im Schließfach einer Bank oder auf dem Dachboden von irgendwelchen Verwandten Watsons in Amerika gefunden werden – zeugt von Watsons literarischer Fruchtbarkeit. Viele dieser unveröffentlichten Erzählungen weichen vom strikten Handlungsrahmen um Holmes' deduktive Fähigkeiten – angewandt auf realistische Geheimnisse – ab. Sie wenden sich den Bereichen des Fantastischen, des Mystischen und des Außergewöhnlichen zu.

Dazu gehören auch die Geschichten in diesem Buch, die Christian »entdeckt« und »für eine Veröffentlichung bearbeitet« hat.

Damit folgt Christian einer reichen Tradition, die Licht in jene Abenteuer von Holmes bringt, die weniger fantasievolle Anhänger des großen Detektivs belächeln oder sogar ablehnen.

Holmes ist auch hier Holmes – die Geige, das Kokain, Mrs. Hudson, unsere geliebten siebzehn Treppenstufen hinauf zu 221B: Das ist alles vorhanden. Doch auf den folgenden Seiten sehen wir einen Holmes, dessen Geschicke und Belange sich etwa mit Peter Pan, Kapitän Nemo, dem Land Oz, dem Erbe Graf Draculas und lovecraftianischem Horror überschneiden.

Und warum auch nicht?

Es gibt viele Fans solch extravaganter Holmes-Abenteuer.

Schon früher hat Holmes in ähnlichen Geschichten diverse Male die Marsianer bekämpft (am bekanntesten dürfte »Sherlock Holmes' War of the Worlds« von Manly W. und Wade Wellman sein). Dem Grafen Dracula hat er noch wesentlich öfter die Stirn geboten (z. B. in Loren D. Estlemans »Sherlock Holmes vs. Dracula: The Adventure of the Sanguinary Count Dracula« und vielen anderen). Unzählige Male hat er es außerdem schon mit cthuloiden Schrecken zu tun gehabt (z. B. in »Schatten über Baker Street«, herausgegeben von John Pelan und Michael Raeves).

Dr. Watsons Geschichten in diesem Buch nun, die Christian der Öffentlichkeit zugänglich macht, sind würdige und reizvolle Ergänzungen dieses Aspekts der holmesianischen Erzählkultur.

»No Ghosts need apply.«

In der Tat!

Win Scott Eckert
Denver, Colorado, Juli 2009

Win Scott Eckert *ist der Verwalter von Philip José Farmers Wold Newton Universum, Herausgeber von Büchern wie »Myths for the Modern Age« oder »Crossovers: A Secret Chronology of the World« und Autor von u. a. »The Evil in Pemberley House«, das er mit Farmers Erlaubnis kurz vor dessen Tod vervollständigte. Der Experte für Crossover, viktorianische Abenteuerliteratur und die Helden aus Pulps und Comics lebt in Denver, Colorado und bloggt regelmäßig unter http://woldnewton.blogspot.com.*

Viktorianische Magie

Eine Einleitung von Dr. Watson

Mein an Logik und Fortschritt gewöhnter Geist weigerte sich lange Zeit, die Existenz von Magie, Hexerei, Vampiren, Dämonen, Kobolden, Ghulen, Werwölfen und dergleichen mehr einzuräumen und als Teil dessen zu betrachten, was wir Menschen in unserem eitlen Größenwahn »Realität« nennen.

Heute, da ich an meinem Lebensabend nun schon seit geraumer Zeit hier sitze und wieder einmal auf all die Jahre an der Seite meines Freundes Mr. Sherlock Holmes zurückblicke, um aus meinem Fundus an Notizen ganz besondere Fälle zu rekonstruieren, die ich der Welt aufgrund ihres außergewöhnlichen thematischen Tenors bisher vorenthalten habe, weiß ich es freilich besser.

Wenn man so möchte, bin ich in dieser Angelegenheit schnell durch die schonungslose Praxis des Lebens geläutert worden. Bereits nach wenigen Abenteuern als Gefährte und Chronist des meisterlichen Sherlock Holmes war ich damals bereit, es als gegeben hinzunehmen, dass es jenseits der zahllosen weltlichen und menschlichen Gräuel eine Vielzahl schier unglaublicher *Dinge* gibt, die man nicht so einfach verstehen und schon gar nicht erklären kann.

Nun sitze ich ja sogar hier und verfasse zum Abschluss dieser denkwürdigen Sammlung eine Einleitung, die mir wie ein Geständnis vorkommt, je öfter ich sie lese. Sei's drum. Inzwischen glaube ich jedenfalls fest daran, dass Magie im Leben wie im Tod (und darüber hinaus) schon immer Bestandteil der Welt gewesen ist und es immer sein wird. Nicht nur im schwarzen Herzen Afrikas, auf den karibischen Inseln oder im wilden Afghanistan, sondern auch hier, im Empire, dem Zentrum der Moderne, genauso wie in Europa und der Neuen Welt – Brutstätten des Fortschritts und der Wissenschaften, wie man festhalten muss. Doch selbst hier gibt es noch genügend Unglaubliches, das nicht auf die Errungenschaften der Neuzeit zurückzuführen ist.

Unglaubliches, Anderes und … *Schlimmeres.*

Am Ende ist es tatsächlich so, wie ein weiser, schriftstellerisch wesentlich talentierterer Landsmann von mir schon vor einiger Zeit trefflich schrieb:

»Es gibt mehr Ding' im Himmel und auf Erden, als unsere Schulweisheit sich träumt.«

Wohl wahr. Dass ich trotz meines Wissens und all meiner Berührungen mit diesem »mehr« des Nachts für gewöhnlich halbwegs ruhig schlafen konnte und in meinen Albträumen lediglich von *dem Hund* heimgesucht wurde, hatte vor allem einen Grund: Ich wusste immer, dass mein Freund Sherlock Holmes weder die irdische noch die unirdische Finsternis fürchtete und sich auch allem Übernatürlichen entgegenstellen würde, sobald der Welt von dieser Seite aus Gefahr drohte.

Mir genügte das.

John H. Watson, M. D.
London, 23. Mai 1929

Londons verlorene Kinder

Es war im März des Jahres 1898, das unter anderem den bemerkenswerten Fall der tanzenden Männchen für meinen Freund Mr. Sherlock Holmes bereithalten sollte. Während draußen der morgendliche Nebel die Baker Street noch fest im Griff hatte, saßen wir nach dem Frühstück im Wohnzimmer beisammen, wo ich mir Notizen zur erst am Vortag abgeschlossenen Episode mit dem Testament des russischen Billardspielers machte, derweil Holmes die druckfrischen Morgenausgaben der Londoner Zeitungen nach interessanten Kleinanzeigen und Gesuchen durchstöberte.

Ein Klingeln, hastige Schritte auf der Treppe und ein eiliges Klopfen an der Tür zu unserer Wohnung ließen mich aufhorchen. Holmes dagegen blätterte seelenruhig weiter im *Daily Telegraph* und griff sogar bedächtig nach der großen Schere auf dem Tisch. Anstalten, geschwind in sein Schlafzimmer zu huschen und den weinroten Hausmantel gegen etwas Angemesseneres einzutauschen, machte der Detektiv erwartungsgemäß keine.

»Öffnen Sie unserem jungen Freund bitte die Tür, Watson?«, bat er lediglich und schnitt mit konzentrierter Miene einen Zeitungsschnipsel aus, der in sein üppiges Archiv wandern würde. »Geben Sie nur Acht, dass er Sie nicht einfach umrennt. Dem Schritt nach ist unser Gast nämlich nicht nur im besten ungestümen Alter, sondern auch in großer Eile.«

Als ich die Wohnungstür öffnete, stand tatsächlich ein junger Mann vor mir – völlig außer Atem, mit ungekämmtem Haar und schlampig sitzender Fliege. Selbst ohne Holmes' herausragende Fähigkeiten der Deduktion war mir klar, dass unser Besucher heute Morgen in aller Eile aufgebrochen war und nicht viel Sorgfalt auf sein Äußeres verwendet hatte.

»Guten Morgen!«, keuchte der Fremde und schnaubte wie einer der Stiere, welche die tollkühnen Männer Pamplonas einmal im Jahr durch die Straßen der spanischen Stadt hetzen. »Mein Name ist James Macpherson. Ich muss unbedingt Mr. Holmes sprechen – es geht um Leben und Tod!«

»Das geht es meistens«, erwiderte ich ruhig, trat aber dennoch zur Seite und deutete einladend in den Salon.

»Kommen Sie nur herein, Mr. Macpherson!«, rief Holmes da auch schon gut gelaunt und legte endlich Zeitung und Schere zur Seite.

Unser junger Besucher nickte dankbar, schüttelte Holmes' sehnige Hand und ließ sich dem Detektiv gegenüber auf dem Sofa nieder.

»James Macpherson«, wiederholte mein Freund in der Zwischenzeit und schnalzte mit der Zunge. Er sah unserem Gast in einer theatralischen Anwandlung prüfend ins Gesicht und fragte bühnenmäßig: »Dichter oder Dieb?«

Macpherson machte ein ratloses Gesicht.

»Sir?«, fragte er verwirrt.

»Nicht so wichtig.« Holmes winkte lässig ab, ehe er sich in seinem Polstersessel zurücklehnte und die Fingerspitzen zu einem Dach zusammenlegte. »Nun, Mr. Macpherson«, setzte er mit einem Mal reichlich geschäftig an und fixierte Macpherson über den Giebel seiner Hände hinweg. »Was führt einen jungen Reporter aus Schottland nach London? Und wie kommt es, dass Sie bereits nach weniger als vier Wochen an meine Tür klopfen und mit einem dringlichen Problem zu mir kommen müssen, das Ihnen den Schlaf raubt?«

Macpherson sperrte den Mund auf.

»Donnerwetter!«, murmelte er und fuhr sich verlegen durch das wirre Haar. »Ihre Geschichten versprechen nicht zu viel, Doktor. Und Sie haben vollkommen recht, Mr. Holmes. Ich stamme aus Kirriemuir und bin erst am Achten des letzten Monats mit dem Zug aus Glasgow gekommen.«

»Natürlich sind Sie das. Der unentschlossene Knoten Ihrer Fliege spricht Bände«, versetzte Holmes. »Er deutet noch ziemlich klar in den Osten Schottlands – Angus, wenn ich mich nicht täusche – und macht nur ein paar halbherzige Zugeständnisse an die neueste Londoner Mode. Es dauert für gewöhnlich drei Monate, bis Neuankömmlinge sich in den Cafés und Theatern abgeschaut haben, wie sie ihre Krawatten und Fliegen der hiesigen Hautevolee nach binden müssen.«

Macpherson nestelte nervös an seiner Fliege herum.

»Und woher wissen Sie, dass ich Reporter bin, Mr. Holmes?«

»Sie tragen Ihre Profession gewissermaßen auf dem Herzen«, antwortete Holmes gutmütig.

Er bewegte die Handgelenke, sodass seine aneinandergepressten Fingerspitzen auf die karierte Tweed-Jacke des Schotten deuteten.

Jetzt sah auch ich, dass aus Macphersons Brusttasche der Rand eines Notizblocks und das Ende eines Bleistifts herausragten.

Macpherson nickte staunend und lächelte wie ein Kind, das einem Zauberkünstler dabei zusieht, wie dieser ein weißes Kaninchen aus dem Zylinder zieht und anschließend in eine Rose verwandelt, die wiederum als Taube davonfliegt. Schnell verdunkelte jedoch erneut ein Schatten der Sorge das bartstoppelige Gesicht des jungen Mannes vor uns.

»Was mein Problem betrifft, dessentwegen ich zu Ihnen gekommen bin: Es ist in der Tat äußerst dringlich und raubt mir seit Tagen den Schlaf«, eröffnete Macpherson uns. »Denn ich sorge mich sehr – und zwar um Londons verlorene Kinder. Sie verschwinden, Mr. Holmes, einfach so!«

»Fangen Sie doch bitte vorn an«, instruierte Holmes unseren aufgebrachten Gast und schloss halb die Augen, um sich ganz auf Macphersons Bericht zu konzentrieren.

Der junge Reporter erzählte uns in den nächsten Minuten, wie er seine schottische Heimat direkt nach dem Studium in Edinburgh verlassen hatte und nach London gekommen war, um sich hier als Journalist bei einer der größeren, renommierteren Zeitungen zu verdingen – und wie er auf der Suche nach einem Thema für eine Reportage, mit der er sich in den Redaktionen bewerben könnte, zufällig über den Fall der verlorenen Kinder gestolpert war (zumindest nannte Macpherson die von den Straßen verschwundenen Mädchen und Jungen so, und auch mir scheint dieser Begriff in mehr als einer Weise leider sehr passend, weshalb ich ihn hier aufgreife und weiter verwenden werde).

»Gestern ist gleich eine ganze Bande verschwunden, fünf oder sechs Kinder auf einmal. Ihr Platz in der Gasse neben einer Bäckerei, den sie vorher wie die Löwen gegen andere Banden verteidigt haben, war heute Morgen verwaist. Und niemanden interessiert es!«, schloss Macpherson seine Ausführungen entsetzt.

»Nun, das scheint mir jetzt aber übertrieben, Mr. Macpherson«, erwiderte Holmes ruhig. »Sie interessieren sich anscheinend brennend für das Schicksal dieser Kinder, und Watson und ich hören Ihnen ebenfalls aufmerksam zu, damit wir weitere Schritte planen können.«

»Heißt das, dass Sie mir helfen werden?«, schnappte Macpherson begierig.

Es war eine Wohltat, wie Hoffnung sein Gesicht erhellte und den Schatten der Besorgnis zurückdrängte, der Macphersons Jugend nicht gut stand.

Holmes blickte mich an, und ich sah förmlich das Amüsement in seinen grauen Augen, als er mich auch noch mit tödlichem Ernst fragte:

»Was meinen Sie, Watson?«

Ich warf Holmes einen grimmigen Blick zu. Warum musste er den aufgewühlten jungen Mann unnötig quälen? Da ich Holmes' Sinn für Dramatik nicht teilte, zögerte ich nicht lange und legte so viel Entschlossenheit wie möglich in meine Stimme, als ich sagte: »Natürlich helfen wir Ihnen!«

Macphersons Finger betasteten abermals nervös Haar und Fliege. »Ich danke Ihnen, Mr. Holmes. Auch Ihnen, Doktor. Nur ... ich fürchte, Sie werden Ihr Honorar in Monatssätzen bei mir einfordern müssen, Sir. Ich ...«

»Machen Sie sich darüber keine Gedanken«, unterbrach Holmes den Schotten bestimmt, und damit war dieses Thema für ihn einstweilen erledigt.

Es gab viele gute und gewichtige Gründe, wieso Sherlock Holmes sich mit einem Fall beschäftigte – Geld war keiner davon.

Macpherson wusste gar nicht, wohin mit seiner Verlegenheit und Freude.

Holmes ignorierte den Kampf der Gefühle auf Macphersons Gesicht.

»Ausgezeichnet. Dann wäre das ja geklärt«, sagte mein Mitbewohner und geleitete den Reporter zur Tür. »Kommen Sie heute Abend wieder, Mr. Macpherson. Bis dahin sollte ich mehr über die Angelegenheit herausgefunden haben.« Holmes reichte dem jungen Mann die Hand und sah ihm fest in die Augen. »Wir werden herausfinden, was mit diesen Kindern geschieht«, versprach der Detektiv.

Nachdem Macpherson sich noch diverse Male bei Holmes – und über dessen Schulter hinweg auch bei mir – bedankt hatte, schloss mein Freund die Tür hinter seinem neuen Klienten und drehte sich mit einem wohlbekannten Glanz in den Augen zu mir um.

»Nun denn.« Holmes klatschte vergnügt in die Hände. »Auf, mein lieber Watson – das Spiel beginnt!«

***

Holmes verschwand für die nächsten Stunden, und auch ich war bis zum späten Nachmittag unterwegs, um eine Reihe dringlicher Hausbesuche zu erledigen. Als ich am frühen Abend in unsere Wohnung zurückkehrte, hörte ich meinen Mitbewohner in seinem Zimmer herumwerkeln und -kramen.

»Ah, Watson!«, tönte es an der halb geschlossenen Tür vorbei. Ich wusste, dass Holmes mein leichtes Hinken auf der Treppe erkannt hatte, das bei feuchtem Wetter immer etwas stärker hervortrat. Außerdem war es für Mrs. Hudson und das Abendessen noch zu früh. »Ziehen Sie sich nicht um. Wir gehen heute Abend ins Theater.«

»Und was ist mit Macpherson und den Kindern?«, fragte ich irritiert und stellte meine Arzttasche auf den Tisch.

»Macpherson kommt mit. Ich habe ihm gekabelt. Höre ich da eine Droschke vorfahren? Das wird er sein! Und Sie nehmen bitte Ihren Revolver mit, alter Freund. Haben Sie noch die Kugeln, die der Professor Ihnen in Amsterdam zum Abschied geschenkt hat?«

»Natürlich. Aber …«

»Keine Zeit für Diskussionen, Watson! Laden Sie Ihren Revolver mit den Kugeln«, unterbrach mich Holmes nachdrücklich. »Es ist wahrscheinlich, dass wir beides vor Abschluss dieser Angelegenheit noch brauchen.«

Ich grunzte unwirsch, trat aber dennoch an einen der Schränke im Wohnzimmer und nahm meinen alten Armeerevolver aus seiner gepolsterten Kassette.

»In welches Theater soll es denn gehen?«, fragte ich und zündete mir eine Zigarette an, ehe ich die Kammern meiner Webley mit der Munition des Professors lud, die ich in einer kleineren Pappschachtel aufbewahrt hatte.

»Ins *Neverland*. Aber sparen Sie sich die Mühe, in den Zeitungen nach dem Programm zu suchen. Dort wurde seit geraumer Zeit nichts mehr aufgeführt. Die Inhaber – Michael Nevers und Jackson Land – zerwarfen sich und lösten ihre Geschäftsverbindung auf. Der Grund für ihren Bruch lebt heute als Mrs. Nevers in Chicago.«

Es war immer wieder erstaunlich, auf was für einen Hinterhof-Klatsch Holmes zurückgreifen konnte.

»Das Neverland-Theater schloss zwei Monate nach dem großen Streit seine Türen. Das war vor etwas mehr als dreieinhalb Jahren. Seitdem steht das Gebäude leer und modert vor sich hin. Aufgrund eines Wasserschadens sind die Renovierungskosten inzwischen zu hoch, als dass sich ein neuer Besitzer finden ließe. Also zerfällt das Theater immer weiter. Nur noch die Ratten spielen dort zwischen Staub und Spinnweben groß auf.«

Ich wollte gerade fragen, was wir dann dort zu suchen hatten, als es in Holmes' Zimmer fürchterlich rumpelte. Es klang, als wäre jemand geradewegs durch das Fenster gesprungen und hätte meinen Freund brutal gegen die nächste Wand geschleudert. Als ich mich beunruhigt der Tür zu Holmes' Schlafzimmer zuwandte, wurde diese gerade mit einem kräftigen Tritt ganz aufgestoßen. Heraus trat ein bärtiger Mann mit langem, gelocktem schwarzen Haar, der einen karmesinroten Langmantel mit aufgebauschten Ärmeln und großen goldenen Knöpfen trug, der vielleicht vor hundertfünfzig Jahren modern gewesen war. Auf dem Kopf des Fremden saß außerdem ein ausladender Dreispitz mit einer langen, karmesinroten Feder.

Ehe ich etwas sagen oder den geladenen Revolver heben konnte, hielt mir der Fremde einen Krummsäbel an die Kehle.

Ich wagte nicht zu atmen und sah dem Piraten ins Gesicht. Aus den vertraut wirkenden grauen Augen des Mannes sprühte der Schalk.

»Holmes?«, krächzte ich verwirrt.

Der Piratenkapitän senkte den Säbel, ließ ihn zwei Mal gekonnt ums Handgelenk wirbeln und verneigte sich so tief, dass die Korkenzieherlocken seiner Perücke unter dem Dreispitz den Boden berührten.

»Vergessen Sie nicht Ihren Mantel, Watson«, sagte Sherlock Holmes mit einem Schmunzeln und steckte den Krummsäbel weg. »Macpherson und das *Neverland* warten ...«

***

Macpherson sagte nichts zum Aufzug meines Begleiters, als wir auf dem Bürgersteig erschienen, wo der Reporter bereits mit einer gemieteten Droschke wartete. Auch nachdem Holmes den Fahrer des vierrädrigen Gefährts instruiert hatte, wo es hingehen sollte und wir alle im geräumigen Inneren des Growlers saßen, war kein Platz für verwunderte Fragen, da wir genug damit zu tun hatten, Holmes' Bericht zu lauschen.

»Ihre Recherchen waren richtig, Mr. Macpherson«, begann der Detektiv rege und strich sich eine falsche Locke aus dem Gesicht. »In den letzten beiden

Wochen sind mehr als dreißig Kinder verschwunden. Alle unter dreizehn, alle ohne Eltern, alle ohne festen Wohnsitz in einem Armen- oder Waisenhaus.«

Holmes' Stimme ließ keinen Schluss auf seine Gefühle zu. Ich für meinen Teil verspürte aber sehr wohl einiges Unbehagen bei diesem Thema – es war keineswegs schön, über solche Dinge zu sprechen. Doch ja, natürlich, auch in unserer zivilisierten Welt und im Herzen des Empires wurden schändlicherweise Menschen entführt und in was für Schicksale auch immer gezwungen – sogar unschuldige Kinder, die ohnehin viel zu früh den Stiefel der Ungerechtigkeit des Lebens zu spüren bekommen hatten.

»Wiggins und seine Truppe haben sich für mich umgehört, also ist die Zahl realistisch«, fuhr Holmes derweil fort. »Die Burschen wissen nicht, wann man ein Bad nimmt oder sich die Nase putzt – aber sie wissen, was auf der Straße vor sich geht und sitzen in dem Fall direkt an der Quelle.« Der junge Wiggins und die Mitglieder seiner Straßenbande bildeten die Baker Street Irregulars, die Holmes gelegentlich für Dienstbotengänge und Observierungen einsetzte. »Ein paar Kinder erwähnten Wiggins gegenüber, dass seit einiger Zeit das Gerücht umgeht, ein geheimnisvoller Jemand würde Kost und Logis bereitstellen, wenn man kleine Rollen in seinen Theaterstücken übernimmt. Also darf man davon ausgehen, dass die Kinder in irgendeinem Theater gefangen gehalten werden.« Holmes blickte kurz aus dem Fenster. »Ich habe mir die Programme der letzten Jahre angesehen und nachgeprüft, welche Schauspielhäuser derzeit leer stehen. Nachdem ich diese Handvoll Adressen mit dem Gebiet abgeglichen habe, in dem laut Wiggins mehr als zwei Drittel der verschwundenen Mädchen und Jungen zuletzt gesehen worden sind, deutet alles darauf hin, dass wir zum *Neverland* müssen.« Holmes fasste mich und Macpherson kritisch ins Auge. »Es wird mit Sicherheit gefährlich werden. Sehen Sie sich also vor!«

***

Im Theater erwartete uns zunächst zwar keine Gefahr – wohl aber eine echte Überraschung! Ein kleiner Junge von höchstens elf oder zwölf Jahren, der bei unserem Eintreten allein auf der von einer staubigen Märchenwaldkulisse beherrschten Bühne gestanden hatte, schritt uns forsch entgegen, als gehöre ihm das *Neverland*. Der Bursche trug einen maßgeschneiderten italienischen Anzug und hatte sein geöltes dunkles Haar im Nacken zu einem Zopf zusammengebunden. Aus seinem aristokratisch blassen Gesicht musterten uns zwei dunkle Augen mit einem unangenehm stechenden, intensiven Blick.

»Was für ein wundervolles Kostüm, Sir!«, rief der Knabe schon von Weitem und trat uns schließlich zwischen den zerfallenen Sitzreihen entgegen.

Man hätte fast meinen können, dass er uns den leicht abfallenden Weg auf – und hinter – die Bühne versperren wollte.

»Aber mein Vater braucht keine erwachsenen Darsteller mehr, so leid es mir tut. Außerdem dauert es bis zur Wiedereröffnung noch einen Monat. Die Handwerker, Sie wissen ja ... Vielleicht probieren Sie es mal beim Haymarket? Dort soll demnächst ein Piratenstück aufgeführt werden, soweit ich weiß.«

Holmes zog wortlos seinen Säbel blank und setzte ihn dem Jungen in einer fließenden Bewegung an die Kehle, so, wie er es bei mir früher am Abend getan hatte.

»Holmes!«, rief ich erschrocken. Der Bengel mochte vorlaut und hochnäsig sein, aber das ging nun doch zu weit. »Das ist nur ein Junge! Was ist denn in Sie gefahren?«

Mein Freund fixierte den Knaben, der keinen Muskel rührte, unverändert lässig dastand und lächelte; die Klinge an seinem Hals schien der Flegel nicht einmal zu bemerken. »Das ist kein Junge«, sagte Holmes leise. »Wahrscheinlich ist er älter als wir drei zusammen.«

Nun grinste der Knabe boshaft. In seiner gesamten Ausstrahlung lag nicht mehr viel Kindliches. *»Worauf ihr euch verlassen könnt!«*, zischte er giftig und machte eine so schnelle Bewegung, dass ich ihr kaum folgen konnte. Plötzlich sprang, nein, *flog* er nach hinten, stieg in die Höhe und kreiste wie ein wütender Vogel über unseren Köpfen. Er griff in seinen Anzug, und im nächsten Moment schimmerte ein langer Dolch mit goldenem Heft in der Kinderfaust.

Jetzt, beim Anblick des fliegenden Jungen und seiner gebleckten spitzen Eckzähne, verstand ich auch Holmes' Anweisung mit den Silberkugeln des Professors. Eilends holte ich meinen Revolver aus der Manteltasche, obwohl ich wusste, dass der fauchende Vampirjunge in der Luft zu agil war, um ihn mit einem gezielten Schuss zu erwischen.

»Ich hasse es!«, kreischte der Vampir indes und zog weiter seine Kreise über unseren Köpfen. »Alle werden groß und reich und mächtig, saufen, spielen, siegen, leben und huren. Und ich? Ich bin älter als die Fundamente dieser stinkenden Römerstadt – und sehe ich noch immer wie ein kleiner Junge aus!«

»Und deshalb sollen auch alle anderen Kinder nicht älter werden?« Holmes nahm mit leicht gespreizten Beinen eine Angriffsstellung ein, auf die Alphonse Bencin und Henri Saint Didier gleichermaßen stolz gewesen wären. »Komm runter, Kreatur!«, befahl der Detektiv mit fester Stimme, doch der Vampirjunge kicherte lediglich hämisch und stieg zwischen den Dachsparren auf, welche die gewölbte Decke des baufälligen Theaters stützten – nur um sich sodann ohne Vorwarnung wie ein Falke auf uns zu stürzen.

Macpherson und ich sprangen fluchend zur Seite. Staubwolken stiegen in rauen Mengen auf, als wir uns hinter den ramponierten Sitzen zu Boden warfen. Holmes in seinem Piratenkostüm blieb dagegen einfach still stehen, erwartete stoisch den Angriff und parierte ihn mit seinem Säbel. Das Scheppern von Metall auf Metall drang durchs Theater. Es war ein faszinierendes und zugleich in höchstem Maße groteskes Bild, wie der verkleidete Detektiv in der Folge mit einem fliegenden Jungen im feinen Zwirn die Klinge kreuzte, während die falschen Locken von Holmes' Perücke bei jedem Hieb und jeder Parade auf und ab tanzten. Holmes sprang mit seinen langen Beinen leichtfüßig zwischen den alten Sitzen umher und wieder zurück auf den Gang, den Blick immer auf den Vampir gerichtet. Sein Säbel sauste geschickt von rechts nach links.

Dann aber versank mein Freund plötzlich bis zum Knie im Holz eines morschen Dielenbrettes, das unter Holmes' Gewicht brach. Der Vampirjunge trat Holmes daraufhin den Säbel aus der Hand, flog einmal um den Detektiv herum und schraubte sich mit einem Siegesschrei auf den blassen Lippen in die Luft. Während Holmes noch verzweifelt versuchte, sein Bein freizubekommen, wendete der Vampir knapp unterhalb der Decke und rauschte im Sturzflug auf Holmes zu, den Arm wie eine griechische Hermes-Statue nach vorn ausgestreckt.

Sein Dolch deutete wie eine Lanze genau auf Holmes' Herz.

Die Notlage meines Freundes setzte meiner Starre ein Ende. Mit einem Ächzen wuchtete ich mich auf die von Ratten und dem Zahn der Zeit angefressene Sitzlehne vor mir, streckte den Arm aus, zielte notdürftig und drückte ab.

Erleichtert sah ich, wie der Vampirjunge im nächsten Moment mitten im Flug zur Seite gerissen wurde, schlingernd aus der Bahn geriet und ungefähr zwei Schritt neben Holmes hart auf die Dielen prallte, wo er sich in einer dumpfen Explosion aus graubraunem Staub auflöste.

Nur noch der Dolch rutschte klirrend über die alten Bretter.

»Gut gemacht, Watson«, keuchte Holmes, bekam endlich sein Bein frei und eilte sogleich zu den Überresten des Vampirs, um diese fasziniert zu untersuchen.

Macpherson sah mich fragend an. Ich zuckte mit den Schultern. Gemeinsam machten der junge Schotte und ich uns auf, die verlorenen Kinder hinter der Bühne zu suchen.

Holmes schien diese fast schon wieder vergessen zu haben, als er eine Probe des Staubs einsammelte und in einer silbernen Schnupftabakdose verstaute.

***

An diesem Tag fanden vierundzwanzig Straßenkinder den Weg zurück ans diesige Londoner Tageslicht. Neun ihrer Leidensgenossen, deren blutleere Leichen wir in einem weiteren stockfinsteren, fensterlosen Raum neben dem Gefängnis der anderen Kinder fanden, konnten wir nicht mehr helfen. Ihnen hatte der Vampir in seiner Eifersucht bereits alles Blut – und damit alles Leben – ausgesaugt. Macpherson übernahm es, die übrigen Kinder auf die Waisenhäuser der Stadt zu verteilen. Holmes verpflichtete den Reporter vorher jedoch noch zu eisener Verschwiegenheit.

»Wir sollten Stillschweigen bewahren«, mahnte der Detektiv umsichtig. »Sonst pfählt man sich vor lauter Verfolgungswahn bald gegenseitig, sobald eine Dame nur etwas zu viel Puder aufgelegt hat. Stokers Buch hat im letzten Jahr genug Aufsehen erregt. Erinnern Sie sich, wie der Professor getobt hat, weil Stoker seinen vertraulichen Bericht einfach so veröffentlicht hat, Watson?«

***

Als Holmes und ich zurück zur Baker Street spazierten – wir konnten die frische Luft beide gut gebrauchen, um jede Art von Staub aus unseren Lungen zu kriegen –, fragte ich meinen Freund, woher er gewusst hatte, dass unser Widersacher ein Vampir war.

»Kleinigkeiten, Watson, die zusammen letztlich nur ein Bild zuließen«, eröffnete mir der Detektiv und vergrub die Hände in den weiten Taschen seines Kapitänmantels. »Und Sie wissen ja: Wenn man das Unmögliche ausgeschlossen hat, muss das, was am Ende übrig bleibt, so unwahrscheinlich es auch sein mag, die Wahrheit sein.« Holmes sammelte sich einen Augenblick, ehe er erklärte: »Im letzten halben Jahr sind in der Nähe des *Neverlands* bereits andere Menschen verschwunden, Watson. Ich habe es vorhin nur nicht erwähnt, damit unser schottischer Freund nicht doch noch auf die Idee kommt, eine große Geschichte für die *Times* aus der Sache zu machen.« Holmes räusperte sich. »Dennoch sind mehr als drei Dutzend Personen in Nähe des *Neverlands* wie vom Erdboden verschluckt worden, wie ich heute Mittag in Erfahrung bringen konnte, als ich mich in einer anderen Verkleidung unter ihre mittellosen Schicksalsgenossen gemischt habe. Ein alter Kerl namens Smee hat letzte Woche erst einen seiner seit einem Monat vermissten Gefährten tot unter einem Haufen Unrat gefunden. Als er seinem Bekannten den Schal abnahm, den dieser nun ja nicht mehr brauchte, hat der Alte zwischen Dreck und Ruß zwei kleine Male am Hals seines Freundes bemerkt. Er dachte, es wäre eine große Ratte gewesen, aber … nun, wir wissen es beide besser, nicht wahr? Anders als die Kinder hatten die Männer von der Straße bloß niemanden wie Macpherson, der sich wegen ihres Verschwindens Sorgen gemacht hätte.« Im schwachen Schein einer Laterne sah ich, dass Holmes' scharf geschnittenes Raubvogelgesicht einen grimmigen Ausdruck annahm. »Willkommen in der Zivilisation, Watson.«

Ich wollte nicht schon wieder darüber nachdenken müssen, wie barbarisch unser Zeitalter hinter der Fassade aus kulturellem Glanz und technischem Fortschritt trotz allem noch war. »Und was hat Ihre Kostümierung am Ende gebracht?«, fragte ich deswegen. »Hätten Sie nicht einfach nur Ihren Stockdegen mitnehmen können?«

»Watson, wo bleibt Ihre Fantasie?«, tadelte mich Holmes ohne echten Enthusiasmus. Er wirkte müde. Dessen ungeachtet hätte niemand vermutet, dass er vor weniger als einer Stunde im Kampf mit einer Kreatur der Finsternis einmal mehr nur knapp dem Tod entronnen war. »Der Vampir wusste, dass wir kommen, sobald unsere Droschke vor dem Theater hielt. Diese Wesen haben exzellente Sinne. Aber wir mussten irgendwie an ihn herankommen. Mein Kostüm sollte den Eindruck erwecken, dass ich für eine Rolle vorsprechen wolle – und seine Neugierde wecken. Kindliche Neugierde bleibt kindliche Neugierde, egal wie lange das *Kind* auf der Welt wandelt. Und er ist ja auch darauf angesprungen. Wir haben beide unsere Rolle gespielt, solange es ging. Selbst beim Kampf.«

»Wie meinen Sie das, Holmes?«

»Wie Sie vielleicht bemerkt haben, hätte ich ihm mit meinem Säbel – der *nicht* aus Silber ist – schon den Kopf abschlagen müssen, um ihn auszuschalten.«

Ich sah Holmes scharf an. »Sie meinen …?«

»Genau.« Ein schmales Lächeln kräuselte Holmes' Lippen. »In dieser Hinsicht habe ich mich wieder einmal ganz auf Sie und Ihre Schießkünste verlassen, alter Freund …«

***

Fünf Jahre später wurde ich noch einmal mit dem Fall der verlorenen Kinder konfrontiert. Draußen tobte heulend ein Schneesturm durch die Baker Street, wie er Dickens sicher gefallen hätte. Holmes saß in seinem Ohrenbackensessel vor dem Kamin, hatte die Geige quer auf den Knien liegen und quälte die Saiten ebenso wie meine und Mrs. Hudsons Ohren mit einer eigenwilligen Mischung aus Pugnani, Weihnachtssonate und Katzenjammer, während ich die diversen Dankesschreiben und Weihnachtskarten durchging, an denen der Detektiv selbst kein Interesse hatte. Ein Brief stach mir dabei besonders ins Auge – und das nicht nur, weil er mit einem stattlichen Bündel Manuskriptblätter in einem schweren Päckchen angekommen war. Er stammte von einem Schotten, der seit einiger Zeit in London residierte, über die Feiertage jedoch in seine Heimat gefahren war, wie er schrieb, und deshalb das Bündel nicht persönlich vorbeibringen konnte. Der Brief erwähnte außerdem gleich zu Beginn James Macpherson, mit dem der Schreiber seit Kindertagen befreundet war.

Macpherson war inzwischen Chefredakteur bei einer Lokalzeitung in Nottingham, hatte geheiratet, einen Gedichtband herausgegeben und erwartete die Ankunft seines ersten Kindes. Allem Anschein nach hatte unser alter Bekannter sich letzten Endes doch noch einem Menschen anvertraut, was die Sache mit dem Vampirjungen und den verlorenen Kindern anging – eben jenem Landsmann, der mir und Holmes nun geschrieben hatte. Dieser Landsmann wiederum hatte sich vom Fall der verlorenen Kinder inspirieren lassen und ein Theaterstück geschrieben, das demnächst hier in London uraufgeführt werden sollte.

Nun, jedem das seine, nicht wahr? Ich bin allerdings gespannt, was Holmes zu seiner Rolle als böser Piratenkapitän sagen wird, wenn er das Stück bei Gelegenheit liest oder wir es uns gemeinsam ansehen …

Rigor Mortis

Es erregte einiges an Aufsehen, als an einem wunderschönen Juni-Nachmittag ein grasgrüner Heißluftballon mit goldenen Zierornamenten aus dem Himmel über London sank und mitten auf der Baker Street landete. Noch viel größer waren Verwunderung und Überraschung der Nachbarn und Passanten – und erst recht der guten Mrs. Hudson! – jedoch, als der Gondel unter dem Ballon kein in Würde gealterter Charles Green, sondern eine junge Frau in verwerflich eng anliegender Lederkluft (und mit Fliegerbrille, Schal und Haube) entstieg und ihr auch noch ein stattlicher Löwe folgte, der die bei seinem Anblick rapide zusammenschmelzende Menge gleichgültig musterte. Die junge Frau schüttelte lächelnd den Kopf, als die Menschen eilig Haustüren zuknallten und diverse Gentlemen ihre Herzensdamen beim Überwinden von Mauern und Zäunen im Kampf gegen zu lange Röcke unterstützten. Die Ballonfahrerin und ihr tierischer Begleiter überquerten derweil die Straße, traten an der erstarrten Mrs. Hudson vorbei ins Haus und klopften dort im ersten Stock an der Tür von 221B.

»Sie wollen doch nicht öffnen!«, keuchte ich, da Holmes entsprechende Anstalten machte. Ich hatte bis dahin am Fenster gestanden und die Schaulustigen beobachtet, die ihrerseits wiederum das langsame Herabsinken des Ballons verfolgt und aufgeregt gen Himmel gedeutet hatten.

»Es ist nicht höflich, eine Dame vor der Tür stehen zu lassen, Watson«, versetzte Holmes jovial.

»Aber der *Löwe!«*, echauffierte ich mich.

»Mein lieber Watson!« Holmes schüttelte den Kopf, eine Hand bereits auf dem Türgriff. »Glauben Sie wirklich, unsere junge Pionierin der Lüfte hätte einen Löwen bei sich in der Gondel, wenn es sich um einen Menschenfresser handeln würde?« Sprach's und öffnete die Tür.

»Danke, Mister«, sagte der Löwe mit tiefer Brummstimme und nur mäßig verborgener Ungeduld, warf eitel die Mähne zurück und stolzierte mit peitschendem Schweif in unser Wohnzimmer, wo er es sich auf dem Sofa gemütlich machte und mich aus goldbraunen Augen musterte.

Ich wagte kaum zu atmen und linste in Richtung des Schürhakens.

Der Löwe folgte meinem Blick.

»Ich brauche anderthalb Sekunden, um auf Ihre Seite des Tisches zu gelangen, Sir«, sagte er trocken.

Ich schluckte schwer und sprach dem Schürhaken die Existenz ab, indem ich ihn nicht einmal mehr *sah.*

Inzwischen war auch die junge Frau in der knapp sitzenden Ballonfahrermontur eingetreten. Hier bemerkte ich zum ersten Mal, dass sie rote Stiefel mit silbernen Schnallen trug. Gerade streifte unsere Besucherin sich ihre Handschuhe ab und streckte Holmes eine schlanke Hand entgegen.

»Guten Tag. Ich bin Botschafterin Gale«, sagte sie mit angenehmer Stimme und amerikanischem Akzent. »Sie müssen Sherlock Holmes sein!«

***

Ms. Gale ließ sich ohne Zaudern neben dem Löwen (bei dem es sich um den Leibwächter der Botschafterin handelte, wie wir erfahren sollten) auf dem Sofa nieder. Ihr kastanienfarbenes Haar und die Mähne ihres vierbeinigen Schattens schimmerten um die Wette.

»Wir sind auf Geheiß des Königs von Oz hier«, begann die Botschafterin. »Es hat einen Anschlag auf den Herzog von Winkus gegeben. Und da der Herzog und der König alte Freunde sind, entsendet Letzterer seine Grüße aus der Smaragdstadt und erbittet Ihre Hilfe, Mr. Holmes, um die Hintergründe aufzuklären.«

»Der Herzog ist doch recht robust gebaut«, bemerkte Holmes und lehnte sich zurück. Ein sprechender Löwe auf unserer Sitzgarnitur schien meinem Freund kein Kopfzerbrechen zu bereiten. »Was könnte ihm schaden?«

Botschafterin Gale schenkte Holmes ein Lächeln, hinter dem sich alles Mögliche verbergen konnte. »Sehr gut, Mr. Holmes«, gurrte sie. »Und Sie haben natürlich recht: Die Gestalt des Herzogs ist eine äußerst ungewöhnliche – und passt zu seiner nicht weniger ungewöhnlichen Geschichte. Wie Sie vielleicht wissen, war der Herzog einst ein normaler Holzfäller, so wie sein Vater und dessen Vater vor ihm. Als Nick Chopper sich in das falsche Mädchen verliebte, schloss deren gehässige Herrin einen Pakt mit einer Hexe, die Choppers Axt verfluchte. Daraufhin verlor der Arme bei der Arbeit in den Wäldern ein Körperteil nach dem anderen und musste es jedes Mal von einem Schmied ersetzen lassen, bis er am Ende ganz zum Blechmann geworden war.«

»Trotzdem ist er heute ein weiser, mitfühlender Herrscher über die wilde Region im Westen von Oz«, warf der Löwe knurrig ein. »Und ein guter Freund. Umso schlimmer, dass ihn jemand so heimtückisch angegriffen hat.«

»Ist er tot?«, fragte Holmes nüchtern.

Botschafterin Gale zögerte einen Augenblick. »Nein«, sagte die hübsche junge Frau schließlich. »Aber die Leichenstarre hat fast unmittelbar eingesetzt.«

Diese kryptische Aussage genügte, um Holmes' Interesse an dem Fall zu wecken, sodass er sich dazu bereit erklärte, mit der Botschafterin und ihrem Leibwächter zurück nach Oz zu fliegen, um den Anschlag auf den Herzog von Winkus zu untersuchen. Mir gefiel der Gedanke, mit einem Löwen in einem Ballon zu fliegen, immer noch nicht – trotzdem entschied ich mich, meinen Freund auch diesmal nicht im Stich zu lassen und ihn in das Land irgendwo hinter dem Regenbogen zu begleiten.

***

Vieles könnte ich über den abenteuerlichen Flug nach Oz berichten, über wirbelnde Stürme, kreischende Flugechsen, einen Mann auf einer Kanonenkugel, sprechende Gänse und dergleichen mehr – und doch stoßen Worte hier klar an ihre Grenzen. Spätestens bei unserem Tanz in den singenden Winden über dem gigantischen Regenbogen versagt die Sprache mir den Dienst, weshalb ich es erst gar nicht versuchen werde.

Auch Oz selbst bot einen unvergesslichen Anblick: ein weites Land, umgeben von unwirtlichen Wüsten, geografisch klar in vier große Regionen aufgeteilt, wie man aus der Luft gut sehen konnte. Die gelbe Pflastersteinstraße schlängelte sich wie ein goldenes Band durch das Land und führte schließlich in die Hauptstadt, deren grün schimmernde Zinnen wir auf unserem Weg gen Westen ebenso überflogen wie die Wolkenbrücke und die Wälder der sprechenden Bäume.

Mit den übrigen kleinen wie großen Wundern, die wir aus der Luft sahen, verhält es sich ähnlich wie mit dem Flug nach Oz: Herkömmliche Worte können kaum beschreiben, was ich stellenweise unter uns erblickte.

Der Schriftsteller in mir ist sich seiner Unzulänglichkeit nur allzu bewusst und greift die Geschichte deshalb erst wieder auf, als wir nach einem tiefen Flug über karge Steppen und weites Grasland einen großen, düsteren Wald erreichten, wo wir auf einer Lichtung landeten, auf der reger Betrieb herrschte …

***

Überall auf der geräumigen Lichtung standen Menschen und unterhielten sich aufgeregt. Ein paar von ihnen weinten sogar. Ein kurz gewachsener Mann mit glatt rasiertem Gesicht eilte uns entgegen, sobald die Gondel unseres Ballons auf einem Moosteppich aufgesetzt hatte.

»Botschafterin Gale! Endlich!«

»Das ist Meister Gregory«, stellte Ms. Gale uns den kleinen Mann mit der gelben Robe vor, der eine schwarze Kappe in seinen Händen wrang. »Der herzögliche Kämmerer.«

»Es gibt keinen Herzog mehr!«, klagte Meister Gregory traurig. »Der Herzog ist tot!«

Das Weinen um uns herum wurde noch lauter, das Gejammer noch stärker.

Anscheinend lagen die Entdeckung des Herzogs – ja sogar der Anschlag selbst – noch nicht lange zurück.

Aus Selbstschutz entschied ich, nicht weiter darüber nachzudenken, dass seit dem Aufbruch der Botschafterin und ihres Leibwächters aus Oz anscheinend nur wenig Zeit vergangen war und auch der Anschlag auf den Herzog noch nicht lange zurücklag, wir also frisch am Tatort eintrafen. Dennoch fragte ich mich, wie man die Unterschiede in der zeitlichen Wahrnehmung zwischen Oz und dem Empire vernünftig erklären sollte, oder ob seriöse Wissenschaftler schon beim Regenbogen abgewunken hätten.

»Papperlapapp, Gregory!« Ms. Gale kletterte aus der Gondel und schritt forsch über die Lichtung, um sich den Schaden zu besehen. Wie eine Katze strich sie um das erstarrte Objekt der allgemeinen Aufregung. »Nichts, was ein bisschen Öl nicht richten könnte«, beschied die Botschafterin, nur um etwas zurückhaltender hinzuzufügen: »Vielleicht brauchen wir diesmal auch die Hilfe des herzoglichen Leibschmiedes.« Danach wandte sie sich wieder an uns. »Aber es geht ums Prinzip, Mr. Holmes. Man darf den Wetterbericht des Herzogs nicht gegen eine Fälschung austauschen. Selbst wenn es bloß ein Jux war – das ist immer noch Hochverrat.«

»*Falls* es ein Jux gewesen sein sollte!«, meldete sich Gregory da wieder zu Wort und wedelte energisch mit seiner Kappe, die sonst sein bestenfalls schütteres Haar bedeckte. »Sie müssen wissen, Mr. Holmes: Es ist allgemein bekannt, dass der Herzog sich gerne allein in die Tiefen seiner Wälder vorwagt, wo das magischste Holz wächst. Das tut er meistens, wenn schwierige Regierungsentscheidungen bevorstehen. Nicht auszudenken, wenn er noch tiefer in den Wald gegangen wäre und ihn das Unwetter dann dort ereilt hätte! Es war schon jetzt ein glücklicher Zufall, dass man ihn hier so bald gefunden hat.«

Holmes nickte verständig. »Wollen wir uns die Sache doch mal aus der Nähe betrachten, Watson«, sagte er zu mir, trat aus der Gondel und besah sich ebenfalls den großen, mitten in der Bewegung mit hoch über dem Kopf erhobener Axt erstarrten Blechmann im Zentrum der Lichtung.

Ich trat neben Holmes und ließ den Blick über die Rostflecken auf dem Metallkörper des Herzogs von Winkus gleiten.

***

Meister Gregory hatte bereits nach einem Ochsenkarren schicken lassen, mit dem man den erstarrten Herzog zurück ins Schloss bringen könnte. Als wir alle dort ankamen, bat Holmes darum, zunächst zu den Gemächern des Herzogs geführt zu werden, um sich den Ort ansehen zu können, wo der Austausch des Wetterberichts vermutlich stattgefunden hatte. Auf dem Weg zum höchsten Turm des Schlosses erzählte uns Gregory von dieser Tradition im Herzogtum.

»Wie wir alle wissen, sind Regen und Wasser die natürlichen Feinde des Herzogs«, begann der Kämmerer.

»Wem sagt du das?«, murmelte die Botschafterin so leise, dass nur ich und vielleicht der Löwe es hören konnten.

»Kurz nach seinem Amtsantritt erließ der Herzog ein Gesetz, das jeden Wetterforscher des Landes dazu verpflichtet, mithilfe eines magischen Nachrichtenspiegels Tag für Tag eine Wettervorhersage ins Schloss zu schicken. Unsere Spezialisten im Wetterministerium werten diese Berichte sorgfältig aus, bilden eine Mittelsumme und überreichen dem Herzog jeden Abend den Wetterbericht für den nächsten Tag. Daraufhin kann er entscheiden, ob er lieber Staatsgeschäfte im Thronsaal verfolgt, bei geringer Regenwahrscheinlichkeit zur Sicherheit seine herzoglichen Schirmträger mitnimmt, oder ob er auch ohne sie gefahrlos nach draußen gehen kann. Für den heutigen Morgen, da der Herzog in den Wald ging, war ein schreckliches Unwetter vorhergesagt. Wir haben diese Unwetter manchmal hier in Winkus, die sich anschleichen, explodieren und ein paar Stunden über dem Land toben.« Gregory kramte in seinen Rocktaschen und reichte Holmes ein gelbstichiges Blatt Papier. »Auf der Vorhersage, die wir in den Gemächern des Herzogs fanden, ist für heute von *strahlendem Sonnenschein* die Rede. Ich habe das Dokument bereits mit der Kopie im Ministerium verglichen – es ist eine Fälschung. Die echte Vorhersage warnte ausdrücklich vor Sturm und Regen am Morgen und empfahl höflich, heute besser im Schloss zu bleiben.«

»Hinterhältig«, kommentierte die Botschafterin.

»Vielleicht waren es die Gnomen«, mutmaßte Gregory. »Es würde zu ihnen passen. In letzter Zeit häufen sich die Gerüchte über einen neuen Krieg«, fügte er bitter an.

»Ich habe Nick immer gesagt, dass wir rechtzeitig gegen Roquat vorgehen müssen«, knurrte der Löwe feindselig. »Bevor er seine Tunnel überall im Land hat.«

»Ja«, stimmte Gregory dem Leibwächter beflissentlich zu. »Diese elenden Krawall-Gnomen denken, ihnen gehört das Land, nur weil sie wie die Tiere – Pardon, mein Freund – in seinen Eingeweiden wühlen. Aber es könnte natürlich auch ein Sympathisant von Ozma gewesen sein«, spekulierte der Kämmerer weiter.

»Oder ein Nachfahre der Hexe.« Das Nackenfell des Löwen sträubte sich. »Auf so was warte ich schon lange.«

Als wir die herzoglichen Gemächer im Turm erreichten, nahmen die beiden Gardisten neben der Tür Haltung an. Das Licht der Wandfackeln spiegelte sich auf ihren Hellebarden.

Der Raum war nicht allzu groß und eher spartanisch ausgestattet – ein Herzog, der nicht schlief und nicht aß, brauchte eben weder Bett noch Tisch. Nur eine Werkbank und ein breiter, gepolsterter Hocker standen in der Mitte des

Gemachs, das auch nur ein kleines Fenster besaß. In allen Ecken standen besonders schöne Hackstöcke und angefangene Schnitzereien. Sägemehl bedeckte die dicken Teppiche.

Meister Gregory bemerkte meinen Blick in Richtung des winzigen Fensters, das nicht einmal so groß wie das Schürloch unseres Ofens in der Baker Street war. »Der Herzog hasst Feuchtigkeit«, betonte der Kämmerer. »Aus naheliegenden Gründen, wie Sie sahen.«

Holmes inspizierte zunächst die Werkbank und den Hocker. Danach schritt er zum Fenster und zwängte seine schmale Gestalt hindurch, sodass ich schon fürchtete, er könne trotz der Enge des mickrigen Lochs hinausfallen. Seinem Gesicht im Anschluss an die Inspektion des Fensters nach zu urteilen, fand Holmes jedoch auch an der Außenwand des Turms nichts, das ihm einen Anhaltspunkt gab. »Außer Ihnen ist seit Aufbruch des Herzogs niemand mehr hier drin gewesen?«, fragte der Detektiv Meister Gregory, der wieder einmal nervös seine Kappe malträtierte.

»Niemand«, bestätigten der Kämmerer und die beiden Wachsoldaten von der Tür her nahezu unisono.

Holmes nickte, als habe er diese Antwort erwartet, und fragte den Löwen:

»Bei all dem Maschinenöl wird uns Ihre Nase wahrscheinlich nicht weiterhelfen können?«

»Richtig«, grollte der Löwe frustriert.

Holmes nickte abermals und blickte gedankenversunken zum Fenster.

»Es gibt nicht viele Möglichkeiten, hier hereinzukommen«, begann er irgendwann. Gregory und die Botschafterin hingen wie gebannt an seinen Lippen. Der Löwe zuckte nervös mit den Ohren. Die Wächter umklammerten ihre Waffen und lehnten sich weit in die Turmkammer des Herzogs hinein. »Es gibt ja nicht einmal einen Kamin. Die Tür scheidet auch aus. Und wenn man alles andere ausschließt, bleiben in diesem Land fraglos in jedem plausiblen Szenario noch Magie …«

»Die Hexe!«, fauchte der Löwe sofort.

»… oder ein kleines Wesen mit Flügeln«, schloss Holmes, streckte den Arm aus und deutete auf das Fenster. »Einen Vogel können wir ausschließen, sonst hätten wir hier irgendwo Kot oder zumindest eine Daune gefunden. Außerdem hätte der Schnabel Eindrücke auf dem Wetterbericht hinterlassen. Wir suchen also nach einem Wesen, das klein genug ist, um durch dieses Fenster zu passen, Hände wie ein Mensch hat und auch noch Flügel …«

Gregory, Mrs. Gale und der Löwe sahen einander an.

»Geflügelte Affen!«, riefen sie wie aus einem Mund.

***

»Die Zauberkappe ist seit Jahren nicht mehr gesehen worden«, erläuterte die Botschafterin, einst selbst Trägerin der legendären Kopfbedeckung, mit der man die Schar der geflügelten Affen herbeirufen und befehligen konnte.

Wir stiegen eine lange Wendeltreppe hinab, um ins Archiv des Schlosses zu gelangen, wo wir Weiteres über den Verbleib der magischen Kappe zu erfahren hofften. Holmes verließ uns jedoch auf halber Strecke, um auf eigene Faust Nachforschungen bei den Bediensteten des Schlosses anzustellen, wie er prosaisch erklärte. Auch Gregory empfahl sich unterwegs, da er sehen wollte, wie weit der herzogliche Leibschmied mit Lösen der metallenen Leichenstarre des Herrschers von Winkus war.

Drei Stunden durchforsteten Ms. Gale und ich das Archiv und insbesondere die Abschriften von L. F. Baum, dem königlichen Hofschreiber von Oz, der über die Jahre allerhand Zeitzeugnisse angefertigt hatte – ohne einen nennenswerten Hinweis auf den derzeitigen Aufenthaltsort der Kappe allerdings.

»Ich brauche eine Pause«, stöhnte ich schließlich und warf das Buch, das ich zuletzt durchgesehen hatte, entnervt auf einen wackeligen Stapel. Seufzend rieb ich mir den Nacken.

Die Botschafterin lächelte mitfühlend.

»Soll ich Sie massieren?«, bot sie keck an.

Ich lehnte nach kurzem Zögern höflich ab und fragte stattdessen, wo man am besten ein bisschen frische Luft schnappen und sich etwas die Beine vertreten könnte. Ms. Gale griff nach ihrer kurzen Fliegerjacke.

»Kommen Sie, Doktor. Wir machen die große Tour durch den Garten. Beeindruckt die Besucher immer«, fügte sie zwinkernd hinzu.

Der Leibwächter der energiegeladenen Botschafterin, deren amerikanische Herkunft nicht zu verleugnen war, erhob sich träge vom Diwan, auf dem er geruht hatte, streckte sich wie der majestätische Urvater aller Hauskatzen, gähnte ausgiebig und schlich gemütlich hinter uns her.

***

Der Schlossgarten war wirklich eine beeindruckende Pracht. Es waren weniger die bunten, duftenden Blumenmeere, die mich faszinierten, als viel mehr die unzähligen Bäume, die sich wie Skulpturen neben und über den sandigen Wegen wanden und ihre Astleiber wie Liebende verknoteten.

»Nick hatte schon immer ein Händchen für Holz«, erklärte die Botschafterin, die sich bei mir eingehakt hatte, als wir auf einem breiten Rundweg durch die Anlage spazierten. Ich genoss es, durch den Park zu flanieren und keine Gedanken an Bücher verschwenden zu müssen, einzig und allein konzentriert auf den lieblichen Gesang der Vögel und den angenehmen Geruch von Blumen, Bäumen und Gras.

Plötzlich trat jemand aus dem Schatten einer verschlungenen Holzskulptur direkt neben dem Weg. Der Löwe sprang mit einem aggressiven Fauchen nach vorn und stellte sich angriffsbereit vor mich und die Botschafterin.

»Machen Sie das nicht noch mal, Mr. Holmes«, presste er nach ein paar Augenblicken leise hervor und entspannte sich, als Sherlock Holmes sich vollends aus den Schatten löste. Über Holmes' Schulter hinweg sah ich, dass Gregory uns ebenfalls über den Rundweg entgegen eilte, vier Soldaten im Schlepptau.

»Mr. Holmes!«, keuchte der Kämmerer. »Ich habe ihre Nachricht eben erhalten. Wo ist der Attentäter?«

Holmes deutete lässig auf eine Rasenfläche ganz in der Nähe, wo eine prächtige Statue des Herzogs stand; die Axt in der Hand des hölzernen Riesen war so groß wie ich selbst. Ich musste an das Trojanische Pferd denken.

»Die Statue?«, fragte ich verwirrt.

»Daneben, Watson, daneben«, antwortete Holmes, und erst jetzt fiel mir die kleine Gestalt auf, die mit einer Rasenschere am Boden herumkroch und die Graskanten um den dunklen Sockel des Monuments stutzte.

»Das ist Denslow, einer der Gehilfen des alten Gamdschie«, sagte Gregory mit gerunzelter Stirn.

»Ich weiß.« Holmes schmunzelte still in sich hinein. »Machen Sie sich auf einen Klassiker für Ihre Aufzeichnungen gefasst, alter Freund«, sagte der Detektiv dann zu mir. »Ausnahmsweise ist der Gärtner *wirklich* der Täter.«

***

Gregory wies die Gardisten an, sich dem Gehilfen des Gärtners von der anderen Seite der Statue zu nähern. Wir traten derweil aus Richtung des Schlosses auf die Grünfläche und hielten zielstrebig auf die Holzskulptur zu, Holmes und der Löwe an der Spitze unserer kleinen Formation.

Als uns der in seine Arbeit vertiefte Denslow bemerkte, war es bereits zu spät: Er war eingekreist.

Andererseits: Dem Löwen wäre er ohnehin nicht entkommen.

»Gestehe, Schurke!« Die Stimme des Leibwächters der Botschafterin barg das Versprechen eines gewaltsamen Todes.

Die Schere schnippte ein letztes Mal kläglich. Stille senkte sich über den Garten. Vor dem jungen Mann glitzerte etwas wie frischer Tau im Gras. Tränen.

»Ich wollte das alles nicht!«, schluchzte Denslow unerwartet heftig und brach weinend im Grün zusammen.

»Aus ihm werden wir so schnell nichts rausbekommen«, meinte der Löwe geringschätzig und rümpfte katzenhaft die Nase.

»Ich kann das Puzzle für Sie zusammensetzen, soweit es mir bekannt ist«, erbot sich Sherlock Holmes.

Noch heute wundere ich mich, wie der Detektiv bei Gelegenheiten wie dieser jedes Mal von Neuem so teilnahmslos und uneigennützig klingen konnte.

»Bitte, Mr. Holmes!« Gregory schluckte artig den Köder. Auch auf Ms. Gales hübschem Gesicht lag ein erwartungsfroher, bewundernder Ausdruck.

»Nun«, ließ sich mein Freund nicht lange bitten, »ich habe mich umgehört. Gestatten«, fuhr er auf einmal mit veränderter Stimme fort, »Radagast mein Name. Ich bin Naturforscher und befinde mich auf Einladung des Königs in Oz. Können Sie mir vielleicht sagen, wer sich hier am Hof am besten mit einheimischen Tieren auskennt, die ich in meinen Almanach aufnehmen könnte?«

»Sie schreiben einen Almanach?«, fragte Gregory verstört.

Ich grinste innerlich. Holmes musste den Kämmerer *lieben.* »Nicht in nächster Zeit«, sagte mein Freund wieder mit seiner normalen Stimme. »Das war nur ein Vorwand, um mich durch die Dienstbotenriege zu fragen. Es ist ganz angenehm, einmal ohne aufwendige Verkleidung ein unbekanntes Gesicht zu sein. Ich wollte wissen, wer am Hof des Herzogs Zugang zu abgerichteten Tieren hat. Mir war von Anfang an klar, dass der Austausch des Wetterberichts nur durch das Fenster stattgefunden haben kann. Ich war mir einzig nicht sicher, ob Sie mit den Affen auf der richtigen Fährte waren. Deshalb wollte ich mich selbst ein wenig umhören. Eine Magd in der Küche erzählte mir schließlich in aller Ausführlichkeit von ihrem verflossenen Liebhaber – einem Gärtnergehilfen –, der in seiner Freizeit kleinere Tiere abrichtet und sich zuletzt mit einer Fledermaus beschäftigt hat.« Holmes kramte in seinem Gehrock nach seiner Pfeife und Zündhölzern, von denen er eines an der Statue entzündete und über den Pfeifenkopf hielt. Dabei erklärte er nicht ganz vorurteilsfrei: »Sie sehen: Hass ist ein starkes Gift, und Liebe stirbt schnell, wenn sie nicht mehr gefüttert wird.«

»Ich wusste nicht, dass so ein schlimmer Sturm gemeldet war!«, klagte da auf einmal der junge Gärtner am Boden und wischte sich mit dem Ärmel den Rotz aus dem Gesicht.

»Warum wolltest du den Herzog überhaupt umbringen, Denslow?«, fragte Meister Gregory traurig.

»Ich *wollte* ihn doch gar nicht umbringen!« Der Jüngling schniefte lautstark. »Ich wollte nur, dass er denkt, es sei das ideale Wetter dafür, sich mal wieder um die Bäume hier im Hofgarten zu kümmern.« Kleinlaut fügte der Bursche hinzu: »Ich habe ihn abpassen und mit ihm über eine Beförderung reden wollen. Im Thronsaal, bei den offiziellen Anlässen, hätte ich mich das nie getraut. Aber Elphi hat mir nur deshalb den Laufpass gegeben, weil ich zu wenig verdiene und seit Ende meiner Lehre nichts dagegen getan habe. Das sollte mir nicht noch mal passieren! Vielleicht hätte ich sie sogar zurückgewinnen können …«

Ich schüttelte mitleidig den Kopf.

»Das hätte man alles klüger anstellen können, junger Mann«, bemerkte ich.

»Ich hätte den Herzog vor dem Unwetter gewarnt, wenn ich davon gewusst hätte!«, rief Denslow über die Schulter zurück, als die Wächter ihn mit ausdruckslosen Gesichtern abführten. »Der blöde Kerl ist nur mit dem echten Bericht abgehauen, bevor ich ihn lesen konnte!«

»Welcher Kerl?« fragte Gregory misstrauisch.

Holmes' Blick strich über die hölzerne Statue des Herzogs.

»Denslow hat einen Gnom bezahlt, der auf seiner abgerichteten Fledermaus nach oben geflogen ist und die Wetterberichte ausgetauscht hat. Ich habe entsprechende Stiefelabdrücke in Denslows Unterkunft entdeckt, wo jemand zuvor versehentlich Dünger verschüttet hat.«

Ich wollte gar nicht erst darüber nachdenken, wie Holmes in die Unterkunft des Gärtnergehilfen gelangt war.

»Ein *Gnom?*« Gregory wurde blass wie ein Gespenst.

Holmes nickte. »Denslow hatte wegen der Krallen wohl ähnliche Bedenken wie wir – eine helfende Koboldhand war die ideale Ergänzung zur Fledermaus. Kein dummer Kerl, dieser Denslow. Nur schrecklich gehemmt. Anscheinend schien ihm diese waghalsige Investition in seine Zukunft leichter zu fallen, als über den Schatten seiner Schüchternheit zu springen.«

»Das Schattenspringen kann er künftig ausreichend üben«, brummte der Löwe grimmig und schlug mit seinen mächtigen Pranken nach einem wehrlosen Grasbüschel. »Die Minen sind voller Schatten. Mit einem Gnom gemeinsame Sache machen, pah!«

»Vielleicht war er sogar nur ein Werkzeug«, gab Holmes zu bedenken. »Nach allem, was Sie über die neuerlichen Spannungen zwischen Winkus und den Gnomen erzählt haben, könnte diese Intrige auch andernorts begonnen und in Denslow lediglich ihr williges Instrument gefunden haben. Oder ist es üblich, dass sich Gärtnergehilfen und Gnomen beim abendlichen Gießen der Rosen zufällig über den Weg laufen?«

Kurz herrschte Schweigen im Antlitz der Statue.

»Der Herzog sollte davon erfahren«, sagte Gregory nach einer Weile gedehnt. »Ihm geht es übrigens wieder besser. Er klagt noch über steife Gelenke. Ansonsten scheint er die Starre besser überstanden zu haben als gedacht.«

»Tja – Ende gut, alles gut!«, flötete Botschafterin Gale gut gelaunt und hakte sich bei mir und Holmes ein, um uns aus dem Schlossgarten zu führen. »Kommen Sie, meine Herren! Bevor ich Sie nach London zurückfliege, *müssen* wir in der Smaragdstadt vorbeischauen. Die Vo... der König brennt darauf, Sie kennenzulernen. Er ist ein treuer Leser Ihrer Geschichten, Doktor. Einmal im Jahr fliege ich extra nach London, um die Ausgaben des *Strand* nachzukaufen ...«

Ratten im Gemäuer

Es war kurz nach der Hatz auf den Schatz der Meg Malloy und der Sache mit dem verschwundenen Heilmagnetiseur, als Sherlock Holmes und ich wie so oft im Salon beisammensaßen und unseren jeweiligen Professionen zuarbeiteten. Ich brütete über den letzten Korrekturen an einem meiner nächsten Berichte für das *Strand Magazine,* nach dem mein Agent Mr. Conan Doyle bereits vor seiner Reise nach Kanada gefragt hatte. Der Protagonist jener heiß erwarteten Geschichte ging unterdessen seine morgendliche Post durch.

Wie üblich war das meiste für Holmes selbst: überschwängliche Dankesschreiben in allen Formen, Formaten und mit den verschiedensten Poststempeln, dazu Hilfegesuche, Beschreibungen von mutmaßlichen Verbrechen und die üblichen Drohungen und Bettelbriefe. An diesem Morgen wurde jedoch auch ich in zwei der Schreiben erwähnt, weshalb mein Freund sie wortkarg an mich weiterreichte. »Ihr Gebiet«, murmelte er kurz angebunden und widmete sich wieder der Durchsicht der restlichen Briefe, die er wie ein Kartenspieler aufgefächert in der Hand hielt, während er sie nach und nach aussortierte.

Beim ersten der beiden Schreiben, die Holmes mir überlassen hatte, handelte es sich um eine Dankeskarte der Familie Davies aus Chelsea, der Holmes und ich vergangenes Wochenende ein altes Familienerbstück – einen Teddybären, der mit dem diamantenen Familienschatz der Davies gefüllt war – wiederbeschafft hatten, nachdem das Dienstmädchen ihn versehentlich mit in den Kinderwagen gepackt und dann auch noch in Kensington Garden verloren hatte. Der zweite Brief war wesentlich dicker: ein mehrseitiges Schreiben von einem jungen Mann namens Milne, der mir – inspiriert von meinen eigenen Texten – eine kurze Prosageschichte zugesandt hatte, in der nicht nur Holmes, sondern auch ich selbst vorkam. Es waren vermutlich nicht die schmeichelhaftesten Zeilen, die jemals über uns beide geschrieben worden waren, aber ich erkannte das humoristische Ansinnen und das schriftstellerische Talent hinter dem Text. Also ermutigte ich Mr. Milne in einem sogleich abgefassten Antwortbrief, seine Geschichte doch dem *Punch* oder der *Vanity Fair* anzubieten, und forderte ihn auf, unbedingt weiter zu schreiben. Zur weiteren Inspiration legte ich ihm meine Notizen zum Fall des verschwundenen Teddybären bei.

Ein Läuten am Klingelstrang, dem schwere Schritte auf der Treppe zu unserer Wohnung im ersten Stock folgten, ließ mich den zugeklebten Brief an meinen jungen Schriftstellerkollegen zur Seite legen und Holmes erwartungsvoll ansehen. Der Detektiv arbeitete sich jedoch ungerührt weiter durch seine Morgenpost. »Lassen Sie unseren Seemann herein, Watson?«, fragte er bloß beiläufig, derweil er in der Attitüde eines Kartenspielers zwei Briefe auf den Tisch warf. »Und passen Sie auf Ihre Finger auf, wenn Sie ihm die Hand geben.«

Ein guter Ratschlag. Denn tatsächlich war der Mann, der sich mit dem breitbeinigen Gang eines Matrosen die letzten Treppenstufen heraufmühte, ein regelrechter Hüne – und darüber hinaus kein Unbekannter.

»Dr. Watson!«, begrüßte Steven Bissette mich und pumpte enthusiastisch meine Hand, wobei er sie fast zerquetschte.

Holmes und ich hatten Bissette während der unseligen Angelegenheit kennengelernt, die ich unter dem Titel »Der Henker« niedergeschrieben habe. Holmes hatte in jener stürmischen Nacht – trotz festgefahrener Meinung von Inspektor Lestrade, der meinen Lesern nicht unbekannt sein dürfte – Bissettes Unschuld bewiesen und ihn vor dem Gefängnis und Schlimmerem bewahrt.

Mein Freund kam gerade um den Tisch herum und gab unserem alten Bekannten die Hand. »Ihr neues Gewerbe bekommt Ihnen gut, Mr. Bissette!«, sagte der Detektiv sofort. »Und auch die Ehe, wie mir scheint.«

»Da brat mir doch einer 'nen Storch!« Bissette kratzte sich geräuschvoll am kurz geschorenen Hinterkopf. »Seit Sie mir den Ar... seit Sie mir den Allerwertesten gerettet haben, weiß ich ja, was für ein Zauberer Sie sind, Mr. Holmes! Aber woher wissen Sie schon wieder, dass ich geheiratet und eine neue Arbeit hab?«

Noch während wir uns auf Sessel und Sofa verteilten, erklärte Holmes munter und mit einem anerkennenden Nicken:

»Ihre Kleidung kündet nicht gerade von einem aktuellen Engagement auf einem Schiff. Dass Sie unter ihrer Weste gut genährt sind, lässt unterdessen auf eine Küche schließen, wie sie meistens nur frisch verheirateten Männern zu Teil wird. Fragen Sie mal den guten Watson hier! Und die beiden unteren Knöpfe – die heller und weniger abgegriffen sind als die anderen – haben Sie doch bestimmt nicht selbst angenäht. Nicht mit ihren Fingern, möchte ich wetten.«

Tatsächlich hatte die Natur Bissette mit wahren Pranken ausgestattet – in denen ich mir ebenfalls nur schwerlich Nähnadel und Faden vorstellen konnte.

»Und blutig sind Ihre Hände auch nicht mehr«, ergänzte ich und entsann mich, wie Holmes damals aufgrund Bissettes vom Salzwasser arg in Mitleidenschaft gezogener Hände den Fall gelöst hatte, da ein weißer Leinensack, auf dem man jedoch keinerlei Blutspuren hatte finden können, in den vermeintlichen Mord involviert gewesen war.

Holmes neigte gönnerhaft das Haupt. »Sehr gut, Watson«, lobte er, nur um sich sogleich wieder an unseren Gast zu wenden. »Was können wir für Sie tun,

Mr. Bissette? Ihre dunklen Augenringe weisen nicht nur auf einen Beruf mit nächtlichen Arbeitszeiten hin, sondern lassen auch darauf schließen, dass das hier kein reiner Höflichkeitsbesuch werden sollte.«

Bissette, der staunend zwischen mir und meinem Freund hin und her geblickt hatte, schüttelte erst den Kopf, ehe er bekümmert nickte.

»Recht haben Sie. Mit allem, mein' ich«, sagte der ehemalige Matrose. »Ich hab vor acht Wochen geheiratet. Nathalie. Ein tolles Mädel aus Soho. Wir haben eine Wohnung in der Charing Cross Road.« Ein stolzes, leicht verlegenes Lächeln stahl sich auf Bissettes kantige Züge. »Außerdem werd ich bald Vater. Und ja, ich hab auch eine neue Anstellung. Mr. Cassady« – der Besitzer jener Lagerhalle, in der Bissette fast den Kopf für ein vermeintliches Verbrechen hätte hinhalten müssen – »hat's damals ordentlich leidgetan, dass ich fälschlicherweise verdächtigt worden bin und den ganzen Ärger mit den Polyp… den Herren Polizeibeamten hatte. Deshalb hat er mir 'ne Anstellung als Wachmann in seinem Lagerhaus an den Docks angeboten. Das war ganz gut, denn damit hat's sich leichter um Nathalies Hand anhalten lassen. Kein Vater sieht es nich' gern, wenn ein Seemann um die Tochter buhlt, wissense? Und wie Sie ja gerade selbst gesagt ham, Doktor, hat mir das Seefahren mit meinen Händen eh nicht mehr gut getan. Also bin ich gern auf des Angebot eingegangen. Lief auch alles glatt die ganze Zeit. Bis vor zwei Tagen. Da haben wir eine ganze Ladung Getreide verloren. Ratten«, schloss Bissette die Zusammenfassung der jüngsten Ereignisse und Veränderungen in seinem Leben und hielt sich gerade noch zurück, auf den Boden zu spucken, wie Matrosen es oft tun, wenn sie von einem Unglück sprechen, das noch einmal auf ihr Schiff zurückkehren könnte. Mrs. Hudson, deren Teppiche in 221B ob Holmes' chemischer Tests und unser beider Rauchgewohnheiten häufig genug zu leiden hatten, wäre Bissette für seine Zurückhaltung sicherlich dankbar gewesen.

»Das mit den Ratten ist unerfreulich, gehört aber zum Geschäft dazu, würde ich sagen«, meinte Holmes. »Wo Gebäude und Lebensmittel zusammenkommen, sind Ratten nicht weit. Und es ist längst nicht mehr so schlimm wie noch vor vierzig Jahren. Wir haben ja nicht mal mehr einen königlichen Rattenfänger, seit der alte Jack Black tot ist.«

»Sapperlot, Sir!«, rief Bissette da überrascht aus und schreckte zurück, als hätte Holmes ihn geschlagen. »Jetzt wird's sogar mir unheimlich, wenn ich des so sagen darf. Woher haben Sie den Namen denn jetzt schon wieder gewusst?«

»Ich sehe schon«, sagte mein Mitbewohner, während er sich mit überschlagenen Beinen zurücklehnte. »Sie müssen uns die Geschichte von Anfang an erzählen.«

Bissette nickte zögerlich. »Jawohl, Mr. Holmes. Wie gesagt: 's schon richtig, dass Ratten dazugehören. Aber ich war gleich 'n bisschen skeptisch, weil das ziemlich viele von den Biestern gewesen sein müssen, so schnell wie sie die Ladung verdorben haben. Zwischen meinen Rundgängen liegen nachts keine fünfundzwanzich Minuten. Noch seltsamer war natürlich der Brief, den Mr. Cassady am nächsten Tag bekam. Der Schreiber – ein gewisser Jack Black, deshalb gerade meine Überraschung – forderte darin eine ziemlich hohe Summe, damit das nicht nochma passiert.«

»Jack Black ist tot und wird es bleiben – vorausgesetzt, dass wir es nicht wieder mit einem Nekromanten zu tun kriegen. Die Kerle sind manchmal schwer totzukriegen.«

Holmes hatte gelegentlich einen sehr eigensinnigen Humor, der nur darauf abzuzielen schien, mich an besonders unangenehme Fälle mit brenzligen Momenten zu erinnern. Und so verzog ich beim Gedanken an die Begegnung mit Thoth-Amon vergangenen Sommer in Stygien – oder, noch schlimmer, an die Auseinandersetzung mit dem Zombiepriester in der Lonely Street vor drei Jahren – erwartungsgemäß das Gesicht und griff nach meinem Zigarettenetui.

»Black war vor mehr als fünfunddreißig Jahren Londons berühmtester Rattenfänger«, erklärte Holmes Bissette derweil weiter. »Ein erfahrener Bekämpfer von Schädlingen aller Art über wie unter der Erde – und das mit königlichem Siegel.« Dann, ohne Übergang: »Haben Sie den Brief dabei?«

»Tut mir leid, Sir. Ich bin gewissermaßen … inoffiziell hier.« Bissette schien sehr mit sich zufrieden, dieses diplomatische Wort gefunden zu haben.

Holmes nahm die Diplomatie unseres Gastes ohne Mühe auseinander. »Sie haben Angst, dass man Sie wieder beschuldigen könnte«, folgerte der Detektiv.

Es war keine Frage.

»Ja«, gab Bissette widerwillig zu und schaute unbehaglich drein. »Ich will Mr. Cassady nichts unterstellen – er ist kein schlechter Boss. Aber ich bin ein gebranntes Kind, und jetzt, als Ehemann und werdender Vater, möcht ich vorsichtich sein. Und rechtzeitig die richtigen Verbündeten haben«, fügte er bedeutungsschwer hinzu.

Holmes nickte zustimmend. »Hat Mr. Cassady bezahlt?«

Bissette schüttelte den Kopf. »Nein, Sir. Ich mag gar nicht an heute Nacht denken! In dieser Stunde kommt eine Ladung Kaffee mit dem Schiff rein. Wehe mir, wenn wir die wieder wegwerfen können, weil überall die Kötteln von den Mistviechern drinne sind …«

***

Am nächsten Tag, der mit Nieselregen und einer schmutzig-grauen Wolkendecke über London begann, sahen Holmes und ich direkt nach dem Frühstück in der Lower Thames Street vorbei.

Das Lagerhaus der Importfirma *Cassady Ltd.* lag nur ein paar Minuten vom Tower entfernt.

Im ganzen Bezirk westlich des Gefängnisturms gab es auf fast jedem Grundstück schlichte Bauten dieser Art, in denen die unterschiedlichsten Waren und Güter lagerten und auf ihren Weitertransport warteten. Auch wenn manche Fassaden recht schäbig aussahen, waren die Lagerhallen doch ein wichtiger Stützpfeiler für Leben und Wirtschaft im Königreich.

Bissette wartete bereits vor dem länglichen Gebäude und zog nervös an einer selbst gedrehten Zigarette – *alle* Marotten seiner Jahre auf See hatte er sich trotz seiner Lebensverlagerung aufs Land und seines Einlaufens in den Hafen der Ehe also doch nicht abgewöhnt.

»Ah, da sind Sie ja!«, rief er schon, kaum dass wir aus unserer Droschke gestiegen waren. »Die ganze Ladung is hin!«, teilte er uns gefrustet mit. »Und wieder gab's einen Brief. Der Preis ist gestiegen.« Er führte uns ins Innere des Lagerhauses, wo wir uns selbst ein Bild des Schadens machen konnten, den die Ratten in der vergangenen Nacht in Windeseile angerichtet haben mussten, wie Bissette verriet: »Ich war nur mal kurz pis... austreten und eine rauchen. Als ich zurückkam ...«

Fast alle Säcke mit den Kaffeebohnen aus Südamerika waren angefressen – das dunkle Gold Kolumbiens und Brasiliens quoll wie Blut aus frischen Schusswunden zwischen der rauen Jute hervor und vermengte sich am Boden mit dem Kot der Nager, der überall herumlag. Der Menge an dunklen Kügelchen nach mussten die Tiere eine regelrechte Orgie gefeiert haben und in großer Zahl ins Lagerhaus eingefallen sein. Für einen Außenstehenden mochten das bisschen Rattendreck zusammen mit ein paar aufgebissenen Säcken kein Weltuntergang sein – für ein Unternehmen wie *Cassady Ltd.* waren rasch aufeinanderfolgende Übergriffe dieser Art jedoch eine echte Katastrophe.

»Das war gestern noch nicht da«, sagte Bissette und zeigte uns die Stelle, wo die Ratten in die Halle eingedrungen waren. »Beim ersten Mal sind sie an der Nordwand reingekommen, und das Loch hab ich ordentlich zugenagelt gehabt.«

Anschließend führte Bissette uns in das kleine Büro neben dem Hauptraum der Lagerhalle, wo Bissette sich sonst während seiner Schichten aufhielt, wenn er nicht gerade einen Rundgang machte oder draußen rauchte.

Mr. Cassady saß dort bereits an einem kleinen Schreibtisch und zwirbelte nervös die Haare seines Backenbarts zwischen den Fingern.

»Mr. Holmes! Dr. Watson!«, begrüßte uns der ältliche Geschäftsmann. »Danke, dass Sie gekommen sind. Erst war ich wütend, dass Steven sich eigenmächtig mit Ihnen in Verbindung gesetzt hat. Jetzt – nach dieser bösen Überraschung – bin ich ihm sogar dankbar für seine Initiative. Guter Mann.« Cassadys Lob klang etwas halbherzig – vermutlich saß ihm der Schock noch zu tief in den Knochen. Bissettes Ohrenspitzen nahmen dennoch einen roten Farbton an.

»Dürfte ich die Schreiben des Erpressers sehen?«, bat Holmes geradeheraus. Diesmal wurde er nicht enttäuscht und konnte sich über die beiden Briefe hermachen. Das flackernde Licht der Lampen auf dem Schreibtisch verlieh

Holmes' scharfen Zügen etwas Diabolisches, als er nach zwei, drei Minuten verkündete: »Einen Nutznießer können wir ausschließen. Die Beschreibungen der Schäden sind äußerst präzise. Das hier ist ja fast ein detaillierter Schlachtplan. Wo gehen sie rein, was genau werden sie tun …« Holmes legte den Brief ab und sah uns der Reihe nach an. »Bevor wir weiter herumrätseln, sollten wir erst einmal ein paar Erkundungen einholen. Kommen Sie, Watson. Wollen wir doch mal sehen, wie es den umliegenden Lagerhallen zuletzt so ergangen ist.«

»Sie denken, wir sind nicht die Einzigen?« Cassady wirkte zugleich erstaunt und erleichtert. Seine Hand strich wieder und wieder nervös über seine buschigen Koteletten.

Holmes bedachte ihn mit einem äußerst schmalen Lächeln, das unentschlossen zwischen Zurückhaltung und offen zur Schau gestellter Abneigung taumelte. »Das gilt es herauszufinden, nicht wahr?«, antwortete der Detektiv, ehe er ohne ein weiteres Wort das kleine Büro verließ.

***

Wir klapperten jedes einzelne Gebäude im Schatten des Towers ab, das auch nur einen Abstellraum hatte, in den man mehr als einen Wischmob und einen Eimer deponieren konnte. Das Ergebnis unserer Erkundungsmission war erschreckend: Sechzehn Lagerhallenbesitzer wurden auf ähnliche Weise wie Cassady erpresst. Nachdem wir alle Lagerhäuser abgegangen hatten, schleppte Holmes mich noch ins *Shaw's*, eine üble Spelunke, die hinter einer Werft lag und sowohl von außen wie von innen so schäbig wirkte wie die ausgeschlachteten Schiffsskelette, die seit Jahren vor der Kneipe aufgebockt sein mussten. Dreh- und Angelpunkt der verrauchten Kaschemme im finsteren Kern der Docks war eine Rattengrube, wo man mit ein paar gut hüfthohen Brettern eine kleine Arena mit einer Fläche von zwei mal vier Yards errichtet hatte.

Mein Herzschlag beschleunigte sich, als ich die Tafel hinter der Grube sah, wo die Wettquoten festgehalten wurden.

Jeder Mensch hat mindestens ein großes Laster. So wie Holmes seine siebenprozentige Kokainlösung, das Morphium und den Tabak vom Vorabend in seinem persischen Pantoffel hatte, war ich seit meiner Zeit an der Universität dem Spielen, Würfeln und Wetten niemals mehr abgeneigt gewesen. Ich hatte es die meiste Zeit unter Kontrolle und ging mit dieser Sache auch keineswegs hausieren – trotzdem packte mich stets die *Neugierde* und wurden meine Hände feucht, wenn ich mich unversehens an einem Ort wiederfand, an dem auf den Ausgang von Wettkämpfen gesetzt werden konnte, von geübter Hand Karten gegeben wurden oder klappernd die Würfel rollten.

Allerdings konnte man die Rattenkämpfe, die sich Mitte des Jahrhunderts noch weit größerer Beliebtheit erfreut und mit Hundechampions wie Billy oder Jacko ihre besten Tage gesehen hatten, nicht mit den Spielvergnügen eines

Gentlemans, mit Pferde- oder Windhundrennen, Roulette oder Poker vergleichen. In den Gruben wurde – traditionell, wie man leider sagen muss – ein äußerst blutiges Spektakel inszeniert, das den Geist der Gladiatorenkämpfe im alten Rom unangenehm lebendig hielt. Immerhin: Die Zeiten, da noch regelmäßig Affen, Waschbären, Füchse oder sogar Menschen zu den Hunden in die Gruben geschickt wurden, neigten sich ebenso wie das 19. Jahrhundert endgültig ihrem Ende entgegen. Vielleicht würde die Zivilisation eines Tages doch über die menschliche Barbarei triumphieren, auch wenn Experten wie Mr. Howard das ja nach wie vor bezweifeln.

Während Holmes sich unter die Meute am Tresen mischte, schob ich mich – trotz aller Zivilisation – durch die schwitzende, johlende Menge, bis ich am Rand der Rattengrube stand und das Spektakel aus nächster Nähe betrachten konnte.

In der Grube stürzte sich ein drahthaariger schwarzer Terrier auf alles, was sich bewegte, und heizte mit seinen wendigen Fuchssprüngen die Stimmung der Männer mächtig an, die sich zu wilden Anfeuerungsrufen und zotigen Beschimpfungen hinreißen ließen.

»Los, Spike!«

»Gib's den Viechern, Spike!

»Komm schon, Junge!«

»Letzte Chance einzusteigen, meine Herren!«

»Zwanzig auf neunzig unter drei, Luke!«

»Mach schon, du lahmer Köter!«

»Weiter so, Spike! Guter Junge! Schnapp sie dir!«

Der quirlige Terrier sprang auf jede der Ratten, die in seine Nähe kam, und arbeitete sich mit erstaunlicher Effizienz – zupacken, schütteln, Genick brechen, weiter – durch die Reihen der etwa hundert Nager. Stellenweise wogte der Boden der Grube wie ein lebendiger Teppich; einige Ratten drückten sich an den Rand, krabbelten übereinander und bildeten in einer der Ecken gar eine Art Pyramide – in der Hoffnung, der Grubenhölle mit dem knurrenden Teufel zu entkommen, der in fünfeinhalb haargenau bemessenen Minuten so viele Nager töten sollte, wie er konnte. Der mit Sägespänen ausgelegte Boden starrte schon jetzt vor schwarzen, grauen und braunen Leibern abgeschüttelter Ratten. Aber auch der tapfere Terrier, der sich von den lauten Rufen, dem durchdringenden Geruch des Nagetierblutes und dem Schweiß und Adrenalin in der Luft anstacheln ließ, blutete aus diversen Wunden an den Pfoten und Beinen, an Schnauze und Bauch; sein rechtes vernarbtes Ohr war indessen bereits in einem früheren Kampf – vielleicht mit einem anderen Hund oder einem Dachs – zerfetzt worden.

Nein, das alles war wirklich kein schöner Anblick. Dennoch konnte ich nicht den Blick abwenden und sichtete die Einsätze und Quoten auf der Schiefertafel gegenüber, wo für jede tote Ratte ein schneller Kreidestrich gemacht wurde.

Ich seufzte erleichtert, als Holmes sich kurz darauf zu mir durchzwängte, mir eine Hand auf die Schulter legte und mich vom Bann des wilden Schauspiels in der Grube befreite.

Die Lücke, die wir in der ersten Reihe hinterließen, wurde schnell geschlossen. Beim Hinausgehen betrat überdies eine Gruppe vornehm gekleideter Herren mit Zylindern, Monokeln und Spazierstöcken das *Shaw's* und orientierte sich zielsicher in Richtung Grube.

Nun. Es war kein Geheimnis, dass auch das Herzen des Empire zu jener Zeit seine Schattenseiten hatte.

Niemand wusste das besser als Holmes und ich.

***

»Was halten Sie von der ganzen Sache?«, fragte mich Holmes, als wir wieder in der Baker Street waren und der Detektiv mit seiner Lieblingspfeife im Mundwinkel in seinem Sessel saß.

Ich hatte die Eindrücke der Rattengrube mit eiskaltem Wasser, Seife und einer gründlichen Rasur so gut es ging abgeschält und abgewaschen, wähnte mich aber immer noch besudelt. »Ich fühle mich an das Verschwinden der Miss Allistair erinnert«, begann ich dennoch meine Analyse des vorliegenden Falls, indem ich auf die Episode anspielte, die ich unter dem Titel »Die Riesenratte von Sumatra« niedergeschrieben habe.

»Hm. Nicht übel«, meinte Holmes paffend und deutete mit seiner Pfeife auf mich. »Aber ich denke, diesmal liegt die Sache ein wenig anders. Damals hatten wir es schließlich mit einem wilden Tier zu tun.«

»Und diesmal nicht?« Ich sah Holmes überrascht an. »Sie denken wirklich, dass jemand die Ratten abrichtet? Dass er sie ... *dressiert?*«

Holmes blies einen beachtlichen Rauchring, auf dem man am Bühl wohl ziemlich stolz gewesen wäre.

»Unser ›Jack Black‹ kann die Ratten augenscheinlich auf die eine oder andere Weise manipulieren. Angesichts der Größenordnung dieser Manipulation haben wir es höchstwahrscheinlich mit einem zoologischen Phänomen zu tun. Aber wie genau das alles zusammenpasst ...«

Ich wusste, was man in solchen Situationen von mir erwartete: Ich musste der Wetzstein sein, an dem der große Sherlock Holmes seinen Geist schärfen konnte.

»Zoologisches Phänomen?«, echote ich.

»Das Revier von Ratten ist nicht groß, Watson. Jedenfalls nicht so groß, dass sie einen gesamten Abschnitt der Londoner Docks terrorisieren könnten. Die Tiere, die für die Zerstörungen in den betroffenen Lagerhäusern verantwortlich sind, haben in einem ganzen *Viertel* zugeschlagen. Eingedenk der Briefe des Erpressers müssen wir davon ausgehen, dass es sich größtenteils um dieselben Tiere handelt, die unser Mann – wie auch immer – an den jeweiligen Tatort schafft, wo sie seinen Befehlen folgen.«

»Vielleicht lockt er sie mit einem speziell präparierten, besonders geruchsintensivem Futter? Er könnte eine Spur zwischen den Lagerhäusern legen.« Ich erwärmte mich für meine Theorie. »Möglicherweise hat er die Tiere auch nach einer chemischen Substanz süchtig gemacht und sie auf sein Lockmittel konditioniert. Dann könnte er die Bewegungen der Tiere mit Leichtigkeit steuern – und das Ganze so darstellen, als würde er tatsächlich über den Willen der Ratten verfügen.« Ich überlegte kurz. »Also haben wir es vermutlich mit einem Biologen, einem Chemiker oder zumindest einem Naturforscher zu tun«, folgerte ich und erinnerte mich einmal mehr mit Grauen an den ruchlosen Stapleton und seine Machenschaften im Dartmoor.

»Vermutungen, Watson, nichts als Vermutungen. Aber wir werden sehen, alter Freund ...«

Das war alles, was Holmes zu meinen Gedankengängen sagte, da Mrs. Hudson an der Tür klopfte und das Abendessen brachte.

***

In dieser Nacht schlief ich nicht gut.

Meine Vermutung, dass ein Naturforscher an den unheimlichen Vorgängen mit den Ratten am Hafen beteiligt sein könnte, führte dazu, dass ich im Traum wieder einmal von einer riesigen Schattenbestie mit glühenden roten Augen durch eine diffuse Moorlandschaft gehetzt wurde. Allerdings verwandelte sich der Schatten des Hundes im Nebel hinter mir irgendwann in den einer riesigen Ratte ...

Ich erwachte schweißgebadet und mit der Gewissheit, nicht allein im Raum zu sein. Es gibt diese Momente direkt im Anschluss an einen viel zu realistischen Traum, in denen man sich davor fürchtet, die Augen aufzuschlagen und somit Klarheit darüber zu erlangen, was noch Teil des Traums ist und was nicht.

Nichtsdestotrotz sah ich mich nach kurzem Kampf mit meiner Furcht blinzelnd in der Düsternis um – und starrte direkt in zwei rote Augen, höchstens eine Armeslänge von meinem Gesicht entfernt!

Da flog die Tür zu meinem Schlafzimmer auf und knallte gegen die Wand.

Das rotäugige Etwas auf der Decke vor mir fiepte erregt.

»Nicht bewegen!«, hörte ich Holmes brüllen.

Mündungsfeuer blitzte im Dunkel des Türrahmens.

Die roten Augen wurden wie von einer Sturmbö zur Seite gewischt.

»Kommen Sie, Watson – da sind noch mehr!«

Ich schlug die Decke zur Seite, schwang die Beine aus dem Bett und folgte Holmes. Mein Mitbewohner entzündete ein Streichholz. In dessen flackerndem Schein sah ich schuhgroße Schatten durch unseren Salon springen.

Plötzlich bemächtigte sich meiner die irrationale Angst davor, dass etwas Pelziges über meine Füße wuseln könnte.

»Da! Haben Sie gesehen?«, rief Holmes und schoss erneut. Dass er barfuß war, schien den Detektiv nicht zu kümmern.

Im sterbenden Licht des Zündholzes konnte ich gerade noch sehen, wie ein kleiner Körper brutal zur Seite geworfen wurde und unterhalb von Holmes' Arbeitstisch mit dem Mikroskop und den chemischen Aufbauten leblos liegen blieb. Wir starrten und lauschten in die wiedergeborene Finsternis.

Als rechts von uns auf einmal ein lautes, aggressives Fauchen ertönte, war es bereits zu spät – unsere Angreifer waren bereits in der Luft.

Scharfe Zähne verbissen sich in mein Handgelenk, da ich den Arm im letzten Moment schützend vors Gesicht gerissen hatte. Ich schüttelte heftig den Arm, bis der Druck der nadelspitzen Zähne sich lockerte und etwas vor mir zu Boden fiel. Ich vergaß Angst und Ekel bezüglich der Nacktheit meiner Füße und trat rücksichtslos nach meinem Angreifer.

»Gut so, Watson!«, rief Holmes, der seinen pelzigen Widersacher wiederum mit dem Revolverlauf aus der Luft gefischt hatte, ehe er auf eine zweite Ratte schoss, die angriffslustig quiekend auf uns zurannte.

»Wie viele sind das?«, keuchte ich, während ich mit einem der langen Streichhölzer aus der Packung, die auf dem Kaminsims lag, rasch eine Lampe entzündete.

Anstelle einer Antwort schoss Holmes erneut.

Das Lampenlicht, das sich quälend langsam im Salon ausbreitete, schimmerte in mindestens fünf weiteren Augenpaaren. Als Holmes abermals abdrückte, stoben die glühenden Augen wie Funken auseinander; die Ratten wurden mit Anwachsen des Lichtkegels zu Schattenrissen mit langen Schnauzen und Schwänzen, die auf Stühle und Schränke sprangen, um mit eiligen Sätzen auf das geöffnete Fenster zuzuhalten, durch das sie vermutlich auch hereingekommen waren. Holmes verzichtete darauf, einen weiteren Schuss auf die fliehende Bande abzugeben. Rasch entzündeten wir die übrigen Lampen in den Zimmern von 221B.

Das Licht in meinem Schlafzimmer offenbarte kurz darauf, dass mein ungebetener Gast eine große Albinoratte gewesen war. Das Tier – oder eher das, was Holmes' Schuss von ihm übrig gelassen hatte – lag als unansehnliches blutiges Etwas links neben meinem Bett auf dem besudelten Teppich.

Das struppige schwarze Biest, das Holmes in dessen Zimmer einen Besuch abgestattet hatte, rührte sich ebenfalls nicht mehr – der Detektiv hatte dem Tier mit bloßen Händen das Genick gebrochen, wie er mir emotionslos berichtete, als er den Kadaver untersuchte.

Ich ging nach unten und beruhigte die aufgebrachte Mrs. Hudson, entschuldigte mich vielmals und wimmelte auch noch einen besorgten Constable ab, der an der Tür pochte. Die Schüsse schob ich auf eine von Holmes' legendären

Ermittlungen, die leider keinen Aufschub duldete und diesen Kalibertest zu später Stunde notwendig gemacht hatte.

»Das ist kein Zufall, nicht wahr?«, stellte ich unnötigerweise fest, als ich in unsere Räumlichkeiten zurückkehrte.

Holmes zog an einer Zigarette, die er sich aus meinem Vorrat genommen hatte. Er atmete den Rauch durch Mund und Nasenlöcher aus.

»Zufall? Bestimmt nicht, Watson. Da möchte wohl jemand keine weitere Einmischung.« Holmes reichte mir das aufgeklappte Etui. »Unsere Nachforschungen gestern sind demnach nicht unentdeckt geblieben. Vielleicht war ich auch zu unvorsichtig, und uns ist jemand gefolgt. Wie damals, mit *ihr*«, schloss er leise und mehr zu sich selbst.

Ich wusste dennoch, worauf er anspielte: auf jenen schicksalshaften Abend, als uns Irene Adler in Verkleidung bis zur Baker Street zurück gefolgt und Holmes am Ende entkommen war. Für den *König von Böhmen* war am Ende alles glimpflich ausgegangen – Holmes hatte jedoch weder die Niederlage noch *die Frau* jemals vergessen. Ihr Foto, das er sich damals als einzigen Lohn für seine Mühen vom verhüllten Monarchen erbeten hatte, und den Souvereign an seiner Uhrkette, den Adler ihm im Verlauf der Episode selbst gegeben hatte, besaß der Detektiv noch immer – ob als Mahnung oder Talisman, wusste ich nicht.

»Was tun wir jetzt?«, fragte ich, während ich Alkohol und Pflaster herbeischaffte, die Zigarette wie ein Hinterhofschläger lässig im Mundwinkel.

Mit Rattenbissen war nicht zu spaßen, wie das pestgebeutelte London vergangener Tage bitterlich erfahren hatte.

Holmes reckte das spitze Kinn vor und lächelte humorlos.

»Nun ja, Watson. Er war bei uns, nicht wahr? Höchste Zeit, dass wir in die Offensive gehen …«

***

An Schlaf war in dieser Nacht kaum noch zu denken. Holmes, der ohnehin nicht viel auf regelmäßige Bettruhe gab, durchforstete voller Tatendrang seine Buchregale und die Kisten mit unsortierten Büchern, während ich auf dem Sofa saß und lustlos in einem Band von Wilde blätterte, den dieser Anfang der Woche vorbeigebracht hatte. In regelmäßigen Abständen glitt ich in die dösigen Gefilde des Halbschlafs, aus denen ich meist nur kurze Zeit später aufschreckte. Immer wenn ich dergestalt unsanft aus den Randbereichen von Morpheus' Traumland zurückkehrte, sah ich ein feuriges Augenpaar vor mir und zuckte beim Aufwachen heftig zusammen, ehe ich die beruhigende Gegenwart von Holmes wahrnahm, der mal am Boden kniete und in seinen Kisten wühlte, mal vor mir im Sessel saß und in einem Buch blätterte.

»Was haben Sie da?«, fragte ich einmal schläfrig, nur um mich davon abzuhalten, erneut in den wenig erholsamen Schlummer zu entschweben.

Holmes hatte ein gebundenes Buch in seinen Schoß gelegt und starrte düster vor sich hin.

»Es ist wie damals, mit dem verruchten Stapleton«, grollte nun auch mein Freund. »Ein menschlicher Gegenspieler hat wieder einmal keine Skrupel, arglose Tiere für seine habgierigen Ziele zu missbrauchen.«

»Aber es sind doch bloß Ratten«, meinte ich leichthin und hielt eine Hand vor den Mund, um ein Gähnen zu verbergen.

»Beim alten Hristomilo, Watson!«, tadelte mein Mitbewohner mich. »Schon im antiken Rom galten Ratten als Glücksbringer. In Japan sieht man in ihnen bis heute Boten der Götter. Und in China sind sie ein Zeichen für Wohlstand. Auf meinen Reisen durch Indien war ich in einem Tempel in Rajastan. Dort verehrt man die Nager sogar als Reinkarnationen der Göttin Karni Devi. Sie leben zu Hunderten im Tempel, werden verhätschelt und verehrt. Man betet zu ihnen, damit sie die Kranken heilen.« Holmes bedachte mich mit einem durchdringenden Blick. »Und denken Sie nur an die vielen Straßenkinder, deren einzige Freude ein zahmer Rattenfreund ist, der ein wenig Sonne in ihre kargen Leben bringt.«

Manchmal konnte Holmes sogar mich noch überraschen.

»Dann sind die Ratten – obwohl ein paar von ihnen uns heute Nacht weiß Gott was antun wollten – also die unschuldigen Opfer ... und damit auf gewisse Weise unsere Klienten?«, fasste ich Holmes' Rede mit der wachen Skrupellosigkeit des Beinahe-Schlafenden zusammen.

Holmes schwieg eine Weile.

»Die Unschuldigen sind immer unsere Klienten, Watson«, sagte er schließlich leise.

***

Früh am nächsten Morgen, als der Nebel noch wie ein träges, satt gefressenes Raubtier zwischen den Häusern hing, schickte Holmes Cassady ein Telegramm, in dem er dem Geschäftsmann riet, das Lösegeld zu zahlen und den Koffer wie angewiesen im hohlen Mast eines der aufgebockten Schiffe in der Nähe des *Shaw's* zu deponieren.

»Schauen Sie nicht so enttäuscht, Watson! Oder denken Sie wirklich, ich gebe klein bei, nur weil man mir ein paar wilde Nager vorbeischickt? Warten Sie's ab und haben Sie etwas mehr Vertrauen, alter Junge. Das ist keine Kapitulation, sondern lediglich ein Zwischenschritt zur Lösung. Ich bin sicher, dass sich noch das eine oder andere für den Chronisten in Ihnen ergeben wird, bevor dieser Fall zu einem Abschluss kommt ...«

Nach dem Frühstück erschien Wiggins, der Anführer der Baker Street Irregulars, in unserer Wohnung, da Holmes ihn mit einer Nachricht durch den Zeitungsjungen bestellt hatte. Mein Freund trug Wiggins – und damit der gesamten schmutzstarrenden, aber gewieften Schar – auf, der Person, die im Lauf des Tages das Schutzgeld hinter dem *Shaw's* abholen würde, unauffällig zu folgen und Holmes anschließend sofort Bericht zu erstatten.

Mir war nach den Geschehnissen der vergangenen Nacht nicht ganz wohl dabei, den Jungen in diese gefährliche Episode mit einzubeziehen. Holmes hatte da weit weniger Skrupel. »Wiggins ist ein kluger Kopf. Er kann auf sich aufpassen, Watson. Nur keine Sorge.« Fast kam es mir so vor, als hätte Holmes sich mehr Sorgen gemacht, wenn ich Wiggins Aufgabe zu erfüllen gehabt hätte.

Zur Mittagsstunde – pünktlich zum Mittagessen, um genauer zu sein – tauchte Wiggins zu meiner Erleichterung unversehrt bei uns auf, ein selbstgerechtes Grinsen auf dem blassen, sommersprossigen Jungengesicht.

Wiggins berichtete uns, dass es nicht ganz einfach gewesen war, den Erpresser, der seine Beute abholte, eindeutig zu identifizieren, da alle Besucher des *Shaw's* hinten bei den Schiffskadavern austraten, wenn ihre Blase drückte. So gab es neben Anglern mit Eimern, Treibholzsammlern mit Handkarren, Bettlern mit weiten Mänteln und Hafenarbeitern oder Seeleuten mit Säcken also immer Männer, die aus dem *Shaw's* oder auch einfach nur so an den Schiffen vorbei kamen und zwischen deren aufgebockten Leibern verschwanden, um dort irgendwelche Geschäfte abzuwickeln oder sich schlicht zu erleichtern. Außerdem war es schwierig, mit Sicherheit zu sagen, ob jemand nun lange bei den Kähnen brauchte, weil er etwas aus einem Mast nahm – oder weil er zu viel getrunken hatte, weil seine zittrigen Finger Probleme mit den Knöpfen hatten oder weil er nach Treibholz suchte.

»Ich hab trotzdem rausgekriecht, wer sich die Beute abgeholt hat«, verkündete Wiggins stolz. »Der Seesack des Kerls war nämlich doppelt so prall wie vorher, als er wieder zwischen dem Schiffen hervorkam.«

»Den Schiffen, Junge«, verbesserte Holmes abwesend.

Wiggins zuckte mit den Schultern. Mit einer abgefeimten Anwandlung – und einem gierigen Blick auf unsere Sandwiches – setzte er dann hinzu:

»Wenn ich die da essen darf, sag ich Ihnen auch, wo der Kerl hin is.«

Ich wollte protestieren, aber Holmes schob bloß lächelnd seinen Teller über den Tisch. »Es gibt zwei Sorten Ratten: Die hungrigen und satten«, zitierte er heiter.

Nachdem Wiggins sich über unsere Eier-Sandwiches hergemacht hatte, berichtete er: »Waren insgesamt vier Koffer und ein Stoffbeutel, die er aus dem Mast rausgeholt hat.« Also hatten auch andere erpresste Lagerhallenbesitzer bezahlt. »War'n ganz dürrer Kerl. Fast wie Sie, Mr. Holmes. Als er's Geld hatte, isser dann direkt in das Lagerhaus gegangen, in dem Ihr Freund der Seemann Wache schiebt. Wie Sie gesagt ham, Mr. Holmes.«

»*Cassadys* Lagerhaus?«, fragte ich entgeistert.

Holmes nickte schwach, erhob sich wortlos und verschwand in seinem Schlafzimmer.

Ich griff bereits nach Hut und Mantel. Unser Ziel stand damit fest, und vermutlich war Eile geboten.

»Ich will auch mit!«, rief Wiggins da aber plötzlich, als Holmes – der einen Geigenkasten unter dem Arm trug, als er aus seinem Zimmer trat – und ich schon halb auf dem Flur standen. Sonst hatte Wiggins keine solch seltsamen Ambitionen und begnügte sich mit barer Münze. Oder Sandwiches.

»Weshalb, Junge?«, fragte Holmes skeptisch.

Wiggins zuckte abermals mit den schmalen Schultern. Er sah keinem von uns in die Augen, als er antwortete: »Hab da so'n neues Mädchen in meiner Bande. Is für mich *das Mädchen,* verstehnse?« Er scharrte verlegen mit den Füßen auf dem Teppich. »Ich würd'se gern beeindrucken.«

Holmes' Blick ruhte sowohl auf dem jungen Burschen vor sich als auch auf seiner eigenen Vergangenheit. Schließlich trat der Detektiv zur Seite.

»Nun denn, Herrschaften. Das Wild ist auf!«

***

Als wir in der Droschke saßen, sagte Holmes eine ganze Weile gar nichts und erklärte auch nicht, wieso er den Geigenkasten auf seinem Schoß spazieren fuhr, den er kurz vor Verlassen der Baker Street so eilig aus seinem Zimmer geholt hatte. Seine bleichen Finger trommelten ohne Unterlass auf dem abgewetzten kirschroten Deckel des Kastens.

»Ich weiß inzwischen, wie unser Mann die Ratten kontrolliert«, eröffnete mir der Detektiv letztlich aber doch, als wir im stockenden Verkehr vor dem Britischen Museum anhalten mussten. Auf der Straße vor uns ertönte Geschrei, als zwei Kutscher einander mit wüsten Beschimpfungen bedachten. Wiggins spitzte unter seiner abgetragenen grauen Kappe die Ohren – man konnte ja immer etwas lernen. »Ich hätte es Ihnen gestern schon gesagt, aber Sie schienen mir nach unserem Besuch nervös genug.« Holmes überhörte das Gezeter genauso, wie er mein Unbehagen übersah. »Ihre gewagte Theorie mit einem Lockstoff hat sich mit dem Überfall auf unser Heim erledigt. Wir beide wissen, dass wir nicht anders gerochen haben als sonst. Falls man bei unserem Tabakkonsum überhaupt etwas riecht. Und wie sollte ein Stoff die Ratten explizit dazu verleiten, uns anzugreifen?«

»Also hat man die Tiere doch abgerichtet?«

Holmes schüttelte den Kopf. »Kurz bevor ich die Ratte auf meiner Bettdecke sitzen sah, bin ich von einem seltsamen Ton geweckt worden. Was mein Glück war. Sonst hätte sie mir im Schlaf einfach so die Kehle durchbeißen können.«

Ich schauderte. »Ich habe nichts gehört«, sagte ich.

Anstelle einer Antwort griff Holmes in seinen Mantel und reichte mir ein kleines Buch. ›Restitution of Decayed Intelligence‹ lautete der Titel, verfasst von einem gewissen Richard Verstegen.

»Ich hatte gerade keine Sammlung der Gebrüder Grimm zur Hand, verzeihen Sie. Das hier tut es aber auch – und hat sogar einen historischen Wert. Passen Sie auf, das Lesezeichen steckt noch drin.«

Ich blätterte zu der von Holmes mit einem abgelaufenen Violinenkonzertticket markierten Stelle auf Seite 85.

»Der Rattenfänger von Hameln«, las ich die Kapitelüberschrift auf der vergilbten Seite, und da fiel es mir wie Schuppen von den Augen. *»Ratten! Sie kämpften mit Hunden und töteten Katzen«*, begann ich Robert Brownings Gedicht zu zitieren, das sich ebenfalls mit dieser Volkssage beschäftigte.

Zuletzt hatte ich es auszugsweise gelesen, als Browning in Venedig gestorben war und man den ersten Absatz des nur ein Jahr vor dem Tod des Dichters erschienenen Textes im *Telegraph* abgedruckt hatte.

»Sie bissen die Kinder in ihren Wiegen«, vervollständigte Holmes die ersten beiden berühmten Zeilen. »Sehr gut, Watson! Ihre Schriftsteller-Ehre ist gerettet.«

»Aber was ist mir *Ihrer* Ehre, Holmes?«, fragte ich ungläubig. »Wollen Sie mir wirklich weismachen, dass unser Mann den Ratten mit einer Zauberflöte befiehlt, über Lagerhäuser herzufallen und sogar Menschen anzugreifen?«

»Die Fakten sprechen für sich«, lautete Holmes' lakonische Antwort. »Und Sie wissen ja: Wenn man das Unmögliche ausgeschlossen hat ...«

Holmes sah mich erwartungsvoll an.

Ich schwieg und starrte konzentriert auf das Buch, während Wiggins aufmerksam zwischen mir und Holmes hin und her blickte.

Ich ignorierte auch den Blick des Jungen.

Aber *natürlich* wusste ich.

***

Bissette war außer sich, als wir in der Lower Thames Street ankamen.

»Das müssen Hunderte sein!«, sagte der Wachmann erregt. »Total wahnsinnig! Sie zerfressen alles und gehen auf jeden los, der nur 'nen Fuß ins Lagerhaus setzt. Bloß dieser Verrückte steht mittendrin und spielt auf seiner Flöte, oder was das is. Wenn die Biester so weitermachen, ist in 'nen paar Minuten nix mehr von der verdammten Halle nich' übrig! Ich hab auch Angst, dass der Boss noch drinne is. Hab ihn seit heut Morgen nimmer gesehen.«

Holmes sagte nichts zu diesen beunruhigenden Neuigkeiten.

Bissette hielt mir derweil eine von zwei provisorischen Fackeln entgegen. Er hatte einen Lumpen zerrissen, mit Terpentin getränkt und um zwei Stücke Treibholz gewickelt.

»Räuchern wir die Brut aus, Doktor!«

Wir schritten schnell auf das Lagerhaus zu. Bereits hier sprangen die ersten wild gewordenen Nager quiekend vor unsere Füße und schnappten nach uns. Bissette trat einer Ratte auf den Schwanz, kickte sie wie ein Rugby-Ei davon und riss anschließend die Tür auf, um seine Fackel in hohem Bogen in die Halle zu schleudern. Ich folgte seinem Beispiel.

Der Moment, da ich kurz in der Tür stand und ins Innere des Lagerhauses blicken konnte, war wie ein Blick in die Hölle. Dunkle Leiber, wohin man nur blickte, und ein ohrenbetäubendes Quieken in allen Tonlagen. Die Rattengrube im *Shaw's* kam mir auf einmal wie ein gemütlicher Urlaubsort vor. In der Mitte stand von all dem unbeeindruckt ein Teufel mit einer silbernen Querflöte – wie eine menschliche Insel, umflossen von einer pelzigen Flut. Der Flötenspieler trug einen altertümlichen blauen Langmantel mit weißen Borten an den Säumen; auf seinem Haupt saß eine weiß gepuderte Perücke, wie sie zu Mozarts Zeiten am Hof des Kaisers in Mode gewesen sein musste.

Bissette schlug die Tür wieder zu, als die ersten Ratten mit weit aufgerissenen Mäulern fauchend auf uns zusprangen.

Wir zogen uns zu zurück und warteten gespannt.

Die Flammen, die aus den Fenstern hätten schießen sollen, blieben jedoch aus. Stattdessen schleiften je zwei große Ratten die Fackeln durch ein Loch in der Seitenwand der Halle ins Freie, wo sie wirkungslos herunterbrannten.

»Das glaub ich jetzt nich«, murmelte Bissette.

»Die Musik ist stärker als der Instinkt der Tiere«, sagte Holmes und ging in die Hocke. Den Geigenkasten, den er bis dahin unter dem Arm getragen hatte, stellte er vor sich auf den Boden, öffnete mit geübten Bewegungen die Schlösser und klappte den Deckel nach hinten. »Ich denke, das erfordert drastischere Maßnahmen, Gentlemen«, sagte er, während er eine Fiedel und einen Bogen hervorholte. »Treten Sie zurück.«

Ohne weitere Einleitung erhob sich der Detektiv, klemmte die Fiedel zwischen Schulter und Kinn und ließ den Bogen sausen.

Bis zu jenem Tag hatte ich immer geglaubt, jede Facette von Holmes' Geigenspiel zu kennen – die anspruchsvollen Sonaten der deutschen und ungarischen Meister ebenso wie die von seiner Vorliebe für Pablo de Sarasate inspirierten Stücke (oder sein stark improvisatorisches Kratzen, das eine Mischung aus dem Klagen einer angefahrenen Straßenkatze und dem Quietschen einer schlecht geölten Türangel war und an den Nerven fraß wie Ratten am Warenbestand in Cassadys Lagerhalle).

Die Töne, die Holmes der kleinen Fiedel an diesem Nachmittag entlockte, waren anders als alles, was ich je von ihm oder sonst einem irdischen Musiker gehört habe.

So sehr ich mich heute auch anstrenge: Es gelingt mir nicht, die Tonfolgen oder auch nur die ungefähre Anmutung von Holmes' fiebrigem Fiedelspiel zu beschreiben. In meiner Erinnerung hat es etwas von Holmes' scheinbar sinnlosen Improvisationen, jedoch gepaart mit der Wucht und Dramatik von Wagner.

Wir waren allerdings nicht die Einzigen, die vom Spiel meines Freundes gebannt waren: Die Ratten quollen aus jeder Ritze des Lagerhauses nach draußen. Wie das fromme Publikum eines Weihnachtskonzerts saßen sie von einer Sekunde auf die nächste *mucksmäuschenstill* auf den Hinterpfoten vor der Halle; kein Pfeifen oder Quieken entwich ihren Kehlen. Sie reihten sich einfach nur wie ein Regiment Erdmännchen auf – eine schier endlose Kette andächtig lauschender Nager.

Als die Ratten alle gemeinsam den Kopf in den Nacken legten und zum Himmel blickten, taten Bissette, Wiggins und ich es ihnen gleich. Nur Holmes hatte nach wie vor die Augen geschlossen, wiegte sich hin und her und ließ den Bogen wie ein wahnsinniger Ire leidenschaftlich über die Fiedel springen.

Mir stockte der Atem. Der Himmel hatte sich verändert.

Es war nicht länger der Himmel, den ich kannte. Die Farben und Formen, die wie ein verirrtes Nordlicht über den Docks waberten, erschienen mir durch und durch fremd. Weder über den afrikanischen Steppen oder der australischen Wüste, noch über dem Polarmeer hatte ich solche Sterne gesehen, wie sie damals hinter den sanft wirbelnden, lavendelfarbenen, blutroten und buttergelben Schleiern und Wellen blinkten, die wie Seidentücher ineinander wogten. Ich bin mir bis heute nicht sicher, dass jede der Farben, die wie fleischgewordene Brisen über den Himmel tanzten, überhaupt einen Namen hatte. Auch weiß ich nicht, wie lange wir, Mensch wie Tier, im Bann von Holmes' Fiedelspiel und dem fabelhaften Schauspiel am Himmel standen.

Irgendetwas veranlasste mich schließlich doch dazu, den Blick vom Himmel loszureißen – woraufhin ich unseren blau gewandeten Gegen*spieler* erspähte, der inzwischen in der geöffneten Tür der Lagerhalle stand. Er warf erst einen geringschätzigen Blick auf die Farben über unseren Köpfen, und dann einen verächtlichen Blick auf Holmes, ehe er das Mundstück seiner Querflöte an die Lippen setzte. Seinem Gesichtsausdruck nach gab unser diabolischer Tamino sein Bestes, um sich mit seiner Zauberflöte gegen Holmes' Fiedelspiel zu stellen. Ich konnte mich weiterhin kaum rühren und war von den visuellen und akustischen Eindrücken wie gebannt. Doch als der Flötenspieler seine Bemühungen intensivierte, wandten auch die Ratten nach und nach den Blick vom Himmel ab und schüttelten verwirrt die Köpfe. Plötzlich entflammte wieder Mordlust in ihren Knopfaugen, mit denen sie uns wild und scheinbar wutentbrannt ansahen.

»Pah!«, rief da auf einmal Wiggins, ließ sich neben mir aufs Knie fallen und schoss mit seiner Zwille einen Stein ab, der den Flötenspieler genau an der rechten Schläfe traf. Das schrille, pfeifende Spiel der Flöte verstummte, als Holmes' musikalischer Widersacher im Türrahmen zusammenbrach und die Flöte in den Schmutz fiel.

Die Köpfe der Ratten drehten sich langsam wieder in Richtung Himmel.

Da riss sich auch Holmes die Fiedel jählings von der Schulter und hielt sie wie etwas Verdorbenes mit ausgestrecktem Arm weit von sich.

Als wäre der abrupt sterbende Ton ein Zeichen gewesen, stoben die Ratten wie Kiplings Affenbande in der Verlorenen Stadt plötzlich auseinander und preschten mit schrillem Quieken in alle Richtungen davon. Was zuvor noch allein wegen seiner Zahl eine Bedrohung gewesen war, zerstreute sich binnen weniger Herzschläge in eine üble Erinnerung. Die unbekannten Himmelskörper, Farben und Formen über uns verblassten gleichfalls in Windeseile. Irgendwo und nirgends stieß das Universum – oder sonst eine dunkle, Äonen alte Macht – einen enttäuschten Seufzer aus.

»Gut gemacht, Wiggins«, sagte Holmes matt. Schweiß rann ihn in Sturzbächen über das hagere Raubvogelgesicht.

Wiggins warf sich stolz in die Brust. Nun hatte er ohne Frage etwas, von dem er seinem Mädchen erzählen konnte.

»Was war das, Holmes?«, fragte ich meinen Freund.

»Fragen Sie nicht, Watson«, erwiderte Holmes. »Ich hoffe, dass die Welt niemals den letzten Ton der Fiedel der Apokalypse hören muss. Das war nur die Ouvertüre. Ich habe rechtzeitig aufgehört, bevor sich das Tor auch nur mehr als einen Spalt öffnen konnte …«

Ich nickte in Wiggins Richtung.

»Wir hätten den Flötenspieler auch gleich erschießen können«, meinte ich vorsichtig, derweil Holmes die Fiedel wieder verstaute.

»Die Dinge haben ihre eigenen Gesetzmäßigkeiten, Watson. Magie muss häufig mit Magie begegnet werden, wenn man kein noch größeres Unheil heraufbeschwören möchte. Manchmal, aber nicht immer. Das weiß man im Vorfeld leider bloß nie.« Holmes tätschelte Wiggins den Kopf. »Aber es ist ja alles gut gegangen. Bisweilen lässt sich eben sogar Magie von Mut und Entschlossenheit beeindrucken.«

Der Detektiv marschierte mit großen Schritten an den letzten zurückgebliebenen, sichtlich verwirrten Ratten vorbei und untersuchte die zusammengesunkene Gestalt im Eingang der Lagerhalle. Bissette, Wiggins und ich folgten dichtauf – wobei ich die Ratten misstrauisch beäugte – und spähten über Holmes' Schulter, als dieser den Flötenspieler herumdrehte. Die über der rechten Schläfe mit Blut befleckte Perrücke saß krumm auf dem Kopf des Mannes.

»Leck mich am Arsch!«, fluchte Bissette ungehalten.

Ich stimmte ihm von Herzen zu.

Immerhin blickten wir in das Gesicht von Mr. Cassady.

Holmes legte dem Bewusstlosen Handschellen an.

***

»Ich hätte es Ihnen schon eher gesagt, wenn ich mir absolut sicher gewesen wäre«, sagte Holmes wenig beeindruckt. »Cassadys schlecht geheuchelte Zufriedenheit mit Mr. Bissettes Initiative war ein erster Hinweis darauf, dass der

Mann mehr wusste, als er zugab. Und er war neben unserem werten Mr. Bissette hier auch der Einzige, der gestern, da die Ratten die Baker Street überfielen, mit Sicherheit wusste, dass wir in dem Fall aktiv geworden waren. Das entscheidende Indiz war aber die Flöte. Ihr Klang hat mir einfach keine Ruhe gelassen. Ich habe es mehr mit Geigen, wie Sie wissen – trotzdem wusste ich, dass das keine normale Flöte war.« Holmes hielt Cassadys silbernes Instrument vors Gesicht, um es genauer zu betrachten. »Ich habe einen Freund im Büro des Hafenmeisters. Meine Nachfrage dort ergab, dass vor zwei Monaten eine Ladung mit wertvollen Musikinstrumenten, die für eine Ausstellung in der City vorgesehen waren, in einem Lagerhaus ganz in der Nähe *abhandengekommen* ist. Darunter so erlesene Stücke wie die Trompete der schönen Nofretete oder Davids Kinnor. Sogar eine der Flöten des Pan, Watson. Die könnte Ihnen bei der Damenwelt ... na, hallo! Da ist ja Inspektor Lestrade. Hat Sie mein Telegramm rechtzeitig erreicht, ja? Wunderbar. Der Fall ist gelöst und wartet darauf, dass Sie sich die Lorbeeren verdienen, indem Sie den Übeltäter in eine bequeme Zelle werfen, Lestrade.«

Der Inspektor, der mit zwei seiner behelmten Untergebenen auf der Mole erschienen war, knurrte ärgerlich. »Was war das für ein Spektakel am Himmel, Holmes?«, blaffte er. »Ich möchte meinen Vorgesetzten nicht erklären müssen, dass hier irgendeine Teufelei im Gange ist und die Docks evakuiert werden müssen. Ansonsten sehe ich hier weder Erpressung, noch Raub oder Betrug, wie Sie kabelten. Was soll das alles? Und wer ist der ohnmächtige Kerl da? Und warum trägt er Handschellen? Sind das Ihre, Holmes?«

Mein Freund verbeugte sich wie ein Bühnenmusiker in Lestrades Richtung und deutete auf den besinnungslosen Cassady, dem das Blut in verästelten Bahnen übers Gesicht rann. »Dieser Mann vereint all die von Ihnen aufgezählten kriminellen Fachrichtungen in sich, Lestrade.« Bevor der Inspektor etwas erwidern konnte, erklärte Holmes mit wieder erstarktem Schwung: »Cassadys Geschäfte liefen nicht gut in letzter Zeit, wie man sich im *Shaw's* erzählt. Außerdem hatte er dort am Rand der Rattengrube einige Wettschulden angehäuft. Für ihn anscheinend Grund genug, seiner Tätigkeit als respektabler Geschäftsmann dubiose Dienste für noch dubiosere Hintermänner hinzuzufügen. Vielleicht haben ihn seine Schuldner aber auch unter Druck gesetzt und dazu gezwungen. Wie dem auch sei: Vor Kurzem wurden einige seltene Musikinstrumente auf ihrem Weg von den Docks zum Museum gestohlen – und nach dem Raub wohl hierher gebracht. Es ist anzunehmen, dass Cassady bei einer heimlichen Durchsicht der heißen Ware seiner neuen Kunden die Flöte sah und eine Möglichkeit witterte, seine Schulden schneller zu verringern. Durch Erpressung und ...«

»Aber warum hat er sich selbst erpresst?«, unterbrach ein hoffnungslos verwirrter Bissette den Detektiv.

»Um jeden Verdacht möglichst lange von sich abzulenken«, erwiderte Holmes. »Wäre er der Einzige in der Gegend gewesen, der offenkundig nicht erpresst wird, hätte das komisch ausgesehen. Als Sie uns eingeschaltet haben, genügten ein Brief und ein bisschen angeknabbertes Getreide allerdings nicht mehr. Cassady wurde die ganze Sache zu heiß. Sie erinnern sich, Watson? Schon damals gestand Cassady Ihnen, Ihre Berichte zu lesen. Er dürfte also von dem einen oder anderen erfolgreich abgeschlossenen Fall gehört haben, an dem meine Person beteiligt gewesen ist.«

Ich schwieg dazu, dass Holmes meine Beteiligung an so manch einem abgeschlossenen Fall wegfallen ließ.

»Deshalb auch der verzweifelte Großangriff gerade eben.« Mein Freund sah auf den Bewusstlosen hinab. »Panik, meine Herren. Außerdem hat er entsprechende Versicherungen für den Fall der Zerstörung seiner Lagerhalle abgeschlossen. Ich bekam leider keine Antwort von der Versicherungsagentur. Aber das lässt sich bestimmt leicht prüfen, wenn man ein Mann mit Ihren Kompetenzen ist, Inspektor.« Holmes ignorierte Lestrades ärgerliches Gesicht und spann das Garn seiner Auflösung weiter: »Hätten wir später eingegriffen, hätte das Flötenspiel die Ratten so in Rage versetzt, dass sie die Stützpfeiler der Dachkonstruktion – und damit das gesamte Gebäude – zerstört hätten. Der Versicherungsbetrug wäre perfekt gewesen – und Cassady seine Spielschulden und die Schakale an seinen Fersen auf einen Schlag los. Genügt Ihnen das nun, Lestrade? Ausgezeichnet. Dann ist unsere Arbeit hier ja getan. Wiggins, willst du ein Stück mitfahren? Ja? Natürlich. Dachte ich mir doch …«

***

Unsere Droschke hielt ein paar Yards vor der Einmündung einer schattigen Seitenstraße. Wiggins sprang leichtfüßig aus dem Gefährt und drehte sich noch einmal zu uns um, damit Holmes sich aus dem Fenster der Droschke beugen, dem Jungen feierlich die Hand schütteln und all sein schauspielerisches Talent in eine kleine Dankesrede legen konnte, bevor Wiggins betont lässig zu seiner unweit der Gassenöffnung herumlungernden Bande schlenderte.

Ich musste unwillkürlich lächeln, als ich ein Mädchen mit leicht gelockten blonden Haaren und einer schief sitzenden Kappe sah, das den dergestalt heldenhaft heimkehrenden Wiggins *ganz genau* beobachtete.

***

Kurz darauf erreichten wir die vier Wände unserer Wohnung, wo zwar keine Damen zu beeindrucken waren, Holmes und ich uns aber vollauf damit zufrieden gaben, uns erschöpft im Wohnzimmer zusammenzusetzen und uns jeweils ein Glas Brandy mit Soda zu genehmigen.

Der Geigenkasten lag zwischen uns auf dem Tisch.

»Ich hätte nicht gedacht, sie noch einmal in Aktion zu erleben«, sagte Holmes nach ein paar Minuten nachdenklich und schwenkte den Brandy in seinem Glas. »Die Götter, die dieses Instrument verflucht haben, sind älter als die, zu denen die Ägypter gebetet haben, Watson.«

»Woher haben Sie dieses monströse Instrument überhaupt?«

»Als ich sie zuletzt außerhalb ihres Kastens sah, gehörte sie einem stummen deutschen Fiedler namens Erich Zann. Komischer Kauz. Er hat in einem Pariser Theaterorchester gespielt, als unsere Truppe damals über den Kontinent ...«

Holmes verstummte abrupt.

»Eigentlich wollte er die Fiedel zerstören«, setzte der Detektiv nach kurzem Zögern neu an. »Aber dann gab er sie mir zur Aufbewahrung. Er hatte Angst davor, mit ihrer Vernichtung noch schlimmere Kräfte freizusetzen und die Konsequenzen herauszufordern. Nach dem heutigen Tag bin ich geneigt, ihm recht zu geben.«

***

Heute ruht der kleine Kasten mit Zanns Fiedel fest verschlossen in einem Schrank, der wiederum im hintersten Winkel eines Cottages in den Sussex Downs verstaubt – in der Hoffnung, dass die Saiten der Fiedel der Apokalypse nie wieder berührt werden und der sprichwörtlich letzte Ton der Welt niemals den hölzernen Resonanzkörper des verfluchten Instruments verlässt.

Sie meinen, das Wissen um die Existenz solch eines mächtigen, gefährlichen Instruments sollte mich trotz meines Alters eigentlich nicht ruhig an der Seite der dritten Mrs. Watson schlafen lassen?

Nun, bedenken Sie bitte dies: Ich weiß, dass die Fiedel den denkbar besten Wächter hat – und dass an dem Ort, an dem sie fast vergessen ruht, das Summen der Bienen der einzige laute Ton ist, den man an den meisten Tagen zu hören bekommt.

Watson im Wunderland

Ein paar von Holmes' gut betuchten Klienten organisierten einen Wohltätigkeitsabend mit einer großen Auktion im Anschluss an ein Händel-Konzert, deren Erlös den Kindern des Foundling Hospitals zugutekommen würde. Die Gegenstände für die Versteigerung sollten von den geladenen Besuchern des Konzerts mitgebracht werden.

Ich stiftete einen Rasierpinsel aus Dachshaar und eine signierte Ausgabe des »Beeton's Christmas Annual« von 1887, Holmes sogar eines seiner älteren Brenngläser (das angesichts Holmes' Bekanntheitsgrad sicherlich eines der Prunkstücke der Auktion sein und dem Waisenhaus einiges einbringen dürfte; ich war mir recht sicher, dass der sonst so bescheidene Holmes das wusste, auch wenn er es niemals laut ausgesprochen hätte).

Des Weiteren hatten wir entschieden, uns von ein paar Büchern zu trennen und das Ganze zum Anlass zu nehmen, unsere Sammlungen zu entrümpeln.

Meine Auswahl lag längst fertig verschnürt auf dem Tisch. Schon vergangene Woche hatte ich an einem verregneten Nachmittag eine gute Stunde investiert, um die Titel herauszusuchen.

Holmes dagegen fing jetzt erst an, seine chaotische Sammlung zu sichten.

Seine Auswahl bezog sich dabei außerdem nur auf jene Bände, die gegenwärtig nicht mit Lesezeichen und Zetteln gespickt auf Holmes' hoffnungslos überladenem Arbeitstisch lagen oder als Teil schiefer, wackeliger Türme auf dem Teppich gestapelt waren. Holmes besaß weit weniger Romane als ich und nannte vornehmlich Sachbücher, Chroniken und Reiseberichte sein Eigen, auch wenn hier und da Shakespeare, Goethe, Dickens, Horaz und natürlich Platon, Sokrates, Aristoteles und Cicero auftauchten.

Der Detektiv zog ein paar Bände aus einem Regal und verfrachtete sie grob in einen Karton am Boden.

Ich schlenderte mit der Zigarette in der Hand zu ihm herüber und kam gerade rechtzeitig, um ein unabsichtlich aus dem Regal gefallenes Buch aufzufangen, bevor es am Boden Schaden nehmen konnte.

»Alice langweilte es allmählich«, las ich den legendären ersten Satz von Lewis Carrolls Roman und zog verwundert die Stirn kraus. Ich hätte nicht gedacht,

ausgerechnet dieses Buch in Holmes' Sammlung anzutreffen (trotz der Rätsel und des Motivs der Langeweile, das die Dinge ins Rollen brachte und eine gewisse Parallele zu Holmes erkennen ließ). Mein Erstaunen wuchs, als ich die Widmung *Für einen Rätselfreund* auf dem Vorsatzblatt las. »Haben Sie das aus einem Nachlass? Oder war es das Geschenk eines zufriedenen Klienten?«

Holmes tippte gegen einen Buchrücken. »›Morde und Verbrechen im mittelalterlichen Unterfranken.‹ Davon habe ich eine aktualisierte Fassung. Was denken Sie, Watson – ob die alte Auflage jemanden interessiert?«

»Vielleicht nicht *ganz* so brennend wie Sie«, sagte ich abgelenkt. »Wegen der Widmung, Holmes ...«

»Hm-mh.« Der Detektiv zog ein weiteres Buch aus dem Regal. »Was ist damit? ›Die Kunst des Giftmischens‹, herausgegeben und kommentiert von Gabir ibn Hayyan.«

»Vielleicht für die eine oder andere unzufriedene Ehefrau«, erwiderte ich zerstreut und blätterte die illustrierte Ausgabe von Alice' Abenteuern durch.

»In den richtigen Kreisen würde man für diese Ausgabe morden«, sagte Holmes und stellte ›Die Kunst des Giftmischens‹ zurück ins Regal. »Ich kannte ihn.«

»Den Araber?«

»Carroll, Watson. Oder besser: Reverend Charles Lutwidge Dodgson. Er war einer meiner Dozenten in Oxford. Schon in meinem ersten Jahr an Christ Church schlossen wir Freundschaft.« Während Holmes weiter seine Bücher durchsah, enthüllte er mir mehr über seine Verbindung zu Carroll: »Der Reverend und ich diskutierten auf Spaziergängen häufig über die Logik der Dinge oder spielten bei ihm eine Partie Schach. Er war es auch, der meine Begeisterung für Rätsel, Codes und Denkspiele vorantrieb. Ah, da ist ja etwas!«, rief Holmes plötzlich übergangslos. »›Bewegungen eines Asteroiden‹ von Professor James Moriarty. Ja, von einer der vielen Ausgaben, die sich inzwischen hier angesammelt haben, werde ich mich sicherlich trennen können.« Holmes drehte sich mit einem Lächeln zu mir um, das der Grinsekatze gerecht geworden wäre – wenn nicht sogar dem Jabberwocky. »Wollen Sie nachsehen, ob es mit der Widmung ›Für meinen Todfeind‹ versehen ist, alter Knabe?«

»Machen Sie sich nicht über mich lustig, Holmes!«, polterte ich. »Sonst werde *ich* heute Abend Ihr Giftmischer-Handbuch ersteigern.«

Damit ließ ich den Detektiv und seine eigenwillige Sammlung allein, um mich umzuziehen.

Das Geschenk der Freiheit

Für Caesars zehntägige Triumphfeier 46 vor Chr. waren schon Wochen vor Beginn der Festlichkeiten Sklaven, Tiere, Gladiatoren, Tänzerinnen, Musiker und delikate Speisen und Weine aus allen Ecken und Enden des Römischen Reiches in die Ewige Stadt gebracht worden, um den Bürgern und Besuchern die Größe der Republik deutlich zu machen.

Ähnlich war es 1897, als das diamantene Thronjubiläum unserer geliebten Königin seinen Schatten vorauswarf. Im Grunde hatten die Feierlichkeiten in London bereis im letzten Jahr begonnen, als die Königin George III. als das am längsten regierende Staatsoberhaupt in der Geschichte Britanniens abgelöst hatte. Die Feiern rund um diese beachtliche Wegmarke sollten nun einfach fortgesetzt werden und nahtlos in die zeremoniellen Betriebsamkeiten anlässlich des 60. Thronjubiläums übergehen. Glückwünsche und Geschenke fanden dementsprechend schon seit dem vergangenen Herbst ihren Weg nach London. Schiffe aus aller Herren Länder brachten erlesene und exotische Präsente für unsere überall geschätzte Monarchin in das Herz des Empires.

Wie jeder andere Bürger freute ich mich auf die Paraden, die geschmückte Stadt und das Gefühl des kollektiven Nationalstolzes im Sommer, während Holmes sogar eine Einladung in den Palast bekommen hatte (auch wenn er kein großes Aufsehen darum machte und nicht den Eindruck erweckte, als ob er unbedingt auf das Bankett der Staatsoberhäupter und Würdenträger gehen wollte). Ansonsten hatten wir eher wenig mit den Vorbereitungen oder der Flut an Geschenken aus dem Ausland und den Kolonien zu schaffen.

Das änderte sich am Morgen des 22. März. Jene seltsame Episode, die ich unter dem Titel »Der Teufelsfuß« aufgeschrieben habe, lag gerade einmal zwei Tage zurück, als ein vornehm gekleideter Gentleman in die Baker Street kam, dessen Visitenkarte ihn als Mr. John J. Mallory auswies.

»Ich hoffe«, sagte Holmes, nachdem wir einander vorgestellt und Platz genommen hatten, »dass das Leck in der Gasleitung keine allzu große Sache ist? Ansonsten sollten wir einen anderen Weg zum Hafen anregen, wenn wir dem Kutscher unseren Zielort nennen. Vielleicht«, schwenkte der Detektiv dann jedoch erwägend um, »sollten wir aber auch direkt in die York Street fahren und den Arbeitern dort ein Exemplar von ›Wie man Gasleitungen auf Dichtheit prüft‹ geben. Watson, Ihr Verleger hat Ihnen doch sicher ein Exemplar geschenkt, das Sie ohnehin nicht brauchen?«

»Das hat er.« Eines der Exemplare hatte ich vor einem halben Jahr sogar für eine Auktion zu wohltätigen Zwecken gestiftet. »Er hat es auch signiert. Demzufolge wäre es Mr. Conan Doyle gegenüber unhöflich, es herzugeben.«

»Hm. Da mögen Sie wohl recht haben«, meinte Holmes, dem das Allgemeinwohl stets über persönliche Sympathien und salonfähige Schicklichkeit ging, wenig überzeugt.

Unser Gast starrte Holmes unterdessen immer noch verblüfft an. Unser Geplänkel scherte ihn dabei herzlich wenig.

»Mit Verlaub, Sir: Woher wissen Sie das mit dem Leck in der Gasleitung? Das ist doch gerade eben erst passiert!« Mallorys Blick glitt argwöhnisch über Holmes' Morgenrock, als wolle er abschätzen, ob der berühmte Detektiv in diesem Aufzug auf der Straße gewesen sein könnte. »Und woher wissen Sie, dass wir zum Hafen fahren werden?«

Holmes hatte nicht immer so dankbares Publikum. Also erläuterte er dienstbereit: »Der frische Abdruck eines Handschuhs auf Ihrem Mantelärmel kann nur von einem Arbeiter stammen, der andere Sorgen hatte als das korrekte Verhalten gegenüber echtem Kalbsleder. Die Farbe des staubigen Abdrucks lässt ferner auf ein erst vor Kurzem aufgegrabenes Loch hier im Viertel schließen.« Holmes schlug die Beine übereinander. »Sie sind Raucher, nicht wahr, Mr. Mallory? Das sagen zumindest die Nikotinflecken an Ihren Fingern. Wissen Sie ... wer mich aufsucht, hat meistens ein Problem, das ihn nervös macht. Die Tatsache, dass Sie dennoch *nicht rauchend* hier ankamen, legt den Verdacht nahe, dass es einen guten Grund dafür gibt – zum Beispiel Ihre Angst vor Gas in der Luft. Zusammen mit dem Abdruck bleiben da nicht viele Möglichkeiten.«

Mallory nickte beeindruckt.

»Und woher wissen Sie, dass das Leck in der York Street aufgetreten ist?«

»Ihr Telegramm von heute Vormittag kündigte Ihre Ankunft bereits für 10.30 Uhr an. Jetzt haben wir 10.46 Uhr – halt, da springt er! 10.47 Uhr also. Berücksichtigt man die Richtung, aus der sich Ihre Schritte dem Haus genähert haben, lässt sich die Straße mit dem Leck, die Sie umgehen mussten, ziemlich leicht bestimmen.« Holmes lächelte bescheiden. »Was den Hafen anbelangt, so sprechen die Salzränder Ihrer Schuhe – die, wenn Sie die Bemerkung gestatten, seit dem Einlaufen vor drei Stunden und dem umgehenden Aufgeben des Telegramms noch keinen britischen Lappen gesehen haben – Bände.«

»Bemerkenswert«, sagte Mallory mit einem interessierten Blick auf seine Halbschuhe, ehe er den Abdruck des Arbeiterhandschuhs von seinem Mantel wischte. Danach lehnte Mallory sich zurück und verschränkte die Arme vor der Brust, um Holmes wie eine Kuriosität zu betrachten. »Wir werden Ihre vielfach beschworenen Fähigkeiten brauchen, Mr. Holmes. Ich arbeite für den

Prinzen von Thule. Der mich zweifellos lynchen wird, wenn er erfährt, dass wir das schönste und kostbarste Geschenk für Ihre Königin direkt nach dem Vertäuen der *Molly Grue* verloren haben. Ich hoffe, es rennt nicht vor eine Kutsche oder kommt anderswie in der Stadt zu Schaden ...«

»Dann sollten wir keine Zeit verlieren, schätze ich«, sagte Holmes, erhob sich und verschwand in seinem Schlafzimmer, um sich in aller Eile anzukleiden.

»Ist er immer so?«, fragte Mallory mich flüsternd.

»Sie sollten ihn in Hochform erleben«, erwiderte ich ernst.

***

Die *Molly Grue* war ein stattliches Frachtschiff unter kanadischer Flagge.

Wir marschierten neben Kapitän Valiant und Mr. Mallory an der Außenwand des Frachters entlang über den Kai – links von uns das große Schiff, das seinen Schatten auf uns warf, rechts die bereits entladenen Käfige.

Ich versuchte, der Schiffshülle so nah wie möglich zu bleiben, da die Insassen der eisenvergitterten Pferche alles andere als brave Schoßtierchen waren.

Ein riesiger Polarbär brummte uns schläfrig aus seinem Käfig auf Rädern an – er klang hungrig und keineswegs freundlich; aus dem Gitterkäfig daneben beäugten uns zwei Füchse mit bauschigem, schneeweißem Pelz; ein großer weißer Falke mit dunkel getüpfelter Brust und scharfem Schnabel, der an einen Pfahl gekettet war, breitete neben dem Fuchskäfig seine Flügel aus und begrüßte die Londoner Luft mit schrillen Rufen, als wir an ihm vorübergingen.

Das fürchterlichste Geschöpf musste sich aber noch unter Deck befinden – gegen sein Kreischen, das noch durch die Schiffswand klar und deutlich zu hören war, verblassten die Schreie des Falken wie eine Trillerpfeife neben einem losfahrenden Zug. Das Kreischen übertönte alle anderen Geräusche an der Anlegestelle und durchschnitt die Nerven wie Jacks Skalpell.

»Verdammte Harpyie«, brummte Kapitän Valiant. »Hoffentlich hat die Hexe sie im Griff.« Er räusperte sich und deutete dann auf einen leeren Käfig direkt vor uns, der noch zu zwei Dritteln von einer Plane abgedeckt war. Die Gittertür stand halb offen. »Hier war das Vieh drinnen«, sagte der Kapitän missmutig.

Mr. Mallory fuhr sich über den kurz geschnittenen Bart.

»Ich darf gar nicht dran denken, was meine Auftraggeber in Thule mit mir anstellen, falls wir ausgerechnet *dieses* Geschenk verloren haben sollten. Man fängt nicht jeden Tag so ein Tier, wissen Sie? Nicht einmal auf Thule. Ein Jäger des Prinzen meinte, dass wir womöglich das Letzte seiner Art gefangen haben. Es würde mich in arge Erklärungsnot bringen, wenn nun just dieses so erlesene Geschenk schon kurz nach dem Einlaufen verschwunden sein sollte.«

»Danke, Mr. Mallory, das haben wir inzwischen begriffen«, meinte Holmes spitz. Der Beauftragte des Prinzen hatte auf der Fahrt bereits diverse Male etwas Ähnliches gesagt. »Denken Sie, dass jemand die Tür geöffnet hat?«

Mallory schüttelte den Kopf. »Nur der Kapitän und ich haben einen Schlüssel. Bei so einem kostbaren Tier kann man gar nicht vorsichtig genug sein.«

Holmes nickte und inspizierte das Käfigschloss. »Keine Gewalteinwirkung«, stellte der Detektiv fest und trat in den Käfig.

Ich beugte mich ein Stück nach vorn. Der Wind wehte mir einen strengen Geruch nach Tier, Mist und klammem Stroh in die Nase. Holmes ging davon unbeeindruckt in die Hocke und untersuchte den Boden.

»Der Legende nach können sie Schlösser öffnen«, sagte Mallory hinter uns.

»Man sollte Legenden eben da lassen, wo sie hingehören«, murmelte der Kapitän gerade laut genug, dass man es hören konnte. Es klang nach einem Argument, das schon in früheren Diskussionen zwischen Valiant und Mallory gefallen war. »Es ist nicht gut, ein Herdentier eine Woche lang allein unter Deck eines Schiffes – und unter einer dreckigen Plane – zu halten.«

Mallory ignorierte den Kapitän und blickte Holmes erwartungsvoll an, als dieser wieder aus dem Käfig stieg.

»Ich denke, dass ich Ihr Geschenk wiederfinden kann, Mr. Mallory«, erklärte Holmes nach ein paar Sekunden. Dabei beließ er es.

Als er über den Pier lief und ich ihm einen Augenblick lang nachsah, dachte ich bei mir, dass Sherlock Holmes ein ebenso rares Exemplar seiner Gattung war wie die Tiere in den Verschlägen, die seinen Weg säumten.

***

»Wie wollen Sie ein einzelnes Tier in London finden, Holmes?«, fragte ich meinen Freund, als wir uns schnellen Schrittes vom Liegeplatz der *Molly Grue* entfernten.

»Erinnern Sie sich an das, was Valiant gesagt hat, Watson«, antwortete Holmes. »Ein einsames Herdentier, das lange Zeit unter Deck in einem engen, muffigen Käfig eingesperrt war. Es gibt nur zwei Möglichkeiten: einer der Parks – oder eine Ansammlung von näheren Verwandten ... eine neue Herde, Watson! Und da sind wir auch schon!«

Meine Nase hatte den Ortswechsel längst bemerkt, als nun auch meine übrigen Sinne das große Stallgebäude vor uns registrierten.

»Arthur Foster besitzt einen der größten Mietställe in der Gegend«, sagte Holmes und trat an eine der Koppeln, in der ein halbes Dutzend Pferde stand.

Während ich noch darauf achtete, nicht in einen Haufen dampfender Pferdeäpfel zu treten, kletterte Holmes bereits über den Zaun und unterhielt sich in der Koppel mit einem Mann, der mit düsterer Miene einen stämmigen Grauschimmel striegelte.

»Jawoll«, hörte ich den Knecht missgelaunt antworten. »Ist hier vor zwei Stunden vorbeigekommen. Hat mir die ganzen Hengste verrückt gemacht. Hätt'n fast das Gatter eingetreten.« Er deutete mit der Bürste auf den besudelten Bodenbereich, den ich mit soviel Sorgfalt umschifft hatte. »Bevor das Mistvieh weitergetrabt is, hat's mir noch die Äpfel da zurückgelassen! Als ob die Dinger hier drin nicht genuch Dreck machn, den ich den ganzen Tag lang wegkehrn darf.«

»Sehr schön!«, erwiderte Holmes entzückt. Er ignorierte den entgeisterten Blick des Stallknechts, kletterte zurück über den Zaun und untersuchte den Haufen zu meinen Füßen. »Sehr schön«, wiederholte er leise. »Kommen Sie Watson«, sagte er nach einer Weile begierig, erhob sich und lief nach vorn gebeugt dem Ende der Gasse entgegen. Ich folgte Holmes auf dem Fuße.

Der Knecht blickte uns fassungslos nach.

Vielleicht ist an dieser Stelle eine Erklärung notwendig. London ist die vor Modernität und Fortschrittlichkeit leuchtende Perle des Empires, ja der gesamten westlichen Welt. Doch so beflissentlich wir Londoner auch über den Pferdemist hinwegsehen, der auf den Straßen liegt und darauf wartet, aufgesammelt zu werden – die Pferdeäpfel *sind* nun mal da und lösen sich nicht in parfümiertes Wohlgefallen auf, nur weil wir sie übersehen. Mist ist bei so vielen Pferdefuhrwerken einfach unvermeidbar, und man hat sich damit abgefunden. Nur im Sommer wird es ab und an zu schlimm, wenn der aufgewärmte Nebel und die Ausdünstungen der Themse ohnehin schon um die Wette stinken und selbst die Straßenjungen vor lauter Hitze zu faul sind, um die Pferdeäpfel aufzusammeln, die sie sonst als Düngermittel oder im Winter auch gern als Brennstoff verkaufen.

Obwohl Pferdemist also ein vertrauter Anblick für mich war, staunte ich nicht schlecht, als Holmes mir mit ernstem Gesichtsausdruck erklärte, dass wir auch eine halbe Stunde später noch einer Spur aus ganz bestimmten Pferdeäpfeln quer durch die Stadt folgten. Die dunklen Bollen, die Holmes so faszinierten, sahen für mich ehrlich gesagt nicht anders aus als die sonstigen Hinterlassenschaften von ordinären Kutschpferden. Holmes war aber nicht nur fasziniert – er war sich auch nicht zu schade, immer wieder anzuhalten und ungeachtet der schiefen Blicke vorbeieilender Passanten etwas Dung in die Hand zu nehmen und daran zu riechen oder ihn zwischen den Fingern zu zerreiben.

Ich seufzte, als Holmes und ich von den Flüchen eines Kutschers von der Straße vertrieben wurden und Holmes mich seelenruhig um ein Stofftaschentuch bat, damit er sich die langen, bleichen Fingern säubern könnte. »Schauen Sie nicht so, Watson«, sagte Holmes, dem mein Blick nicht entging. »Diese Art des Fährtenlesens dürfte die älteste der Menschheitsgeschichte sein. Man erkennt viel an den Ausscheidungen von Tieren. Gesundheit, Gemütslage, was sie zuletzt gefressen haben – und woher sie stammen.«

Ich wusste nicht, was ich darauf hätte erwidern sollen, und so folgten wir wie Hänsel und Gretel der Spur aus Dung, bis wir schließlich vor dem Eingang des St. James's Park standen – dem ältesten und wahrscheinlich schönsten Teil der königlichen Gartenanlagen innerhalb Londons, für den Henry VIII.

einst eigens ein Sumpfgebiet hatte trockenlegen lassen, um einen weiteren der Parks entstehen zu sehen, die London den Ruf als Stadt der Bäume sicherten.

»Womit meine zweite Annahme bestätigt wäre«, meinte Holmes selbstzufrieden, ehe wir auf den gewundenen Kieswegen durch die Grünanlage liefen und die Augen offen hielten. Nicht einmal der Winter hatte St. James's etwas anhaben können. Zwar besaß er noch nicht die blühende Schönheit des Frühsommers – das allgegenwärtige Grün tat der Seele nach dem Winter trotzdem gut.

Ich nahm mir vor, künftig wieder öfter zum Spazierengehen herzukommen, wenn das Wetter wieder schöner würde.

Holmes hatte seine Taktik geändert. Im Augenblick folgten wir Hufspuren im Kies, die selbst ich ohne große Schwierigkeiten sah.

Einmal flitzte ein weißes Kaninchen vor uns über den Weg.

Als wir einen der vielen Seen im Herzen des Parks erreichten, erstarrte ich mitten im Schritt: Vor dieser funkelnden Kulisse stand ein wunderschönes weißes Pferd – oder ein Wesen, das einem Pferd auf den ersten Blick sehr ähnlich sah, auch wenn sein Kopf etwas zu spitz zuzulaufen schien und die dünnen Beine eher an ein Reh denn an ein Pferd erinnerten. Das meerschaumweiße Fell des Tieres glänzte wie frisch gefallener Schnee, während seine wilde Löwenmähne wie feinste Seide schimmerte und jeden Mustang vor Neid hätte erblassen lassen. Unbeweglich stand das prächtige Tier in voller Grazie wie eine Statue zwischen uns und dem See und blickte uns aus klugen, dunklen Augen an.

Holmes durchbrach den Zauber, indem er nach vorn trat, langsam auf das Pferd zuging und gut zwei Schritt vor ihm stehen blieb.

»Wenn du an mich glaubst, glaube ich auch an dich«, flüsterte Holmes.

Es klang nach einem Zauberspruch.

Da riss ein übereifriger Sonnenstrahl die Wolkendecke auf und tauchte den Park und die Lichtung in einen goldenen Schein.

Ich schnappte nach Luft. Auf der perlweißen Stirn des *Pferds* leuchtete ein silberblaues, spitz zulaufendes Spiralhorn!

»Ein Einhorn!«, entfuhr es mir verblüfft. Ich fühlte mich wie die werte Ms. Liddle und hätte mir fast die Augen gerieben. Ich verharrte ganz ruhig neben meinen Freund, immer in Sorge, dass eine falsche Bewegung den magischen Augenblick zerstören könnte.

Ein paar Minuten standen Holmes und ich einfach nur im Sonnenlicht und betrachteten das Einhorn.

Irgendwann schob sich eine Wolke vor die Sonne, und der Zauber verflog allmählich, wie auch das Horn auf der Stirn des Einhorns verblasste und sich erneut unseren Blicken entzog. Daraufhin wechselte Holmes einen letzten wissenden Blick mit dem Tier und wandte sich anschließend zum Gehen.

»Kommen Sie, Watson?«, fragte der Detektiv und steuerte dem Ausgang von St. James's entgegen.

Ich lief ihm verwirrt hinterher und warf immer wieder einen Blick zurück, als könne sich das Geschenk der Königin zwischen zwei Lidschlägen in Luft auflösen. »Holmes!«, wisperte ich aufgeregt. »Das Einhorn!«

»Welches Einhorn, Watson? Ich habe hier nur ein Pferd gesehen, das irgendwo ausgebüxt sein muss und seitdem wild im Park lebt.«

Ich sah erneut zurück. Auch ohne Horn und Sonnenstrahl wärmte es einem die Seele, wie das schöne Tier auf der Lichtung stand. Langsam verstand ich.

»Sie wollen nicht, dass es wieder eingesperrt wird«, folgerte ich.

Ich dachte daran, dass man Einhörnern nachsagte, Tote wieder zum Leben erwecken zu können – und was dies für unsere Königin bedeuten mochte.

Holmes wählte seine nächsten Worte mit Bedacht.

»Ein Wesen wie dieses wäre wahrlich ein würdiges Geschenk für eine Königin, die schon alles hat«, sagte auch er. »Aber welches Recht haben wir, so einem Tier Gefangenschaft aufzubürden? Und was wäre das größte Geschenk für so ein königliches Tier, Watson, vielleicht das Letzte seiner Art?«

Wir hatten den Ausgang erreicht und riefen eine Droschke, die uns zurück zum Hafen und der *Molly Grue* bringen sollte, wo der große Sherlock Holmes von seinem Scheitern würde berichten müssen, ohne dass es ihm etwas ausmachte. Seine langjährige Bühnenerfahrung würde dem Detektiv einmal mehr zupasskommen.

»Freiheit«, murmelte ich, kurz nachdem ein Hansom vor uns am Straßenrand abbremste, anhielt und wir einstiegen.

Das weiße Kutschenpferd vor dem Einspänner gab mir schnaubend recht und wackelte mit den spitzen Ohren.

***

Die regelmäßigen Spaziergänge in St. James's gehören seit jenem Jahre zu meiner wöchentlichen Routine, wenn das Wetter und mein lädiertes Bein es zulassen. Das Einhorn habe ich in all den Jahren kein einziges Mal mehr gesehen, auch wenn ich zu den ungewöhnlichsten Zeiten in den Park gehe und jedes Mal mit einem aufgeregten Kribbeln im Bauch die kleine Lichtung besuche.

Wenn ich dann leicht bekümmert über den glitzernden See schaue und den Blick weiter zu Duck Island streifen lasse, wo in jedem Frühjahr unzählige Enten, Schwäne und Pelikane nisten, verfliegt meine Traurigkeit jedoch rasch wieder. Denn spätestens auf dem Rückweg zur Queen Anne Street und Heim und Herd denke ich noch heute mit einem Lächeln daran, dass nicht nur die mystischen Wälder Thules ihre Geheimnisse haben, sondern sogar ein Park hier mitten in unserem schönen London.

Muse mit sieben Prozent

Holmes lag schon den ganzen Tag ausgestreckt auf dem Sofa und schattete die Augen mit einem Arm ab, um den noch der Gürtel gebunden war.

Auf einmal drehte der Detektiv – das erste Mal innerhalb der vergangenen zwei Stunden, dass er sich überhaupt bewegte – träge den Kopf in meine Richtung und öffnete blinzelnd die Augen.

»Was haben Sie?«, fragte mein Freund mit so viel Erschöpfung in der Stimme, dass sie für ein ganzes Kricket-Team nach einem hart umkämpften Meisterschaftsspiel gereicht hätte. Der Detektiv erinnerte mich an einen müden, einstmals sehr stolzen Löwen in der Mittagshitze der Savanne, dessen beste Tage längst vorbei waren.

Ich saß Holmes seit geraumer Zeit stillschweigend im Sessel gegenüber, die Ellbogen auf die Knie gestützt, das Gesicht in den Händen vergraben; Holmes sah ich durch eine schmale Lücke zwischen meinen Fingern.

Mehr wollte ich gar nicht von ihm oder dem Rest der Welt sehen.

Der Frust nagte seit Tagen an mir und hatte sich endgültig einen Tunnel zu meiner Seele durchgefressen. Seit Wochen hatte ich keinen vernünftigen Satz mehr zu Papier gebracht – die Nachfragen meines Agenten und meines Herausgebers hatten inzwischen alle Höflichkeit und Sorge eingebüßt und klangen nur noch fordernd und drohend. Sogar mein amerikanischer Verleger hatte Mr. Murdock und Mr. Nelson, meinen Anwälten in New York, bereits zu verstehen gegeben, dass er keine weiteren Verzögerungen stillschweigend hinnehmen wollte und rechtliche Schritte gegen mich einleiten würde, sollte das neue Manuskript nicht bald auf seinem Schreibtisch liegen.

Doch hätte ich das alles Holmes sagen sollen? Was verstand er denn schon von den Sorgen eines Schriftstellers? Hatte er nicht oft genug über meine Arbeit als sein Chronist gelächelt und mich sogar mit mehr als kameradschaftlichem Spott bedacht? Außerdem: Eine Schreibblockade war kein Verbrechen, also interessierte es den großen Sherlock Holmes auch nicht ernsthaft.

Möglicherweise urteilte ich damals zu hart über meinen Freund. Allerdings trug sein Zustand, dem eine abermalige Hingabe an die verhasste Spritze mit der siebenprozentigen Kokainlösung vorangegangen war, auch nicht gerade dazu bei, dass sich meine Stimmung besserte. Im Gegenteil. Zu sehen, wie dieser brillante Mann auf dem Sofa niedergestreckt lag, tat mir in der Seele weh.

»Watson?« Holmes' Stimme klang unendlich müde, so als koste ihn jeder Buchstabe mehr Kraft, als er aufbringen konnte.

Ich nahm die Hände ein Stück herunter und sah den Detektiv mit leerem Blick an. »Meine Muse ist verschwunden«, sagte ich knapp. »Und *die* können selbst *Sie* mir ja wohl kaum wiederbeschaffen, Holmes.«

Falls er meine Schroffheit in seinem Zustand überhaupt bemerkte, sah Holmes darüber hinweg. Unglaublich langsam schwang er die Beine vom Sofa und wuchtete sich in eine sitzende Position. Es brauchte zwei Anläufe, bis er es geschafft hatte, aufzustehen.

»Verschwundene Sachen sind meine Spezialität«, nuschelte er wenig überzeugend, ehe er mit unsicheren Schritten in Richtung seines Zimmers schlurfte.

Ich sah ihm nach und verzog das Gesicht, als er sich unterwegs an jedem Möbelstück abstützen musste.

Durch Holmes' benebeltes Hilfeangebot war mir nur noch schwerer ums Herz geworden, noch elendiger zumute.

Es wurde nicht besser, als mein Freund fünf Minuten später erneut im Salon auftauchte. Er trug immer noch seinen Morgenrock und sah wie der Bruder des Sensenmannes aus: das Haar ungekämmt, die Wangen hohl, die blasse Haut im Gesicht kränklich glänzend und von blauen Adern durchzogen.

»Wo haben Sie Ihre Kalliope zuletzt gesehen, Watson?«, fragte Holmes mit leiser Stimme, aber großem Ernst. So wie es aussah, hatte er sich wenigstens den Bartschatten abrasiert. Ich beschloss, die guten Absichten anzuerkennen und die drei Pflaster an Hals, Kinn und Wange zu übersehen.

»Ich weiß es nicht«, erwiderte ich mit einem schweren Seufzer.

Tatsächlich konnte ich mich nicht genau erinnern, wann ich zuletzt etwas Brauchbareres als ein Rezept für einen Patienten geschrieben hatte.

»Hm. So so. Bemerkenswert.« Das Jagdfieber, das Holmes' Augen sonst von innen leuchten ließ, wenn er sich an einen neuen, verzwickten Fall machte, schaffte es nicht, durch den Schleier vor seinem Blick zu dringen. »Dann fangen wir einfach im Keller an und arbeiten uns nach oben vor«, murmelte der Detektiv. Als er sich zu schnell in Richtung Tür umdrehte, schwankte er erneut wie ein abgefüllter Trunkenbold und musste sich an der Kommode festhalten, wobei er fast die Lampe heruntergestoßen hätte.

»Lassen Sie's gut sein, Holmes«, bat ich meinen Freund so sanft wie mir in diesem Augenblick möglich.

Ich erhob mich, trat an Holmes heran und legte ihm eine Hand auf die Schulter. »Ich weiß das zu schätzen. Wirklich. Aber Sie sind nicht in der Verfassung, um ernsthaft …«

»Papperlapapp, Watson!« Holmes schlug meine Hand grob zur Seite; wieder schwankte er leicht. »Wäre doch gelacht, wenn wir zwei nicht so ein launisches Frauenzimmer finden würden, das sich irgendwo in unserem eigenen Haus versteckt. Kommen Sie, alter Knabe!«

***

Wir mussten einen ziemlich seltsamen Anblick abgeben, wie wir mit strubbeligen Haaren, nicht gerade der besten Sonntagskleidung und Pantoffeln durchs Haus schlichen.

Mrs. Hudson beäugte uns jedenfalls misstrauisch wie zwei Zigeuner, als wir ihr im Treppenhaus begegneten.

»Aus dem Weg, Mrs. Hudson!«, rief Holmes im Vorübergehen und klammerte sich wie ein Ertrinkender an das Treppengeländer. »Göttliche Wesen auf der Flucht!«

Holmes durchsuchte die Waschküche und auch den Kohlenkeller mit größter Sorgfalt – natürlich ohne auch nur einen Fußabdruck meiner Muse im Kohlenstaub zu finden. Das Einzige, was er zutage förderte, war ein Haufen Scherben, nachdem er den Karton mit Mrs. Hudsons Christbaumkugeln von seinem Platz auf einem ausrangierten Kleiderschrank warf (den Holmes unbedingt verrucken musste, da er hinter der Rückwand eine Geheimtür vermutete).

»Hmmm.« Holmes presste die blassen Lippen zusammen. Die Ringe unter seinen Augen waren so dunkel wie die Eierkohlen, die er eben mit dem Brennglas untersucht hatte. »Der Dachboden?«, fragte mein Freund schließlich.

Ich seufzte schicksalergeben, als ich Holmes' hoffnungsvollen Blick sah.

»Der Dachboden«, stimmte ich wenig euphorisch zu.

Doch auch der selten besuchte Speicher über unseren Räumlichkeiten förderte keine Muse zutage, auch wenn wir in einem Koffer ein paar Frauenkleider fanden – aussortiertes Verkleidungsmaterial des Detektivs. Ich stolperte außerdem in ein dickes, klebriges Spinnennetz, während Holmes beinahe das Haus abbrannte, als seine zittrigen Finger ein Zündholz fallen ließen. Nur in letzter Sekunde konnten wir alle Brandherde austreten.

Als wir zu Mrs. Hudsons – und auch meiner – Erleichterung in unsere Wohnung zurückkehrten, ließen wir uns müde in Sessel und Sofa fallen.

Ich ließ die letzte Stunde Revue passieren und konnte am Ende nur lächelnd den Kopf schütteln. Ein kurzer Blick auf die andere Seite des niedrigen Tisches zwischen uns zeigte mir, dass auch Holmes erschöpft, aber irgendwie seltsam zufrieden in sich hineinschmunzelte. Wie er so dasaß – die Hände in den Taschen seines mit Kohlenstaub und Spinnweben dekorierten Hausmantels, das spitze Kinn auf die Brust geneigt –, hatte er schon wieder wesentlich mehr von meinem geistreichen Mitbewohner und scharfsinnigen Weggefährten. Der Schleier vor seinen Augen hatte sich ebenfalls ein ordentliches Stück gehoben.

Plötzlich brachen wir beide in schallendes Gelächter aus, wie ich es weder bei mir noch bei Holmes allzu häufig erlebt hatte.

»Was sind wir doch für Tore, was, alter Freund?«, keuchte Holmes zwischen zwei Japsern, derweil ich mir die Tränen aus den Augenwinkeln wischte. »Poltern wie die Derwische durchs Haus und jagen der armen Mrs. Hudson einen Mordsschrecken ein! Wir können von Glück reden, dass Sie uns nicht die Koffer vor die Tür gestellt hat.«

»Es war ihre Idee!«, versetzte ich prustend.

Holmes nickte, auf einmal wieder todernst.

»Korrekt. Und ich bereue es nicht«, erwiderte der Detektiv sachlich. »Schließlich ist der Fall gelöst.«

Ich sah ihn mit einem unsicheren Grinsen an.

»Ist er das?«

»Natürlich.« Holmes stopfte seine Pfeife und zündete sie an. Das Streichholz lag dabei vollkommen ruhig in seiner Hand. Mir fiel außerdem auf, dass Holmes' Stimme auf einmal fest und volltönend klang.

Überdies schenkte mir mein Mitbewohner ein aufrichtiges, freundschaftliches Lächeln voller Wärme.

»Schreiben Sie diese seltsame Episode auf, Watson«, drängte Holmes. »Los! Jetzt sofort! Ich wette, danach fällt es Ihnen mit Ihren übrigen Texten ebenfalls wieder leichter. Außerdem werden Ihre treuen Leser nie erwarten, dass Ihre Muse just jene siebenprozentige Lösung ist, die Sie sonst so verpönen.«

Eine siebenprozentige Lösung – oder ein Mitbewohner, der nicht nur der beste Detektiv und Schauspieler des gesamten Empires war, sondern auch der beste Freund, den ein Mann sich nur wünschen konnte.

Regenfall

Das Jahr 1888 war ein anstrengendes für Sherlock Holmes, der sich bis zum Herbst wahrlich nicht über zu wenig Beschäftigung beklagen konnte und entsprechend selten zu Geige oder Spritze griff. Das wiederum war für seine Gesundheit ebenso erträglich wie für unsere Freundschaft oder meine Nerven als Arzt und Mitbewohner – und schlecht für alle Verbrecher in und außerhalb Londons. Der geneigte Leser mag von dem einen oder anderen Fall des Jahres 1888 gelesen haben, den ich mit Hilfe von Mr. Conan Doyle im *Strand Magazine* veröffentlicht habe: etwa von der gefährlichen Angelegenheit, die ganz im Zeichen der Vier stand; der Sache mit dem griechischen Dolmetscher; der grässlichen Affäre mit dem Hund der Baskervilles, die über die kommenden Jahre solch traurige Berühmtheit erlangen sollte; oder von der unsäglichen Kartenspiel-Episode mit Colonel Upwood im Nonpareil-Club, die ebenfalls einiges an Staub aufgewirbelt hatte. Von den mehr als drei Dutzend anderen Fällen, die es bisher nicht zu einer Niederschrift geschafft haben, ganz zu schweigen.

Anfang November kehrte erstmals für mehrere Tage Ruhe in der Baker Street 221B ein. Die üblichen Besuche und Telegramme, die oftmals neue Klienten und Fälle ankündigten, blieben aus. Das lag sicherlich auch am Dauerregen, der London seit Tagen fest im Griff hatte und brave Bürger wie ruchlose Verbrecher gleichermaßen zwang, sich zu verkriechen.

Dauerregen?, mag der eine oder andere Leser einer Übersetzung dieses Berichts nun fragen und lächeln, wenn er an das denkt, was man gemeinhin über das Londoner Wetter sagt.

Nun, ich weiß sehr wohl, dass das britische Wetter auf dem Kontinent und in den Staaten Gegenstand allerhand müder Kalauer und Klischees ist und jede Art von Regen für einen echten Londoner demnach nichts Besonderes sein sollte. Doch so schlimm, wie immer getan wird, ist es letztlich nicht, sieht man von ein paar Wochen im Frühjahr und im Herbst ab – und das sage ich Ihnen als Mann, dessen Kriegsverletzung sich bei feuchtem Wetter jedes Mal schmerzhaft bemerkbar macht.

Allerdings war es in diesem November 1888 wirklich ein wenig zu viel des Guten, sodass es das Wetter sogar auf die Titelseite der *Times* schaffte.

»Haben Sie heute schon Zeitung gelesen?«, fragte ich Holmes, ohne die entsprechende Morgenausgabe zu senken. »*Regen. Regen. Regen. London versinkt im Chaos!*«, las ich die Schlagzeile laut vor, die für die *Times* fast eine Spur zu unseriös wirkte. Wahrscheinlich setzte der endlose Regen der letzten Tage auch dem Redaktionsstab in der City zu.

Als keine Antwort kam, nahm ich die Zeitung herunter und blickte Holmes fragend an. Der Detektiv lag quer in seinem Sessel. Ein Arm baumelte über die Sesselkante, sodass Holmes' Finger den Teppich berührten. Sein Haar stand wirr in alle Richtungen ab, die halb geschlossenen Augen schimmerten glasig. Seine Haut sah noch blasser aus als sonst, und seine Wangen hätten eine gründliche Rasur vertragen. Mrs. Hudsons Porridge auf dem Teller, der auf dem Beistelltischchen stand, hatte er nicht angerührt.

So viel also dazu, dass wir *beide* die Ruhe nach dem turbulenten Herbst genossen.

Man könnte meinen, dass ich mich nach all den Jahren an Holmes' lethargische Anfälle in Verbindung mit seinem verabscheuungswürdigen Laster gewöhnt hätte. Aber nein – es schmerzte mich immer wieder von Neuem, diesen genialen Denker so verwahrlosen zu sehen, nur weil irgendetwas die Klienten von der Baker Street fernhielt, woraufhin Holmes' regsamer Geist ohne Beschäftigung verwelkte und den Detektiv auf der Suche nach Stimulation in die Arme des Kokains trieb. Selbst wenn ich seine Lösung heimlich verdünnte, so oft es mir möglich war, bereiteten mir die verbliebenen fünf Prozent immer noch ausreichend Kopfzerbrechen.

Von den sieben Prozent ganz zu schweigen.

Nach einem Seufzer freundschaftlicher wie medizinischer Sorge widmete ich mich wieder der *Times* und las weiter.

ACHTJÄHRIGES MÄDCHEN VON RATTEN ANGEFALLEN!

Diese Überschrift war genauso niederschlagend wie der Anblick von Holmes, der nach einem kurzen geistigen Höhenflug in Anschluss an die Nadel nun reichlich verloren in seinem Sessel hing.

Trostlosigkeit, wohin ich an diesem verregneten Morgen nur blickte, in der Zeitung, in 221B und in den Straßen.

Ich betrachtete die Regentropfen, die gegen das Fenster prasselten und daran herabliefen.

Wir in der Baker Street hatten im Grunde noch Glück. Schon seit Anfang der Woche standen viele Hinterhöfe und Keller in anderen Vierteln der Stadt unter Wasser, Gleiches galt für die Hälfte der Lagerhallen direkt am Kanal. Ganze Schiffsladungen an Waren verdarben und wurden unbrauchbar, weil man sie nirgends mehr aufnehmen konnte und sie in den Frachträumen der Schiffe vor sich hin schimmelten. Saftige Preisexplosionen waren die Folge, zumal der

Gang zum Einkaufen ein echter Kampf geworden war – in erster Linie gegen das Wasser, das in manchen Straßen gut vier Zoll hoch stand, aber auch gegen den Schlamm und den Unrat und eben gegen die Ratten, die allenthalben aus der überfluteten Kanalisation flüchteten und die Straßen eroberten. Die pelzigen Marodeure führten sich wie die neuen Herren von London auf und sprangen fauchend durch die stattlichen Pfützen zwischen den Bürgersteigen, wenn man ihren Weg kreuzte. Man wartete jeden Tag förmlich darauf, dass das Wort SEUCHE groß auf den Titelseiten prangte.

Holmes murmelte etwas. Mein sorgenvoller Blick wanderte vom Fenster zu meinem Freund, der – von all dem Prasseln und Rauschen um uns herum unbeeindruckt – nunmehr schon seit vier Tagen in seinem Delirium lag.

Andererseits: Der Regen rauschte ja ebenfalls unbeeindruckt weiter und interessierte sich nicht für den großen Sherlock Holmes, der mir in Phasen wie dieser erschreckend verletzlich – oder bereits schwerer verletzt, als wir alle ahnen konnten – vorkam.

***

Obwohl die Heftigkeit des Niederschlags nicht nachließ, brachte dieser schier endlose Vormittag unangenehmer Zeitungsmeldungen und ungebrochen starken Regens eine Überraschung mit sich.

Diese Überraschung äußerte sich in der stattlichen Erscheinung von Mycroft Holmes, der in einem weiten glänzenden Regenmantel in der Baker Street erschien, der eines schottischen Hafenmeisters würdig gewesen wäre, und eine ganze Legion an Regentropfen mit bis in unsere Wohnung schleppte. Fehlte nur, dass sich der ältere Holmes-Bruder wie eine Bulldogge schüttelte.

»Guten Morgen, Doktor«, grüßte Mycroft mich. Der Druck seiner fleischigen Hand war feucht, aber gewohnt fest. Er spähte an mir vorbei. »Ist Sherlock zu sprechen, oder …?«

Ich presste die Lippen zusammen, zuckte mit den Schultern und hängte den klitschnassen Regenmantel des älteren Holmes über das Stiegengeländer. Hoffentlich würde mir Mrs. Hudson diesen Affront gegen die Hausordnung verzeihen. Allerdings ließ unsere Vermieterin häufig Nachsicht walten, wenn es um 221B ging: etwa wenn Holmes seine giftigen Chemikaliendämpfe oder seine schrägen Geigenklänge durch das gesamte Haus sandte; oder wenn der Detektiv einen Revolver an unserer Wohnzimmerwand erprobte …

Als ich unsere in der Vergangenheit bereits dergestalt gescholtenen Räumlichkeiten erneut betrat, saß Mycroft Holmes schon nach vorn gebeugt auf der Sofakante und redete leise, aber energisch auf seinen jüngeren Bruder ein, der wieder einmal mit geschlossenen Augen in seinem Sessel hing. Ich hätte nicht darauf wetten wollen, dass mein Freund überhaupt etwas von dem mitbekam, was Mycroft ihm erzählte. Wenn man jedoch berücksichtigte, dass der ältere der

Brüder nur selten ausging – erst recht nicht bei so miserablem Wetter –, dann musste es etwas von größter Wichtigkeit sein, das ihn zu uns getrieben hatte. Wahrlich, wenn Mycroft Holmes den *Diogenes Club* verließ und hierher kam, dann ging es meistens um etwas enorm Bedeutendes. Etwas *Gefährliches,* wie die Erfahrung lehrte – zumeist eine direkte Bedrohung für das Empire, der sich Holmes' älterer und behäbigerer, vielleicht noch scharfsinnigerer Bruder als wichtigster Mann der Regierung entgegenstellen musste, indem er die richtigen Ritter der Moderne aktivierte.

Plötzlich hob Mycroft unvermittelt den Kopf und winkte mich heran.

»Kommen Sie, Doktor«, sagte er. »Ich sehe keinen Grund, weshalb Sie nicht mithören sollten. Wenigstens einer, der mir zuhört.«

Also nahm ich zwischen den Holmes-Brüdern Platz.

»Dieser Regen ist unnatürlich, Sherlock«, fuhr Mycroft fort, als hätte es die Unterbrechung seines Monologs nie gegeben. »Ich brauche nicht diesen Wahrsager, auf den unsere geschätzte Königin schwört, nur um zu wissen, dass der Regen da draußen nicht normal ist und da irgendeine Teufelei dahinter steckt!«

»Beeindruckend ...«, murmelte Sherlock Holmes müde.

Mycroft legte seinem Bruder eine Hand auf das spitze Knie. Zu meiner Überraschung sagte der ältere Holmes dann ruhig, aber bestimmt: »Hör auf mit der Scharade, Sherlock. Die Königin und das Empire brauchen dich. Jetzt.«

»Beeindruckend ...«, wiederholte mein Freund noch einmal matt – nur um im nächsten Moment die Augen aufzuschlagen und seinen Bruder mit klarem Blick durchdringend anzustarren.

Ich wich erschrocken zurück.

»Ich habe mich schon gefragt, wann ihr in euren dunklen Kammern endlich dahinterkommt.« Die Stimme des Detektivs ließ nicht vermuten, dass er die letzten Tage in seiner eigenen Drogenwelt verbracht hatte. »Was habt ihr bisher?«

Ich sah die beiden Brüder verdutzt an. Woher hatte Mycroft plötzlich gewusst, dass mein Freund seine Lethargie offenbar nur vorspielte? Und wieso hatte der Detektiv das überhaupt getan?

»Ich wusste, dass Mycroft oder einer seiner Untergebenen früher oder später hier auftauchen würde«, sagte mein Mitbewohner gerade, als hätte er meine Gedanken gelesen – wahrscheinlich hatte er aber nur all die Spektren von Verwirrung und Verärgerung auf meinem Gesicht bemerkt. »Eine Regenfront, die wie eine Glocke über London klebt? *Nur* über London, glaubt man den Zeitungen? Die nicht weiterzieht und sich kaum verändert – und wenn, dann nur zum Schlechteren? Selbst Lestrade sollte erkennen, dass dieser Regen entweder die von vielen erwartete Strafe Gottes ist – oder irgendeine üble Gemeinheit.«

Was interessierte mich in diesem Augenblick die Strafe Gottes?

»Warum dieses tagelange Schauspiel, Holmes?«, fragte ich zutiefst gekränkt. »Sie wissen doch, dass mich immer die Sorge packt, wenn sie in Ihrer Lethargie versinken!« Es war eines der wenigen Male, da ich meinen Gefährten vor einem

Anderen mit seiner Sucht und deren Auswirkungen auf unsere Freundschaft konfrontierte. Den Detektiv schien das nicht zu stören.

»Ich konnte es mir nicht verkneifen«, gestand er mit einem schmalen Lächeln und strich sein Haar nach hinten glatt. »Wissen Sie: Es ist immer wieder faszinierend, wie Sie und mein Bruder über meinen Kopf hinweg fragende, tadelnde und genervte Blicke austauschen, weil Sie mich in den stimulierenden Träumen des Kokains verloren glauben. Denen ich im Übrigen bereits gestern früh entsagt habe.«

»Deine kleinen Zaubertricks kosten uns nur Zeit, Sherlock«, sagte Mycroft Holmes schroff und entband mich so von der Pflicht einer Antwort, die ohnehin nicht allzu freundlich ausgefallen wäre. Der ältere Holmes griff in die Innentasche seines Anzugs und warf ein Bündel verschieden großer Briefkuverts auf den Wohnzimmertisch zwischen uns.

»Erpresserschreiben«, kommentierte er schlicht.

Mir kroch ein Schauer über den Rücken. Mit Briefen an die Staatsgewalt war das derzeit so eine Sache, seit die Polizei die *Dear Boss*-Briefe erhalten hatte.

»Fünf von ihnen können wir ein und derselben Person zuordnen.« Mycroft lehnte sich zurück und umfasste sein rechtes Knie mit den Händen. »Wir vermuten, dass das unser Hexer ist, Sherlock. Schau nicht so. Ja, wir denken, dass es mit Hexerei zu tun hat. Was auch sonst? Ich wiederhole mich gerne: Dieses Wetter ist *nicht natürlich*. Und bitte, komm mir nun nicht wieder mit deinem Unmöglich-Sprüchlein. Wir stützen uns in diesem Fall selbst auf dieses Prinzip, wie du siehst.«

»Löblich«, murmelte Sherlock Holmes gedankenverloren und beugte sich nach vorn, um die Briefe zu untersuchen. Keine Spur mehr von Betäubung oder anderen Auswirkungen des Kokains. Der Detektiv traf zielsicher eine kurze Auswahl und breitete sie in einer sauberen Reihe vor sich aus.

»Sehr gut. Nun bist du genauso weit wie wir«, sagte Mycroft. »Das sind die fünf, von denen ich sprach.«

»Und das habt ihr Dank der Handschrift und des Papiers herausgefunden?« Die langen, schlanken Finger meines Mitbewohners strichen über die Umschläge und die Schreiben, die aus den Kuverts hervorspitzten. »Oder daran, dass sie alle mit derselben Feder und der gleichen Tinte geschrieben wurden? Oder warte! Vielleicht habt ihr es ja auch …«

»Genug!« In Mycrofts Augen blitzte es zornig auf. Ruckartig griff er abermals in sein Jackett und holte einen weiteren Brief hervor. »Der kam heute Morgen. Die Ankündigung, dass der Regen nochmals stärker wird und wir uns auf eine regelrechte Sintflut einstellen dürfen, wenn die Forderungen des Verfassers nicht erfüllt werden.«

»Höchst interessant!«, sagte mein Freund fröhlich und las den Brief schweigend, ehe er ihn an mich weiterreichte.

Die Spannungen zwischen uns schien er nicht zu bemerken, als ich unwirsch nach der Botschaft des Erpressers griff. Allerdings scherten die Spannungen auch mich nicht weiter, nachdem ich die wenigen, in einer verschnörkelten Handschrift abgefassten Zeilen mit der Forderung des Hexers gelesen hatte.

»Die *Kronjuwelen?!*«, rief ich entsetzt.

***

»Natürlich steht diese Option nicht einmal zur Debatte«, erklärte Mycroft Holmes nach einer kurzen Pause mit Bestimmtheit. »Wir würden uns ja vor der Welt zum Gespött machen. Ihre Majestät ist *nicht* erpressbar.«

Über uns rumpelte der Donner. »Aber so kann es auch nicht weitergehen«, wagte ich mich vorsichtig nach vorn.

Mycroft nickte bekümmert. »Richtig, Doktor. Entweder bricht wirklich noch eine Seuche aus, oder die Menschen proben den Aufstand, weil mehr als nur ein paar Luxusgüter knapp werden. Sobald Mehl und Brot zur Neige gehen, so lehrt uns die Vergangenheit, legt der gemeine Bürger buchstäblich gern Feuer – auch wenn das im Moment eher bildlich zu verstehen ist. Palastzäune könnte man trotzdem niederreißen. Oder es zumindest versuchen. Diese Stadt fußt nicht umsonst auf römischer Geschichte.«

»Und bis auf die Briefe habt ihr keinen Anhaltspunkt?«

Diese Frage kam von Sherlock Holmes. Er hielt den sechsten Umschlag in den Händen und schob den Brief zur Hälfte aus dem Kuvert; sein Zeigefinger strich langsam an den Papierkanten entlang.

Mycroft schüttelte den Kopf. »Nicht mal einen Poststempel. Die Briefe wurden jedes Mal von Straßenjungen gebracht, die sie einem der Wächter vor den Toren des Palasts in die Hand gedrückt haben. Wenn man sie befragte, wer ihnen die Briefe gab, zuckten sie mit den Schultern und sagten immer dasselbe: Langer Mantel, Hut zu tief ins Gesicht gezogen, Wollschal bis zur Nase, Handschuhe. Wahrscheinlich ein Mann, das ist aber schon alles.«

Mein Mitbewohner erhob sich mit der Andeutung eines Nickens und schritt zielstrebig in sein Schlafzimmer, wo er zwei oder drei Minuten lautstark in einer Schublade wühlte. Bei seiner Rückkehr in den Salon warf er mit einer lässigen Geste – das genaue Gegenteil von Mycrofts wütender Bewegung davor – einen Briefumschlag auf den Tisch.

»Weihnachten 1884«, erklärte der Detektiv lapidar, als wäre damit alles gesagt.

Mycroft sah seinen Bruder ungeduldig an.

»Schön, du hast in der Vergangenheit also auch schon Weihnachtspost von unserer verehrten Königin bekommen – und?«

Der jüngere Holmes-Bruder lächelte flüchtig.

»Schauen Sie sich doch bitte einmal die Karte an, Watson«, wandte er sich an mich.

Ich betrachtete mir die Karte genauer. Sie hatte die Farbe von warmem Vanillepudding; der Karton war ungewöhnlich dick und besaß eine spürbare Struktur – außerdem war es ohne den geringsten Zweifel genau das Briefpapier, das der Erpresser genutzt hatte.

»Das ist das gleiche Papier!«, tat ich aufgeregt kund.

Brachte uns dies dem Erpresser bereits einen Schritt näher?

»Papier ist ein ebenso wertvoller Hinweisgeber wie die Tinte, mit der es beschrieben ist«, dozierte mein Freund da auch schon. »Es zahlt sich nicht nur aus, Handschriften lesen und deuten zu können oder verschiedene Federtypen und die Eigenschaften bestimmter Tintenzusammensetzungen zu kennen. Es ist wie mit den Zeitungen, Watson: Erinnern Sie sich nur, wie uns meine Vertrautheit mit den Drucktypen der Londoner Zeitungen erst letzten Monat geholfen hat.«

Ich erinnerte mich natürlich noch sehr gut, allerdings nicht nur an den Drohbrief, der aus ausgeschnittenen Buchstaben eines Artikels der *Times* zusammengesetzt war. Auch nach mehr als vier Wochen suchten mich die glühenden Augen des riesigen Hundes aus dem Moor noch in meinen Albträumen heim.

»Briefpapier, Umschläge, Marken und Poststempel sind ebenso wertvolle Hinweisgeber«, referierte Sherlock Holmes, der mein Frösteln wie üblich nicht bemerkte – oder geflissentlich übersah – unterdessen weiter.

»Es dürften nicht viele Leute Zugriff auf das Briefpapier der Königin haben«, sagte ich nach einem Räuspern.

Der Detektiv nickte, schüttelte dann aber sofort den Kopf.

»Das ist längst nicht alles. Sie müssen wissen: Für den Adel gehören Weihnachtskarten zum guten Ton. Sie transportieren den gesellschaftlichen Status. Es geht nicht allein um fromme Wünsche, sondern auch um das Zurschaustellen von Reichtum und Prunk. Nicht einmal unsere sonst so angenehm pragmatische Königin würde es sich erlauben, zweimal hintereinander, ach, auch nur einmal in zehn Jahren das gleiche Papier für ihre guten Wünsche zum Jahresende zu benutzen.«

»Was heißt das, Sherlock?«, fragte Mycroft scharf. Er war unserem Dialog bis hierhin schweigend gefolgt. »Kommt der Erpresser aus dem Palast?« Leiser fügte er hinzu: »Gar aus dem Umfeld des Throns?«

Seinem Blick nach ging der ältere Holmes bereits ein gedankliches Register mit allen Bewohnern und Bediensteten von Buckingham Palace durch.

»Die Karte ist vier Jahre alt«, gab mein Mitbewohner zu bedenken. »Fahr zurück in deinen Club, Mycroft. Finde heraus, wer 1884 kurz vor dem Jahreswechsel aus dem Dienst der königlichen Familie entlassen wurde und davor eine Position innehatte, die ihm einen Zugriff auf das Briefpapier der Königin ermöglicht hätte.«

Mycroft zögerte kurz. Dann nickte er und ließ sich von seinem Bruder zur Tür geleiten. Die beiden besprachen draußen noch kurz etwas miteinander, ehe Holmes wieder zu mir zurückkam und sich mit überschlagenen Beinen hinsetzte.

»Verzeihen Sie die Scharade«, begann er in verändertem Ton und griff nach seiner Pfeife und dem persischen Pantoffel mit dem Shagtabak vom Vortag – was ich trotz des grässlichen Gestanks des Zeugs viel lieber sah, als wenn der Detektiv nach Gürtel und Spritzbesteck griff. »Aber es ist einfach zu köstlich, wenn Sie und mein Bruder mich mit Blicken verurteilen und meine Lasterhaftigkeit verdammen.«

Ich schwieg eisern zu dieser Sache.

Holmes nahm den stummen Tadel mit einem Neigen des Kopfes entgegen und fokussierte seine Aufmerksamkeit wieder auf die Briefe vor uns.

»Es ist erstaunlich«, sagte er nach einer Weile, da wir beide die Erpresserschreiben betrachtet hatten, als könnten sie uns ihre Geheimnisse verraten, wenn wie sie nur lange genug ansahen. »U-Boot-Pläne können Mycrofts Schergen in Berlin und Moskau mit dem kleinen Finger stehlen – sich an eine Weihnachtskarte der Königin erinnern, die sie vor vier Jahren erhalten haben, ist für sie aber unmöglich. Selbst mein Bruder ist in solchen Dingen erstaunlich dilettantisch veranlagt, obwohl er ein Gedächtnis hat, das sonst über jeden Zweifel erhaben ist.« Holmes hielt ein Streichholz über die Brennkammer seiner nagelneuen Bruyèreholz-Pfeife (ein Geschenk von einem französischen Pfeifenmacher aus Saint-Claude, der die französischen Buchausgaben meiner Geschichten las und Holmes, dem vielleicht berühmtesten Pfeifenraucher seiner Zeit, unbedingt als einem der Ersten sein neues Pfeifenmodell zugänglich machen wollte); Holmes schüttelte das Streichholz nach ein paar Sekunden wieder aus und sagte am Rauch vorbei: »Eine Schande, wenn man bedenkt, wie oft große Fälle schon von unbedeutenden Kleinigkeiten entschieden worden sind. Nun, wie auch immer. Wir müssen sehen, was mein Bruder herausfindet. Er erwartet uns am frühen Abend im Club – falls sich dann noch eine Droschke findet, die sich einen Weg durch all das Wasser bahnen kann …«

***

Während Holmes sich erneut mit den Briefen beschäftigte und anhand einer intensiven Handschriften-Analyse ein Profil des Erpressers erstellen wollte, stand ich in nachdenklicher Stimmung am Wohnzimmerfenster und blickte hinab auf die hinter einem dichten Regenvorhang halb verborgene Baker Street. Die Sicht war genauso schlecht wie im Hochsommer, wenn der gelbe Londoner Nebel sich zäh zwischen den Häusern festsetzte. Das Teilstück der Straße, das ich durch den Regen sah, war so leer und verwaist wie der Rest Londons: Man sah weder einen flinken Zweispänner, noch einen der großen Growler, deren vier Räder beim Vorbeifahren einen Höllenlärm auf Schotter und Pflaster verursachten. Auch die vielen Pritschenwagen aus dem allgegenwärtigen Lieferverkehr oder einen der großen Omnibusse suchte man vergebens. Selbst die Fußgänger, die sonst keine Angst vor irgendetwas zu haben schienen und die Gefahren des Londoner Verkehrs ignorierten, machten sich rar. Nur ein mutiger Radfahrer schlingerte – unter einem Cape von den Ausmaßen eines Zirkuszelts – an unserem Haus vorbei und kämpfte gegen Regen und Wind.

Meine Gedanken waren so wolkenverhangen wie der Himmel über London. Was war bloß mit der Welt geschehen, dass Hexenmeister, Dämonenbeschwörer und Teufelsanbeter das Königshaus erpressen und die Hauptstadt unseres prächtigen Landes an den Rand einer Seuche, ja den Rand eines gesellschaftlichen Kollapses und eines Aufstands, wie Mycroft düster orakelte, drängen konnten?

»Grämen Sie sich nicht«, ertönte da auf einmal Holmes' Stimme hinter mir und riss mich aus meinen Gedanken.

Ich blickte ertappt drein, löste den Blick von dem *einsamen Radfahrer* und wandte mich zu meinem Freund um.

»Was meinen Sie, Holmes?«

»Sie denken darüber nach, ob das Wetter da draußen wirklich das Werk eines einzelnen Mannes sein kann.« Holmes blickte weiter angestrengt durch sein Brennglas und machte sich mit der anderen Hand einen Vermerk in seinem Notizbuch. »Nun, Watson. Warum nicht? Wenn sich sogar unsere Königin einen Hofastrologen hält, der – glaubt man den Gerüchten – ein fähiger Zauberer ist? Ein Zauberer, der mit dem geheimnisumwobenen Grigori Jefimowitsch Rasputin in Kontakt steht, und das über Wege, die wir Normalsterblichen uns nicht einmal erträumen können? Nein, Watson, wir müssen uns damit abfinden: Shakespeare hatte recht. Im Himmel und auch auf Erden gibt es mehr, als wir uns mit unserer Schulweisheit erträumen können.«

»Den nächsten Auftrag kriegen Sie wohl von Oberon«, erwiderte ich und zündete mir missgelaunt eine Zigarette an.

Holmes sah nicht von seiner Arbeit auf, als er ernsthaft entgegnete:

»Wer weiß, alter Freund?«

***

Mycroft Holmes hatte keine guten Nachrichten, als er uns im *Diogenes Club* in dem kleinen Gemach mit Blick auf die Pall Mall empfing, in dem ich bereits vor drei Monaten das erste Mal mit Mycroft zusammengetroffen war. Der kleine Raum war der einzige im gesamten Club, in dem es gestattet war, miteinander zu reden – im restlichen Club herrschte eisernes Schweigen, sodass die Schattenmänner des Empires in Ruhe lesen und ihren eigenen Gedanken nachhängen konnten. Das ging so weit, dass jemand kurzerhand des Clubs verwiesen und ausgeschlossen wurde, sobald er die heilige Ruhe des exklusiven Clubs drei Mal gestört hatte – völlig unabhängig von Name oder Rang.

»Keine guten Neuigkeiten, Sherlock«, begrüßte uns Mycroft, einer der Mitbegründer und größten Befürworter der mönchsartigen Schweigsamkeit. »1884 sind nur ein Gärtner und ein Stallbursche entlassen worden, und das jeweils auf eigenen Wunsch. Der eine war alt und krank und zog zu seiner Schwester an die Küste, der andere hat ein Mädchen kennengelernt und fing im Kutschenunternehmen des Schwiegervaters an. Eine junge Küchenhilfe wurde außerdem schwanger. Ein altgedienter Butler dagegen verstarb mit einundsiebzig. Keiner von ihnen hatte Zugriff auf das Briefpapier der Königin. Du musst dir wohl etwas anderes einfallen lassen. Aber was immer es ist – tu es schnell, Sherlock. Der Erpresser wird eine Antwort wollen.«

Just in diesem Moment zuckte ein greller Blitz am Fenster vorbei und jagte wie ein Phönix durch den Regen. Mycroft schüttelte betrübt den Kopf und schlurfte ohne ein weiteres Wort in den großen Leseraum. Ich glaubte nicht, dass er viel Freude an seiner Lektüre oder der schweigsamen Gesellschaft haben würde. Sein jüngerer Bruder passte sich indes den Gepflogenheiten des Clubs an und sprach auf dem gesamten Weg zurück zur Baker Street kein Wort, während der Regen unnachgiebig auf das Blechdach unseres Hansom trommelte. Der Kutscher oben auf der Droschke tat mir leid.

Als ich später am Abend meine Ausgabe von Walter Scotts »Lady of the Lake« zuklappte und meinen Kopf aufs Kissen legte, dauerte es lange, bis ich das Pochen und Rauschen des Regens ausblenden konnte und endlich einschlief.

***

Am nächsten Morgen erwartete mich nicht nur Mrs. Hudsons Frühstück, sondern auch eine Nachricht von Holmes, der durch Abwesenheit glänzte. In dem kurzen Schreiben erklärte mein Freund, eine Sache überprüfen zu wollen und gegen Nachmittag zurück zu sein. Ich vergnügte mich also zunächst weiterhin mit dem Streit zwischen König James V. und dem Douglas-Clan. Doch so spannend Scotts viel beachtetes Werk auch war – ich konnte mich nicht so recht darauf konzentrieren. Immer wieder verlor ich den Faden und ganze Sätze aus den Augen, da meine Gedanken sich dem nervigen Prasseln draußen zuwandten. Der Rhythmus des Getrommels warf mich zwischenzeitlich beinahe zurück in die Schützengräben Afghanistans. Keine Frage: Das unnatürliche Unwetter hatte nochmals an Intensität zugenommen. Der Himmel über London hatte sich über Nacht vom dunklen Grau schmutziger Wolle hin zu einem bedrohlichen, wirbelnden Schwarz gefärbt. Es schien, als hinge über der Stadt eine einzige gigantische Gewitterwolke, die ihre Regentropfen wie Bomben und ihre Blitze wie Granaten auf die Erde niederfahren ließ. Auch der Dauerregen steigerte seine Bemühungen nochmals. Es sah ganz danach aus, als hätte unser Hexer erkannt, dass man nicht auf seine Forderungen reagieren würde, und entschieden, dass es an der Zeit war, seine wahre Macht zu demonstrieren.

Mürrisch klappte ich das Buch zu, erhob mich und schritt zum Fenster.

Die Straße hinter dem dichten Schleier aus dicken, nassen Bindfäden wirkte wie ausgestorben. Die Trottoirs der Baker Street sah man inzwischen nicht mehr, und das braune Brackwasser stand schon knapp unterhalb der letzten Treppenstufe zur Eingangstür und flutete die Vorgärten der Nachbarn.

Und irgendwo hinter diesem Regenvorhang verbarg sich ein Mann, der all das Chaos und die Gefahren bereitwillig in Kauf nahm, nur um seine Gier zu befriedigen.

Ich hoffte, dass Holmes, wo immer er gerade stecken und sich durch Schlamm und Regen kämpfen mochte, bei seiner Rückkehr eine Spur mitbrachte, damit wir dem Regenteufel möglichst bald das Handwerk legen könnten.

***

Gerade als ein Blitz nicht unweit der Baker Street einschlug und der unmittelbar folgende Donner die Scheiben klirren und vibrieren ließ, kehrte Holmes zurück – ein dramatischer Auftritt ganz nach dem Geschmack des einstigen Shakespeare-Darstellers. Holmes' Aussehen nach zu urteilen ausnahmsweise aber ein ungeplanter: Der Detektiv war trotz seines Inverness-Mantels durchnässt bis auf die Knochen und wrang mit versteinerter Miene seine Deerstalker-Jagdmütze aus.

Ich erinnerte mich an das gesellige Abendessen mit meinem Freund (und Protagonisten), *Strand*-Verleger Herbert Greenhough Smith, meinem wohlwollenden Agenten Arthur Conan Doyle, meinen Autorenkollegen Ernest William Hornung und Edgar Wallace, und Sidney Paget, dem Illustrator der meisten der im *Strand Magazine* abgedruckten Geschichten aus meiner Feder. Nach Abtragen des Hauptgangs, als Wallace und ich über die Wichtigkeit eines guten Schurken in Kriminalgeschichten sprachen, hatten Holmes und Paget über den Tisch hinweg plötzlich arg heftig über den Sinn einer Jagdmütze in der Stadt diskutiert, da Paget kurz davor dazu übergegangen war, Holmes in jeder Geschichte mit Deerstalker darzustellen (was dem Detektiv gar nicht behagte – umso weniger, da der häufige Gebrauch in Pagets Illustrationen die Mütze fälschlicherweise zu Holmes' Markenzeichen stilisiert hatte, sodass der Detektiv die »lächerliche Kopfbedeckung eines schottischen Jägers«, wie er sie nur noch nannte, noch mehr hasste als zuvor schon).

Infolge des ungelösten Streits hatte Paget Holmes letztes Jahr zu Weihnachten einen Deerstalker geschickt.

Es war das erste Mal, dass Holmes die Mütze trug – wahrscheinlich in der Hoffnung, dass er sie anschließend entsorgen müsste, weil er sie nie wieder trocken bekäme, nachdem er sie in diesem Unwetter aufgehabt hatte.

»Kommen Sie, Watson!«, sagte mein Freund gehetzt und wartete triefend in der Tür, den verhassten, vollgesogenen Deerstalker wie eine geschossene Ente in der Hand. »Und nehmen Sie Ihren Revolver mit. Aber laden Sie ihn unterwegs! Ich weiß nicht, wie lange der Kutscher, den ich nur durch Zufall aufgetrieben habe und mit viel Barem locken musste, unten wirklich wartet …«

Kurz darauf saßen wir in einem Growler, dessen hohe Speichenräder wie die Schaufeln eines Flussdampfers in Mark Twains Erzählungen vom Mississippi durch das Schmutzwasser in den Straßen pflügten. Diese gehörten uns und unserem mächtigen Gefährt indessen so gut wie alleine, da sich selbst in einem Growler kaum noch jemand nach draußen wagte, jetzt, wo nicht nur der Regen, sondern auch Blitz und Donner und Sturmböen alles Leben unter dem pechschwarzen Himmel peinigten und ganz London die Macht des Hexers spüren ließen. Selbst die abgebrühtesten Plünderer hatten vor dem Gewitter, dem Sturm und den heftigen Regenfällen kapituliert und sich verkrochen.

Holmes saß mir gegenüber auf der Sitzbank. Er wirkte angespannt. Ich vermutete, dass die Lage noch kritischer war, als die Wagner'sche Szenerie erahnen ließ.

»Wohin fahren wir, Holmes?«, fragte ich und lud die Kammern meines Revolvers.

Anstelle einer direkten Antwort blickte der Detektiv in die regelmäßig von flackernden Blitzen erhellte Nacht, die sich wie ein riesiges Leichentuch über den Tag und London herabgesenkt hatte.

»Wenn einem jemand rät, eine Spur fallen zu lassen, lohnt es sich oft, noch einmal genau über sie und ihren bisherigen Verlauf nachzudenken«, begann Holmes schließlich. »Mein Bruder meinte aufgrund seiner Nachforschungen, dass die Weihnachtskarte eine Sackgasse sei, und in gewisser Art und Weise hatte er damit auch recht. Nicht, was das Papier als generellen Hinweis für diesen Fall anbelangt, aber doch, was die Richtung angeht, in die meine Gedanken anfangs noch gingen.«

»Heißt das, Sie haben doch noch einen Palastangestellten gefunden, der vor vier Jahren entlassen worden ist?«

Holmes schüttelte den Kopf.

»Nein, Watson, eben kein entlassener Küchenchef, der Rache geschworen hat und zufälligerweise das Wetter beherrscht.« Mit einem Seufzer legte mein Gefährte seinen durchweichten Deerstalker neben sich auf die Sitzbank und fuhr sich durchs Haar. »Aber ich habe darüber nachgedacht, wie sehr eine Ermittlung manchmal vom Zufall abhängig sein kann. Sehen Sie, alter Freund: Das Papier *ist* ein Hinweis, so skeptisch Mycroft auch sein mag. Der Zusammenhang, in den wir es gebracht haben, war bloß der falsche. Es mag ja sein, dass es zwischen den Erpresserschreiben und dem 1884 entlassenen Gärtner oder dem Küchenmädchen keine direkte Verbindung gibt – das heißt aber *nicht,* dass es zwischen der Weihnachtskarte der Königin aus diesem Jahr und den Drohbriefen des Hexers per se *keinen* Zusammenhang gibt. Nicht einmal Mycroft kann bestreiten, dass es sich um das gleiche Papier handelt.« Der Detektiv schwieg, als über uns der Donner so laut schepperte, dass man sein eigenes Wort nicht mehr verstand und ich unwillkürlich den Kopf einzog. »Wahrlich, Watson, es ist ein seltsamer Zufall, dass ein Erpresser für seine Schreiben genau das Papier verwendet, das die königliche Familie vier Jahre zuvor für ihre Weihnachtspost nutzte – aber nun, so ist es eben, und wer sind wir schon, um über solche Dinge zu urteilen?«

Da dämmerte mir, wohin wir fuhren. »Sie haben erfahren, wo das Papier herkommt!«, rief ich.

»Und auch, wohin es ging, ja, Watson. Mr. Morrison war nicht sonderlich glücklich, als ihm klar wurde, dass ich nichts kaufen würde, obwohl ich seit einer Woche der erste Kunde in seinem kleinen Laden war. Dennoch zeigte er sich angenehm mitteilsam, nachdem ich ihn in eine für uns beide interessante Diskussion über die ideale Maschengröße von Metallsieben und die Temperaturunterschiede zwischen Bottichen aus Laub- und Nadelholz verwickelt hatte. Es ist immer wieder erstaunlich, wie selbst ein zugeknöpfter Schotte zu einem geschwätzigen Zeitgenossen wird, wenn man nur die richtigen Stichwörter kennt.«

Mir wurde wieder einmal klar, mit welcher Unbekümmertheit Holmes Menschen für seine Zwecke manipulierte.

Mein Freund erklärte währenddessen weiter: »Mycroft hatte mir zuvor auf meine Nachfrage hin die Adresse des Papiermachers gegeben, der den Palast 1884 die Karten für die Weihnachtswünsche geliefert hat. Mein verehrter Bruder war nicht glücklich, als er bemerkte, dass ich mich immer noch an der Papieridee festkralle …« Ein Schulterzucken. »Es wird mir ein Vergnügen sein, Mycroft zu berichten, wohin uns meine Hartnäckigkeit gebracht hat.«

»Erzählen Sie schon!« Ich wurde auf der lederbezogenen Sitzbank hin und her geschleudert, als wir durch ein tiefes Schlagloch fuhren, dass das Brackwasser wohl vor den Augen des gepeinigten Kutschers verborgen hatte.

»Der alte Morrison hat die Bögen und Umschläge damals extra für die Weihnachtskarten der Königin hergestellt. Ein Hausrezept, wenn Sie so wollen. Wussten Sie, dass es jedes Jahr ein regelrechter Kampf zwischen den Papiermachern Londons ist, wer die Bögen für den Palast liefern darf? Anfang September geht ein Sekretär des königlichen Haushalts durch die Stadt und lässt sich von jedem Betrieb eine Kostprobe des erlesensten Papieres zeigen. Wenn einem Papiermacher die Ehre zuteil wird, den Palast zu beliefern, verpflichtet er sich, dass das Set niemals in den normalen Verkauf gelangt.«

»Wie kam unser Hexer dann an die Briefbögen?«

»Morrison wollte erst nicht damit rausrücken. Anscheinend hat er es damals etwas zu gut gemeint und von Umschlägen und Karten jeweils ein paar mehr gemacht als bestellt. Die Sekretäre des Palasts sind in solchen Dingen allerdings sehr penibel und nehmen nicht mehr an, als ursprünglich bestellt. Niemand soll denken, die Königin würde ihre Stellung ausnutzen. Eigentlich wollte

Morrison die überzähligen Bögen und Umschläge niemals verkaufen. Doch vor etwas weniger als zwei Monaten hat ein Mann, der Morrisons Verkaufsraum bis in den letzten Winkel durchstöbert hatte, eine Mappe mit eben dem Papiersatz von 1884 gefunden. Morrison beschuldigt seinen Gesellen, das Set in ein Regal im Laden gelegt zu haben. Morrison hatte es dem Mann erst auch nicht verkaufen wollen. Eine großzügige Summe überzeugte den Papiermacher allerdings, da es ihm geschäftlich in diesem Jahr nicht sonderlich gut geht, nachdem im April eine teure Reparatur an seinem Holländer notwendig gewesen war.«

Draußen schlug wieder ganz in der Nähe ein Blitz ein. Der Wind rüttelte an unserer Kutsche. Das Pferd wieherte bei jedem Donnerschlag angsterfüllt. Der Kutscher, der in seinen Mantel kroch und seinen Zylinder mit klammen Fingern festhielt, fluchte ungehalten – über sein Pferd, das Wetter, sich selbst und ganz besonders die beiden Herren, die ihm viel Geld versprochen hatten, wenn er der Urgewalt des Sturms trotzte und sie sie zu einer bestimmten Adresse fuhr.

»Seltsam, dass der Hexer ausgerechnet dieses Papier wählte«, sinnierte ich laut.

»Nicht unbedingt. Alle, die eine magische Profession ausüben oder auszuüben glauben, haben einen Hang zu schillerndem Tand und zur Wichtigtuerei. Edle Sachen passen genau in ihre Selbstdarstellung.« Holmes lächelte dünn. Der Blick seiner grauen Augen wurde hart. »Wir haben dem erlesenen Geschmack unseres Hexers viel zu verdanken.«

Dieser Blick konnte nur eines bedeuten:

»Sie haben also die Adresse des Käufers bekommen?«

Holmes' Züge waren ausdruckslos, als er sagte: »Ist der Lumpensammler der beste Freund des Papiermachers, Watson? Natürlich habe ich die Adresse!« Holmes' Augen glühten wie die Blitze in der Finsternis draußen. »Morrison gab sie mir nach langem Ringen, damit ich mir ein Blatt des legendären Weihnachtspapieres von 1884 – ›dem besten Briefpapier aller Zeiten, wenn Sie mich fragen, Sir, meinen Respekt, meinen Respekt!‹ – für meine Sammlung besorgen kann …«

***

Die Dunkelheit, die den Londoner Tag verschlungen hatte, ließ eine genaue Bestimmung unseres Standpunkts nicht zu. Holmes bemerkte aufgrund des anwachsenden Abstandes zwischen den Laternenmasten soeben, dass wir noch vier, fünf Straßen von unserem Zielort entfernt sein mussten, als unser Gefährt einfach mitten auf der Straße anhielt und der Fahrer herrisch aufs Kutschendach klopfte.

»Tut mir leid, aber hier geht's nicht weiter!«, brüllte er über das Tosen hinweg. »Keine Chance! Außerdem geht mir der Gaul bald durch, wenn das weiter so kracht!«

Ich riskierte einen Blick aus dem Seitenfenster. An ein Weiterkommen per Droschke war tatsächlich nicht mehr zu denken. Das Unwetter hatte sich auf unserem Weg ins East End minütlich gesteigert und mittlerweile biblisch-apokalyptische Ausmaße angenommen. Der Wasserpegel in den Straßen stieg schneller denn je; Hüte und Kappen, herrenlose Fahrräder, zerrissene Regenschirme und alle Arten von Unrat trieben offen auf den Straßen; Hunde und ein paar aus ihren Verstecken gespülte Ratten paddelten hilflos im schlammigen Nass um die Wette. Auch die Menschen hatten den Kampf gegen die Wassermassen längst aufgegeben und warteten auf irgendeinen rettenden Noah. Sandsäcke, die vor wenigen Stunden noch Gold wert gewesen waren, lagen nun achtlos neben halb errichteten Barrikaden – wie die blind auf der Flucht fallen gelassenen Musketen einer geschlagenen Armee. Das von Sturm und Regen aufgepeitschte Wasser zerrte an den Säcken und wollte sie dem wässrigen Leichenzug zwischen den Häusern einverleiben.

»Ziehen Sie die an«, meinte Holmes unversehens und warf mir ein schwarzes, labbriges Etwas zu. Ein paar Sekunden später hatten wir beide schwere Gummistiefel an – und sahen bestimmt ziemlich komisch aus, mit unseren Capes und den klobigen Tretern, die Holmes von einem befreundeten Angler organisiert hatte. »Raus mit Ihnen, alter Knabe«, sagte Holmes mit aufgesetzter Fröhlichkeit und öffnete die Tür auf seiner Seite.

Mir entging nicht, dass er Pagets Jagdmütze auf der Sitzbank liegen ließ.

Ich trennte mich kurz nach dem Aussteigen ebenfalls von meiner Kopfbedekkung, wenn auch längst nicht so freiwillig wie der Detektiv: Der Sturm riss mir meinen Zylinder vom Kopf, der einige Yards entfernt ins Wasser klatschte. Ich rannte ihm nach, doch ein quer über das schwarze Firmament jagender Blitz ließ mich vor Schreck erstarren, während eine feuchte Sturmbö sich wie eine Seeschlange um mich wickelte und meine Glieder lähmte.

Hinter mir wieherte das Kutschenpferd angsterfüllt.

Als ich wieder Herr über meine Beine war, waren mein Zylinder und die Droschke in der wirbelnden, verregneten Schwärze des Sturms verschwunden.

Wir waren allein. Trotzdem – und trotz des an uns zerrenden Sturms und des Regens, der uns ins Gesicht schlug – musste ich grinsen, als ich Holmes so vor mir stehen sah. Mit seinen dürren Beinen und den Gummistiefeln sah der Ermittler wie ein Storch aus, als er neben mir durch das dreckige, gurgelnde Wasser stakste, das uns inzwischen bis über die Schienbeine reichte.

Tendenz eindeutig steigend.

»Was wird uns erwarten?«, rief ich über das Fauchen des Windes, das Prasseln des Regens und das Wummern des Gewitters hinweg.

»Ich weiß es nicht, Watson«, antwortete mein Freund und strich sich das nasse Haar mit beiden Händen vehement nach hinten, als würde er Haaröl verteilen. »Ein Hexer, so viel steht fest – aber was heißt das schon? Vielleicht ist es ja auch ein ganzer Kult. Wie der Zirkel von Yog-Sothoth damals in Cardiff, die Voodoo-Bruderschaft in New Orleans oder die Sache mit Anton und Aleister Arcane in …«

»Hören Sie mir bloß auf!« Ich wischte mir hektisch den Regen aus dem Gesicht. Ein paar Herzschläge später lief mir das Wasser aber bereits wieder in die Augen und tropfte von Kinn, Nase und Ohren. Mein Schnurrbart lag schwer auf meinen Lippen.

Holmes ließ sich von den Kräften der Natur derweil nicht irritieren. Mit der für ihn normalen Zielsicherheit führte er uns durch einen vollständig unter Wasser stehenden Hinterhof und durch eine schmale Gasse, die ebenfalls im Regen ertrank, sodass wir mehr wateten als schritten.

Auf halbem Weg durch die Passage hörte ich ein klägliches Mauzen.

Ich hob den Kopf und kniff die Augen gegen Regen und Wind zusammen.

Auf einem inselartigen Mauerpfeiler über mir saß eine Katze, die längst nicht mehr wusste, wohin, und auf engstem Raum hin und her tänzelte.

Nicht allein wegen eines Artikels im *Telegraph*, der davon berichtete, dass es in London immer weniger Katzen gab, hielt ich kurz inne, griff nach oben und hob das verunsicherte mauzende Tier auf einen anderen Teil der Mauer, von wo aus es problemlos ein nahes Hausdach erklimmen und sich aus eigener Kraft in Sicherheit bringen konnte. Anschließend eilte ich Holmes hinterher, der schon am Ende der Gasse wartete, wo wir einen ersten Blick auf das Heiligste unseres hexerischen Widersachers werfen konnten.

Hinter einer Mauer aus abgeschossenen roten Backsteinen, die scheinbar nur noch von wucherndem, wilden Wein zusammengehalten wurden, ragte ein hohes Gebäude mit vernagelten Fenstern und etlichen kleinen, spitzen Giebeln wie ein Spukhaus aus dem Regenschleier und der unnatürlichen Nacht. Der Turm, der aus der Mitte des schwarzen Schrägdaches ragte, schien gar wie ein schartiges Messer die tief hängenden Sturmwolken anzustechen.

»Sehen Sie das?«, fragte Holmes fasziniert.

Ich brauchte ein paar Sekunden, bis ich wusste, was mein Begleiter meinte.

Dann aber bemerkte auch ich es.

Von hier unten sah es tatsächlich so aus, als ob der Regen gegen eine unsichtbare Barriere über dem Anwesen prallte – als ob die Wassermassen an einer Seifenblasenhülle hinabliefen, was von der optischen Wirkung einem flimmernderen Vorhang gleichkam.

Wir traten den Rückzug durch die Gasse an, umrundeten das durch die schimmernde Blase vor dem Regen geschützte Spukhaus und standen schließlich vor der Rückseite des Grundstücks, wo uns erneut die Backsteinmauer erwartete.

Der Sturm schlug uns auch hier heftig ins Gesicht. Die Spiegelbilder der über den Himmel leckenden Blitze tanzten wie Zitteraale durchs Wasser.

»Da wären wir.« Holmes rieb sich die Hände. Ehe ich mich versah, stellte er sich ummittelbar vor die Steinmauer, streifte die Gummistiefel ab, legte eine Hand ans Gestein und kletterte geschickt nach oben und über die Mauer hinweg (wenngleich er ob des Windes am Scheitelpunkt seiner Kletterpartie auch kurz ins Schwanken geriet). Als er die flimmernde Barriere berührte, an der das Wasser entlang rann, schien auch Holmes wie eine falsch belichtete Fotografie zu verschwimmen, seine Konturen zu verwischen. Bangend sah ich dabei zu, wie der flimmernde Detektiv auf der anderen Seite der Mauer verschwand.

Ich seufzte. Vermutlich erwartete mein Freund, dass ich ihm folgte. Ich hatte meinen linken Gummistiefel gerade ausgezogen und balancierte wie ein Flamingo auf einem Bein, als fünf Yards die überflutete Straße hinauf ein kleines, in die Mauer eingelassenes Tor mit leisem Quietschen geöffnet wurde und jemand meinen Namen rief. Wenig filigran hüpfte ich durchs Wasser und schlüpfte durch den Dienstboteneingang, der vorher vom Wein verborgen worden und nur von jenseits der Mauer zu sehen gewesen war.

»Haben Sie keine Angst vor magischen Wächtern?«, fragte ich Holmes, der bereits im Trockenen unter der Schutzblase stand und philosophisch seine durchgeweichten Socken betrachtete.

»Ein vermeintlich mächtiger Hexer ist vor allem eines, Watson: arrogant bis ins Mark. Selbst die Barriere über dem Grundstück soll wohl nur den Regen abhalten. Wir konnten ja problemlos hindurchspazieren. Ja, ich denke, unser Hexer fühlt sich hier in seinem Sanctum Sanctorum am anderen Ende der Stadt ziemlich sicher.«

Damit schritt der Detektiv entschlossen auf die Tür an der Rückseite des Anwesens zu, wo Holmes wie üblich großes Geschick zeigte, als er mit einem Dietrich aus der beeindruckenden Sammlung in dem aufklappbaren Leder-Futteral aus seinem Mantel in Windeseile das Schloss knackte.

Wir fanden uns in einer dunklen Küche wieder. Ein schneller Rundumblick zeigte, dass sie in letzter Zeit nur selten genutzt worden war. Mrs. Hudson wäre in Ohnmacht gefallen. Spinnweben und dicke Staubkissen beherrschten den Raum und hatten sich auf jeder freien Fläche und sogar den paar lieblos zusammengestellten Töpfen und schmutzigen Gläsern gesammelt.

»Wohin nun?«, fragte ich flüsternd.

»Der Turm, Watson. Der Feind manipuliert das Wetter. Die Wolken sind seine Verbündeten. Er muss so weit oben sein wie möglich.« Der Detektiv sah mich abwägend an. Dann sagte er vertrauensvoll: »Offen gestanden, alter Freund: Hätte sich die Spur des Briefpapiers doch noch als Reinfall erwiesen, hätte ich Big Ben, Westminster Abbey und danach alle anderen Türme der Stadt abgeklappert.«

Ich zog den zweiten Gummistiefel aus und nahm den Revolver aus der Innentasche meines Jacketts. Unsere Regencapes ließen wir in der Küche zurück, damit sie uns nicht behindern würden.

Holmes legte eine Hand auf den Türgriff und sah mich fragend an. Ich nickte, machte mich innerlich auf alles gefasst und hob meine Webley.

Der Detektiv zählte lautlos bis drei – dann riss er die Tür mit einem Ruck auf.

Nichts geschah. Die dahinterliegende Eingangshalle mit ihren vernagelten Fenstern und Türen lag in bedrückender Stille und muffiger Düsternis, nur vom Krachen des Donners, dem Heulen des Windes und dem Trommelfeuer des Regens aus ihrer Friedhofsruhe gerissen. Aufgrund ihrer Intensität schafften es die Geräusche des Sturms sogar gedämpft durch die magische Barriere.

Wie samtpfötige Katzeneinbrecher schlichen Holmes und ich in unseren Strümpfen über die alten Dielen auf die Treppe zu. Wir hatten die Lobby nicht einmal zur Hälfte durchquert, als uns aus der Düsternis der Treppe rote und grüne Blitze entgegenschossen.

»Runter!«, brüllte Holmes und sprang zur Seite.

Ich selbst ließ mich hinter einem alten Sofa zu Boden fallen.

In der Dunkelheit vor uns zerbarsten ein Stuhl und eine Anrichte mit lautem Krachen.

»Dachten Sie wirklich, Sie könnten sich einfach so in mein Refugium schleichen?« Ein verächtliches Lachen ertönte aus Richtung Treppe. »Wie töricht.« Schlagartig verschwand alles Amüsement aus der Stimme unseres unsichtbaren Angreifers. »Sie werden mich nicht aufhalten. *Niemand* wird mich aufhalten. Nicht einmal der große Sherlock Holmes. Ja, ich habe natürlich von Ihnen gehört. Von Ihnen auch, Doktor. Der hochnäsige Detektiv und der minderbegabte Schreiberling. Aber nicht einmal Sie beide werden London retten können. Die Schmach, die man mir zu Teil werden ließ, wird bis auf den letzten Krümel der Erinnerung vom Antlitz dieser Erde fortgespült werden – zusammen mit diesem verkommenen Moloch von einer Stadt!« Ein böses Kichern im Dunkeln. »Ich muss sie nun leider verlassen, meine Herren. Mein kleiner Sturm braucht Anleitung, wenn er diese Stadt bis heute Abend geflutet haben soll.«

Ich hörte ein unheilvolles Zischen.

Einen Herzschlag später schlug ein weiterer Blitz ganz in der Nähe ein – jedoch nicht in dem Sofa, hinter dem ich kauerte, sondern in der alten Treppe. Der Widerhall des Donners von draußen und die Explosion, mit der die Stufen und das Geländer in tausend Stücke zerbarsten, vermischten sich zu einem fürchterlichen Knallen, Splittern und Reißen.

»Damit Ihnen nicht langweilig wird, lasse ich Ihnen noch eine kleine Aufmerksamkeit da. Adieu!«

Das war das Letzte, was wir von unserem Widersacher hörten, ehe über uns eine Tür zugeschlagen wurde. Gleiches passierte wie von Geisterhand mit der Küchentür, durch die Holmes und ich in die Eingangshalle gekommen waren.

Wir waren eingesperrt.

Eine fatale Erkenntnis angesichts der schwarzen Regenwolke, die plötzlich unterhalb der getäfelten Decke Gestalt annahm – und die bereits im nächsten Moment begann, ihre Ladung in einem ungestümen Schauer zu entleeren …

***

Es war nur ein schwacher Trost, dass der Regen die Feuerzungen auf den Überresten der Treppe löschte.

»Er will uns wie Katzen ersäufen!«, rief ich Holmes über das abrupt einsetzende Stakkato-Prasseln des Regens zu.

»Solange er uns nicht mit einem Blitzschlag röstet, sobald das Wasser hoch genug ist, haben wir noch genügend Zeit, uns etwas einfallen zu lassen«, erwiderte der Detektiv mit dem ihm eigenen Pragmatismus.

Wider besseres Wissen rannte ich zur Küchentür und rüttelte vergebens an ihr. »Hier kommen wir nicht raus!«, bekräftigte ich und spürte, wie Panik in mir aufstieg.

»Nur die Ruhe, Watson.« Obwohl das Wasser binnen einer Minute bereits über unsere Knöchel gestiegen war, wirkte Holmes völlig gelassen. »Noch hat dieser falsche Stephen Strange uns nicht besiegt, bei Vishanti«, sagte der Detektiv beherzt und schritt die Lobby ab, um nach Dienstbotengängen und Küchenaufzügen zu suchen. Ich klopfte mit dem Griff meines Revolvers die Wände ab. »Langsam dürfen Sie anfangen, sich Sorgen zu machen«, informierte mich Holmes ein paar Minuten später und tastete suchend über die Wandpaneele. Sein Gesicht war eine undurchschaubare Maske.

Ich stand voller Angst in der Mitte der kontinuierlich gefluteten Halle und suchte fieberhaft nach einem Fluchtweg.

»Mauz?«

Erschrocken fuhr ich herum. Mein Blick glitt über die drei flachen Holzstufen, die zum Kamin führten, der bald ebenfalls Bekanntschaft mit dem Wasser machen würde. Noch saß die Katze, der ich vorhin in der Gasse aus der Patsche geholfen hatte, aber im Trockenen. Neugierig sah sie mich mit leicht schief gelegtem Kopf an und schnurrte leise.

»Holmes«, raunte ich deshalb gerade so laut, dass mein Freund es über das Prasseln unseres Exklusivregens hinweg hören konnte, das Tier sich aber nicht erschreckte.

Der Detektiv wandte sich in Richtung Kamin um.

»Bastet sei gepriesen, Watson!«, stieß er inbrünstig hervor und platschte durch die Lobby. Im Bücken tätschelte er der Katze flüchtig den Kopf und spähte in den Rauchabzug. »Wer auch immer diesen Kamin gebaut hat, wollte nicht damit heizen, alter Freund. Kommen Sie!«

Holmes verschwand im Kamin.

Ich folgte ihm. Der Rauchfang führte ganz normal nach oben, wenngleich in drei Yards Höhe auch eine rußige Metallplatte den Schornstein versiegelte. Dafür schlängelte sich um den Kamin herum eine enge Wendeltreppe nach oben.

»Ein Geheimgang«, sagte ich beeindruckt.

»Eher ein Lauschgang. Ich denke, dass der Vorbesitzer dieses Hauses seine Besucher bespitzeln wollte, die hier bei Zigaretten und Sherry beisammensaßen und plauderten. Das zeigt übrigens auch, dass das Haus nicht unserem Hexer gehören kann und er es nicht gut kennt. Aber nun leise!«

So erklommen wir die enge Wendeltreppe. Bevor wir oben angekommen waren, hob Holmes die Hand. »Hören Sie, Watson? Beschwörungsformeln!«, wisperte er. Noch vorsichtiger als ohnehin schon stiegen wir die letzten Stufen empor, bis wir an einer Luke angelangten, deren Seiten gerade mal vier Fuß maßen. Das Gemurmel war hier lauter als zuvor – trotzdem verstand ich kein einziges Wort, da der Hexer eine fremde Sprache für seine Anrufung verwendete.

Holmes, der zwei Stufen über mir kauerte und sein Ohr gegen die Luke drückte, zischte leise nach hinten:

»Wir wissen nicht, was auf der anderen Seite liegt, Watson. Vielleicht ist der Ausgang versperrt. Es genügt schon, wenn ein Stuhl davor steht und umkippt, sobald ich die Luke aufdrücke. Schlechtestenfalls hat der Hexer auch noch freie Sicht und kann uns wieder mit seinen Blitzen einheizen.«

»Das Risiko müssen wir wohl eingehen«, erwiderte ich leise. »Hier steht mehr auf dem Spiel als unsere Gesundheit.«

»Das ist die richtige Einstellung.« Holmes schob die Luke Stück für Stück auf und zwängte sich langsam nach draußen.

Der Detektiv war beinahe ganz aus der Öffnung (und ich schon in Lauerposition hinter ihm), als eine flüchtige Berührung am Knie mich zusammenzucken ließ.

Plötzlich stand die Katze in der Luke.

»Nein!«, entfuhr es mir, als das Tier Holmes hinterherschoss und bereits in der nächsten Sekunde erschrocken fauchte. Ich hörte einen überraschten Ausruf, der nicht von Holmes stammte, gefolgt von einem grellen Lichtblitz, der für einen Moment alle Farbe aus der Welt brannte und sie in schmerzhaftem Weiß zurückließ, das auf der Netzhaut loderte. Halb blind schob ich mich aus der Luke, bereit, meinem Freund mit aller Feuerkraft zur Seite zu stehen, sobald ich wieder mehr als gelbe und schwarze Punkte sähe.

Meine Schießkünste waren jedoch nicht mehr vonnöten.

Holmes hatte den Hexer bereits zu Boden gestreckt.

Der Detektiv rieb sich die Knöchel der rechten Hand.

»Hartes Kinn, unser Hexer«, klagte er und grinste dabei schief wie ein siegreicher Preisboxer, der gerade den Lucky Punch seines Lebens gelandet hatte.

Hinter mir mauzte es erneut.

Unser getigerter Doppelagent saß wieder in der Luke und sah uns aus großen Augen unschuldig an.

***

»Er stand mit dem Rücken zur Luke«, berichtete Holmes kurz darauf, als wir uns in der Werkstatt des Hexers umsahen. Bücherregale mit Tiertotenschädeln, schwarzen Kerzen, alten Folianten, staubigen Schriftrollen und Dutzenden schweren Büchern beherrschten die Regale aus dunklem Holz, die bis unter die Decke des Turms reichten. »Der Hexer konnte sich nicht entscheiden, ob er sich erst um mich oder unseren getigerten Freund kümmern sollte. Ich hatte also noch genügend Zeit, um an ihn ranzukommen und zuzuschlagen.«

Holmes begutachtete den alchemistisch wirkenden Aufbau in der Mitte der Turmkammer, wo ein riesiger Kupferkessel auf einer primitiven Feuerstelle stand. Im Kessel gurgelte eine widerliche Brühe, die aussah, als hätte man sie aus der Kanalisation geschöpft. Blickte man länger als ein paar Sekunden hinein, glaubte man, Gesichter auf der Blasen werfenden Oberfläche des Gebräus zu erkennen, die einem Unflätigkeiten zuflüsterten.

Holmes beugte sich furchtlos über den Topf und spähte zu dem Loch in der Decke empor, durch das der Hexer die üblen Dämpfe seines Zaubers mitsamt seinen noch viel übleren Beschwörungen in den Himmel entsandt hatte.

Ich nahm unterdessen die Katze auf den Arm und trat mit ihr auf den Balkon.

Der Sturm hatte sich beruhigt und war zu einer Brise verkommen; der Regen war zu einem feinen Nieselregen abgeklungen, der zart mein Gesicht berührte – nachdem der Hexer von Holmes' kräftigem Hieb ausgeschaltet worden war, war auch die schimmernde Schutzblase über dem Grundstück verschwunden.

Der Himmel über London klarte allmählich wieder auf.

Ich lächelte vor mich hin und kraulte die Katze. Dennoch gemahnte ich mich, die Brisanz der ganzen Angelegenheit nicht zu schnell zu vergessen. Hier hatte viel auf dem Spiel gestanden, genauso wie London die Auswirkungen des Wetterchaos noch einige Zeit spüren dürfte. Länger als es dauerte, bis das ganze Wasser abgeflossen war, so viel stand fest.

Holmes trat gerade neben mich, als ich auf eine Bewegung in den gefluteten Straßen aufmerksam wurde.

»Sehen Sie nur!«, sagte ich und deutete nach vorn.

Aus westlicher Richtung ruderten zwei kleine Boote heran.

Im vorderen erkannte ich die massige Gestalt von Mycroft Holmes, der wie ein korpulenter Kapitän Ahab im Bug stand. Im zweiten Boot glaubte ich Inspektor Lestrade ausmachen zu können. Hinter jedem der beiden saßen je zwei behelmte Polizisten, die sich kräftig in die Riemen legten.

Ich winkte ihnen zu. Holmes war da praktischer veranlagt.

»Habt ihr eine Leiter dabei, Bruderherz?«, rief er, als die weiß gestrichenen Ruderboote nahe genug heran waren.

***

»Das ist Ebenezer Ark!«, meinte Mycroft Holmes überrascht, während er sich über den bewusstlosen Hexer beugte.

Mycroft, Lestrade und die Männer vom Yard waren zur Adresse im East End gerudert, so schnell sie konnten, nachdem Wiggins dem Inspektor eine Nachricht meines Mitbewohners überbracht hatte.

»Welch Ironie«, sagte Holmes tonlos.

»Ein Quacksalber und Scharlatan«, fuhr Mycroft fort. »Dachten wir jedenfalls. Er hat sich vor vier Jahren als Hofzauberer beworben – wobei *aufgedrängt* das bessere Wort wäre – und wurde abgelehnt.«

Schweigend sahen wir zu, wie Lestrades Männer Ark Handschellen anlegten.

»Sie sollten ihn auch knebeln«, meinte ich unbehaglich und streichelte die Katze, nur um sie im nächsten Moment rasch zur Seite zu halten, als ich heftig niesen musste.

»Wir wissen, wie man mit solchen Burschen umgehen muss, danke, Doktor«, versetzte Inspektor Lestrade knurrig. Dann sagte er – voll des polizeilichen Eifers – zu seinen Untergebenen: »Legt ihm Handschellen an, Jungs.«

Sherlock Holmes verzog die Lippen zu einem dünnen Lächeln – das erlosch, als sein älterer Bruder ihn ansprach.

»Also lagst du mit dem Briefpapier doch falsch, Sherlock.«

Mein Freund zog an der Zigarette, die er sich von einem der Constables geschnorrt hatte. »Wenn du zugibst, mit den Entlassungen geschlampt zu haben? Dann ja. Auf gewisse Weise.«

»Meine Herren!« Ich trat zwischen die Brüder. »Wir haben gewonnen. Das ist der falsche Zeitpunkt für Streitigkeiten.«

Mir war klar, dass sowohl Sherlock als auch Mycroft Holmes in dieser Sache zu unpräzise und unflexibel vorgegangen waren – sonst wäre einer von ihnen früher auf einen rachsüchtigen und zwar nicht angestellten, aber eben *abgewiesenen* Bewerber für eine Stelle mit magischen Anforderung im Palast gekommen. Es war eine der seltenen Gelegenheiten, da beide Holmes-Brüder an der gleichen Sache scheiterten.

Ich ließ mir jedoch nichts anmerken, als ich frohlockend sagte:

»Sehen Sie sich lieber das an!«

Gut gelaunt nickte ich in Richtung Himmel, wo die letzten Regenwolken wie eine geschlagene, des Krieges überdrüssige Armee grauer und schwarzer Ritter abzogen und ein verwaschenes Graublau zurückließen – und unzählige Regenbögen, die wie Blumen aus allen Winkeln und Ecken des gefluteten Londons zu sprießen schienen.

***

Ich erspare es dem geneigten Leser an dieser Stelle, ihn über das auf edles Papier geschriebene Dankesschreiben aus dem Palast zu informieren. Oder einen Bericht über die Erkältung anzufügen, die mich und Holmes eine gute Woche lang an unsere Betten fesselte und allein der Obhut von Walter Scott,

Mrs. Hudsons Wunder-Hühnerbrühe und dem getigerten Kater überließ, der sich als echter Junggeselle stilecht bei uns in 221B einquartiert hatte und einfach nicht mehr ging.

Allerdings liegt in dieser abschließenden, schniefenden Randnote eine tiefer gehende Moral, die ich gerne an meine Leser weitergebe:

Man sollte sich niemals bloß mit Strümpfen gegen einen Hexer und eine Sintflut stellen.

Der Fall der verschwundenen Katzen

»Wo steckt eigentlich Ihr Kater?«, fragte Holmes eines Nachmittags ohne große Vorrede. Sein konzentrierter Blick ruhte dabei auf der bläulichen Flüssigkeit, die er in einem Reagenzglas auf dem Gaskocher erhitzte.

Mit *Ihr Kater* meinte mein Freund natürlich Merlin – jenes anhängliche Katzenwesen, das ich im Fall des erpresserischen Ebenezer Ark vor dem Schicksal eines städtischen Robinson Crusoe bewahrt hatte.

Eigentlich hatte ich zu keinem Zeitpunkt vorgehabt, den getigerten Unruhestifter zu behalten – doch genau so war es am Ende gekommen.

Frauen und Katzen treten eben stets nur unvorhergesehen in das Leben eines Junggesellen: Wann immer es *ihnen* passt – und für gewöhnlich mit der Zerstörungskraft eines Wirbelsturms in den Ebenen von Kansas …

Nun war Merlin seit vier Tagen verschwunden.

Ich blickte von meinem Bericht über die Episode mit den 42 weißen Mäusen in den altehrwürdigen Hallen von Cambridge auf und sah Holmes argwöhnisch an. Es wunderte mich nicht, dass der Detektiv Merlins Verschwinden bemerkt hatte. Holmes entging nur wenig, was um ihn herum geschah, selbst wenn er in vielen Fällen gerne so etwas wie gelangweiltes Desinteresse vorheuchelte.

Viel mehr erstaunte mich, dass Holmes sich darum *scherte,* wo Merlin abgeblieben war. Bisher hatte ich nicht den Eindruck gehabt, dass Holmes und unseren neuen Mitbewohner viel Liebe verband.

»Weshalb fragen Sie?«, erkundigte ich mich deshalb und machte mir nicht die Mühe, Überraschung und Skepsis zu verbergen.

Holmes nahm eine Pinzette und fütterte das giftig blaue Gebräu mit irgendeiner gepressten Substanz. Als die heiße Flüssigkeit den Würfel zischelnd zerfraß, meinte er:

»Kleinigkeiten, Watson. Es ist zum Beispiel lange niemand mehr auf meinen Tisch gesprungen, um die Reagenzgläser umzuwerfen. Oder das Tintenfass. Fast fange ich an, die poetischen Pfotenabdrücke auf meinen Forschungsergebnissen zu vermissen …«

Wie gesagt: Holmes und Merlin würden in diesem Leben wohl keine Freunde mehr werden. Was hauptsächlich daran lag, dass sie sich in ihrem territorialen Egoismus zu ähnlich waren und demzufolge regelmäßig ins Gehege kamen.

Während Holmes' Experiment gurgelnd sein Mahl fortsetzte, schlenderte der Detektiv zur Sitzgruppe und ließ sich in seinen Lieblingssesel fallen, wo er nach seinem bewundernswert unmodischen Döbereiner'schen Feuerzeug griff und sich eine Zigarette anzündete.

»Fragen Sie schon«, sagte Holmes, während er die Zigarette anzündete.

Ich sah meinen Mitbewohner verwirrt an.

Holmes inhalierte den Rauch und wedelte ungeduldig mit der freien Hand.

»Ob ich Ihnen helfe, *den Kater* zu finden …«

Mir wäre nie in den Sinn gekommen, Holmes mit so einer Banalität zu belästigen, obwohl mir der schnurrende Räuber in den letzten Wochen sehr ans Herz gewachsen war und ich mir große Sorgen um ihn machte. Mein Gefühl sagte mir, dass Merlin keine Katzendame gefunden hatte und etwas anderes ihn davon abhielt, mit den Pfoten am Fenster zu kratzen und um Einlass in das Junggesellenquartier von 221B zu bitten. Selbst Mrs. Hudson, die das eigensinnige Kerlchen ins Herz geschlossen hatte und mit Leckereien versorgte, hatte sich bereits einige Male nach Merlins Verbleib erkundigt.

»Ich habe mich umgehört«, eröffnete mir Holmes plötzlich. Es klang wie ein Geständnis. Sein Blick hinter dem Rauchschleier machte klar, dass ich besser nicht näher darauf eingehen sollte. Aber ich wusste auch so, für wen er das getan hatte – und für wen nicht. »Das Phänomen betrifft die ganze Stadt. Kleine Mädchen, alte Damen, angesehene Geschäftsmänner, Dirnen, Bäcker, Opiumbarone, Kutscher, Bänker, Juweliere, Modeschöpfer, Anwälte, Stadtstreicher, Schauspieler. Sogar der belgische Botschafter und die derzeitige Herzensdame des Prinzen – jeder in London vermisst gerade eine Katze, wie es scheint. Und immer ist es dasselbe: Nach ein paar Tagen merkt man, dass das Tier nicht mehr nach Hause kommt, und macht sich Sorgen. Es wird gesucht, es wird geweint, es wird gelockt. Die Katze bleibt aber trotz aller Bemühungen unauffindbar. Über die vielen Milchschalen auf Treppen oder Fenstersimsen freuen sich nur Feen und Igel«, fügte Holmes nicht ohne Spott hinzu.

»Sie nehmen das auf die leichte Schulter. Aber sehen Sie das nicht? Katzen werden nicht in solch großer Zahl einfach so vom Erdboden verschluckt, Holmes!«, ereiferte ich mich. Als Betroffenem gefiel es mir nicht, wie abfällig mein Freund klang. »Da steckt doch bestimmt mehr dahinter. Irgendeine Bande ... vielleicht sogar wieder Satanisten!«

Ich verfluchte meine Vorstellungskraft.

Die Sorge um Merlins Schicksal versetzte mir einen Stich ins Herz.

»Es gibt nirgends auch nur die Spur eines Katzenkadavers«, erläuterte Holmes zwischen zwei Zügen. »Nicht in einem der Seen in den Parks, nicht in der Themse. Selbst wenn jemand ihnen die Felle abziehen sollte, würde man bei so vielen Tieren irgendwo Überreste finden. Ich habe mit Lumpensammlern gesprochen, die sonst auch keinen toten Hund liegen lassen. Mit Gerbern. Präparatoren. Sogar mit Sherman, der einige *Kontakte* hat. Nichts. Niemand weiß etwas.« Nachdenklich meinte der Detektiv: »Ob es so etwas wie einen Katzen-Ripper gibt? Oder haben wir es mit einer rachsüchtigen Bastet zu tun, die entschieden hat, dass die Menschen die Gesellschaft ihrer Kinder nicht länger verdienen, und ihre Kinder nach und nach in ein gelobtes Land der Wollkneuel führt?« Holmes' Humor konnte zuweilen seltsame Früchte tragen.

»Vielleicht sollten Sie Ihre Suche auf das Limehouse oder bestimmte Restaurants in Soho konzentrieren«, polterte ich.

Holmes schnalzte missbilligend mit der Zunge. »Überholter imperialer Rassismus steht Ihnen nicht gut zu Gesicht, Watson«, tadelte er mich und tippte die Asche seiner indischen Zigarette in den kristallinen Aschenbecher – beides Geschenke eines zufriedenen Maharadschas. Etwas freundlicher fügte Holmes an: »Die ganze Angelegenheit lässt nicht viel Spielraum zu. Entweder schleicht nachts ein bis dato nie gesehenes Monstrum durch London, das Katzen mit Haut, Haar und Knochen – und ohne einen Laut – verschlingt. Oder ...«

Ich konnte förmlich *sehen,* wie sich die Rädchen in Holmes' Verstand drehten und ineinandergriffen.

»Was sagten Sie vorhin?«, fragte der Detektiv energisch.

»Dass wir am besten im chinesi...«

»Nein, nein, Watson.« Holmes wedelte ärgerlich mit der Zigarette, um dieses Thema ein für alle Mal zu begraben. »Davor!«

»Dass Katzen nicht einfach in solch großer Zahl vom Erdboden verschluckt werden?«, startete ich einen zweiten Versuch.

»Das ist es! Guter Mann, Watson!« Holmes drückte resolut die Zigarette aus, sprang aus dem Sessel, krempelte die Hemdsärmel nach vorn, schlüpfte in sein Jackett und griff nach seinem Stockdegen. »Kommen Sie, alter Junge! Wir machen einen Abendspaziergang. Aber nehmen Sie besser Ihren Revolver mit ...«

***

Holmes führte mich in eine Welt, wie ich sie mir weder in meinen kühnsten Träumen noch in meinen klaustrophobischsten Albträumen jemals hätte vorstellen können. Der Leser mag es mir verzeihen, wenn ich ihm an dieser Stelle den genauen Einstiegspunkt in das bizarre Reich unter Tage vorenthalte, das Holmes mir an diesem Abend zeigte, als wir den beruhigenden Schein der Gaslaternen verließen und uns in Londons Untergrund hinabbegaben. Wir folgten einer uralten, von vielen Füßen vor uns tückisch glatt getretenen Treppe in die Tiefe. Nur Holmes' kleine walisische Bergwerklaterne, die der Detektiv wohlweislich mitgenommen hatte, spendete uns Licht. Schließlich endete die Steintreppe in der Finsternis, in der es gluckste, plätscherte, gurgelte und stank.

Ich rümpfte die Nase. »Ein Abwasserkanal?«

Anstelle einer Antwort hielt Holmes die Laterne über den Kopf und drängte die Düsternis ein paar Yards zurück.

Wir standen in einer T-förmigen Einmündung, an die sich in beide Richtungen ein röhrenartiger Steintunnel erstreckte. An dessen Wand führte jeweils ein schmaler Sims weiter in die dunkle Röhre; darunter ging es gut zwei bis stellenweise vier Yards in die Tiefe, wo ein grüner Strom träge vor sich hin kroch.

Holmes wies mit der Laterne in eine Richtung und setzte sich in Bewegung.

Der Sims, auf dem wir balancieren mussten, war tatsächlich nicht einmal so breit wie eine einzelne Stufe vor unserem Quartier in der Baker Street, auf die der von Merlin so geschätzte Milchmann seine Ware stellte.

Unterwegs wohin auch immer versorgte Holmes mich mit ein paar Informationen über Londons Untergrund.

»Schon die Römer erbauten ihre Stadt auf den Schultern einer vergangenen Kultur«, erzählte Holmes mir in Plauderlaune, als befänden wir uns auf einem Sonntagsausflug im Grünen. »Und damit meine ich nicht die üblichen Keltensiedlungen, die man nur an das Imperium anpasste.«

Geschichte war ja schön und gut – mich interessierte jedoch etwas ganz anderes, als die Luft immer dicker wurde und mir der Schweiß ausbrach.

»Wie tief sind wir hier unten, Holmes?«

»Keine zehn Yards unter der Oberfläche. Das ist nach allem, was man so hört, noch verhältnismäßig weit *oben*. Niemand weiß genau, woher manche der Ruinen auf den untersten Ebenen stammen. Das ist ein wahrer Irrgarten, mit richtigen Hauptstraßen und sogar Tempeln. Beeindruckend, sage ich Ihnen. Vielleicht wartet irgendwo ein Minotaurus«, scherzte der Detektiv. »Es gibt keine Karten – nur ein paar begrenzte Übersichten der größten Leittunnelsysteme, in die man sich halbwegs gefahrlos hineinwagen kann.«

Da ich bereits zwei Mal beinahe ausgeglitten war und ich hinter uns außerdem regelmäßig schlurfende Schritte oder ein lautes Platschen im Wasser hörte, fragte ich mich, wie wohl die Tunnel aussehen mochten, in die man sich *nicht* halbwegs gefahrlos hineinwagen konnte.

Der Tunnel machte einige Biegungen. Manchmal wirkte der Kanal, dem wir folgten, eben noch wie mit dem Lineal gezogen, nur um sich hinter der nächsten Kehre plötzlich als krumme, primitive Rinne zu präsentieren.

Einmal verschwand der unterirdische Strom nach einer Biegung sogar blubbernd und schäumend in einem breiten Abflussgitter, vor dem sich Treibgut und anderer Unrat in einer flachen Staustufe sammelte.

Drei kleine, knochige alte Männlein mit Glatzen und langen Bärten, deren untere Hälften grün gefärbt waren, standen in der widerlichen Brühe und starrten uns voller Hunger und Wahnsinn in den Augen an, als wir uns ihnen näherten.

Holmes ignorierte die bärtigen Schakale und schritt forsch an ihnen vorbei, was für die alten Zwerge Einschüchterung genug zu sein schien; jedenfalls belästigten oder verfolgten sie uns nicht, auch wenn sie die Zähne fletschten und ihre Blicke sich in meinen schwitzigen Nacken bohrten.

Wenn ich mich auf dem weiteren Weg zu unserem ominösen Ziel unter Tage an den Wänden abstützte, weil der Steg wieder einmal weggebröckelt oder beängstigend schmal geworden war, konnten meine aufgeschürften Hände manchmal Hieroglyphen, Runen und andere Zeichen einer archaischen Sprache ertasten, die unter meinen Fingern hinwegglitten. Einmal tastete meine Hand ins Leere und berührte etwas anfängliches Festes, das unter meiner Berührung jedoch zu Staub zerbröselte. Knochen. Holmes blieb stehen, wandte den Oberkörper nach hinten und leuchtete mir mit der Laterne, damit ich die gestapelten Skelette in den betreffenden Wandnischen sehen konnte.

»Die liegen schon lange hier«, sagte der Detektiv sanft und nahm die Laterne herunter, als ob er die Toten nicht länger stören wollte.

Schweigend folgte ich Holmes und dem Licht.

***

»Wo sind wir?«, fragte ich meinen Freund, nachdem Holmes uns für meinen Geschmack lange genug durch das stinkende unterirdische Labyrinth aus schmalen Stegen, klotzigen Brücken, engen Schächten und stickigen Stollen geführt hatte.

»Ganz in der Nähe von Highgate Cemetery«, antwortete Holmes, der mir nach wie vor mit der kleinen Laterne vorausging.

Highgate Cemetery. Die letzte Ruhestätte des reichen Londoner Bürgertums und betuchten Adels. Vor fünf Jahren war hier Karl Marx beigesetzt worden, nachdem man den Friedhof bereits 1854 auf der anderen Straßenseite erweitert hatte. Highgate Cemetery war berühmt für seine unzähligen Grüfte und großzügigen Mausoleen von antiker Qualität; außerdem war der weitläufige Friedhof ein beliebter Pilgerort für Nekromanten, Freizeitvampirjäger und anderes eigenartiges Gelichter, gefährlich oder bemitleidenswert – oder beides.

»Ich habe erst überlegt, ob wir zunächst Bunhill Fields einen Besuch abstatten sollen«, sagte Holmes über die Schulter gewandt nach hinten. »Aber die dortige Population ist selbst für hiesige Verhältnisse nicht besonders helle. Obwohl dort Ihre Kollegen Defoe und Blake begraben liegen.«

»Population?« Ich blieb stehen und wischte mir den Schweiß von der Stirn. Die gequälte Luft hier unten schien sich ständig zu überlegen, ob sie zuerst mir oder zuerst Holmes die Kehle zudrücken sollte. »Holmes, mit wem wollen Sie um diese Uhrzeit eigentlich auf einem Friedhof reden? Und warum schleichen wir dann wie die Kanalratten hier unten herum?«

»Nicht *auf* einem Friedhof, Watson. *Unter* einem Friedhof. Ich möchte unter einem Friedhof mit jemandem reden.«

Die Schatten, die Holmes' Laterne vor uns an die Wand des Tunnels drängte, entwickelten ein Eigenleben.

Ich fröstelte. Dennoch gab ich meiner Stimme einen festen Klang, als ich fragte:

»Also schön, Holmes. Mit *wem* wollen Sie reden?«

»Mit den Ghulen, Watson«, lautete Holmes' unbekümmerte Antwort. »Wie schrieb Ihr Kollege Poe? ›They are neither man nor woman. They are neither brute nor human. They are Ghouls.‹«

»Hm-mh. Ghule also.« Das Wort hinterließ einen Geschmack wie nach frisch ausgehobener Friedhofserde in meinem Mund.

»Sie hausen an sieben Stätten unter London«, erklärte Holmes weiter. »Genau unter den Magnificent Seven.«

Die Magnificent Seven – die rettenden Friedhöfe. Zwischen 1832 und 1841 hatte das Parlament dem Bau von sieben privaten Friedhöfen außerhalb der City zugestimmt, um der Bevölkerungsverdopplung und einer entsprechend angestiegenen Sterberate entgegenzuwirken, die mit den etablierten Gottesäckern nicht mehr abzufangen gewesen war und die Leichenentsorgung in London zum gesellschaftlichen und sogar politischen Problem hatte werden lassen.

»Man hat die Ghule vor Jahren aus ihrer orientalischen Heimat vertrieben. Sie kamen in versprengten Gruppen nach Europa und von dort aus vereinzelt sogar bis nach Amerika, indem sie sich an Schiffsunterseiten klammerten. Sie brauchen keine Luft zum Leben – nur Fleisch. Höchstwahrscheinlich haben sie immer einen aus ihrer Mitte gefressen, wenn während der Überfahrt gerade kein neugieriger Delphin oder Thunfisch in Reichweite ihrer Klauen kam. Aber genug der Geisterkunde, Watson. Halten Sie Ihren Revolver bereit!«

Das war alles, was ich an Vorwarnung bekommen sollte.

Holmes blies bereits die Flamme der kleinen Laterne aus, sodass wir die letzten Yards bis zur Kehre vor uns im Dunkeln zurücklegen mussten. Wenigstens ging der Steg in einen breiten Korridor über. Wir traten durch eine gut mannshohe und ebenso breite Pforte, deren steinernes Tor halb offen stand. Licht brauchten wir von hier an keines mehr.

Die Höhle, die wir betraten, war von einem fahlen grünen Glühen erleuchtet, das von einem phosphoreszierenden Bewuchs entlang der Wände ausging. Das moosartige Pilzgewächs hatte sich auch auf den riesigen Rundsäulen und der hohen Decke ausgebreitet, von der schmutziges Wasser tröpfelte. Ein bestialischer Gestank – nach verwestem Fleisch und überfüllten tropischen Lazaretten mit fiebrigen Malariakranken und Amputationsopfern – schlug uns mit einem warmen Pesthauch der Fäulnis entgegen.

Der beißende Gestank passte allerdings vorzüglich zum Anblick der schäbigen Wesen, die um ein schiefes Steinpodest mit einem ebenso schiefen Thron kauerten, dessen steinerne Rückenlehne in der Mitte abgebrochen war.

Mindestens zwei Dutzend kahle, graue Köpfe mit platten Gesichtern drehten sich bei unserem Eintreten auf dürren Hälsen in unsere Richtung.

»Heil dir, König der Unterwelt!«, rief Holmes laut und verneigte sich tief. »Königin Victoria entsendet Ihre Grüße – und mich und meinen Begleiter als Unterhändler.«

»Eher als Mitternachtsimbiss, eh?« Die Stimme der zusammengesunkenen Gestalt, die unter einem Kapuzenumhang auf dem Thron herumlungerte, klang nach Fingernägeln, die über eine Schiefertafel gezogen werden.

Oder über einen Grabstein.

Die übrigen Ghule lachten gackernd.

Da fuhr die Kreatur auf dem Thron zischend in die Höhe und schlug mit ihrem verrosteten Zepter – es sah wie der abgebrochene Bremshebel eines U-Bahn-Wagens aus – auf die Schädel ihrer Untertanen ein. Hierbei rutschte die löchrige Kapuze des Umhangs nach hinten und offenbarte ein hässliches Haupt, das nach einem mit faltigem grauem Leder überspannten Totenschädel aussah, in dessen Gesicht zwei dunkle Augen vor Hass auf alles und jeden glitzerten.

Der Tumult legte sich schnell wieder, als das Zepter noch ein paar Mal niederfuhr. Erwartungsvolle Stille kehrte in der kleinen Höhle unter Highgate Cemetery ein.

»Was wollt ihr, Menschlein?«, schnarrte der König der Ghule und straffte seine abgemagerte Gestalt unter dem Stofffetzen.

»Ihre Majestät die Königin lässt fragen, ob Ihr etwas über Ihre katzenhaften Untertanen wisst, o Herrscher der Unterwelt«, erwiderte Holmes glatt, als habe er von dem zänkischen Aufstand vor dem Thron nichts bemerkt.

Der Ghulkönig drohte Holmes mit seinem rostigen Stab. »Tu nicht so, Mensch«, warnte die Kreatur und fügte vielsagend hinzu: »Seit das Abkommen unterzeichnet wurde, haben wir hier unten alle *grrroooooßen* Hunger.«

»Ich …«

»*Ich* bin König Niles Algol!«, unterbrach der König meinen Freund donnernd. »Der *Errrrrrrste!* Mein Wort ist hier unten *Gesetz,* Mensch!«

König Niles' scheußliche Untertanten quittierten diesen Beweis der königlichen Macht ihres Anführers mit schaurigem Gejohle.

Wie eine Affenbande, dachte ich und wünschte, wir hätten Freunde wie Bagheera, Balu und Ka bei uns gehabt.

Holmes beugte sich derweil ein Stück zu mir.

»Hinter dem Thron«, wisperte er.

Ich kniff die Augen zusammen und spähte in die schwach erleuchtete Düsternis. Dort befanden sich drei kleinere Höhlenkammern – natürliche Alkoven, die durch grob mit Stricken zusammengebundene Drahtgeflechte und Eisenstangen gesichert waren. Hinter den primitiven Gittern glühten Katzenaugen im dämmrig-grünen Halbdunkel der Kaverne.

»Mein Volk darf keine Leichen mehr fressen, hieß es«, schnatterte der König in der Zwischenzeit. »Aber warum sollen wir uns mit euren Almosen begnügen, wenn in euren Straßen genügend herrenlose Leckereien rumrennen, he?«

Ich stellte mir vor, wie diese widerlichen Kreaturen in mondlosen Nächten aus Kellern, Zisternen und Gullideckeln krochen, sich in den nebeligen Schatten herumdrückten und mit ihren Skelettfingern nach überraschten Katzen griffen. Wut und Ekel kämpften in mir. Am liebsten hätte ich diesem fauligen Zerrbild eines Königs eine Kugel zwischen die Augen verpasst ...

Doch ich hielt mich zurück.

Außerdem hatte ich das ungute Gefühl, dass ich schon bald ausreichend Gelegenheit bekommen würde, auf den einen oder anderen Ghul zu schießen.

»Sie sind nicht herrenlos, nur weil sie nicht angebunden sind«, widersprach Holmes König Niles derweil ruhig.

»Dann solltet ihr besser auf sie aufpassen, Mensch!«

Auch Holmes erkannte anhand des wenig königlichen Gegeifers von Niles, dass die Zeit der Schmeicheleien und hochtrabenden Worte abgelaufen war.

»Gebt uns die Katzen!«, forderte mein Gefährte und deutete mit der Spitze seines Spazierstockes auf den Ghul-König. »Sonst soll die *Sonne* euch treffen!«

Die Ghule kreischten und rissen panisch die Arme vors Gesicht. Ihr König erholte sich als Erster wieder. Er warf den Kopf in den Nacken, die Arme in die Höhe und schwang das Zepter wild hin und her, nur um schließlich mit ausgestrecktem Arm auf Holmes und mich zu deuten.

»Bringt mir ihrrre Kööööööpfe!«, heulte Niles wie von Sinnen und fiel rücklings von seinem schiefen Thron.

***

Während eine Kugel aus meinem Armeerevolver bereits einen der heranstürmenden Ghule in der vordersten Reihe niederstreckte, umfasste Holmes seinen Stockdegen mit beiden Händen, drehte die obere und die untere Hälfte in entgegengesetzte Richtungen und ließ die Klinge klickend hervortreten. Zusätzlich zückte auch der Detektiv einen kleinen, damenhaft anmutenden Revolver, wie man ihn in Geheimdienstkreisen verwendete, und gab einen laut widerhallenden Schuss in die Menge der Ghule ab.

Diese hatten nicht mit einem Feind gerechnet, der sich seiner Haut erwehrte. So war das wohl, wenn man die Nächte davor nur Jagd auf Katzen gemacht und die Tiere mit kalten Fingern aus dem Hinterhalt gehascht hatte.

Ich schoss einem sabbernden Ghul den Kiefer weg, der halb durch die Höhle unter dem Friedhof flog. Holmes' Degen durchbohrte einem weiteren, besonders schnellen Ghul glatt den Adamsapfel, ehe ein zweiter Schuss aus dem handlichen Revolver des Detektivs einen anderen unserer näher hüpfenden Angreifer an der Schulter traf. Im Fallen riss der sterbende Lump noch zwei

Ghule mit sich zu Boden. So viel zur Vorhut. Holmes und ich warfen uns den übrigen Kreaturen entgegen. Der Stockdegen meines Gefährten zuckte wie ein Blitz im fahlen Grünschimmer; meine Webley spuckte Mündungsfeuer wie ein Drache. Der Geruch von Fischblut und Schießpulver würzte die stickige Luft in der Höhle unter dem Highgate Cemetery. Die Katzen fauchten nervös. Der Ghulkönig kreischte erbost ob des Versagens seiner Untertanen: Seine Schergen waren letztlich bloß ein unkoordinierter, feiger Haufen, körperlich limitiert und geistig beschränkt. Von ihrem nicht vorhandenen Mut ganz zu schweigen. Kaum dass Holmes und ich acht oder neun von ihnen niedergemacht hatten – ohne selbst auch nur einen Kratzer davonzutragen –, ebbte die Wut des Angriffs ab. Nicht so der Hass des Königs der Ghule.

»Ihrrrre Kööööööpfe!«, heulte Niles Algol verzweifelt.

Holmes feuerte in seine Richtung. Die Kugel verfehlte nur knapp den Kopf *Seiner Majestät* und sprengte einen weiteren Steinsplitter aus der kaputten Lehne des Throns. Niles japste erschrocken nach Luft und sprang wenig anmutig hinter dem schiefen Thronpodest in Deckung.

Holmes und ich rückten dichter zusammen, derweil die Ghule sich wie verängstigte Tiere um den leeren Thron drängten und uns aus großen Glupschaugen anstarrten. »Geben Sie mir Rückendeckung«, sagte Holmes angespannt und schob sich in gebührendem Abstand seitlich am Thron vorbei.

Zwei Ghule wollten mit wütendem Knurren nach vorne stürzen, als Holmes sich den Verschlägen mit den Katzen näherte. Sobald ich einem der beiden ein Loch in den Bauch geschossen hatte, verlor sein hässlicher Kamerad plötzlich alles Interesse daran, die Vorratskammer der widerlichen Bande zu verteidigen. Holmes' Degen zerschnitt mit Leichtigkeit die Taue, Schnüre und Sehnen, mit denen die provisorischen Gatter vor den Alkoven zusammengeschnürt waren. Einmal genügte sogar ein wuchtiger Tritt.

Die Katzen nutzten die Gunst der Stunde und sprangen mit großen Sätzen und lautem Miauen in die Freiheit.

Die Ghule stöhnten gequält.

»Räuberrr! Räuberrrrr! Räuberrrrrrr!«, kreischte ihr König, der an seinem Thron vorbeilugte, und vergoss bittere Tränen der Wut und der Scham.

»Verschwinden wir hier«, meinte Holmes.

Schulter an Schulter wichen wir zurück. Die Ghule sammelten ein letztes Mal die Fetzen ihres Mutes, vielleicht auch ihres kläglichen Stolzes. Ob sie spürten, dass ich nur noch zwei Kugeln in den Kammern meines Revolvers hatte und Holmes' Arm langsam müde wurde? Mit jedem Schritt, den wir rückwärtsgehend in Richtung Pforte machten, schob sich das schäbige Pack knurrend und mit Schaum vor den Mäulern zwei Fuß näher an uns heran.

»Bereit, alter Knabe?«

»So bereit, wie es nur geht, Holmes.«

»Na dann los!«, rief mein Freund, drehte sich als Erster blitzschnell um und nahm die Beine in die Hand. Ich setzte noch zwei Schüsse ab (ich bildete mir ein, den König erwischt zu haben, der wieder auf seinen Thron gesprungen war und wild mit dem Zepter herumfuchtelte); dann drehte auch ich mich um und rannte Holmes und den Nachzüglern unter den befreiten Katzen hinterher.

Im Sprint waren wir – Mensch wie Tier – den krummbeinigen Ghulen überlegen. Mit vereinten Kräften drückten Holmes und ich das Felstor zu. Stein schabte über Stein. Panik verlieh uns ungeahnte Kräfte. Die Ghule warfen sich gegen die Pforte; gräuliche Arme schlupften wie Nattern durch den letzten kleinen Spalt. Holmes' Degen sauste herab. Eine krallenartige Hand fiel zu Boden. Gellende Schreie ertönten jenseits der primitiven Tür. Wütendes Kreischen. Dann schafften wir es und schlossen das Steintor von außen. Holmes schob mit einiger Mühe den schweren, verrosteten Balken vor, der die Kammer versiegelte.

Erschöpft lehnten wir uns mit dem Rücken gegen den moosbewachsenen Stein und beobachten den eiligen Exodus der Katzen. Die Tiere schienen genau zu wissen, welcher Weg durch die Röhren zurück an die Oberfläche führte.

»Das ist der einzige Ausgang?«, fragte ich Holmes nach einer Weile müde.

Der Detektiv nickte. »Vielleicht graben Sie sich einen neuen. Das dürfte aber einige Zeit dauern. Und Sie haben den König erwischt, oder? Guter Schuss, alter Junge! Roxton hätte seine Freude daran gehabt. Bis die Kerle da drin so weit sind, eine Entscheidung über Niles' Nachfolge zu treffen, werden sie sich gegenseitig in Stücke gerissen und so gut wie aufgefressen haben, schätze ich. Gier war immer das große Problem dieser Kreaturen.«

»Das ist grausam«, entgegnete ich und wunderte mich sogleich über mein Mitgefühl für Niles' grässliches Gefolge. Erst recht, als ich mich daran erinnerte, dass ich Merlin bisher nirgends gesehen hatte. Ich hoffte, dass er uns Zuhause erwartete und mich mit einem anklagenden, hochmütigen Blick begrüßen würde, weil sein Napf leer war.

Holmes – dramatischen Beweisen der Richtigkeit seiner Schlussfolgerungen und Entscheidungen niemals abgeneigt – bückte sich, hob ein zappelndes Bündel Pfoten und Fell vom Boden auf und drückte mir ein kleines Kätzchen in die Arme, das die Augen noch nicht länger als drei Tage offen gehabt haben konnte und verirrt vor dem Eingang gekauert hatte. Vielleicht war es sogar hier unten geboren worden. Das Tageslicht würde ein Schock für das Junge sein. Während ich das hilflos mauzende Kätzchen beruhigend mit dem Finger am Hals liebkoste, sagte Holmes selbstgefällig: »Grausam, aber gerecht, Watson.« Mit einem Streichholz entzündete der Detektiv seine Laterne. »Wenn Sie Gewissensbisse haben, können Sie den Riegel ja zurücknehmen.«

»Danke, ich verzichte«, gab ich fest zurück.

Dieser Bericht ist Merlin gewidmet,
der uns an jenem Abend nicht Zuhause erwartete.

Pelz und Kokain

Da saßen wir also, Sherlock Holmes und ich, umgeben von reichlich ungepuderter, nichtsdestoweniger makellos porzellanfarbener Haut, spitzen Ohren und filigranem Silberschmuck. Shakespeare wäre für diesen Anblick gestorben. Umso mehr, da wir uns nicht auf einem Kostümball befanden, zu dem uns einer von Holmes' unzähligen wohlhabenden Klienten aus lauter Dankbarkeit eingeladen hatte (ganz abgesehen davon, dass mein Freund kaum freiwillig auf so einen Maskenball gegangen wäre, insofern seine Anwesenheit dort nicht einer Ermittlung diente). Nein, dies hier war die Wirklichkeit – was auch immer dieser Begriff an einem solch zauberischen Ort bedeuten mochte –, und all diese Attribute und Accessoires gehörten zu einer leibhaftigen Schar staunenswert schöner Gestalten, unverkennbar Lords und Ladies aus dem Gefolge Oberons, dem König von Elfenland.

Wir saßen *tatsächlich* im großen Festsaal von Oberons Schloss, gegenwärtig sogar am Kopf der fürstlich gedeckten Tafel, die sich bis zum nebulösen anderen Ende des Saals zu erstrecken schien, der von prallen orangefarbenen Lampions mit tanzenden Glühwürmchen erhellt wurde. Holmes saß rechts des Achtung gebietenden, breitschultrigen Elfenkönigs, während ich links von dessen bildhübscher Gattin Titania – der Augenweide jedes sterblichen wie nichtsterblichen Lebens mit nur einem Funken Männlichkeit im Herzen – einen Ehrenplatz zugewiesen bekommen hatte. Oberons mürrischer Blick und die Art, wie sein breiter Mund im Lauf des Abends ständig um jedes noch so schwache Lächeln kämpfte, verrieten mir, dass ich es mit meinem Sitzplatz weit besser als Holmes erwischt hatte.

Ich nahm einen Schluck von dem berauschend süßen Wein, den einer der livrierten Elfendiener immer genau dann diskret nachzuschenken schien, wenn der Inhalt meines Pokals sich auch nur halb dem silbernen Boden näherte. Man konnte nur versonnen in sein Trinkgefäß hineinlächeln, wenn die Flöten- und Harfenspieler ein neues Lied anstimmten, Titanias Lachen wie eine Sonnenblume im August erblühte und ein paar Plätze weiter vorn an der Tafel aus dem Stegreif ein Gedicht im typisch elfischen Singsang rezitiert wurde.

Mit einem Kopfschütteln erinnerte ich mich daran, wie diese so surreal wirkende Episode ihren Anfang genommen hatte und wie frappierend leicht es letztlich doch gewesen war, in Oberons magisches Reich zu gelangen …

***

Begonnen hatte alles mit einem kleinen, gebeugt gehenden Männlein, dessen Schlapphut sein Gesicht in unheimliche Schatten tauchte, während sein abgetragener dunkelblauer Umhang gleich drei Nummern zu groß war.

»In dieser Hülle verbirgt sich Puck«, schnarrte das krumm gewachsene Kerlchen jenseits jeden Alters, nachdem ich die Tür geöffnet hatte. Die Worte klangen eigenartig gedrechselt und verdreht, so als hätte der kleine Fremde die Sätze in einer fremden Sprache auswendig gelernt. »König Oberon entsendet seine Grüße! Seine Bundgenossin Victoria hat den auf seinen Wunsch noch immer ungeschlagenen imperialen Ritter William Sherlock Scott Holmes empfohlen, um ihrem eigenen und dem schönen Volk zu dienen.« Bei diesen Worten machte der kleine Herold einen ungelenken Kratzfuß und legte einen Brief auf den Tisch vor uns. Holmes las das Schreiben mit unbewegter Miene und reichte es anschließend desinteressiert an mich weiter.

Folgen Sie dem Boten. Überallhin. V.

Die Nachricht war handgeschrieben. Am Fuß des Blattes prangte das Siegel der königlichen Familie.

Mir blieb nicht einmal die Zeit für ein überraschtes Keuchen, da der gnomenhafte Bote hier auch schon mit der Eleganz eines Ziegenbocks geradewegs auf unseren Wohnzimmertisch sprang, wo er unter seinen Umhang griff und einen kleinen Lederbeutel hervorholte. Anschließend tauchte Puck seine Gichtfinger in den Beutel, zog sie kichernd wieder heraus und zeichnete ein Oval in die Luft zwischen uns, größer als er selbst. Dort, wo sein krummer Zeigefinger die Luft berührte, blieb eine Art goldener Staub zurück. Puck nickte ein letztes Mal wie ein zufriedener Mitverschwörer – dann sprang er direkt auf uns zu.

Ich riss erschrocken den Arm hoch, doch der Aufprall blieb aus (Holmes ahnte wohl etwas, denn er blieb ruhig sitzen).

Verlegen nahm ich den Arm herunter und blinzelte verwirrt.

Puck war von einem Augenblick auf den nächsten verschwunden, sobald er den glitzernden Staubring berührt hatte. Kein Aufblitzen, kein Flimmern. Unser merkwürdiger Besucher war einfach fort, als wäre er nie da gewesen. Nur der funkelnde Goldstaub blieb schwebend im Salon zurück.

Und natürlich das Schreiben der Königin.

Holmes, der Pucks Auftritt bis hierhin mit dem Blick einer noch nicht restlos überzeugten, aber bereits interessierten Katze gefolgt war, legte seine Pfeife bedächtig zur Seite und stemmte sich aus dem Sessel.

»Für Königin und Vaterland, Watson. Die Pflicht ruft«, meinte er lapidar und griff nach seinem Sakko, das über der Sessellehne hing. Ohne Zaudern folgte er Oberons Boten durch das goldgerahmte Portal und verschwand.

Ich fluchte heftig und haderte einige nervenaufreibende Sekunden mit mir selbst. Dann trug ich in Windeseile Jackett, Hut und Revolver zusammen, hinterließ Mrs. Hudson eine auf die Rückseite des königlichen Schreibens – ich unüberlegter Tor! – gekritzelte Nachricht und sprang ebenfalls todesmutig durch das Portal aus Feenstaub, als wäre es ein brennender Reifen und ich ein Tiger in der Manege.

***

Irgendwann nahmen Oberon und Titania uns zur Seite und führten uns in ein privates Audienzzimmer mit einem großen gemauerten Kamin, in dem ein behagliches Feuer knisterte. Dicke Steinwände, die mit prächtigen Gobelins und ausgestopften Tierköpfen dekoriert waren, verhinderten, dass man etwas von dem Stimmgemurmel, dem Gelächter und der Musik aus dem Bankettsaal hörte. Vielleicht war auch etwas Elfenmagie im Spiel.

Oberon ließ sich in einem großen Korbsessel vor dem Kamin nieder, der leise unter seinem Gewicht knirschte. Der riesige graue Jagdhund, der mehr wie ein Wolf aussah (und wahrscheinlich auch einer war) und bei unserem Eintreten aufmerksam den Kopf gehoben hatte, bettete seine Schnauze wieder auf den Vorderpfoten. Titania stellte sich neben Oberon und legte eine Hand auf die Schulter ihres Gattens. Mit der anderen bedeutete sie uns, in den beiden kleineren Sesseln gegenüber dem des Königs Platz zu nehmen.

»Königin Victoria ist eine wichtige Verbündete«, begann Oberon mit tiefer Stimme. »Ihr Königreich ist eines der wenigen in Eurer Welt, das meinem Volk noch freien Zugang gewährt. Leider bringt das manchmal auch Nachteile mit sich. Deshalb brachte die Königin Euren Namen ins Spiel, Sir Holmes.«

»Das konnte ich bisher immer erfolgreich verhindern«, sagte Holmes kühl. Ich für meinen Teil hatte es längst aufgegeben, meinen Freund nach den Gründen zu fragen, weshalb er nun schon mehrfach die Ritterwürde ausgeschlagen hatte. »Was können wir für Euch tun, Majestät?«

»Eure Königin berichtete mir, dass Ihr Euch vor Kurzem erfolglos mit einer Reihe unerklärlicher Todesfälle in London beschäftigt habt.«

Womit Oberon vermutlich den ›Fall des mörderischen Sandmanns‹ meinte, wie Mr. Gaiman vom *Star* die Serie absonderlicher Todesfälle in allen Teilen Londons zusammengefasst hatte, deren Umstände auch Holmes' Interesse geweckt hatten. Fünfundsechzig Männer und Frauen waren mitten am Tag umgefallen, an Ort und Stelle in tiefen Schlaf gesunken und nicht wieder erwacht, egal wie sehr man sie bedrängte, rüttelte oder mit kaltem Wasser und Riechsalz traktierte, um sie aus den grässlichen Albträumen zu befreien, die ihre schwitzigen Körper schüttelten. Die hinzugezogenen Ärzte konnten irgendwann nur noch den Tod durch Herzstillsand attestieren, nachdem die Zuckungen und Schreie der Träumenden sich zuvor ins Unerträgliche gesteigert hatten. Die Betroffenen starben vielleicht schlafend – jedoch mit angstverzerrten Gesichtern, als litten sie in ihren Träumen Höllenqualen.

Ich bezweifelte, dass sie alle vom Monsterhund aus dem Moor träumten.

Zu meiner Überraschung sprach uns der König von Elfenland sein Beileid für die Todesfälle in unserer Heimat aus. Mehr noch: Er lieferte uns die Erklärung, die nicht einmal Sherlock Holmes hatte finden können.

»Ich fürchte, unser Problem ist nun auch das Eure«, grollte Oberon und sah in die Flammen, in deren Widerschein seine Augen wie Quecksilber schimmerten. »Das Rauschmittel, das zu den Todesfällen in Eurer Heimat führt, stammt aus meinem Reich. Es wird aus einem Stoff gewonnen, der dem Kokain Eurer Welt nicht unähnlich ist, wie meine Alchimisten mir verrieten. In Elfenland nennen wir die Substanz Traumstein. In Pulverform ein Amüsement für mein Volk« – für Elfen, Satyrn, Nixen, Kobolde, Goblins, Oger, Trolle, Zwerge, Waldschrate und Feen also – »für Menschen jedoch absolut tödlich, da Euer beflügelter Verstand die falsche Sorte Träume produziert und Eure Herzen infolge der Wahnvorstellungen kapitulieren. Euer Volk hat das echte Träumen verlernt und reagiert anders auf die Stimulanz des Traumsteins. Deshalb untersagt ein Gesetz seit mehr als zweihundert Jahren auch strikt die Einfuhr in die Welten der Sterblichen. Jetzt bricht jemand dieses Gesetz.«

Leider konnte der zutiefst verstimmte Oberon nicht sagen, wer für den Schmuggel verantwortlich war.

»Die Agenten meines Gemahls haben keine Spur, Mr. Holmes«, sagte Titania mit ihrer weichen, betörenden Stimme. »Wir hoffen daher, dass Ihr mit Euren Fähigkeiten Licht in das Dunkel bringen könnt, das wie ein Schatten auf dem freundschaftlichen Verhältnis unser beider Welten liegt …«

***

Während Holmes am nächsten Morgen bereits voller Tatendrang das Schloss verließ und die Hauptstadt mit all ihren Wundern und nicht weniger wundersamen Bewohnern erkundete, um in der länderübergreifenden Traumstein-Affäre zu ermitteln, saß ich mit brummendem Schädel in dem uns zugewiesenen Gästezimmer und verweigerte mich zwangsweise den fremdartigen kulturellen wie architektonischen Reizen der Anderswelt. Wie es aussah, hatte ich am Abend doch etwas zu sehr dem Wein aus Oberons Kellern gefrönt.

Anscheinend vertrugen die Bewohner von Elfenland nicht nur ihren Traumstein besser als wir Menschen …

Kurz nachdem die Sonne über den höchsten Kristallturm des Schlosses geklettert war, brachte mir ein Diener das Mittagessen aufs Zimmer.

»Was ist in dem Kelch?«, fragte ich und roch vorsichtig an der würzigen Flüssigkeit. Ein paar feine Nebelfetzen wallten im Trinkpokal.

»Mit besten Grüßen der Königin«, antwortete der Diener mit einem wissenden Lächeln. »Der Trank wird Eure Beschwerden lindern.«

Ich hatte kaum zu Ende gespeist und den Kelch mit Titanias doppelt süß schmeckender Medizin ausgetrunken, als es schon wieder an der Tür pochte.

Ob vielleicht die Königin persönlich nach mir sehen und sicher gehen wollte, dass ihr Trank geholfen hatte? Eilig erhob ich mich, ignorierte den Stich hinter meiner Stirn und öffnete unbedarft die Tür.

Von der Königin keine Spur. Ehe ich mich versah, drängte sich da stattdessen aber auch schon ein dürrer Geselle mit grauer Schuppenhaut an mir vorbei in das Gemach. Lumpen bedeckten seinen Körper wie bei einer Vogelscheuche; in den Klauenhänden hielt der Waldschrat einen Lammfelllappen und eine Bürste; eine kleine Holzkiste klemmte unter seiner Achsel.

»*Schuhputz?*«, krächzte das Wesen und legte den barhäuptigen Kopf zur Seite. Noch während er sprach, bugsierte mich der Schrat in einen Sessel. Meine Proteste ignorierend, begann das Wesen sogleich, mir die Schuhe zu säubern.

Nach getaner Arbeit kam mir der Gedanke, dass ich nicht wusste, was ich dem Schrat in der hiesigen Währung schuldete.

»Ich weiß nicht, wie ich Ihre Dienste honorieren soll, Sir«, sagte ich steif, wobei ich mir sehr wohl der Tatsache bewusst war, dass mein Gegenüber – anders als die Diener des Königs – kein Englisch verstand.

Das Wesen sah mir grinsend ins Gesicht und winkte verächtlich ab – eine Völker umfassende Geste. Doch nicht nur das.

»Keine Sorge, Watson«, sagte der Schrat zudem plötzlich mit der vertrauten Stimme meines Freundes Sherlock Holmes. »Die Goblin-Stiefel waren doppelt so schmutzig wie Ihre Schuhe, und die kleinen Kerle haben mir auch keinen Penny gezahlt …«

***

Nachdem Holmes sich aus seiner aufwendigen Kostümierung geschält und auch das letzte bisschen Theaterschminke abgewaschen hatte, erbaten wir eine Audienz bei König Oberon.

»Was haben Sie vor, Holmes?«, fragte ich den eilig ausschreitenden Detektiv auf dem Weg zum Thronsaal und bemühte mich, nicht den Anschluss zu verlieren. Obwohl er noch keinen ganzen Tag hier war, kannte Holmes sich in Oberons Schloss bereits bestens aus. Es hätte mich nicht überrascht, wenn mein Gefährte schon jetzt mehr Geheimgänge gekannt hätte als der langlebige Oberon und seine Getreuen.

»Haben Sie die Jagdtrophäen im Kaminzimmer bemerkt, Watson? Der König ist ein großer Jäger. Ich hoffe, dass er sich in seinem Reich entsprechend gut auskennt und mit etwas Glück die Qualitäten eines Bluthundes hat.«

Nur Holmes konnte so von einem König reden.

Genauso wie nur Holmes forsch durch den Thronsaal rauschen und Oberon unvermittelt einen dreckigen Lumpen unter die Nase halten konnte.

Der König winkte die heraneilenden Wächter – die Holmes trotz der klirrenden Harnische und der auf ihn gerichteten Hellebarden nicht zu bemerken vorgab – in ihre Nischen zurück und wölbte eine Augenbraue in Richtung seiner breiten Stirn.

»Was ist das, Mr. Holmes?«, fragte der Elfenkönig.

»Vom Hosensaum eines Verdächtigen, Euer Majestät«, erklärte Holmes in seiner gewohnten Art. Für ihn war ein König einmal mehr zum Klienten geworden. »Einem Goblin, der in einer Taverne in der Nähe des Trollmarkts Traumsteinpulver an eine Horde junger Satyrn verkauft hat. Als er kurz nach Abverkauf seines Vorrats betrunken in einer Ecke saß, hatte er nichts dagegen, sich die Schuhe putzen zu lassen.« Holmes lächelte dünn und wedelte vielsagend mit dem fleckigen Lappen. »Ich hatte gehofft, dass ein begnadeter Jäger wie Euer Majestät uns vielleicht sagen kann, aus welcher Ecke Elfenlands dieser Lehm stammt. Er sieht mir recht speziell aus. Wüsste ich es nicht besser, würde ich sagen, dass darin Rückstände von Blut enthalten sind …«

Oberon nickte, griff mit seinen großen Händen nach dem Fetzen und schnüffelte tatsächlich wie ein englischer Bluthund daran. Titania, die neben ihrem Mann auf einem kleineren Thronsessel saß, zwinkerte mir verstohlen zu.

»Ihr habt recht getan«, sprach der König und winkte Holmes mit sich.

Die beiden zogen sich in das Kartenzimmer hinter dem Thronsaal zurück, wo sich der König sonst mit seinen Ministern und Generälen beriet.

Ich unternahm derweil einen Spaziergang mit Titania und ihrem Gefolge. Wir flanierten durch die prächtigen Parkanlagen des Schlosses. In Liedern und Gedichten erzählte Titania mir die Geschichte von Elfenland und alles über die magische Verbindung mit unserer Welt. Namen wie Shakespeare oder der meiner jugendlichen Brieffreunde Dunsany und Mirrlees halfen mir dabei, meine Fremdartigkeit in Oberons Reich zu vergessen.

Ich mochte in Holmes' Abwesenheit der einzige menschliche Besucher in Elfenland sein – dennoch war ich nicht alleine.

Bei meiner Rückkehr in unsere Zimmerflucht war ich das allerdings. Von Holmes keine Spur. Lediglich eine Nachricht wartete auf mich:

Kommen Sie zur Lichtung im Schattenwald.
Gefahr. Oberon kennt den Weg. S. H.

***

»Ihr Freund hat ausdrücklich darauf hingewiesen, dass er den Fall auf seine Art lösen möchte«, eröffnete mir der König, als ich abermals bei ihm und Titania vorstellig wurde. Dennoch stellte der König Puck – der trotz seines Aussehens einer von Oberons wichtigsten Getreuen war – ab, um mich zu Holmes zu bringen.

Der krumm gewachsene Zwerg bemühte erneut seinen Beutel und deutete aufmunternd auf den schwebenden Ring aus Goldstaub, den er im Thronsaal heraufbeschworen hatte. Ich zögerte – erst ein ungeduldiges, schroffes Nicken von Oberon und, noch wichtiger, ein erwartungsfrohes Lächeln der wunderschönen Titania konnten mich dazu bewegen, durch das Portal zu springen.

Gerade noch stand ich vor Oberons Thron und sonnte mich in Titanias Schönheit – im nächsten Augenblick fand ich mich am Rand eines düsteren Waldstücks wieder. Durch die Baumreihen vor mir konnte ich eine baufällige alte Hütte mit halb zerfallenem Kamin ausmachen, die auf einer heftig vom Unterholz bedrängten Lichtung stand.

Man musste kein Sherlock Holmes sein, um auf den Gedanken zu kommen, dass dieser Ort ein ideales Schmuggler-Versteck abgab.

»Gemütlich«, murmelte ich, zog meinen erfreulich unmagischen Revolver und schlich geduckt auf die windschiefe Kate zu, die in einem silbernen Streifen Mondlicht kauerte. Meine Gedanken rasten, als ich mich kurz darauf an die Außenwand der Hütte presste. Warum war es so ruhig? Hatten die Ganoven Holmes, der mit Sicherheit schon einige Zeit vor mir angekommen war, überwältigt und gefangen genommen – oder gar Schlimmeres?

Mein Herz schlug heftig in meiner Brust, als ich die Tür aufriss, den Revolver hob und …

Ich erstarrte. Mein Blick fiel auf ein altes Bett – und auf einen riesigen Wolf, der sprungbereit darauf kauerte!

Zwischen mir und dem knurrenden Untier stand ein kleines Mädchen, das einen roten Kapuzenumhang trug und sich furchtsam an einen großen Korb klammerte. Im Mondlicht, das durch die offene Tür in die Hütte sickerte, sah ich die scharfen Fänge des Wolfes wie Messer blitzen.

»Runter!«, brüllte ich, nahm den Revolver als Ausgleich gegen mein Zittern in beide Hände und schoss.

Der Wolf wich flink zur Seite aus. Meine Kugel pfiff an ihm vorbei und bohrte sich in die Wand hinter dem Bett. Bevor ich einen zweiten Schuss abgeben konnte, sprang der Wolf. Er riss das Mädchen zu Boden, taumelte wie ein Bär auf zwei Beinen weiter und schlug mir die Waffe aus der Hand, ehe er meine Schultern packte und mich gegen die Wand neben der Tür drückte.

»Ruhig Blut, Watson!«, klang es dumpf aus dem Maul des Wolfes.

Ich schrak abermals zurück – sowohl vor dem Wolfsschädel unmittelbar vor meinem Gesicht als auch vor der Stimme. Denn wieder einmal sprach einer der Bewohner Elfenlands mit der Stimme von Sherlock Holmes zu mir.

Hatte der Wolf Holmes bei lebendigem Leib verschlungen? War dieses graubraune Untier der Wachhund der Schmuggler oder eine grausige Waffe, die nicht nur Großmütter erschreckte? Ein wilder Märchenhund der Baskervilles hier in Oberons Reich? Schockiert sah ich der Bestie dabei zu, wie sie sich mit beiden Pfoten an den zotteligen Hals griff.

Der Wolf *hob seinen Kopf an* und ließ ihn achtlos neben sich zu Boden fallen.

Holmes, der unter dem Kopfteil des Kostüms zum Vorschein kam, lächelte flüchtig, wandte sich dann aber sofort dem Mädchen zu, das sich gerade wieder mühsam aufrappelte und nach seinem Korb tastete.

Holmes verpasste der Kleinen einen rüden Tritt in die Seite und riss ihr, noch ehe ich protestieren konnte, den Mantel vom Körper.

Mein Protest erstarb mir auf den Lippen, als das vermeintliche *Mädchen* sich fauchend und spuckend in unsere Richtung umdrehte. Unter dem roten Kapuzenmantel war eine hutzelige, von zwei spitzen Ohren gerahmte Fratze zum Vorschein gekommen, so grün und warzig wie eine Kröte.

Holmes streckte gebieterisch einen seiner in struppiges Wolfsfell gehüllten Arme aus und deutete auf das Wesen vor uns, das seinen Korb an die Brust drückte.

»Im Namen Oberons banne ich dich«, skandierte der Detektiv mit fester, irgendwie veränderter Stimme.

Das grüne Wesen vor uns begann zu kreischen. Seine roten Augen weiteten sich, als überall von seinem Körper dünne Rauchfahnen aufstiegen.

Holmes packte mich am Arm. »Kommen Sie. Das ist kein schöner Anblick«.

Ich ließ mich vom Detektiv nach draußen führen. »War das ein Goblin?«, fragte ich meinen Freund. Das jämmerliche Kreischen aus der Hütte war inzwischen von einem ekelhaften Blubbern abgelöst worden. »Und warum tragen Sie dieses Furcht einflößende Wolfskostüm, Holmes?«

Der Detektiv ließ sich von mir eine Zigarette anzünden und inhalierte den Rauch. Dann stapfte er wortlos zurück ins Innere der Hütte, aus der nun nur noch drückendes Schweigen drang. Bei seiner Rückkehr trug Holmes den Korb am Arm, an den das hässliche Geschöpf sich vor Holmes' Bannspruch vergeblich geklammert hatte.

»Werfen Sie einen Blick hinein, während ich Ihnen die ganze Geschichte erzähle, soweit ich sie kenne«, instruierte mich mein Gefährte.

Ich schlug das karierte Tuch zur Seite.

»Das Traumstein-Kokain …«

Holmes nickte und fuhr sich durch das verschwitzte Haar. Unter dem Kopfteil des Kostüms musste es warm wie in der Hölle Afghanistans gewesen sein.

»Oberon sagte, dass der Schlamm zu dieser Lichtung gehören dürfte«, erläuterte Holmes zwischen zwei Zügen. »Ich lag richtig mit dem Blut. Hier in Elfenland hat Blut eine tiefer gehende Bedeutung als in unserer Heimat, Watson. Ach. Hier würden meine Erkenntnisse bezüglich des Hämoglobins und seines Werts für die Verbrechensbekämpfung sofort angenommen werden – und das, obwohl Oberon nur Wunderheiler, Alchimisten und Zauberer beschäftigt. Traurig, traurig. Wie dem auch sei: Für Oberon war offensichtlich, dass das Blut von dieser Lichtung stammt. Vor ein paar Jahren wurde hier eine Hexe hingerichtet, die sich nicht … an die Regeln gehalten hat. Ihr Blut hat die Lichtung getränkt. Deshalb scheint über diesem Ort auch jede Nacht ein Vollmond. Fragen Sie mich nicht, wie das möglich ist, alter Freund. Auch nicht nach dem Zauber, den ich da drin aufgesagt habe. Oberon hat ihn mir irgendwie auf die Zunge gelegt. *Des Königs Richtspruch*, wie Titania erklärte.«

»Hat sie Ihnen auch geraten, dieses Kostüm anzuziehen?«

»Guter alter Watson. Immer den Blick für das Wesentliche. Aber ja, indirekt hat sie das. Zumindest riet die Königin mir, mein Vorgehen den hiesigen Gepflogenheiten anzupassen, um die eigensinnige Natur ihrer Welt nicht gegen mich aufzubringen, wenn ich mich mit ihren Bewohnern anlege. Insbesondere hier auf dieser von Blut und Magie durchdrungenen Lichtung. Nun, Sie haben ja selbst gesehen, worauf es hinauslief, Watson. Der Fuchs im Wolfspelz, um die abhängigen Schafe in unserer Welt zu retten. Kommen Sie, laufen wir ein Stück«, schloss mein Freund und nahm mir den Korb ab.

Es war eigenartig, neben einem rauchenden, aufrecht gehenden Wolf mit dem Kopf von Sherlock Holmes herzulaufen. Dennoch beanspruchte eine andere Sache einen Großteil meines Denkens.

»Holmes«, begann ich nach einer Weile, da wir schweigend durch den düsteren Märchenwald im Antlitz des Vollmonds geschritten waren. »Wegen des Schusses …«

Holmes machte eine geringschätzige Bewegung mit der Wolfspfote, die die Zigarette hielt. »Ich wäre enttäuscht gewesen, wenn Sie *nicht* auf den bösen Wolf geschossen hätten, um das unschuldige Mädchen zu beschützen, Watson«, erwiderte mein Freund mit einem unergründlichen Lächeln auf den Lippen.

Vor uns plätscherte ein kleiner, dunkler Bach. Holmes trat nach vorn, drehte den Korb herum und ließ den Traumstein wie Schnee ins dunkle Wasser rieseln. »Damit wäre der Fall des mörderischen Morpheus doch noch so gut wie abgeschlossen«, sagte Holmes nicht ohne Selbstzufriedenheit und machte sich daran, aus dem Kostüm zu schlüpfen. In einem hohlen Baum neben dem Flüsschen hatte der Detektiv seine Kleidung deponiert. »Die Goblins werden sich nicht trauen, so etwas noch einmal zu versuchen.«

»Werden Oberons Agenten jede Goblinhütte durchsuchen und die Beteiligten hinrichten lassen? Der Goblin von vorhin wird doch bestimmt nicht allein operiert haben.«

»Hier handhabt man die Dinge ein wenig anders als bei uns Zuhause, Watson. Nachdem die Goblins nun aufgeflogen sind, genügt das Exempel, das ich in Oberons Namen statuiert habe. Weitere Strafen oder Hinrichtungen werden nicht nötig sein. So gern Oberon wohl den einen oder anderen Goblin wie einen Hirsch durch seine Wälder jagen würde. Aber Titania hat ihn im Griff, denke ich.« Wie so oft hatte Holmes die Situation eines königlichen Haushalts mit erschreckender Beiläufigkeit durchschaut. »Die Goblins wissen jetzt auch so, dass Oberon sie bestrafen wird, sollte sich in dieser Angelegenheit noch einmal etwas tun. Und diese Angst ist in Elfenland schlimmer als der Tod.«

»Was für ein seltsames Land!«, kommentierte ich.

»In der Tat. Titania hat wohl recht«, erwiderte Holmes nachdenklich. »Die Königin fürchtet, dass unsere Welten womöglich nicht dazu bestimmt sind, noch länger miteinander verbunden zu sein. Die spärlichen Reste Magie in unserer Welt schwinden ohnehin immer schneller. Möglicherweise ist bald der Zeitpunkt gekommen, die letzten Tore zu schließen. Doch das ist nun das Spiel von Königen und Königinnen, Watson. Wir müssen uns lediglich noch um den menschlichen Komplizen kümmern, der das zweifelhafte Märchenkokain in unserer Welt verteilt hat.«

Mit diesen Worten griff Holmes in seine Manteltasche und holte einen kleinen Lederbeutel hervor. Ich wollte ihn schon rügen, weil er sich am Traumstein bedient hatte – da steckte der Ermittler den Zeigefinger seiner Rechten in den Beutel und beschrieb anschließend mit dem Arm ein Oval vor uns, dessen Rand wie Sternenstaub im Mondlicht flimmerte.

»Noch mehr Elfenmagie?«, fragte ich nervös.

Holmes zuckte mit den Schultern, warf seine Zigarette zu Boden, trat sie aus und schritt als Erster durch das Portal, das uns – hoffentlich – zurück nach London bringen würde.

»Wie im Märchen«, brummte ich und folgte meinem Freund.

***

Ich erwachte in meinem Sessel. Holmes döste ausgestreckt auf dem Sofa. Vor ihm auf dem Tisch lagen ein eingerollter Gürtel und das Etui, in dem er das Werkzeug seiner verachtenswerten Sucht aufbewahrte. Vor mir standen dagegen ein leeres Glas und eine ebenso leere Flasche Sherry. Daneben lagen eine gebundene Ausgabe der Grimm'schen Märchen (die ich am Nachmittag in einem Buchladen in der Oxford Street erstanden hatte, um damit eine junge Patientin zu erfreuen, die trotz ihres morgigen zwölften Geburtstags mit Lungenentzündung das Bett hüten musste) und ein Magazin mit einem Essay über Shakespeares »Sommernachtstraum«, den ich fasziniert gelesen hatte, bis mir anscheinend die Augen zugefallen waren.

»Sie haben im Schlaf gemurmelt«, sagte Holmes plötzlich.

»Und Sie haben mich im Schlaf heimgesucht«, versetzte ich. »Sie, Oberon, Rotkäppchen und die Goblins.«

Wie eine Eule der Athene öffnete Holmes ein Auge. Dann drehte er sich jedoch einfach um und döste weiter.

Mein Blick glitt unterdessen erneut über den vollgepackten Wohnzimmertisch zwischen uns. Dabei blieb er an einem kleinen Lederbeutel hängen.

Ich schluckte hart. Was würde ich in dem Beutel finden, wenn ich ihn in die Hand nahm und öffnete?

Magischen Goldstaub – oder irgendeinen obskuren, widerlichen Tabak von Holmes?

Detektiv im Dutzend

Nach meiner Heirat mit Mary Morstan – der Leser wird die zweite Mrs. Watson vielleicht noch aus dem Fall kennen, den ich unter dem Titel »Das Zeichen der Vier« niedergeschrieben habe – übernahm ich im Mai 1889 die Praxis von meinem Kollegen Dr. Farquhar in Paddington. In den ersten Wochen nach meinem Auszug aus der Baker Street gab es Phasen, da Holmes und ich einander so gut wie nicht zu Gesicht bekamen. Fast hätte man meinen können, dass mein Freund es mir verübelte, das Junggesellendasein aufgegeben und unser Refugium des Tabaks und des Brandys um einer Frau willen verlassen zu haben. Nicht, dass unsere Freundschaft auf lange Sicht beeinträchtigt worden wäre. Dennoch gestaltete sich unsere Kameradschaft zweifellos anders als in jenen Zeiten vor und nach meinem Leben an der Seite meiner schmerzlich vermissten Mary, da ich jeweils in 221B wohnte.

Seit meiner Hochzeit waren inzwischen drei geschäftige Monate als Ehegatte und Arzt vorbeigerauscht, in denen ich nichts von Holmes gehört und mein Patientenstamm sich ständig vergrößert hatte. Eines Nachmittags beschloss ich, nach einem Hausbesuch ganz in der Nähe auf gut Glück in meiner alten Wohnung vorbeizuschauen und meinen Freund zu überraschen.

Mrs. Hudson begrüßte mich freudig, als sie mir die Tür öffnete.

»Ja, Mr. Holmes ist da, Doktor. Er hat Besuch – aber er freut sich bestimmt, Sie zu sehen. Gut sehen Sie aus, wenn ich das so sagen darf! Mary bekommt Ihnen, das sieht man gleich.«

Und wie sie das tat.

Ich bedankte mich, stieg die vertraut knarzenden siebzehn Treppenstufen empor und pochte an der Tür. Sherlock Holmes öffnete sie – und stand zugleich am Fenster, lehnte sich an den Kamin, saß in doppelter Ausfertigung auf dem Sofa, rauchte im Sessel seine Pfeife, musterte die Buchrücken in seinem Buchregal und starrte am Arbeitstisch in sein Mikroskop. Gleich fünf Abbilder meines Freundes kamen zum Zeitpunkt meines Eintretens gerade aus meinem alten Schlafzimmer, das Holmes nun als Abstellkammer für Kostüme und alle möglichen Verkleidungen diente, soweit ich wusste.

»Ah, Watson!«, begrüßte mich der letzte Holmes in der Reihe lächelnd und drückte fest meine Hand. »Wie geht es Ihnen, alter Freund?«

»Ich fürchte, ich träume«, sagte ich und ließ den Blick über die verschieden gekleideten Versionen meines alten Mitbewohners gleiten, die mich alle neugierig ansahen, unverbindlich lächelten oder mir zunickten.

Ob ich im Treppenhaus irgendwelche chemischen Dämpfe von einem von Holmes' berüchtigten Experimenten eingeatmet hatte, ohne es zu merken?

»Kein Traum, Watson«, beruhigte mich der Sherlock Holmes, der eben bereits das Wort an mich gerichtet hatte. »Darf ich vorstellen? Dort im Sessel sitzt Mr. Viggo Larsen. Das daneben auf dem Sofa sind Mr. Alwin Neuss und Mr. James Bragington. Am Kamin steht Mr. William Gillette, am Fenster Mr. Eille Norwood. Und hier vorn: Mr. Clive Brook, Mr. Reginald Owen, Mr. Douglas Wilmer und Mr. Jeremy Brett. Dort haben wir noch Mr. Peter Cushing. Ah, und da an meinem Mikroskop vergnügt sich der große Mr. Basil Rathbone. Und Mr. Robert Stephens müssten Sie aus unserem letzten gemeinsamen Besuch im Savoy kennen.«

»Was wird hier gespielt, Holmes?«, fragte ich verwirrt.

»Gespielt? Sehr scharfsinnig, Watson! Die Ehe bekommt Ihnen anscheinend doch nicht so schlecht. Die Herren hier sind allesamt Schauspieler, richtig. Sie sollen mir bei meinem aktuellen Fall helfen. Der Plan sieht vor, dass sie sich an strategisch günstigen Punkten in der Stadt postieren, um meinen derzeitigen Gegenspielern den Eindruck zu vermitteln, ich sei überall. Menschen, die Übles im Schilde führen und ständig über die Schulter schauen müssen, machen irgendwann einen kapitalen Fehler.«

Ich seufzte erleichtert. Ausnahmsweise keine Hexerei, Dämonenmagie oder dunkle Wissenschaften, sondern gute, alte Schauspielkunst und viel Schminke.

Ein wenig gruselig war es trotzdem, all die Abbilder von Holmes auf engstem Raum in unserer alten Wohnung zu sehen. Jetzt, da ich wusste, auf was ich achten musste, erkannte ich natürlich Unterschiede: ein paar Zoll oder Kilo zu viel oder zu wenig, die Art, wie Krawatten gebunden waren, wie Räucherwerk gehalten wurde. Ein Akteur trug sogar die von Holmes so verhasste Deerstalker-Mütze. Alles in allem war die Illusion aber in jedem der Fälle gelungen, die Täuschung auf den ersten Blick perfekt.

»Sie müssen mir unbedingt von dem Fall erzählen, Holmes«, sagte ich eifrig, ganz der beflissene Chronist.

»Aber gerne doch, alter Knabe!«, antwortete Sherlock Holmes lächelnd – und mit der Stimme von dreizehn Männern ...

Schatten aus dem Meer

Als ich an diesem Morgen kurz nach dem Frühstück frisch rasiert und fertig angekleidet abermals unseren Salon betrat, saß dort bereits ein älterer Mann und unterhielt sich angeregt mit Sherlock Holmes. Vor beiden stand je eine Tasse mit Mrs. Hudsons vortrefflichem Darjeeling.

»Ah, Watson!« Holmes winkte mich hastig heran. »Darf ich Ihnen Dr. Watson vorstellen, Prinz Dakkar? Mein emsiger Chronist und unerschütterlicher Gefährte auf so manch einer Mission im Dienste der Gerechtigkeit«, stellte der Detektiv mich in einem Tonfall vor, der sich nicht zwischen Sarkasmus und Dramatik entscheiden konnte.

Ich legte die Stirn in Falten. Wenn Holmes sich derart gut gelaunt präsentierte, war meistens etwas im Busch.

»Es ist mir eine Ehre, Hoheit«, sagte ich dennoch gesittet.

»Und mir erst, Doktor«, erwiderte Holmes' Gast mit der dunkel gebräunten Haut und dem silbergrauen Bart, als wir einander die Hand schüttelten. »Ihre Geschichten haben mir so manch eine Fahrt versüßt«, bemerkte Dakkar höflich.

»Nehmen Sie Platz, Watson!« Holmes konnte es anscheinend gar nicht erwarten, das Gespräch mit dem Prinzen fortzusetzen. »Wo waren wir stehen geblieben, Hoheit?«

»Ich glaube, mit der anregenden Debatte über die politische Situation in meiner Heimat sind wir fertig, Mr. Holmes.« Dakkar räusperte sich. »Eigentlich wollte ich Ihnen auch nicht von Indien erzählen, sondern von meinen Entdeckungen in Atlantis, derentwegen ich ja schließlich auch zu Ihnen gekommen bin.«

Entdeckungen in Atlantis?

Ich hätte bereits wieder hochfahren können, kaum dass ich richtig auf dem Sessel zwischen Holmes und dem Prinzen Platz genommen hatte.

Hatte der Prinz gerade *Atlantis* gesagt?

»Der Tee ist übrigens vorzüglich, ein Kompliment an Ihre Hauswirtin«, meinte Dakkar derweil gelassen und nahm keinerlei Notiz von dem Unbehagen, das seine Worte bei mir ausgelöst hatten.

»Was trank man denn in Atlantis, mein Prinz?«, fragte da dann auch noch Holmes mit trügerischer Sanftheit.

Ich ließ den Blick misstrauisch zwischen den beiden hin und her wandern. Schnell wurde mir klar, dass Holmes und sein Gast irgendein seltsames Katz-und-Maus-Spiel spielten, das sich meinem Begriffsvermögen entzog, obgleich es direkt vor meinen Augen stattfand. Jedenfalls ließen die geheuchelte Lässigkeit ihrer Gesten, die Intensität ihrer Blicke und das aufgesetzt wirkende Lächeln der beiden darauf schließen.

»Das Meer ernährte die Atlanter«, entgegnete Dakkar zwischenzeitlich mit dem Gebaren eines Altertumsforschers. »Zumindest geht das aus Ihren Schriften und dem hervor, was ich bei meinem Tauch-Spaziergängen in den Ruinen der versunkenen Stadt gefunden habe. Teetassen waren da allerdings keine dabei, wie ich gestehen muss. Dafür ein paar andere höchst interessante Artefakte und Reliquien.«

»Faszinierend.« Holmes richtete sich ein wenig auf. Unvermittelt fragte er dann: »Sie müssen uns unbedingt einmal mehr über Ihre Forschungsreisen erzählen! Nicht nur die unter der Meeresoberfläche.«

»Wie meinen Sie das, Mr. Holmes?«

Der Detektiv schlug die Beine übereinander. »Nun, wie ist es zum Beispiel in der Zukunft, Prinz? Was mich brennend interessiert: Hat Oxford inzwischen die besseren Ruderer, oder müssen ihre Mediziner immer noch nachhelfen?«

Erneut war ich wie vom Donner gerührt. *Holmes!,* hätte ich am liebsten ausgerufen, meinen Freund am Kragen gepackt und geschüttelt.

Etwas hielt mich zurück – womöglich das von sichtlichem Schrecken gezeichnete Gesicht des Prinzen.

»Woher …?«, flüsterte Dakkar.

»Mein lieber Prinz!«, begann mein Mitbewohner daraufhin in der ihm eigenen Art, wenn er seinem Publikum das Offensichtliche vor Augen führte. »Sie kamen offenbar in einer dringlichen Angelegenheit zu mir, da ich inzwischen durchaus einen gewissen Ruf genieße.« Es lag keine Eitelkeit in diesen Worten. »Sie haben Ihren Ruf, ich habe den meinen. Das scheint mir fair. Allerdings dachte ich nicht, dass sich unsere Wege jemals kreuzen würden. Man hielt sie ja sogar für tot, wenn ich so frei sein darf.«

Der Prinz nickte. Sein Bart bewegte sich leicht auf und ab.

»Sie werden eines Tages wissen, dass ein Tod nicht immer das Ende der Geschichte eines Mannes sein muss, Mr. Holmes«, erwiderte Dakkar ernst.

In Holmes' Augen blitzte es belustigt auf.

»Eine kryptische Botschaft aus der Zukunft, Prinz?«

»Meine Herren!«, entfuhr es mir da ungehalten. Ich konnte mich einfach nicht länger zurückhalten. »Was soll dieses Gerede von Atlantis und der Zukunft? Wir sind Männer der Logik, Männer der Wissenschaft, Männer der Ratio…«

»Beruhigen Sie sich, Watson.« Ein feines Lächeln umspielte Holmes' Mundwinkel. »Wenn Sie mehr über Atlantis oder die Zukunft erfahren wollen, müssen Sie wohl in einen Buchladen gehen. Oder unser Freund hier mag Ihnen etwas erzählen. Falls es ihm freisteht, darüber zu reden.«

»Steht es nicht«, schnappte der Prinz. Unterdrückter Ärger und noch etwas anderes schwangen in Dakkars Bariton mit. »Sie schulden mir nach wie vor eine Erklärung, Mr. Holmes.«

Holmes' Kinn deutete in Richtung des Langmantels, den der Prinz nachlässig über die Armlehne des Sofas gelegt hatte. Eine zusammengerollte Zeitung spitzte aus der Rocktasche, wie mir jetzt erst auffiel, als ich Holmes' Geste folgte.

»Das Datum, mein lieber Prinz«, erklärte Holmes derweil milde.

Ich kniff die Augen zusammen und erkannte eine typische Titelseite der *Times*. Holmes bewies wieder einmal die Augen eines Falken, denn das Datum konnte ich beim besten Gewissen nicht entziffern, obwohl ich näher am Prinzen und seinem Mantel saß. »Darf ich?«, fragte ich.

Dakkar wandte den Blick nicht von Holmes ab, nickte aber brüsk.

Also griff ich nach der *Times* und überflog die Titelseite.

Ich hatte heute noch keine Zeitung gelesen. Entsprechend heftig fuhr mir der Schrecken in die Glieder, als ich auf der Titelseite etwas über einen *Tauchbootkrieg* zwischen dem Empire und dem Kaiserreich las.

Ich entspannte mich erst wieder geringfügig, als ich auf das Datum der Ausgabe blickte. Mein anfänglicher Schrecken schlug in Ärger um, dem ich auch sogleich Luft machte. Schlimm genug, dass Holmes und sein Gast über Atlantis sprechen mussten. Das nun schlug dem Fass den Boden aus.

»Das kann doch ...!«

Empört schlug ich mit dem Handrücken auf die Kopfzeile der *Times* und das abgedruckte Datum. »Ein ganz übler Scherz, will ich meinen!« Ich warf die Morgenausgabe auf den Tisch, wo bereits diverse andere Zeitungen des heutigen Tages lagen, die mein Mitbewohner dort – um diverse Berichte und Gesuche erleichtert – wie ein Haufen Papier-Aas zurückgelassen hatte. Doch die rechteckigen Löcher waren nicht der größte Unterschied zwischen dem Sammelsurium und der Zeitung aus der Manteltasche des Prinzen: Letztere verkündete nämlich, dass wir den 24. September 1914 hatten, während Holmes' Zeitungen sich darin einig waren, dass wir den 12. Oktober des Jahres 1890 schrieben (und natürlich wussten die heutigen, richtigen Zeitungen auch nichts von einem Tauchbootkrieg in der Nordsee!).

»Bestimmt der Streich eines Setzerlehrlings«, echauffierte ich mich weiter.

Doch Holmes schüttelte bloß amüsiert den Kopf.

Mir blieb fast die Luft weg. »Sie wollen mir doch nicht weismachen, dass Prinz Dakkar eine Zeitung aus der Zukunft mit sich trägt, Holmes!«

Holmes blieb ganz ruhig – wie üblich.

»Ich bin sicher, dass sich in den Taschen des Prinzen noch andere Dinge befinden, die uns ziemlich *fortschrittlich* erschienen, würde er sie uns zeigen. Nicht wahr, Kapitän?«

Ich fürchtete schon ein Aufbrausen unseres adeligen Gastes, als Holmes ihm auch noch einen solch seltsamen Titel verpasste.

Ein Blick zeigte jedoch: Dakkar lächelte!

Es war ein trockenes, humorloses Grinsen.

»Sehr gut, Mr. Holmes«, sagte der Prinz mit veränderter Stimme. »Das mit der Zeitung war ein Versäumnis, geboren aus Eile und Gedankenlosigkeit. Dennoch: Sie sind wirklich gut. So gut wie Ihr Ruf. Sie sind genau der Richtige.« Dakkar wandte sich mir zu. »Ich muss mich bei Ihnen bedanken, Doktor.«

»Bei mir?« Wieder einmal schlug mein Ärger in Verwirrung um. Hatte ich einen Teil des Gesprächs verpasst? »Wofür, Hoheit?«

»Ihre Aufzeichnungen. Heute eine unterhaltsame Sache und ein Zeitvertreib für Sie, sicher. Schon bald jedoch ...« Der Prinz unterbrach sich und blickte wie ein beim Keksklauen ertappter Junge drein. »Verzeihen Sie bitte. Es ist manchmal schwer.«

»Ihre Bürde spricht für sich, Kapitän.« Holmes schien wieder einmal mehr zu wissen als ich. »Wollen Sie uns nun erzählen, wie wir Ihnen helfen können?«

Unser Gast nickte abermals. Gerade als er beginnen wollte, fuhr ich noch einmal dazwischen:

»Wieso nennen Sie den Prinzen plötzlich ›Kapitän‹, Holmes?«, fragte ich so würdevoll wie möglich.

»Weil das mein eigentlicher Titel ist«, antwortete Dakkar anstelle meines Mitbewohners. »Dr. Watson, ich war nicht ehrlich zu Ihnen. Da Mr. Holmes mein Spiel jedoch bereits durchschaut hat ...« Ein Seufzer. »Prinz Dakkar gibt es schon lange nicht mehr. Man wird sich an einen anderen Namen erinnern, wenn man in der Zukunft über mich und meine Taten spricht.« Unser Gast sah mich bedeutungsschwer an. »Die Welt wird sich zumeist an *Kapitän Nemo* erinnern, wenn sie an mich und meine Abenteuer denkt ...«

***

»Die Atlanter waren eine sehr fortschrittliche Kultur«, erklärte Nemo kurz darauf.

Zuvor hatte ich lange erfolglos versucht, dem enttarnten Kapitän zu entlocken, wo die versunkene Inselstadt, nach der schon so viele Schatzsucher intensiv gefahndet haben, denn jetzt genau lag. Vermutlich hoffte Nemo, mich mit anderen Auskünften zufriedenstellen (oder wenigstens gebührend ablenken) zu können. Letzteres gelang ihm durchaus, wie ich gestehen muss.

»Sie schufen unter anderem riesige Portale aus Stein. Diese Artefakte ermöglichten es den atlantischen Hohepriestern und den angesehensten und ältesten unter den Händlerfamilien der Insel, Raum und Zeit zu überwinden. Inzwischen stehen die Portale über den gesamten Globus verteilt auf dem Meeresgrund. Viele sind noch in Takt – und ermöglichen jetzt mir und der *Nautilus* das Reisen im Meer der Zeit.«

So hatte der gealterte Kapitän auch von jenen finsteren Zeiten erfahren, die vor der Welt lagen – und von der Rolle, die das Schicksal für ihn, die *Nautilus* und vor allem das Erbe von Atlantis vorsah, wenn er es nicht irgendwie verhinderte.

»Jemand hat einem Freund von mir am Pariser Hauptbahnhof das Gepäck gestohlen.« Ich hatte so eine Ahnung, welcher meiner Kollegen sich hinter dem Wörtchen *Freund* verbergen mochte, schwieg aber und lauschte gebannt dem Bericht des Kapitäns. »In einem der Koffer meines Freundes befand sich ein Tagebuch mit brisanten Aufzeichnungen: über mein Schiff – und über die Portale, mit deren Hilfe ich durch die Zeit reise. Ich kann Ihnen nicht viel darüber erzählen, meine Herren. Aus den Schriften der Priester geht eindeutig hervor, dass die größte Gefahr des Zeitreisens darin besteht, zu viel Wissen in die Vergangenheit zu streuen und die Dinge aktiv zu verändern. Man muss vorsichtig sein, wenn man die Realität nicht aus den Angeln heben möchte. Das, was ich gleich zu tun gedenke, ist gefährlich genug. Doch die *Nautilus* und die Portale dürfen nicht Teil dessen werden, was den Weltmeeren – und überhaupt der Welt – bevorsteht.« Damit griff Nemo in seine Rocktasche und holte einen kleinen, bräunlichen Umschlag hervor, den er feierlich zwischen die Tassen und auf Holmes' *heutige* Zeitungen legte. »Sie finden darin eine Adresse und einen Namen. Dort hielten sich die Baupläne meines Schiffes und die Karte mit den genauen Standpunkten der mir bekannten Portale zuletzt auf.«

Wir blickten eine Weile schweigend auf das Kuvert.

»Das ist leider alles, was ich Ihnen an Hilfestellung geben kann«, meinte Nemo schließlich dumpf. »Ich würde gern mehr tun, das können Sie mir glauben. Aber weder darf ich Ihnen mehr Informationen geben, noch darf ich zurück und die Einträge oder den Diebstahl selbst ungeschehen machen. Aber ich kann Sie, Mr. Holmes – Sie beide –, um Hilfe bitten, damit Sie verhindern, dass der Dieb sein gefährliches Wissen weitergibt. Denn egal ob an London, Paris, Berlin oder Moskau: In dieser Sache, Gentlemen, sind alle Großmächte unsere Gegner – und zugleich Gegner der Menschlichkeit und der Welt …«

***

Wie der Leser sich vielleicht denken mag, konnte ich es kaum erwarten, mit Holmes unter vier Augen zu sprechen.

Dieser Wunsch ging so schnell aber nicht in Erfüllung: Mein Freund verließ gemeinsam mit seinem Klienten aus dem Ozean der Zeit unsere Wohnung und kehrte erst am Abend wieder in die Wände von 221B zurück. Dann erst war es mir vergönnt, meiner Neugierde nachzugehen.

Bis dahin hatte ich mir den Kopf zermartert, diverse Bücher und wissenschaftliche Magazine mit Essays von Finney, Baxter, Grimwood und Niffenegger konsultiert und hin und her überlegt – ohne zu einem Ergebnis zu gelangen.

Jener Teil meines Verstandes, der inzwischen auch an Magie und Vampire gewöhnt war, wollte an Nemos Geschichte und die Möglichkeit von Zeitreisen glauben. Ein anderer Teil von mir – vielleicht jener, der mit einem Bein schon fest im 20. Jahrhundert stand – weigerte sich jedoch beharrlich.

Außerdem: Sollte die Zeit nicht eine natürliche, allmächtige Konstante im menschlichen Leben sein, die wir zwar einteilen, messen und bestimmen, aber nicht in dem Sinne beherrschen und auch nicht manipulieren können?

»Sie glauben ihm, nicht wahr?«, begann ich das Gespräch mit meinem Mitbewohner, nachdem Holmes mit Pfeife und Hausmantel aus seinem Zimmer zurück in den Salon getreten war und uns beiden ein Brandy mit Soda mischte. Wortlos reichte er mir eines der beiden Gläser. Dann schritt er mit dem anderen in der Hand zum Fenster, nippte am Brandy und blickte gedankenverloren in die gelben Schleier, die gegen das Fenster waberten und das Gaslicht der Laternen entlang der Baker Street auf gespenstische Weise veränderten.

»Vertrauen Sie Ihrer Menschenkenntnis, Watson«, antwortete Holmes schließlich nach dem zweiten Schluck. Er wandte sich vom Fenster ab, stellte das Glas wieder auf den Tisch und schritt mit der Pfeife in der Hand zum Kamin. Dort zog er den Dolch, mit dem er seine Post aufzuspießen pflegte, wie Excalibur aus dem dunklen Holz des Simses. Nach kurzem Blättern in seiner dergestalt extravagant aufbewahrten Korrespondenz reichte er mir einen Brief.

Ich überflog das Schreiben. Mein verärgertes Stirnrunzeln veranlasste Holmes, irgendwann zu sagen: »Ein Kollege von Ihnen …«

»Ein Arzt, der ausgerechnet über Zeitmaschinen schreibt?«

»Ein *Schriftsteller*, Watson«, versetzte Holmes und nahm mir den Brief mit spitzen Fingern wieder aus der Hand. »Vielleicht lernen Sie ihn schon bald kennen. Er bat mich um Hilfe. Können Sie sich vorstellen, dass Literaturagenten ihrem Namen alle Ehre machen und wie Spione in ein Haus eindringen, nur um ein Manuskript zu stehlen? Wenn das Mode wird, müssen wir unsere Wohnung doch besser sichern, Watson. Wozu Moriarty und der Colonel uns nicht brachten, dazu bringt uns dann vielleicht Ihr verehrter Mr. Conan Doyle, wenn Sie wieder einmal mit einem Manuskript in Verzug sind. Allerdings fürchte ich, dass die Probleme unseres heutigen Gastes dringlicher sind als die aller Verleger und Autoren Londons zusammen …«

Ich nickte grimmig, als ich mich an das Gespräch vom Vormittag erinnerte.

»Sie glauben ihm also«, wiederholte ich und schüttelte verärgert den Kopf.

»Nun. Ich bin ein Verfechter der Logik, das wissen Sie. Aber Sie wissen auch, was ich immer zu sagen pflege.« Holmes lächelte sanft. »Sie haben es Ihren Lesern zumindest oft genug mitgeteilt.«

»Ich dachte, Sie lesen meine Geschichten nicht?«

Holmes winkte ungeduldig ab. »Nun?«

Ich verzog das Gesicht. »Wenn man alles Unmögliche ausgeschlossen hat, muss das, was übrig bleibt, so unwahrscheinlich es auch sein mag, am Ende die Wahrheit sein«, zitierte ich pflichtschuldig.

»Sehr gut, Watson.« Holmes zog an seiner Pfeife und blies einen Rauchring, um seine Belustigung zu verbergen. »Ich habe Nemo außerdem überprüft. Oder, ich hätte es, wenn es etwas zum Prüfen gäbe. Über ihn findet man nichts heraus. Er hat es sogar geschafft, mich unterwegs abzuhängen, kurz nachdem er bemerkt haben muss, dass ich ihm auch nach unserer Verabschiedung weiter folgte. Bemerkenswert. Es ist, als gäbe es diesen Mann gar nicht. Als käme er aus einer anderen Zeit. Auch den Ursprung der Zeitung konnte ich nicht ermitteln, obwohl ich jede Druckerei in der Stadt aufgesucht habe. Sogar die kleinen Keller- und Hinterhofdruckereien, von denen man sonst nur hört, wenn es wieder mal um ein politisches Hetzblatt oder böse Karikaturen der Königsfamilie geht. Die Qualität des Drucks und der Fotos in Nemos Zeitung ist außerdem herausragend gut und nur schwer mit hiesigen Druck-Erzeugnissen zu vergleichen. Das ist zwar kein todsicheres Argument, aber zumindest eines, das mich … nachdenklich stimmt.«

Das musste ich erst einmal verdauen.

Also setzte ich mich und griff nach dem Brandy. Bereits nach einem Schluck stand ich jedoch schon wieder auf, schlich rastlos wie ein Tiger im Wohnzimmer umher, verschwand kurz in meinem eigenen Zimmer, schnappte mir dort mein Zigarettenetui, kehrte in den Salon zurück, setzte mich diesmal aufs Sofa, zündete mir eine Zigarette an, schloss die Augen und inhalierte den Rauch. »Was werden wir tun?«, fragte ich irgendwann.

Ich konnte Holmes hinter meinem Rücken förmlich lächeln *hören*, als er antwortete: »Wir werden dem Kapitän das Tagebuch besorgen, Watson – was denn sonst?«

***

Am nächsten Morgen begaben wir uns zu der Adresse, die Nemo uns dagelassen hatte. Sie gehörte zu einem vierstöckigen Mietshaus, dessen heruntergekommene Fassade direkt auf einen Schnapsladen und einen Mietstall blickte. Zu unserer Überraschung tummelten sich mehrere Beamte von Scotland Yard vor dem Haus, hatten den Zugang abgeriegelt und befragten Anwohner und Passanten.

Ich hatte seit 1881 genügend Tatorte gesehen, um zu wissen, dass wir soeben einen betraten.

Holmes drängte sich davon gewohnt unbeeindruckt durch die Gaffer, Neugierigen und Reporter und ging ohne Scheu direkt auf einen Sergeant zu, der einen besonders aufdringlichen Zeitungsmann anblaffte und mit ausgestrecktem Arm wie ein Fußball-Schiedsrichter der Szenerie verwies. Als er

Holmes und mich sah, nickte der Sergeant geschäftig, aber nicht unfreundlich. Die meisten Londoner Polizisten kannten und respektierten meinen berühmt-berüchtigten Freund, sah man von einigen eifersüchtigen Exemplaren oder ewigen Skeptikern wie Lestrade ab. Ein paar Worte des berühmten Mr. Sherlock Holmes genügten in diesem Fall aber wieder einmal, damit wir wie zwei besonders prominente und erfolgreiche Inspektoren vorgelassen wurden. Gemeinsam stiegen wir in den zweiten Stock des schäbigen Mietbunkers und sahen uns dort in einer kleinen Wohnung um, deren Eingangstür von einem stämmigen Beamten flankiert wurde, der uns höflich grüßte.

Schnell wurde offensichtlich, weshalb Scotland Yard das Haus abgeriegelt und zum Tatort erklärt hatte: In der kleinen Wohnung lag ein Mann am Boden neben dem Bett. Man hätte meinen können, dass er seinen Rausch auf dem Rücken und den Dielen ausschlief, voll angekleidet, wie er war – allerdings bewegte sich seine Brust nicht, und sein Gesicht war bereits leicht wächsern und gelblich.

Holmes zögerte nicht lange. Sofort kniete er sich hin und untersuchte die Leiche und ihre Umgebung. Der Constable sah neugierig dabei zu, wie der große Sherlock Holmes wie ein Klischee seiner selbst mit dem Brennglas in der Hand auf den zerkratzten Dielen herumkroch, zu guter Letzt die Kleidung des Mannes untersuchte und schließlich etwas von dessen Hemdkragen auflas, es zwischen den Fingern zerrieb und ein wenig davon in eine kleine Blechdose tat, die er aus seinem Mantel fischte.

Mein Gefährte wirkte nachdenklich, als wir das Haus verließen.

»Glauben Sie an Zufälle, Watson?«, fragte er mich, als wir die nächste Kreuzung erreichten und anhielten, um einen von zwei schwarzen Hengsten gezogenen Leichenwagen vorbeizulassen. Abwesend wirbelte mein Freund seinen Spazierstock ums Handgelenk, während der stechende Blick seiner Augen auf dem niedrigen Thanatos-Gefährt hing. »Ich nicht«, meinte der Detektiv dann, als das Gespann an uns vorüber war und wir unseren Weg fortsetzen konnten. »Kommen Sie, alter Knabe. Zurück zur Baker Street. Es gibt viel zu tun.«

***

Egal wie viel es zu tun geben mochte: Auf dem Rückweg ließ uns Holmes gleich an drei Tabakläden anhalten. Das war reichlich untypisch für den Ermittler, der sonst pfeilgerade seinen Spuren nachging (und seinen Tabak für gewöhnlich auch nur in einem handerlesenen Laden kaufte, in dem sonst meist nur Seeleute verkehrten, die einen Ersatz suchten, solange sie in England und bis sie wieder in einem indischen oder afrikanischen Hafen waren).

Holmes bemerkte meinen Blick, als er aus dem dritten Geschäft kam, eine große Papiertüte in den Armen. »Wenn man nur eine einzige Spur hat, Watson, ist es eben diese, der die volle Aufmerksamkeit gelten muss.« Er drückte mir die

Tüte in die Hand und kletterte zu mir in die Droschke. »Sie werden gleich sehen, dass ich nicht verrückt geworden bin. Und ich habe auch nicht vor, all das Zeug hier alleine zu rauchen, obwohl einige erlesene Kostbarkeiten in diesen Tüten sind. Die Arbeit wird Ihnen gefallen, alter Freund.«

Zurück in 221B, wurde unser Wohnzimmertisch zu einem Paradies für Raucher, das jedem Club in der City ebenbürtig gewesen wäre, was die Auswahl an Räucherwerk anging. Französische, amerikanische, niederländische, belgische, kongolesische, russische, österreichische, italienische und sogar einige deutsche Zigarren und Zigaretten von knapp drei Dutzend Edelmarken und einigen weniger bekannten Herstellern warteten darauf, von Holmes und mir angezündet und angeraucht zu werden, damit der Detektiv seine Ascheproben für welch unkonventionelle Untersuchung auch immer bekam.

Holmes beschriftete die Asche jeder Zigarette und Zigarre minutiös und untersuchte sie nach und nach alle am Mikroskop auf seinem zernarbten Arbeitstisch vor dem Fenster, während ich mich nach unserer Rauch-Orgie halbherzig hinter der *heutigen* Ausgabe der *Times* verschanzte und darauf wartete, was als Nächstes geschehen würde. Irgendwann nickte Holmes zufrieden und verschwand ohne einen Kommentar für eine ganze Weile in seinem Schlafzimmer. Als er wieder im gemeinschaftlichen Salon erschien, wusste ich nur, dass es sich um meinen Freund handelte, da in der Zwischenzeit niemand anderes unsere Wohnung betreten hatte.

»Aus'm Wech, Kerl!«, knurrte der Geselle mit dem struppigen blonden Bart und der abgetragenen, an den Ärmeln halbherzig geflickten Matrosenjacke, der mit einer üblen Whiskyfahne aus Holmes' Schlafzimmer kam.

»Wie es dem Herrn beliebt. Sir.« Ich öffnete die Wohnungstür und deutete einen Kratzfuß an, derweil mein verkleideter Mitbewohner leise vor sich hin grunzend und schnaubend aus der Wohnung humpelte. Ich blickte Holmes nach, wie er sich unter Zurschaustellung eines perfekten Hinkens die Treppe hinabmühte und die Tür fluchend hinter sich ins Schloss zog. Draußen pöbelte Holmes einen Passanten an, der ihn daraufhin rüde beschimpfte – dann nahm ein vorbeirauschender Growler alle Geräusche mit.

Als ich zum Sofa zurückkehrte und auf den Haufen Schachteln und Zigarren auf dem Esstisch blickte, wurde mir mit einem Schlag klar, dass ich zwar dem Beginn dieses Falls beigewohnt hatte, jedoch nicht aktiv an seiner Auflösung mitwirken würde.

Heute, da ich diese Zeilen schreibe, sehe ich natürlich, wie ergeben ich meinem Freund schon immer gewesen sein muss, um mich stets seinen Bedürfnissen und Launen anzupassen. Damals erschien es mir relativ natürlich, auch wenn der Chronist in mir wie auf Kohlen saß und wissen wollte, wie der Fall um Nemos Tagebücher ausgehen mochte.

Die Zeit bis zu Holmes' Rückkehr verkürzte ich mir, indem ich einige meiner Ansicht nach recht geistreiche Bemerkungen an den Rand des Manuskripts schrieb, das Holmes mir zur Durchsicht gegeben hatte und über dem in schwarzen Schreibmaschinenlettern stand:

H. G. Wells - Die Zeitmaschine

***

Es vergingen einige Stunden, bis Holmes am Abend zurückkehrte und Wells' Geschichte – die unter den damaligen Umständen natürlich gehörig Eindruck auf mich machte – mich aus ihrem Bann entließ.

Ich hörte Holmes' meisterliches Humpeln schon auf der Treppe und freute mich über sein anerkennendes Nicken, als ich ihm die Tür aufhielt, noch ehe er anklopfen konnte. Der Detektiv zog sich um, und ein paar Minuten später saß mir gegenüber wieder Sherlock Holmes – ein vertrauter Anblick im Morgenrock, eine Pfeife mit dem Shagtabak vom Frühstück rauchend, die Hände in den Rocktaschen vergraben.

»Unser Mann hat das Buch verkauft, bevor man ihn umbrachte – am Abend vor dem Mord«, eröffnete Holmes mir ohne lange Vorrede. »Inzwischen sind sogar Lestrade und seine Leute dahintergekommen, dass es kein Unfall oder gewöhnliches Herzversagen war. Ohne mein Zutun, wohlgemerkt. Ich war den ganzen Tag als Bill McBrian unterwegs und habe ein paar Erkundigungen eingeholt.«

»Das Buch wurde also verkauft und der Dieb anschließend ermordet«, hielt ich fest.

»Gift«, präzisierte Holmes.

»Wo ist das Buch jetzt?«

Holmes' bleiche Hand kehrte aus den Tiefen seines Hausmantels zurück.

Wie ein Bühnenmagier zauberte der Detektiv ein kleines, in kirschrotes Leder gebundenes Buch hervor und warf es achtlos auf den Tisch.

»Ich habe es überflogen«, meinte Holmes, während ich das Buch vorsichtig zur Hand nahm und ehrfürchtig wie ein irischer Ministrant darin blätterte. »Der Kapitän hat recht: Das Wissen darin ist nicht für Generäle oder Waffenfabrikanten bestimmt. Wer sich die Technologie der *Nautilus* und die Standorte der Portale als Erster erschließt, dürfte die Geschichte umschreiben.«

Ich ließ die Worte auf mich wirken, obwohl am Rande meiner Gedanken längst das Segel einer anderen Sorge auftauchte. Denn ich musste daran denken, wer schon hier im Salon gesessen hatte – was für Verbindungen Holmes zu Ministern, Spionen und sogar ins Königshaus unterhielt. Und ich dachte an seine Familie, genauer gesagt an Holmes' älteren Bruder Mycroft, die graue Eminenz des britischen Geheimdienstes. Es war meine Pflicht, folgende Frage zu stellen, auch wenn sie unter Freunden schwer wog:

»Haben Sie Mycroft das Buch gezeigt?«

Holmes, der erschöpft dasaß und fast in rotem Stoff und grünem Samt verschwand, warf mir einen müden Blick zu.

»Nur Ihnen, alter Freund, nur Ihnen«, murmelte er.

Ich nickte knapp und klappte das Buch etwas zu heftig zu, um meine Rührung ob dieses Vertrauensbeweises zu verbergen.

Der Gedanke, dass Holmes mich einfach nicht für gefährlich oder einflussreich genug hielt, um mit dem Wissen aus dem Buch etwas anfangen oder Schaden anrichten zu können, kam mir damals zu keinem Zeitpunkt.

»Wo haben Sie das Buch gefunden?«

Holmes fuhr sich mit der Hand über das blasse Gesicht. Wie so oft, wenn ein Fall gelöst war, wirkte er desinteressiert, fast teilnahmslos.

»Die Leute, die den Dieb vom Kontinent aus verfolgten, hatten das Buch. Nemo würde uns sicherlich mehr über sie erzählen, wenn er könnte, und ich habe das Gefühl, dass das so Einiges und nicht viel Erfreuliches sein dürfte.« Holmes schwieg einen Augenblick. »Als unser Dieb bemerkte, was er da anscheinend in seinen Besitz gebracht hat, wollte er es schnellstens loswerden und Geld damit machen – und wendete sich hier in London natürlich prompt an den Falschen: an einen Hehler, der familiäre Verbindungen aufs Festland unterhält. Nach Preußen, besser gesagt.«

»Das erklärt alles immer noch nicht, wie Sie es in die Hände bekommen haben, Holmes.«

»Die Asche, Watson, die Asche! Ich denke, ich werde meiner Abhandlung über Tabaksorten künftig wieder mehr Beachtung schenken und eine erweiterte Fassung schreiben.« Holmes kramte in der anderen Tasche seines Rocks und warf mir eine kleine Pappschachtel zu. Ich öffnete sie und betrachtete die Zigaretten darin. »Französische Marke«, erklärte Holmes indessen. »Sie haben Sie heute Vormittag sogar angezündet und probiert, wenn ich mich recht entsinne. Unser Dieb scheint in Frankreich auf den Geschmack gekommen zu sein.« Mit diesen Worten nahm Holmes aus einem der vielen Kästchen auf unserem Tisch eine der Zigarren und hielt sie quer vor sein Gesicht. »Die hier ist dagegen im Kaiserreich hergestellt worden. Achten Sie auf das rote Etikett mit dem Goldrahmen. Auch von dieser Marke fand ich Asche auf der Kleidung des Toten, unter dem Bett sogar noch einen Stumpen mit einem roten Stück Papier dran. Im Buch waren ebenfalls ein paar identische Aschekrümel. Daraus lässt sich schließen, dass der Mörder sich nach vollbrachter Arbeit eine Zigarre am Tatort gönnte. Von hier aus war es ein Leichtes, der Spur eines Deutschen zu folgen, der dicke Zigarren raucht. Alles, was Bill McBrian tun musste, war, in den Absteigen und Pubs der Gegend um das Mietshaus von heute Morgen nach einem Herrn mit deutschem Akzent zu fragen, dessen goldenes Zigarren-Etui er gefunden habe und gerne zurückgeben würde, weil er doch so *'ne ehrliche Haut is'* und sich *vielleicht 'ne winzich kleene Belohnung versprechen tut.* Ein Wirt war es schließlich, der seinem schottischen Landsmann verriet, dass ein preußischer Adeliger inkognito bei ihm im ersten Stock abgestiegen sei. Dem Wirt die Zimmernummer zu entlocken, war für den redseligen Bill nicht schwer.« Holmes streckte zufrieden die langen Beine unter dem Tisch aus. »Schwieriger war es da schon, das Türschloss zu knacken und das Buch aus dem abgeschlossenen Nachttisch zu evakuieren, als Baron Waldhofen und sein Adjutant zum Essen gingen.«

Momente wie dieser machten mir stets deutlich, wie viel Glück wir alle hatten, dass Sherlock Holmes sich der richtigen Seite des Gesetzes verschrieben hatte.

»Sie haben das Buch also gestohlen?«

»*Zurückerobert,* alter Freund. Zurückerobert. Wo bleibt Ihr Sinn für Dramatik?« Holmes grinste bei diesen Worten tatsächlich verschmitzt.

»Schauen Sie nicht so enttäuscht drein, Watson. Sie sollten inzwischen doch wissen, dass nicht jeder meiner Fälle mit einem spektakulären Finale und einem Kampf auf Leben und Tod endet. Obwohl ... eine Art Finale steht ja noch aus. Schnappen Sie sich Ihren Mantel und warten sie einen Augenblick, bis ich mich umgezogen habe. Dann fahren wir zum Hafen.«

***

Nächtlicher Nebel, der vom Fluss heraufstieg, hüllte uns ein, als wir ein paar Minuten vor Mitternacht auf einem verlassenen Pier standen.

Holmes und ich starrten still auf das dunkle, ölige Wasser, das sanft im Mondschein wogte. Doch selbst als die spiegelnde Oberfläche aus der Tiefe – einer *Tiefe,* die weiter als bis zum Grund des Kanals reichte – in einem grellen Grün erleuchtet wurde und das Wasser zu brodeln und zu schäumen begann, schwiegen wir. Erst als sich Stück für Stück Teile eines stählernen Ungetüms aus den Fluten geschält hatten und mein Blick über den metallenen Koloss im Wasser huschte, gab ich ein überraschtes Ächzen von mir.

An der Außenseite des stählernen Ungeheuers in der Themse öffnete sich eine runde Luke nach oben hin. Nemo erschien in dem gespenstischen grünen Leuchten, das aus dem Leib seines Schiffes kam, und stand wie eine Statue auf dem Metall-Leviathan.

»Haben Sie es?«, rief er über das Brummen seines gigantischen Unterwassergefährts hinweg.

Holmes nickte. Ich sah ein Lächeln auf dem grün beleuchteten Gesicht des Mannes, den ich am Vortag noch als Prinz Dakkar kennengelernt hatte.

»Ich gratuliere Ihnen, meine Herren! Das Unglück abwenden können wir nicht. Aber wir können dafür sorgen, dass die Welt eine Chance hat, sich zumindest irgendwann davon zu erholen.«

Holmes warf Nemo das in Wachstuch eingepackte Buch zu; der Kapitän fing es geschickt aus der Luft.

»Die Zukunft wird es Ihnen danken, Mr. Holmes!« Nemo hob den Arm mit dem Buch ein letztes Mal zum Abschied. Die andere Hand tastete bereits nach dem Griff der Luke. »Ich muss weiter! Die Tore sind nicht lange an derselben Stelle offen, und die Sterne stehen nicht ewig richtig.«

Mit diesen Worten verschwand Nemo wie ein stolzer Jonas im Bauch des eisernen Wals, der daraufhin wieder blubbernd und schäumend in der aufgewühlten Themse versank, ehe er in gänzlich andere, weit finsterere Gewässer im Meer der Zeit eintauchte.

Holmes und ich blickten noch eine ganze Weile über das dunkle Wasser.

Ich weiß nicht, woran der Detektiv dachte oder was für Überlegungen er anstellte. Ich für meinen Teil dachte nicht länger an Nemo, die *Nautilus,* Atlantis oder die nahe wie ferne Zukunft, derweil ich über die allmählich wieder beruhigte Themse blickte.

In diesem Moment begnügte ich mich damit, neben meinem Freund am Ufer zu stehen und den Sternen über unserem gegenwärtigen London beim Blinken zuzusehen.

Verschollen in den Weiden

»Den Spuren zufolge würde ich sagen, dass uns oben gleich ein paar besondere Gäste erwarten«, meinte Holmes fröhlich, als wir auf dem verschneiten Trottoir standen und die Fußabdrücke vor der Nummer 221 in der Baker Street betrachteten. Das Konzert hatte aufgrund der zwei Zugaben des überragenden Orchesters länger gedauert als gedacht. Die Uhrzeiger näherten sich bereits zum zweiten Mal an diesem Tag beide der Zwölf und wir uns somit der Geisterstunde.

»Das sind Tierspuren, Holmes«, sagte ich, verwirrt zum einen wegen der Bemerkung meines Begleiters, zum anderen wegen der unglaublichen Größe der Abdrücke.

»Richtig, Watson. Gut erkannt. Und das trotz der schwächelnden Gaslaterne hier.« Holmes deutete mit der Spitze seines Spazierstocks nacheinander auf die Spuren im Schnee. »Ein Dachs, eine Wasserratte und ein Maulwurf. Alle drei außergewöhnlich groß. Der Dachs sogar ungefähr 130 Pfund schwer. 120, die Winterkleidung abgezogen.«

Gerade wollte ich Holmes fragen, wie viel er in der Pause des Konzerts getrunken hatte, als die Haustür mit einem energischen Ruck aufgerissen wurde.

»Mr. Holmes!« Mrs. Hudson, die sich ein langes Tuch um die Schultern geschlungen hatte, schien außer sich – ob vor Wut oder Erleichterung, vermochte ich nicht zu sagen. Wunderlich genug, dass sie so spät noch auf war. »Endlich! Dort oben sind … *Tiere,* die Sie *sprechen* wollen! Seit zwei Stunden belagern sie die Eingangstür Ihrer Wohnung, als sei sie die Pforte der Redwall-Abtei! Tun Sie etwas!«

»Dann sollten wir sie nicht länger warten lassen, schätze ich«, sagte Holmes mit einem galanten Lächeln und schob sich an der aufgelösten Mrs. Hudson vorbei ins Warme.

Womit es wieder einmal mir oblag, unsere Hauswirtin wegen des fragwürdigen Umgangs oder der seltsamen Angewohnheiten meines exzentrischen Mitbewohners zu besänftigen …

***

Ich beschwichtigte die gute Mrs. Hudson so gut es ging (sie wollte noch einmal davon absehen, unseren Mietvertrag einfach zu zerreißen, sagte sie am Ende mit einem mütterlichen Schnauben), und eilte anschließend die Treppe nach oben. Die Eile bekam mir ob der Umstände nicht. Draußen in der Kälte war der schwere Mantel eine Wohltat – in einem gut beheizten Wohnhaus jedoch war er eine selbst auferlegte Quälerei mit dem Charme eines Brutofens und dem Gewicht eines toten Eisbären. Nach der siebzehnten Stufe lief mir der Schweiß nur so übers Gesicht.

Holmes sperrte gerade die Tür zu unseren Räumlichkeiten auf und deutete einladend hinein. »Tut mir leid, dass Sie so lange warten mussten«, sagte er zu den drei Besuchern, die zwischen uns standen. »Kommen Sie, kommen Sie, nur herein in die warme Stube! Ah, sehen Sie, wer da die Treppe hochgeschnauft kommt. Darf ich vorstellen? Dr. Watson, mein unerschrockener Assistent und fleißiger Chronist.«

Die drei Gestalten, die Mrs. Hudson so in Aufruhr versetzt hatten, sahen Holmes passend zur Uhrzeit wie einen Geist an, ehe sie die Köpfe skeptisch in meine Richtung drehten. Zumindest ich starrte zurück – schließlich sah man nicht alle Tage einen Maulwurf, einen Dachs und eine Ratte, die Wintermäntel und Schals trugen und allesamt aufrecht auf zwei Beinen gingen; außerdem waren die drei so groß wie Kleinkinder, während der Maulwurf und der Dachs sogar je eine Brille auf der Nase sitzen hatten.

Das Schweigen vor der geöffneten Tür zog sich in die Länge.

»D-danke, Mr. Holmes«, stotterte der pummelige Maulwurf irgendwann und watschelte als Erster in die Wohnung. Die Ratte und der Dachs folgten ihrem Gefährten. Holmes, der immer noch die Tür aufhielt und unerschrocken schmunzelte, sah mich abwartend an.

»Kommen Sie auch, alter Knabe?«

***

»Verzeihen Sie unser Verhalten eben«, sagte Mr. Ratty, nachdem er sich und seine Begleiter vorgestellt und neben ihnen auf dem Sofa Platz genommen hatte. »Aber wir sind es nicht gewohnt, dass Menschen vernünftig auf uns reagieren.«

»Wir erregen Aufsehen«, brummte der Dachs – Mr. Badger – und streifte die dicken Handschuhe von seinen Krallenfingern.

»Weshalb Sie Ihren Besuch wohl auch auf diese späte Stunde verlegt haben.« Holmes nickte. »Eine kluge Entscheidung. Und machen Sie sich keine Sorge wegen Mrs. Hudson. Die Gute wird sich schon wieder beruhigen. Ein Schluck Sherry, und sie schläft wie ein Maulwurf im Winterschlaf. Pardon, Mr. Mole.«

Holmes schlug die Beine übereinander. »Was kann ich für Sie tun?«

»Toadie ist verschwunden!«, sprudelte es sofort aus dem anscheinend leicht erregbaren Mr. Mole heraus.

»Er meint *Mr. Toad*«, verbesserte Ratty seinen Freund.

»Den elenden Unruhestifter«, ergänzte Badger griesgrämig.

»Wir glauben, dass Toad entführt wurde.« Ratty, der in der Mitte saß, warf seinen Begleitern giftige Blicke zu. »Wir haben ihn seit Tagen nicht gesehen und auch nichts von ihm gehört. Sein Automobil steht aber in der Garage. Und soweit wir wissen, hat Toad sich in letzter Zeit kein neues Spielzeug gekauft. Den Zeppelin hat er ja zum Glück nicht bekommen.«

»Er ist einfach verschwunden«, sagte der Maulwurf aufgeregt.

»Toad Hall liegt still und verlassen da«, bestätigte Ratty.

»Verdächtig«, warf Mole abermals ein.

»Typisch für den Quälgeist«, schnaufte Badger.

»Was verleitet Sie zu der Annahme, dass Ihr Freund entführt wurde?«, fragte Holmes liebenswürdig. Er war nach dem überragenden Konzert in der City in bester Stimmung.

»Toad hat Feinde. Zwielichtige, verbrecherische Individuen, die ihm Rache geschworen haben. Und seine Familie ist sehr reich.« Ratty griff in die Tasche seines Wintermantels und reichte Holmes einen angekokelten Fetzen Papier. »Außerdem haben wir das im Kamin von Toads Lieblingsarbeitszimmer gefunden.«

Holmes besah sich das angesengte Stück Papier und reichte es dann an mich weiter. Viel konnte man vor lauter Ruß und Brandlöchern nicht erkennen. Die Worte ***entführt***, ***Lösegeld*** und ***Toad*** sprangen einem jedoch sofort ins Auge.

»Das ist recht eindeutig, oder?«, fragte Ratty.

Holmes stimmte dem nicht zu, verneinte aber auch nicht.

»Ich glaube«, sagte der Detektiv, »dass wir uns das Heim Ihres Freundes einmal gemeinsam ansehen sollten.«

***

Am nächsten Morgen brachte uns eine Droschke aufs Land, wo wir uns wie abgesprochen mit unseren Auftraggebern treffen wollten. Die Fahrt – auf der einen Seite das märchenhaft verschneite Antlitz des urigen Waldes, auf der anderen ein zugefrorener Nebenarm der Themse – war wie eine Reise in eine andere Welt, wo neben der eisigen Stille noch etwas Magisches in der Luft lag – eine natürliche, heilige, zufriedene Ruhe, wie man sie in der allzeit hektischen und pulsierenden Stadt nicht kennt.

An einer Weggabelung stiegen wir aus. Holmes instruierte den dick eingemummten Kutscher, uns am Abend genau hier wieder abzuholen. Danach führte uns ein viertelstündiger Spaziergang durch den weiß gekleideten Wald, der gerne länger hätte dauern dürfen, zu unserem Zielort: Toad Hall. Der Landsitz der wohlhabenden Familie Toad war eine beeindruckende Mischung aus Marpledurham und Hardwick House – jenen zwei prächtigen, äußerst feudalen Anwesen im Tudorstil also, die im ganzen Land berühmt und schon von Königen besucht worden waren. Toad Hall reihte sich ohne Mühe in diese Liste altehrwürdiger englischer Gutshäuser ein, deren Anblick einen in Staunen versetzte.

Für Staunen blieb bloß wenig Zeit.

»Da sind Sie ja!«, rief da nämlich bereits Mr. Ratty, der vor dem Tor des Anwesens auf uns gewartet hatte und mit den Füßen aufstampfte, um die Kälte aus den Beinen zu vertreiben. Er schob sich die Kappe aus dem Gesicht, die ihn ein wenig wie den jungen Wiggins aussehen ließ, und berichtete: »Mole ist schon drinnen und zündet die Lampen an, damit Sie besser sehen können. Badger ist Zuhause geblieben. Angeblich hat er Rückenschmerzen.« Ratty machte eine unbestimmte Geste. »Er ist im Winter immer etwas ... schwierig.«

»Hoffentlich hat er nicht zu viele Spuren verwischt«, überlegte Holmes laut.

»Badger?«, fragte Mr. Ratty überrascht.

»Ihr Freund Mole. Beim Entzünden der Lampen.«

»Er war bestimmt vorsichtig. Hoffe ich.« Ratty führte uns über den ungeräumten Weg zum Eingang von Toad Hall. Die Schneefläche zwischen dem schmiedeeisernen Tor und den breiten Stufen unterhalb des imposanten Portals hätte für mindestens zwei Polofelder gereicht. In der Tür stand – ein wenig verloren – dann auch schon der beflissene Mr. Mole und hielt uns wie ein Butler einen der großen Flügel auf.

Das annehmliche Innere von Toad Hall erstrahlte wie von Ratty prophezeit in goldenem Kerzenschein, der von großen, ausladenden Kandelabern unter der Decke und kunstvoll geschmiedeten Kerzenhaltern an den Wänden ausging. Dass die Familie Toad Geld hatte, wurde direkt in der Eingangshalle deutlich. Hier zuckte das warme Kerzenlicht über einige wundervolle, entsprechend teure Gemälde von Plessix, van Sandvyk, Shepard, Benson, Kincaid, Kümmel und sogar einen echten Baga.

Holmes würdigte die Kunstwerke und antiken Skulpturen neben der geschwungenen Treppe jedoch keines Blickes und ließ sich von Ratty und Mole direkt in das Zimmer führen, wo diese das angesengte Entführerschreiben gefunden hatten. Ich dagegen strich ehrfurchtsvoll über ein fein modelliertes Engelsgesicht auf einer Halbsäule neben der Treppe und verweilte außerdem kurz staunend vor dem Kümmel und dem Baga und bewunderte die Plastizität der Gesichter und das Geschick der farblichen Komposition, ehe ich mich beeilte, Holmes und den beiden besorgten Freunden des verschollenen Mr. Toad zu folgen.

***

»Toad hat ein kindliches Gemüt«, sagte Ratty als Holmes bereits den nächsten Kamin in Toad Hall inspizierte, nachdem im Schreibzimmer des reichen Kröterichs keine weiteren verdächtigen Rückstände oder Hinweise auf ein verbranntes Erpresserschreiben zu finden gewesen waren. »Er kann keiner Fliege etwas zuleide tun. Dafür zieht er jede Form von Ärger geradezu magisch an. Weiß der Himmel, was ihm diesmal wieder passiert ist!«

Mole begann zu schniefen und musste von seinem Freund getröstet werden.

»W-was«, schluchzte Mole, »was, wenn die Wiesel ihn entführt haben? Sie haben ihm oft genug die Pest an den Hals gewünscht und erbitterte Rache geschworen.«

Holmes beendete seine Inspektion des zweiten Kamins und richtete sich abermals mit leeren Händen auf.

»Gibt es noch mehr Kamine oder Öfen?«, fragte er.

Ratty nickte und tätschelte dem Maulwurf den Arm.

»Ja. Ich zeige Sie Ihnen, kommen Sie …«

Ich blieb im Salon zurück und konzentrierte mich auf den Gedanken, der mir bei Rattys Beschreibung seines Freundes in den Sinn gekommen war. Ich fragte mich, was ein Kind – oder jemand mit *kindlichem Gemüt* – allein in einem solch großen Haus tun würde, wenn die entsprechende Person des Schnees draußen überdrüssig geworden wäre und weder das Automobil noch das Hausboot bei diesem Wetter als ein Mittel der Zerstreuung taugten.

Ganz klar, ein gutes Buch!

Ich schlenderte durch das weitläufige Labyrinth aus Gängen und Zimmern. Recht zügig fand ich die große Bibliothek, in der ich mich aufmerksam umsah. Doch so sehr ich zwischen den hohen, schwer mit Klassikern und Kinderbüchern beladenen Regalen auch nach Anhaltspunkten suchte: Nichts.

Kurz darauf traf ich wieder mit Holmes und den beiden anderen zusammen, die im Nebenzimmer der Bibliothek einen weiteren Kamin inspizierten. Versonnen sah ich durch die große Fensterfront, die hinaus in den verschneiten Garten blickte. Dabei fiel mein Blick wiederum auf das Gartenhaus in der Nähe des zugefrorenen Flusses. Feiner Rauch kräuselte sich über dem Schornstein des Häuschens und vermengte sich mit der klirrenden Schneeluft.

»Holmes …«, begann ich.

»Jetzt nicht, Watson.« Der Detektiv lag halb im Kamin und stocherte mit dem Schürhaken vorsichtig in der Asche. »Hier wurde etwas verbrannt. Ein paar Papierstückchen liegen noch unter der Asche. Womöglich geben sie uns einen Hinweis …«

Mole und Ratty schauten gebannt in den Kamin.

Ich zuckte mit den Schultern, öffnete die Terrassentür und schritt durch den Pulverschnee, der unter meinen Sohlen knirschte. Ich nahm mir nicht die Zeit, an der Tür des Gartenhäuschens zu klopfen, und drehte einfach den Knauf.

Drinnen erwartete mich ein Schlachtfest: Überall lagen zerrissene Papierblätter und bedeckten knöchelhoch den gesamten weiß gestrichenen Bretterboden. Zwischen und unter den Blättern lag eine Armada leerer Konservendosen.

Inmitten dieses Chaos aus Papier und Blech stand Mr. Toad.

Der vornehme Kröterich, dessen Porträt überall in Toad Hall hing, trug eine Jagdmütze, einen führ ihn viel zu weiten Invernessmantel und hatte eine Pfeife im Mundwinkel klemmen.

»Wer stört?«, schnappte er kauzig und sah nicht vom Schreibpult auf, an dem er mit einem Füller hantierte.

Ich räusperte mich. »Mein Name ist Dr. Watson …«

Toad fuhr herum. Seine Glupschaugen weiteten sich, ja begannen schier zu leuchten. »*Der* Dr. Watson?«

»Ich denke doch, ja«, gab ich bescheiden zurück.

Toad kreischte und hüpfte mir durch ein Meer aus raschelndem Papier entgegen, um mir enthusiastisch die Hand zu schütteln. Blätter segelten durch die Luft, Konservenbüchsen rollten umher.

»Gut, dass Sie kommen, Watson!«

Der schrullige Millionär erzählte mir, dass er seit einiger Zeit an einem großen, semiautobiografischen Entführungs-Kriminalroman schrieb, aber einfach nicht fertig würde – und das, obwohl er sich nach diversen erfolglosen Schreibversuchen, die allesamt im Kamin in seinem Arbeitszimmer gelandet waren, seit Tagen in die Abgeschiedenheit der Natur zurückgezogen hatte, wie große Schriftsteller das nun mal so taten, wie ich sicherlich wüsste.

»Furchtbar, ganz furchtbar«, plapperte Toad aufgeregt weiter und zerkrümpelte das Blatt, auf dem er eben noch so vertieft zu Werke gegangen war. »Dabei wollen die Leser doch unbedingt wissen, wie es mit Sherlock Toad weitergeht und ob er die Entführung der schönen Tochter des Kerkermeisters aufklären kann! Wenn sie erst einmal die erste Seite gelesen haben, gibt es für meine Leser kein Halten mehr. Was allerdings voraussetzt, dass ich diese elende erste Seite endlich einmal zu Papier bekomme …«

Stille Brunnen sind tief

Holmes durchlebte gerade wieder eine seiner Phasen, in denen das vermeintlich süße Nichtstun meinen Freund mit so viel Bitterkeit erfüllte, dass er unsere Wohnung überhaupt nicht mehr verließ und sich einzig und allein mit seinem Kokainbesteck auf die Suche nach geistiger Stimulanz begab. Ich hatte den ganzen Morgen damit zugebracht, Holmes' körperlichen Selbstbetrug zu ignorieren, und eine Handvoll Leserbriefe beantwortet, die als Resonanz auf einen meiner zuletzt im *Strand* veröffentlichten Berichte gekommen waren.

Darunter befand sich ein besonders pfiffiger Brief von einem jungen Leser namens Ray Chandler, der erst vor Kurzem aus den Staaten nach London gezogen war. Gerade als ich meine Unterschrift unter die Antwort an den aufgeweckten Knaben gesetzt hatte, klopfte es an der Tür, und die gute Mrs. Hudson steckte den Kopf in unsere Wohnung.

»Da ist ein Gentleman für Mr. Holmes unten«, sagte sie mit einem kritischen Blick in Richtung meines Mitbewohners, der ausgestreckt – niedergestreckt – auf dem Sofa lag. »Ein Gentleman aus *Rom,* Doktor. Lorenzo Bernini.«

»Hm.« Der Name sagte mir nichts, und Holmes konnte ich gerade nur schwerlich fragen. Ich seufzte. »Richten Sie Mr. Bernini bitte aus, dass Mr. Holmes ihn heute Nachmittag gerne empfängt. Sagen wir zum Tee. Danke, Mrs. Hudson.«

Holmes wählte genau diesen Augenblick, um irgendetwas in seinen nicht vorhandenen Bart zu murmeln. Ich glaubte, die Worte »Professor« und »Colonel« herauszuhören (»Irene« hatte ich mir indes *bestimmt* nur eingebildet).

Mrs. Hudson sah mich fragend an.

Ich zuckte mit den Schultern, woraufhin die alte Dame mir mitfühlend zunickte und sich diskret zurückzog, um unseren italienischen Besucher fürs Erste abzuwimmeln und auf den späten Nachmittag zu vertrösten.

Ich weckte derweil Holmes ohne viel Rücksicht und bugsierte ihn wie ein widerspenstiges Weidetier ins Badezimmer, wo eine Kur aus eiskaltem Wasser auf den Detektiv wartete. »Machen Sie schon, Holmes«, murrte ich und stützte meinen Freund, als er wie ein Trunkenbold wankte. »Wir erwarten heute noch hohen Besuch aus Italien.«

»Der Papst, Watson?«, flüsterte Holmes mit dem halbherzigen, flackernden Grinsen eines entflohenen Anstaltsinsassen aus dem East End. »Watson ... was will der Papst ausgerechnet in London – und bei uns?«

»Teetrinken«, erwiderte ich in Ermangelung einer besseren Antwort.

***

Als Mr. Bernini zum zweiten Mal in der Baker Street vorstellig wurde, hatte ich Holmes mit zwei Kannen Eiswasser und der gleichen Menge schwarzen Kaffee zumindest so weit wiederhergestellt, dass er einen Besucher empfangen konnte, ohne sich der Lächerlichkeit preiszugeben.

»Buongiorno, *Mister* Watson. Herzlichen Dank dafür, dass Sie und *Mister* Holmes mich so rasch empfangen!« Sah man von einer sympathischen Einfärbung ab, sprach Bernini ein äußerst annehmbares Englisch. Ich drückte die dargebotene Hand des gut aussehenden Italieners und stellte ihn und Holmes einander vor. Anschließend deutete ich einladend auf das Sofa.

»Setzen Sie sich doch, Mr. Bernini. Tee?«

»Si, danke. Eines muss man Ihnen hier auf der Insel lassen: Sie wissen wirklich, wie man Tee kocht!«

Berninis Grinsen war ansteckend – aber nicht so ansteckend, als dass es den lethargischen Holmes mitgerissen hätte. Der Detektiv sank bereits wieder in seinen Sessel und wärmte sich die Hände an der Kaffeetasse. Während Bernini und ich Mrs. Hudsons Earl Grey tranken, blieb Holmes bei seinem koffeinhaltigen Lebenselixier zweiter Wahl.

»Was kann ich für Sie tun, Mr. Bernini?«, fragte mein Freund dennoch aufgeräumt. »London ist für einen Römer heutzutage ja nicht mehr um die Ecke.«

Man musste Holmes schon genau kennen, um zu sehen, dass es ihm nicht gut ging; und da Bernini allem Anschein nach genau gewusst hatte, wen er da im von Nebelschwaden eingehüllten London aufsuchen wollte, störte er sich wahrscheinlich auch nicht daran, dass Holmes seinen Hausmantel und Pantoffeln trug.

»Si, das stimmt wohl, *Mister* Holmes. Aber wir wissen einfach keinen anderen Ausweg mehr. «

»*Wir?*«

»Die Polizei von Rom, Signore. Ich bin ein Kollege von Ihnen, wenn Sie so wollen. Ein agente investigativo – ein detettivo! Ich gehe der Polizei in meiner Heimat als – wie sagt man? – als *Berater* zur Hand. Diesmal haben wir es aber mit einem besonders kniffligen Fall zu tun. Commissario Grivaldi und seine Männer waren schon mit ihre, eh, ihre Weisheit am Ende, als sie mich einschalteten.«

»Jedem Land seinen Lestrade«, sagte Holmes mit einem dünnen Lächeln und prostete Bernini mit der Tasse zu.

Bernini nickte verständig. »Inzwischen bin ich aber ebenso ratlos wie die Kollegen daheim in Rom«, gestand er und setzte Tasse und Untertasse vorsichtig auf dem Tisch ab. »Wie Sie vielleicht wissen, ist Rom die Stadt der Brunnen. Waren Sie im Sommer jemals in Rom? *No? Che peccato!* Verzeihen Sie. Ich meine, das ist sehr schade. Die Frische, das melodiöse Plätschern auf den Piazzas, das Lachen der Kinder, die Lieder der Straßenmusikanten, die Kunstfertigkeit der alten Baumeister …«

»Sie hätten Stadtführer werden sollen, Mr. Bernini«, unterbrach Holmes Berninis schwärmerische Ausführungen.

»Habe ich Ihr Interesse geweckt, *Mister* Holmes? Das trifft sich gut! Ich möchte Sie – und auch Sie, *Doktor* Watson – herzlich einladen, mit mir nach Italien zurückzufahren, damit Sie sich vor Ort einen Eindruck machen und uns wenn möglich helfen. Auf ausdrücklichen Wunsch der römischen Polizei.« Bernini sah uns aus dunklen, südländischen Augen an. »Die Morde müssen aufhören, Signor Holmes.«

»Erzählen Sie uns von diesen Morden«, bat Holmes.

Ob Bernini bemerkte, dass der Detektiv sich wie ein Bogen spannte und lebhafter wurde als nach zwei Kannen Kaffee?

»Natürlich. Es begann vor knapp zwei Wochen. Da wurde die erste Leiche in der Fontana di Trevi gefunden.«

»Der Trevi-Brunnen«, murmelte Holmes.

»Richtig, Signore. Dort trieb das erste Opfer mit dem Gesicht nach unten im Wasser. Ein junger Klavierspieler namens Fabiano Rossi. Er hatte im Café gegenüber der Piazza gespielt und wollte etwas frische Luft schnappen. Das muss der Aussage eines Kellners zufolge um kurz nach Mitternacht gewesen sein. Gegen 3 Uhr morgens fand ein Streifenpolizist Rossis Leiche im Brunnen.«

Holmes' Stimme verriet nichts, als er den Italiener fragte:

»Hatte er irgendetwas zu sich genommen?«

»Sie meinen, ob er betrunken war? No, Signore! Sein Blut war nur voller Musik und« – Bernini schnippte schnell ein paar Mal mit den Fingern – »Rhythmus.«

»Wie viele Opfer bisher?«

»Fünfzehn.«

»Äußere Verletzungen?«

Für Holmes waren die Opfer im Moment keine Menschen – sie waren Merkmale und Rahmenbedingungen eines potenziell interessanten Falles, der seinen Geist aus der Misere von Langeweile und Stumpfsinn reißen könnte.

»Jeder der Toten hatte seltsame Würgemale am Hals.« Bernini griff sich an die Kehle, als wolle er sich selbst erwürgen. »Und allen Leichen fehlten Augen sowie Finger- und Zehennägel.«

Der Pfeil traf sein Ziel. Ich musste nicht zu Holmes blicken, um zu wissen, dass sein Verstand hier ein willkommenes Rätsel gefunden hatte.

»Scheint, als müssten wir Tickets kaufen und eine Reise planen, Watson«, bestätigte Holmes meine Annahme.

»No, Signore, no!« Bernini strahlte über das ganze Gesicht, als er in sein modisches Jackett griff und drei dicke Kuverts hervorzauberte. »Alles vorbereitet! Hier sind Tickets für das Schiff, hier für den Zug. Sie müssen nur noch Ihre Koffer packen und Ihre Pässe schnappen, eh?«

Holmes sah Bernini einen Augenblick mit einem seltsamen Ausdruck im Gesicht an, nicht ganz Lächeln, nicht ganz Skepsis. »Ausgezeichnet, Mr. Bernini«, sagte er letztlich aber bloß und nippte an seinem Kaffee.

***

»Was halten Sie von der Geschichte?«, fragte Holmes mich nach einer Weile, da wir schweigend im Abteil gesessen hatten. Der Detektiv legte seine Zeitung zur Seite und sah mich erwartungsvoll an.

Ich schmunzelte. Nicht einmal auf Reisen quer durch Europa konnte Holmes widerstehen, sich über das Geschehen in London und überall sonst auf der Welt auf dem Laufenden zu halten. Am Pariser Hauptbahnhof hatte er den halben Zeitungsstand leer gekauft – sehr zur Freude des Besitzers.

Kurz nach Durchquerung des Mont-Cenis-Tunnels hatte Bernini sich entschuldigt und unser kleines, komfortables Privatabteil verlassen, um abermals den Speisewagen aufzusuchen. Ich vermutete, dass sein Wunsch nach einem späten Imbiss auch mit der attraktiven blonden Dame zu tun hatte, der unser gut aussehender Signor Bernini bereits am Bahnsteig in Paris eindeutig *interessierte* Blicke zugeworfen hatte, die keineswegs auf Ablehnung gestoßen waren.

»Denken Sie an etwas Bestimmtes, Holmes?«

»Das tue ich in der Tat, alter Freund.«

»Dann tut es mir leid, aber … sieht man von der Sache mit den Nägeln und den Augen ab, fällt mir im Moment nichts Außergewöhnliches auf.«

»Nun, lassen wir den ominös erfolgreichen Brunnenmörder, über den noch keine der sonst so fleißigen römischen Zeitungen berichtet hat, doch einmal außen vor und konzentrieren wir uns auf das Nächstliegende. Denken Sie, unser Freund Lestrade würde mit halboffiziellem Anhang auf Dienstkosten von London nach Rom durchgehend Erster Klasse reisen, Watson?«

Darüber hatte ich, ehrlich gesagt, noch gar nicht nachgedacht. Ich hatte die damit verbundenen Annehmlichkeiten einfach stillschweigend genossen.

»Vermutlich nicht«, gestand ich grüblerisch. »Dazu ist der Name des Yards dann doch etwas zu schottisch.«

Holmes nickte. »Ganz meiner Meinung. Und was halten Sie von Mr. *Bernini?*«

Mir entging nicht, dass Holmes den Namen eigenartig betonte. Bevor ich mir aber darüber klar werden konnte, was genau das bedeuten mochte, kündeten Schritte auf dem dicken Teppich im Gang sowie helles Frauengelächter die Rückkehr unseres Reisegefährten an. »*Denken Sie daran, Watson: Junge Römer tanzen anders!*«, flüsterte Holmes noch eindringlich, ehe er sich wieder hinter seiner Zeitung verschanzte und mich mit meinen Gedanken und der nun recht reizlosen Lektüre eines Berichts von Hannibals Alpenüberquerung allein ließ.

***

Ich warf einen Penny über die Schulter und lauschte dem leisen Platschen, als das Geldstück in das riesige Becken des Brunnens eintauchte. Die Fontana di Trevi auf der Piazza Trevi ist einer der schönsten und größten Brunnen der Welt – eine ästhetische Meisterleistung der Baukunst des 17. Jahrhunderts. Geflügelte Meerhengste und nackte Tritonen aus hellem Stein wüten auf kunstvoll nachgebildeten Wellen und preschen aus dem Hintergrund vereinzelt regelrecht auf den Betrachter zu, während der titanische Oceanus grimmig über der Szenerie wacht.

»Was tun Sie da?«, fragte Holmes und öffnete das Päckchen italienischer Zigaretten, das er sich gerade eben erst an einem Kiosk gegenüber gekauft hatte. Ohne Skrupel (und ohne auf die angewiderten Blicke des Touristen-Pärchens neben uns zu achten), entzündete der Detektiv den Schwefelkopf eines Streichholzes am Brunnenrand. »Sie wissen doch, Watson: Wer den Penny nicht ehrt …«

»Das macht man so, wenn man in Rom ist.« Ich deutete auf die übrigen Menschen auf dem großen gepflasterten Platz, von denen nicht wenige just in diesem Moment in ihren Geldbörsen kramten, um sogleich kleine Münzen in allen möglichen Währungen in den Brunnen zu werfen oder an ihre Kinder auszuteilen, damit diese es taten. Der Grund des Trevi-Brunnens war eine funkelnde Visitenkarte des internationalen Tourismus um die Jahrhundertwende. »Angeblich bringt es Glück«, bemerkte ich.

»Verschwendung«, murrte Holmes, während er sich mit dem Rücken an den Rand des barocken Wasserbeckens lehnte und den Rauch seiner Zigarette einatmete.

So viel stand fest: Die Ewige Stadt würde Sherlock Holmes wohl erst für sich gewinnen können, insofern der Detektiv die Mordserie aufgeklärt haben mochte und wir vor unserer Abreise noch die Zeit für eines der berühmten abendlichen Violinenkonzerte im Stadtkern hätten.

»Andere Länder, andere Sitten«, antwortete ich.

Holmes schnaubte verächtlich. »Hier hat es die meisten Opfer gegeben«, sagte er dann übergangslos und wandte sich widerwillig doch wieder dem Brunnen zu. Sein Blick strich über das glitzernde Wasser und die mit viel Finesse herausgearbeiteten maritimen Steinskulpturen.

Meine gute Stimmung verflog. Ich schämte mich sogar ein wenig dafür, so in der Rolle des Touristen aufgegangen zu sein. Holmes tat recht daran, sich auf die Morde und den eigentlichen Grund unseres Hierseins zu konzentrieren. Allein deshalb, da die Zahl der Toten bei unserer Ankunft in Rom weiter gestiegen war. Damit waren es sechzehn Menschen, die mit dem Gesicht nach unten – ohne Augäpfel und Finger- und Zehennägel – in den größten und bekanntesten Brunnen Roms gefunden worden waren: in der Fontana del Tritone in der Mitte der Piazza Barberini, direkt in der wundervollen Altstadt; in der Fontana dei Quattro Fiumi und der Fontana del Moro im Zentrum der stets stark frequentierten Piazza Navona; in der Fontana della Barcaccia vor der fantastischen Scalinata di Trinità dei Monti, der weltberühmten Spanischen Treppe; und die meisten der Opfer ausgerechnet hier, in der Fontana di Trevi – dem Brunnen, vor dem Holmes und ich nun standen und uns unterhielten, während Dutzende nichts ahnende Reisende aus allen Ländern ihr Kleingeld in das Becken warfen und sich an der Schönheit des Brunnens erfreuten.

Ein kleines Mädchen mit geflochtenen Zöpfen und roten Haarspangen warf gerade eine Münze ins klare Wasser und lachte wie ein Engel. Ich stellte mir vor, wie eine düstere, große Gestalt hinter ihr auftauchte, die Arme ausstreckte und nach dem Hals des Kindes griff, um …

»Schauen Sie nicht so, Watson«, sagte Holmes da unvermittelt. »Der Mörder schlägt nur nachts zu. Dem Mädchen droht keine Gefahr. Niemandem, solange die Sonne hoch am Himmel steht und durch die Stadt wandert. Machen Sie ruhig Ihre Stadtführung. Füttern Sie die Tauben. Gehen sie ins Kolosseum. Besuchen Sie das Forum und den …«

»Nur wenn Sie mitkommen, Holmes!«

»Mein lieber Watson …«

»Ich bestehe darauf! Außerdem sagen Sie doch immer, dass man das Schlachtfeld kennen muss, um den heimischen General zu schlagen.«

Holmes presste die Lippen aufeinander. »Watson. Der Professor war ein General. Von mir aus auch der chinesische Doktor letztes Jahr. Und wegen mir auch die nebulöse Nash Nimbus. Aber irgendein römischer Mordbube, der ein Faible für zu groß geratene Barock-Suppenschüsseln hat? Nein, alter Knabe, das ist kein General. Nur ein Ärgernis mit guter Quote, das wir aufhalten müssen.«

Ein Ärgernis, das sechzehn Menschenleben gekostet hat, dachte ich, sprach es aber nicht laut aus.

Das Mädchen kicherte vergnügt, als ihr Deutscher Pfennig als rötlicher Schimmer im klaren Wasser versank.

***

Die Nacht hatte sich über Rom gesenkt und die Wärme und den Trubel des Tages aus der italienischen Hauptstadt vertrieben, auch wenn man aus vielen Gassen noch Musik, Gelächter und Gesprächsfetzen hören konnte, untermalt vom leisen Klirren der Gläser. Hier, auf der Piazza Trevi, war es jedoch still wie auf einem Friedhof im schottischen Hochmoor. Am anderen Ende des Platzes schnarchte bloß ein betrunkener Bettler unter einem Haufen Zeitungen, und auf der anderen Seite der Piazza huschte eine Katze lautlos über den Platz, so schwarz wie ein Albtraumhund. Ansonsten schien jede Mauer, jede Treppe und jede Marienstatue, ja jeder Pflasterstein gebannt darauf zu lauern, was diese stille römische Nacht dem einsamen Engländer bringen mochte, der allein vor dem großen Trevi-Brunnen herumlungerte.

Der einsame Engländer war ich. Ich stützte mich auf den Rand des Brunnens und sah der Spiegelung des Mondes im Wasser zu. Während ich die Frische genoss, die vom Becken ausging und mein Gesicht mit kühlen Fingern berührte, schaute ich irgendwann zu Oceanus empor, der über mir im Mondschein aufragte. Er blickte väterlich auf mich herab und schien sich ebenfalls zu fragen, was ich hier tat.

Um der Wahrheit die Ehre zu geben: Das wusste ich selbst nicht so genau.

Als ich nach meinem Stadtrundgang am Abend in unser Hotelzimmer zurückgekehrt war, hatte eine Nachricht von Holmes an der Rezeption auf mich gewartet, in der mein Freund mir mitteilte, dass er sich um kurz nach Mitternacht mit mir vor dem Trevi-Brunnen treffen wolle, wo er auch Mr. Bernini erwartete.

Hier war ich nun also. Von Holmes oder Bernini keine Spur. Allerdings war ich auch dreieinhalb Minuten zu früh dran (seit meiner Rückkehr aus Afghanistan hatte ich es mir angewöhnt, meine Taschenuhr immer ein paar Minuten vorzustellen – ich habe seitdem nicht viele Züge verpasst und war immer einer der Ersten in Theatern und Konzerthallen, wenn der trödelnde Holmes oder später die dritte Mrs. Watson mich nicht aufhielten).

Ich hatte meine Taschenuhr eben wieder in der Weste verstaut und mich umgedreht, um den Blick über die in Stille getauchte Piazza schweifen zu lassen, als es im Brunnen hinter mir laut platschte.

»*Hilfe!*«, ertönte außerdem der Schrei eines jungen Mädchens.

Ich fuhr herum und suchte das große Becken ab, bereit, in den Brunnen zu springen und das in Not geratene Kind zu retten. Dazu stemmte ich mich sogar auf den Brunnenrand und spähte hektisch umher.

Plötzlich schoss etwas aus dem Wasser, direkt auf mich zu. Kräftige Finger schlossen sich um meinen Hals und drückten mir erbarmungslos die Luft ab. Ich legte beide Hände um das Gelenk der Klaue, die sich um meinen Hals schloss, und berührte kurzes, nasses Fell. Als ich an den langen Krallenfingern vorbei schaute, um meinem Gegner ins Gesicht zu blicken, traute ich meinen Augen kaum: Am Brunnenrand tummelte sich ein Wesen im aufgewühlten Wasser, das wie eine Kreuzung aus einem großen Otter und einem ausgemergelten Jaguar aussah und die spitzen Zähne fletschte, während hinten im Wasser ein Schwanz peitschte, an dem eine fünfte, äffische Klaue hing! Von größerer Brisanz waren für mich momentan aber die Finger der rechten

Vorderpfote, die mir die Kehle zudrückten und zugleich versuchten, mich ganz über den Brunnenrand zu zerren. Ich würgte und stemmte mich mit aller Macht gegen das Untier, spürte aber, dass ich letztlich keine Chance hatte. Meine Position war zu ungünstig, mein Angreifer zu stark.

Da ertönten hastige Schritte auf dem Pflaster hinter mir. Das Nächste, was ich sah, waren ein paar wie Tauben davonflatternde Zeitungen, als der Bettler aus vollem Lauf auf den Rand des Beckens und von dort ins Wasser sprang.

Etwas Silbernes blitzte im Mondlicht. Die Kreatur, die meinen Hals umklammerte, fauchte wie eine räudige Katze, als der Bettler ins aufgewühlte Wasser klatschte. Das Fauchen wurde zu einem Kreischen, während die silberne Klinge ein erstes Mal in das Fleisch der Bestie drang. Der Griff um meinen Hals lockerte sich. Ein weiterer glänzender Stich sorgte dafür, dass das Wesen mich ganz losließ. Ich taumelte zurück und fiel keuchend zu Boden. Die Waffe meines Retters fuhr indessen wie Neptuns Dreizack noch mehrmals erbarmungslos ins Wasser. Rot gefärbte, schaumige Gischt spritzte über den Rand des Brunnens. Schrille Schreie und das Weinen eines Kindes durchdrangen die Nacht.

Schließlich kletterte der *Bettler* mit dem mir so bekannten Stockdegen aus der nassen Gladiatorenarena, in der einen Hand das Werkzeug seiner blutigen Profession, in der anderen das Nackenfell des aufgespießten Untiers.

»Sind Sie in Ordnung, Watson?«, fragte ein triefender Sherlock Holmes, derweil das rötliche Wasser sich zu seinen Füßen in den Fugen des Pflasters sammelte.

***

»Sie haben mich als Köder benutzt«, stellte ich verletzt fest.

Die Striemen an meiner Kehle pulsierten. Das Bedürfnis, mir den Hals zu waschen, war schier überwältigend.

»Ich hätte den Platz selbst eingenommen, wenn Sie nicht schon heute Mittag über Schmerzen in Ihrem Bein geklagt hätten«, erwiderte Holmes sachlich, während er sich den falschen Bart abriss und die zähen Rückstände des Klebers mit den Fingern abrieb. »Und Sie haben ja selbst gesehen: Die Kavallerie musste heute Nacht schnell sein.«

Ich musterte Holmes. Vermutlich hätte mein Freund sich *wirklich* in ein anderes Rollenmodell gefügt und mir gegenüber mit offenen Karten gespielt, wenn ich im Vollbesitz meiner körperlichen Kräfte gewesen wäre. Gewissensbisse hatte der von seinem Tun überzeugte Detektiv also keine. Auch, dass er diesen Kampf ohne Verstärkung ausgetragen hatte, war typisch für Holmes. Ob London, Paris, Valencia, Helsinki, Budapest, Kairo, Toronto, Köln, Rio oder Rom – Holmes arbeitete am liebsten alleine. Wenn die örtliche Polizei für das Stellen einer Falle nicht ganz und gar unabkömmlich war, dann arrangierte Holmes seine Hinterhalte in der Regel so, dass es genügte, wenn nur wir zwei anwesend waren und die Lestrades dieser Welt erst nach Zuschnappen der Falle eintrafen. Was die Ausgestaltung der Höhepunkte jener kleinen Dramen anging, denen wir regelmäßig beiwohnten, hatte Holmes eben ganz eigene Vorstellungen, ja lebte mein Freund in einer anderen Welt. Es hatte keinen Sinn, ihn vom Moralempfinden der übrigen Menschheit – mich eingeschlossen – zu überzeugen.

»Was war das für ein Biest?«, fragte ich deshalb kurz angebunden.

Holmes schüttelte den nassen Kadaver. Der Schwanz mit der bizarren fünften Klaue schleifte über die glänzenden Steine.

»Ein Ahuizotl.«

»Passen Sie auf Ihre Zunge auf.« Ich rieb mir weiterhin den Hals. Die Würgemale würden einige Zeit zu sehen sein und mir daheim in London manch eine Einheit als Geschichtenerzähler aufbürden. »Was ist das, ein Ahutzl? Ein missratener Verwandter des Ozelots?«

»*Ahuizotl,* Watson.« Holmes ließ das Nackenfell los. Wir betrachteten uns das Vieh auf den Steinen genauer. »Das Wappentier des gleichnamigen Azteken-Königs. Es wird das erste Mal im ›Florentiner Kodex‹ von 1569 erwähnt«, dozierte der Detektiv. »Der Ahuizotl lebt in südamerikanischen Tümpeln und lockt seine Opfer herbei, indem er die Schreie eines in Not geratenen Kindes imitiert. Dann packt er seine Beute, zieht sie ins Wasser und ertränkt sie.«

»Fast wie unser Kelpie«, meinte ich. »Seit wann wissen Sie, dass wir es mit so einem Biest zu tun haben?«

»Ich war mir bis zum Schluss nicht ganz sicher. In der Fachliteratur heißt es, dass diese Wesen eine Vorliebe für Augen sowie für Zehen- und Fingernägel haben. Das war das wichtigste Indiz, auf das ich eher zufällig stieß, als ich nach entsprechenden Ritualmorden suchte. Ironischerweise war es ein Besuch in der Bibliothek des Vatikans heute Nachmittag, wo ich dank eines ausgefallenen Querverweises über das richtige Bestiarium gestolpert bin. Danach ging es nur noch darum, anhand der bisherigen Abfolge der Brunnen zu erörtern, wo der Ahuizotl heute Nacht zuschlagen würde. Das Muster war am Ende mathematisch nahezu offensichtlich – eine Wahrscheinlichkeitsrechnung, wie sie dem Professor und auch dem Reverend sicherlich gefallen hätte. Es war höchst lehrreich, ihre Theorien und Formeln gegenüberzustellen und zu sehen, wo sich ein Schnittpunkt ergeben würde.«

»Wie konnte dieses Vieh mit seinen nassen Pfoten durch Rom patschen und von einem Brunnen zum nächsten wandern, ohne dass es jemand gesehen hat?«

»Der Ahuizotl ist sehr geschickt, Watson. Verstecken, schleichen, warten, täuschen. Das sind seine Stärken. Und klug ist er auch noch. Das sehen Sie daran, dass er seine Jagdgründe variabel gehalten hat. Vermutlich hat er in seiner Heimat Erfahrung mit Jägern gesammelt und auf schmerzhafte Weise erfahren, dass es nicht gut ist, wenn man zu leicht auszurechnen ist. Am Ende wurde er das zwar trotzdem – sogar *buchstäblich* –, aber …« Der durchnässte Detektiv zuckte mit den Schultern. »Ich lag hier schon seit dem späten Nachmittag unter den Zeitungen, damit er sich an mich gewöhnen konnte, wenn er aus seinem Versteck hinter einer der Statuen lugte.«

»Dann haben wir also unseren Brunnenmörder.«

Holmes nickte bestätigend.

»Jetzt müssen Sie nur noch die richtige Frage stellen, Watson.«

Mein Blick ruhte auf dem toten Ahuizotl, der in einer Pfütze zu unseren Füßen lag. »Wie kommt dieses Ding aus dem südamerikanischen Regenwald in die Brunnen Roms?«

»Volltreffer, Watson. Ah, sehen Sie! Da kommt unser Mr. *Bernini.* Es ist Zeit für ein paar Erklärungen, scheint mir. Und die werden nicht jedem der Anwesenden gefallen, verlassen Sie sich drauf …«

»*Signor* Holmes!«, rief Bernini schon von Weitem. »Ich habe Ihr Telegramm erhalten! Was ist hier …?« Bernini verstummte, als er auf die Kreatur herabblickte. »Oh«, sagte er schlicht. Sonst schien ihn der Anblick des Wesens nicht weiter aus der Fassung zu bringen.

Abermals senkte sich Schweigen über die Piazza.

Holmes kramte seine Pfeife aus der Innentasche des leichten Bettlermantels. Als er das nasse Holz und den durchweichten Tabak sah, war es bereits zu spät. Also verlegte der Detektiv sich aufs Trockenrauchen. Warum er sich nicht von Bernini oder mir eine Zigarette geben ließ, wusste ich nicht. Entweder schmeckten ihm die italienischen Marken nicht mehr so gut wie bei unserer Ankunft – oder mein Freund wollte einem ganz bestimmten Bild gerecht werden, an dessen Erschaffung ich mit meinen literarischen Versuchen über die Jahre nicht ganz unbeteiligt war.

»Die Stunde der Wahrheit, Signor *Bernini*«, begann Holmes nach einem ersten trockenen Zug an der Pfeife. »Ich weiß, dass Sie kein Detektiv sind. Und die römische Polizei kennt Sie auch nicht. Kam es Ihnen nicht auch seltsam vor, Watson, dass wir seit unserer Ankunft nicht auch nur einen römischen Carabinieri zu Gesicht bekamen? Und das, obwohl Polizei und Stadt doch angeblich unsere Reise bezahlt haben. Ha. Nein, bei der Polizei kennt man unseren Freund hier nicht. Erstaunlicherweise passt *Signor Berninis* Äußeres erstaunlich gut zu einem Agenten des Vatikans namens Nunzio Filippo. Ein gut gemeinter Ratschlag, falls Sie wieder einmal *detettivo* spielen wollen, *Monsignore* Filippo: Sie hätten vielleicht nicht den Namen eines der Männer gebrauchen sollen, der maßgeblich am Bau des Trevi-Brunnens beteiligt gewesen ist. Plump, mein Bester, sehr plump. Oder trauen Sie uns Briten wirklich nur zu, dass wir guten Tee kochen?« Holmes blies einen imaginären Rauchring in Richtung des Italieners, der keine Miene verzog. »Vielleicht möchten Sie uns erklären, wieso ein Agent der katholischen Kirche unter falschem Namen nach London reist, um mich in einem von Anfang an leicht zu durchschauenden Spiel nach Rom zu locken, damit ich dort die Jagd abschließe, die Sie nicht allein beenden konnten? Und das, obwohl Sie das Wild erst auf die Bevölkerung losgelassen haben, wie ich glaube.« Holmes wartete geduldig auf eine Antwort.

Filippo zündete sich nun seinerseits nervös eine Zigarette an.

»Sie haben recht, Signore. Ich stehe im Dienst der Heiligen Mutter Kirche. Dort wollte man, dass Sie die Sache in die Hand nehmen – damit die ganze traurige Angelegenheit so rasch und lautlos wie möglich abgeschlossen wird. Es sollte keine Verbindung zwischen dem Brunnenmörder und dem Vatikan hergestellt werden. Es war schwierig genug, die Zeitungsredaktionen zum Schweigen zu verpflichten und die Polizei herauszuhalten. Zum Glück ist der Name des Papstes immer noch ein …«

»Der *Papst!*«, raunte ich impulsiv. Als Brite stand ich der katholischen Kirche relativ gelassen gegenüber. Trotzdem horchte man natürlich auf, wenn es im Zusammenhang mit dem Papst um dubiose Machenschaften und Mord ging.

»Nicht so voreilig, Watson. Leo weiß vielleicht gar nichts davon«, versetzte Holmes. »Es wäre nicht das erste Mal, dass die Berater des Pontifex über dessen Kopf hinweg eine fragwürdige Entscheidung treffen.«

Ich überlegte, ob Holmes nur deshalb so gnädig mit dem amtierenden Oberhaupt der Katholiken war, weil Leo XIII. offen zu seiner Vorliebe für Schnupftabak stand.

»Seine Eminenz weiß *in praxi* nichts von der ganzen Sache«, bestätigte Filippo Holmes' Verdacht. »Er verweilt derzeit in seiner Sommerresidenz oben in Castel Gandolfo. Und er weiß auch nichts von dem Zoo unter seinem Sitz hier in Rom und den außergewöhnlichen Wesen, die dort zur Schau gestellt sind. Der letzte Papst, der sich für das Kuriositätenkabinett unter der Heiligen Stadt interessiert hat, war Clemens XIII. Heute ist das Kabinett nur noch ein Amüsement für einflussreiche weltliche Besucher und einige der … *Berater* des Heiligen Vaters.«

Holmes deutete mit der kalten Pfeife auf Filippo.

»Die *Sie* nach London geschickt haben.«

Filippos Schweigen war Antwort genug.

»Wie kam dieses Untier nach Rom?«, fragte ich.

Filippo lächelte gequält. Sein sattes Grinsen hatte er offensichtlich mit der Rolle des Lorenzo Bernini abgelegt.

»Ein Missionar kam zufällig in ein kleines Dorf im brasilianischen Regenwald, in dem die Jäger just an diesem Morgen den Teufel gefangen hatten, der den See in der Nähe ihres Dorfes wochenlang heimgesucht hat. Gottesfürchtig, wie diese Indianer sind, überließen sie den Teufel dem Missionar, damit er ihn seiner gerechten Strafe überführen könnte.«

»Er überführte ihn aber bloß nach Rom«, folgerte Holmes. »Was auch immer das über die irdische Hölle aussagen mag.«

Filippo trat seine Zigarette aus, von der er keine drei Züge genommen hatte, und mied Holmes' Blick.

»Auf dem Weg vom Hafen verschwand der Ahuizotl und war von da an unauffindbar. Wir vermuten Sabotage.«

Holmes verzog die Lippen zu einem spröden, boshaften Lächeln.

»Vielleicht stecken Ihre heiß geliebten Illuminaten dahinter. Oder mal wieder die Prieure de Sion?«

Filippo überging Holmes' Spott – was ihm sichtlich schwerfiel.

»Kurz nach dem Verschwinden des Ahuizotl begannen die Morde. Die Presse konnten wir mit unserem Einfluss und unserem Wissen über die *Vorlieben* so manch eines Herausgebers ruhig halten. Gleiches gilt für die Polizei. Aber dingfest machen konnten wir das Biest alleine nicht. Es gibt einfach zu viele Brunnen, um sie Nacht für Nacht zu bewachen. Egal wie sehr meine Kollegen und ich uns auch bemühten – wir waren nie zur rechten Zeit am rechten Ort. Wir sind einfach zu wenige Männer. Und langsam wurde die Zeit knapp. Irgendwann hätte alles nichts mehr genutzt, wäre ein Artikel abgedruckt worden. Das wurde mit jedem neuen Mord wahrscheinlicher. Da kam Kardi… ein Würdenträger aus dem direkten Umfeld des Heiligen Vaters auf die Idee, Sie einzuschalten, Signor Holmes. Er ist ein großer Bewunderer Ihrer Geschichten, *Doktor.*«

Ich fühlte mich nicht sonderlich geschmeichelt.

»Sie hätten den Ahuizotl fassen können, wenn Sie wie ein *detettivo* und nicht wie ein *commissario* gedacht hätten«, erklärte Holmes dem Italiener geradeheraus. »Für die hoch entwickelte Kultur der Aztekenvölker waren geometrische Muster und Mathematik von enormer Wichtigkeit. Und da jede Umwelt ihre Bewohner beeinflusst und prägt, hätte Ihnen ein Blick auf den Stadtplan gezeigt, dass König Ahuizotls Totemtierchen mit der Sonne durch Rom gewandert ist.« Holmes schob den nassen, blutigen Kadaver mit dem Fuß über das Pflaster, bis das Gewicht der toten Kreatur auf Filippos feinen Ledermokassins lag und die Aufschläge seiner hellen Hose besudelte. »Hier haben Sie Ihren Mörder, Signore. Sagen Sie: Wo konnte man sich hier in Rom noch gleich Absolution erkaufen? Nach so vielen Lügen und unschuldigen Opfern habe ich Angst, dass etwas von alldem auf mich abgefärbt haben könnte und mein Platz im Himmel gefährdet ist.«

Filippo wusste, wann man sich über ihn lustig machte. Schweigend hob er den toten Ahuizotl vom Boden auf, wickelte ihn in sein Sakko und verließ ohne ein Wort des Dankes die Piazza.

Holmes und ich sahen dem Agenten des Vatikans nach, bis er in der Dunkelheit verschwunden war. Hinter uns plätscherte der Brunnen, der nun ebenso wie seine sprudelnden und spritzenden Verwandten wieder sicher war.

»Das heißt dann wohl, dass wir unsere Rückreise selbst bezahlen müssen«, sagte ich nach einer Weile und rieb mir abermals den Hals.

Holmes deutete mit dem Mundstück seiner Pfeife auf den Trevi-Brunnen.

»Ich habe Ihnen ja gleich gesagt, dass Sie aufhören sollen, Ihre Pennys da reinzuwerfen, Watson …«

Der Schrecken der Mancha

Ich würde Holmes *nie wieder* unseren Urlaub planen lassen. Oh, die Reise selbst war voller Annehmlichkeiten, interessanter Bekanntschaften und anregender Gespräche gewesen, sei es nun auf dem Deck der *Aragòn* nach La Coruña oder im Zug nach Madrid. Selbst die Überlandfahrt in dem stotternden, mehr durch die staubige Ebene zuckenden denn fahrenden Automobil bis Toledo hatte etwas Abenteuerliches und somit Gewinnendes an sich gehabt. Und ich hätte ja auch – sei es aus Gewohnheit, sei es aus Resignation – damit leben können, dass der gute Mr. Holmes wieder einmal keine zwei Tage in einem Gasthof verbringen konnte, ohne über einen skurrilen Fall zu stolpern.

Aber das hier nun ging entschieden zu weit.

»Stirb, britischer Hund!«

Der maurische Zauberer fuchtelte gebieterisch in Richtung der alten Windmühle, die neben ihm auf der grasbewachsenen Hügelkuppe aufragte und einen langen Schatten auf die Senke warf, aus der ich machtlos zu meinem Widersacher emporblickte. Ich bedauerte es, meine Webley in London gelassen zu haben. Von den Lippen des dunkelhäutigen Hexenmeisters rieselten derweil kehlige Worte in seiner Muttersprache. Ich verstand keinen Ton – die Windmühle reagierte jedoch prompt auf den Zauberspruch. Wie bei einer Wachskerze, die zu lange in der Sonne stand, veränderte die Mühle nach und nach ihre Form, schmolzen Holz und Mörtel und Stein nur so dahin. Nach ein paar Sekunden ragte über mir ein geflügeltes Monstrum auf – ein undefinierbarer Leviathan, der sowohl Riese wie Drache sein konnte und überall noch die durch Schwarze Magie pervertierten Spuren menschlicher Baukunst zeigte.

Knirschend erwachte das Monstrum zum Leben und löste sich mit ein paar den Hang hinab rollenden Steinen vom Boden.

»Viel Vergnügen, Sklaventreiber!«, giftete der Zauberer, ehe er eilig auf der anderen Seite des Hügels verschwand. Das Mühlen-Monster sah ihm nach.

Anschließend drehte es langsam den Kopf in meine Richtung. Nüstern, die einst vielleicht Fenster gewesen sein mochten, blähten sich, als *es* meinen Geruch tief in die Nase sog. Dann brüllte das Untier so laut, dass die kleine Mulde zwischen den Anhöhen nur so bebte. Ich presste die Hände an die Ohren.

Als ich den Kopf hob, starrte ich meinem Tod geradewegs entgegen. Weglaufen wäre zwecklos.

Das Ungeheuer tat einen dröhnenden Schritt auf mich zu.

»Halte ein, Untier!«

Ich spähte über die Schulter. Ein Reiter stand auf der anderen Hügelkuppe – aufrecht und stolz saß der Fremde im Sattel, die untergehende spanische Sonne glühend im Rücken. Ein weiter Blick relativierte die Heldenhaftigkeit dieses Anblicks allerdings, denn: Der Reiter trug lediglich die unvollständige Halbrüstung eines fahrenden Raubritters. Nicht einmal ein Helm saß auf seinem Kopf. Immerhin konnte ich meinen fragwürdigen Retter so erkennen:

Es war Sherlock Holmes.

Der Detektiv nahm die Lanze herunter und gab seiner klapprigen Mähre die abgebrochenen Sporen zu spüren.

Das Monstrum über uns lachte Holmes höhnisch entgegen, als dieser mit viel Gequietsche und Geklapper den grünen Hügel hinabstürmte und dabei einen scheppernden Schweif aus abfallenden Rüstungsteilen hinter sich herzog.

Holmes' mutiger Ansturm änderte nichts an meiner Situation.

Ich wusste, dass ich verloren war.

Tatsächlich brauchte das Untier nur einen Hieb seiner gewaltigen Mörtelpranke, um Holmes wie eine Schachfigur zur Seite zu wischen. Pferd und Reiter überschlugen sich mehrfach und blieben regungslos im Gras liegen.

Es sah nach zwei gebrochenen Hälsen aus.

Tränen füllten meine Augen, als ich kraftlos auf die Knie sank.

»Neeeeeeeeeeeeiiiiiiiiin!«

***

»Watson. *Watson* ...«

Mit einem erstickten Schrei schlug ich die Augen auf.

Holmes' bleiche Hand lag wie ein Anker der Wirklichkeit fest auf meiner Schulter. Mein Freund saß neben mir auf der Sofakante. Er trug noch seinen regennassen Mantel. Seine grauen Augen sahen mich besorgt an.

»Im *Diogenes Club* ist es später geworden«, sagte der Detektiv. »Sie haben schlecht geträumt. Wer ist Ihnen denn nachgestiegen? Wieder einmal Stapletons Schoßtierchen?«

Ich fuhr mir mit der Hand über das verschwitzte Gesicht, atmete tief durch und setzte mich stöhnend auf.

Holmes bückte sich derweil und klaubte das Buch vom Teppich, das mir wohl von der Brust gerutscht sein musste, als ich mich infolge meines Albtraums hin und her geworfen hatte. Holmes las den Titel und zog die Brauen hoch.

»Mh. Watson, wir müssen einmal ernsthaft über Ihre Gute-Nacht-Lektüre reden ...«

Sherlock Holmes und das Uhrwerk des Todes

Das Jahr 1894 brachte viele Veränderungen mit sich. Nicht nur, dass die Tower Bridge endlich fertiggestellt und im Juni offiziell eingeweiht wurde, der Japanisch-Chinesische Krieg seinen Anfang nahm oder die Dreyfus-Affäre ins Rollen kam. Vor allem kehrte mein Freund Sherlock Holmes im April jenes aufregenden Jahres von den Toten zurück und tauchte unversehens wieder in London und meinem Leben auf, woraufhin ich meine kleine Praxis in Kensington an einen jungen Arzt namens Verner verkaufte und wieder in der Baker Street einzog (wie ich Jahre später erfuhr, verkaufte ich sie *de facto* eigentlich an Holmes, der seinem entfernten Verwandten das nötige Kapital zur Verfügung stellte, um mich zu einer Rückkehr in unsere alte Wohnung zu bewegen – womit bewiesen wäre, dass nicht einmal der große Sherlock Holmes ganz vor menschlichen Empfindungen wie etwa der Furcht vor der Einsamkeit gefeit war, nachdem er sich fast drei Jahre als anonymer Wanderer unter verschiedenen Namen und Nationalitäten in der Welt herum getrieben hatte).

Das Jahr von Holmes' Auferstehung brachte direkt einige bemerkenswerte Fälle mit sich, über die ich bereits andernorts berichtet habe – man denke allein an die Ereignisse um das Hügelgrab von Addleton, die Auflösung des Verschwindens von Mr. Cyrus Gold in den Sümpfen nahe Gotham, oder die Episode mit dem leeren Haus! Die Angelegenheit, von der ich im Folgenden berichten möchte, ereignete sich allerdings erst im Dezember, als die Baker Street, in die ich im Mai bei blauem Himmel und strahlendem Sonnenschein zurückgekehrt war, von Schnee, Eis und Frost belagert wurde wie einst Akkon von Saladin und seinen Getreuen …

***

»Es wird langsam Zeit.« Holmes klappte seine Taschenuhr auf und warf einen prüfenden Blick auf das Ziffernblatt. Das goldene Gehäuse schimmerte anmutig im Licht der Laternen, ebenso der Sovereign an der Uhrkette, der seit dem denkwürdigen Fall, den ich als »Ein Skandal in Böhmen« aufgezeichnet habe, eine ganz besondere Erinnerungsstütze für Holmes war. Die Uhr selbst war das

Geschenk eines Uhrmachermeisters aus Zürich, dem Holmes während ihres gemeinsamen Aufenthalts in einem Sanatorium in den Alpen bei einem seltsamen Rätsel auf dem Gelände der renommierten Klinik zur Seite gestanden hatte. »Wir …«

Die Welt sollte nie erfahren, was mein Freund gerade sagen wollte, da ein Constable von Scotland Yard genau diesen Augenblick wählte, um sich durch die wartende Menge vor dem kleinen Theater in Steinwurfweite der Kreuzung am Picadilly Circus zu schieben. Mit hochrotem Gesicht zwängte sich der junge Beamte durch die Wartenden in ihren schweren Mänteln und Pelzen, bis er uns erreicht hatte. »Mr. Holmes!« Der Atem des Polizisten bildete kleine Wölkchen vor seinem Gesicht, als er keuchend hervorstieß:

»Inspektor Lestrade … schickt … Mord … grässlich ... entstellt …«

Holmes sah den Polizisten interessiert an.

Ich wusste, was in meinem Begleiter vorging. Da ich früher am Abend schon meine liebe Mühe gehabt hatte, Holmes aus der Baker Street fortzulocken, wo er an seiner Abhandlung über die Dechiffrierung von Codes geschrieben hatte, wusste ich, wie einladend meinem Gefährten die Worte des Boten von Inspektor Lestrade – ausgerechnet Lestrade! – erscheinen mussten. Denn trotz seiner Vergangenheit auf der Bühne würde Holmes' Obsession für die Verbrechensbekämpfung heute immer über seine Liebe zum Theater obsiegen (ohnehin wirkte Holmes seit seiner Rückkehr noch zögerlicher als früher, wenn es um abendliche Vergnügungen wie das Theater ging – und das, obwohl er in jungen Jahren selbst schon einen passablen Mephisto abgegeben hatte, wie er mir einst erzählt hat).

»Zeigen Sie uns den Weg!«, sagte Holmes dann auch entsprechend begierig und folgte Lestrades Mann bereits durch die Menge, ehe ich auch nur in Gedanken einen Einwand formulieren konnte.

Ich seufzte. Zu gerne hätte ich die *Faust*-Aufführung der viel gelobten neuen Truppe aus Oxford gesehen, die am Montag so gute Kritiken im *Telegraph* und dem sonst so kritischen *Standard* bekommen hatte. Ich zögerte kurz und blickte ein letztes Mal zu dem gehörnten Unhold empor, der das Plakat über dem Eingang mit seinem Grinsen beherrschte und mit all seiner diabolischen Überredungskunst intellektuelle Zerstreuung versprach.

Dann verabschiedete ich mich endgültig von meinem Pakt mit dem Teufel und folgte wie der brave Dr. Faustus Sherlock Holmes und seinem Führer in die von Gaslicht und Leben erfüllte Londoner Winternacht.

***

Nicht einmal die klirrende Dezemberkälte konnte die Nachtschwärmer davon abhalten, die Straßen mit dem Glanz des vergnügungssüchtigen Empires zu versehen. Trotz Schnee und Glätte war jedermann innerhalb der hell erleuchteten

City irgendwohin unterwegs: von einem Ball oder einem Bridge-Abend zum nächsten, zu einer Galerie-Eröffnung oder Séance, einem Konzert oder – nun ja – einer Theateraufführung. Pferde zogen Droschken jedweden Modells über den Schnee und die darunter liegende, noch lauter knirschende Eisschicht; Paare hielten einander an den Mantelärmeln fest und schlitterten wie Kinder lachend über die vereisten Bürgersteige.

Leben, Licht und Lachen nahmen spürbar ab, als Lestrades entschlossen über Schneehaufen und Eisflächen hinwegsetzender Bote uns langsam aber sicher von den gut frequentierten, florierenden Hauptstraßen fortführte und wir nach einer Weile vornehmlich durch dunkle, schweigsame Gassen mit gesichtslosen Hauswänden schritten, in denen sich die eiskalte Luft sammelte.

Nach knapp zehn Minuten erreichten wir einen weiteren verschneiten Hinterhof, in dem immerhin ein bisschen Leben wimmelte: Gut zehn Polizisten in dunklen Mänteln rüttelten despotisch an Eingangstüren oder vernagelten Fenstern, die knapp außerhalb des Lichtscheins von fünf großen Blendlaternen auftauchten, die am schneebedeckten Boden standen.

»Mr. Holmes! Dr. Watson!« Inspektor Lestrade eilte uns über Schnee und Eis entgegen und rieb sich die geröteten Hände. »Kalte Nacht, was? Hab' meine Handschuhe zuhause auf dem Ofen liegen lassen.« Er wackelte mit den Fingern. »Haben Sie in der letzten Stunde etwas gegessen?«, fragte er dann unvermittelt. Als Holmes und ich verneinten, lächelte Lestrade eleusinisch. »Gut. Kommen Sie.«

Was er uns kurz darauf an der Stelle zeigte, wo sich die Strahlen der fünf Laternen trafen, ließ seine Frage in einem ganz anderen *Licht* erscheinen: Die fünf Leuchten erhellten eine abscheuliche Bluttat, die durch das jungfräuliche Weiß des Schnees noch erschütternder und brutaler wirkte.

Es war gewiss gut, dass ich seit dem frühen Nachmittag nichts Schwereres als ein Schinkensandwich zu mir genommen hatte.

Im aufgewühlten, rot gefärbten Schneematsch lag die Leiche eines Mannes mit dem Gesicht nach unten bäuchlings im Schnee. Der Rücken, die Seiten und die Extremitäten des Toten waren in einem fürchterlichen Zustand und von Schnitt- und Stichwunden übersät, die Kleidung zerrissen und vom Blut durchweicht. Der Schnee starrte regelrecht vor rotem Lebenssaft. Ich hatte Männer in Afghanistan gesehen, die von wilden Tieren angefallen oder von Granatsplittern getroffen worden waren und trotzdem nicht so übel zugerichtet gewesen sind wie der Tote im Schnee.

»Was ist denn diesem armen Teufel passiert?«, fragte ich bestürzt, während Holmes bereits vorsichtig am Rand des besudelten Bereichs im Schnee kauerte und etwas wenig Schmeichelhaftes über die Gemeinsamkeiten von Polizistenstiefeln und Büffelhufen murmelte.

»Wissen wir nicht.« Lestrade hatte seine Hände inzwischen wieder in den Manteltaschen versteckt. »Ich weiß nur, dass das Gesicht unter den ganzen Kratzern und Stichwunden Edward ›Eddie‹ Campbell gehört. Ein harmloser Ganove, der im kleinen Stil Diebesgut – minderwertigen Schmuck, billige Uhren und solcherlei Kram – verkauft. Nicht mal ein Hehler. Er wurde von uns immer geduldet, weil er uns schon ein paar wertvolle Hinweise geliefert hat. Damals zum Beispiel, als wir Edward Scissorhands dingfest machen konnten. Der entscheidende Hinweis kam von *unserem* Eddie hier. Armer Teufel.«

»Also ist das hier ein Racheakt, weil er seine Kumpels einmal zu oft verpfiffen hat?«, mutmaßte ich, doch wieder zuckte Lestrade unter seinem schwarzen Mantel bloß mit den Schultern.

»Woher hat Ihr Mann überhaupt gewusst, wo er uns finden würde?«

Diese Frage kam von Holmes, der nach wie vor am Boden kniete.

»Ich lasse Ihr Haus rund um die Uhr beobachten und Sie beide beschatten. Wussten Sie das nicht, Mr. Holmes?«, erwiderte Lestrade überrascht.

Während ich einen Moment brauchte, um das seltene Aufflackern von Humor in den Worten des Inspektors zu erkennen, würdigte Holmes Lestrade nicht einmal einer Antwort.

»Ihre Hauswirtin war so freundlich, uns zu sagen, dass Sie ins Theater gefahren sind, um sich diesen Oxforder Faust anzusehen«, erklärte Lestrade weiter. »Und auch wenn wir nicht über Ihre Kombinationsgabe verfügen, Holmes, genügte es in diesem Fall doch gerade noch so, das richtige Theater zu finden. Darüber hinaus schwärmt meine Frau seit Montag von nichts anderem.« Der Inspektor hüstelte arg gekünstelt. »Ich dachte mir, dass diese Sache hier vielleicht interessanter sein könnte als ein deutscher Dichter.«

Holmes erhob sich und klopfte sich den Schnee von Hose und Mantelsaum. Die erwartete Verteidigung des von ihm geschätzten Goethe erfolgte lediglich indirekt:

»Außerdem haben Sie keinen Schimmer, was hier wirklich passiert ist, oder, Lestrade?«

Der Inspektor knirschte frustriert mit den Zähnen. »Niemand hat etwas gesehen oder gehört«, gestand er. »Eine *junge Frau*« – Lestrades Tonfall ließ keinen Zweifel daran, welchem Gewerbe besagte junge Dame nachging – »und ihr männlicher *Begleiter* haben Campbell eher zufällig hier hinten gefunden. Sie sind schreiend auf die Straße gerannt. Erst da haben wir Wind von der Sache bekommen.«

»Haben Sie die Schleifspuren gesehen?«, fragte Holmes. Seine Finger deuteten auf den Schnee etwas außerhalb des Lichtkreises der Laternen.

Der Inspektor warf meinem Freund einen zornigen Blick zu.

»Wir sind nicht blind«, murrte er.

Ich musste unwillkürlich daran denken, wie Holmes Lestrade und dessen großen Konkurrenten beim Yard, den aufstrebenden Inspektor Gregson, einst als die Einäugigen unter den Blinden bezeichnet hatte, wenn es um die kriminalistischen Fähigkeiten von Londons Polizei ging – nicht ohne anzufügen, dass die gefährlichsten Narren jene mit lediglich einem bisschen Verstand seien.

»Natürlich haben wir die Spuren gesehen«, fuhr Lestrade indes fort. »Auch wenn wir uns keinen Reim auf sie machen können«, murrte er dann. »Ebenso wenig wie auf die Wunden, mit denen Campbells Körper übersät ist.«

»Klingen«, sagte Holmes abwesend und blickte zurück zu der Stelle, wo die sterblichen Überreste von Eddie Campbell lagen. »Kleine Schwerter und Äxte. Und mindestens ein Morgenstern, würde ich sagen, soweit das Licht eine entsprechende Klassifizierung der Waffen zulässt.«

Ich erinnerte mich daran, wie Holmes vor einigen Jahren einmal mitten im Hochsommer mit einer riesigen Schweinehälfte in der Baker Street aufgekreuzt war und verschiedene Handwaffen – Äxte, Dolche, Schwerter und sogar einen Morgenstern – an dem Fleisch erprobte, das er wie einen Boxsack an einen Haken in der Wohnzimmerdecke gehängt hatte. Noch zwei Monate nach dieser unerschrockenen Feldstudie hatte es in unserer Wohnung wie in einem Schlachthaus gestunken.

»Schauen Sie sich die Wunden genau an«, erklärte mein Freund in der Zwischenzeit gelassen, da Lestrade ihn entgeistert anstarrte. »Ich erkenne Axt- und Schwertwunden, wenn ich Sie sehe. Einen Morgenstern sowieso. Hässliche Waffe, sage ich Ihnen, Lestrade, hässliche Waffe. Falls Sie mal wieder Streit mit Ihrer Frau haben ... hoffen Sie, dass Ihre Gattin keinen Morgenstern zur Hand hat und sich stattdessen darauf verlegt, Sie mit den Waffen einer Frau zu schlagen. Etwa, indem Sie Ihre Handschuhe versteckt …«

Der Inspektor räusperte sich übertrieben. »Ich hätte eher auf ein Bowiemesser spekuliert. Vielleicht auch eine Machete …«

»Messerklingen sind im Querschnitt anders aufgebaut als Schwerter. Lassen Sie es sich von einem Schmied erklären, wenn Sie möchten. Das waren vornehmlich Schwerter und Äxte, Inspektor. Und …«

»… und ein verdammter Morgenstern, ja ja, ich habe es begriffen, Holmes, danke. Aber die Wunden sind doch viel zu klein! Was wollen Sie mir sagen? Dass ein paar irische Kobolde sich über einen kleinen Gauner hergemacht und ihn verstümmelt haben?«

Holmes sah den Inspektor ausdruckslos an.

»Vielleicht sind ihre Vorstellungen auch bloß zu groß«, bemerkte der Detektiv geheimnisvoll, ehe er mit seinen langen Beinen aus dem Hof schritt.

Ich warf einen letzten Blick auf den armen Campbell im Schnee, verabschiedete mich von Lestrade und folgte meinem Gefährten in die kalte Nacht.

***

»Wollen wir die Tür gleich aufmachen?«, fragte Holmes tags darauf nach dem Frühstück, ohne den Blick von der Zeitung zu heben, die er gerade nach verdächtigen Kleinanzeigen durchsuchte – ein festes Morgenritual, dem er auch nach seiner Rückkehr frönte. Wie er mit der Lücke umging, die seine Abwesenheit geschaffen hatte, wusste ich nicht. Ich konnte mir kaum vorstellen, dass Holmes, als er etwa Indien und Nepal bereist oder Ungarn und das Zarenreich besucht hatte, die Londoner Zeitungen verfolgte. Andererseits sprachen wir hier natürlich von *Sherlock Holmes …*

»Wieso wollen Sie die Tür öffnen?«, fragte ich müde. Ich hatte fürchterlich geschlafen und nur von blutigen Schweinehälften, grinsenden Teufeln, kreischenden Frauen, riesigen Handschuhen, blutrotem Schnee und blitzenden Schwertern und Äxten geträumt, die zischend aus dem Dunkeln fuhren und nach mir schlugen. Und einem Morgenstern, natürlich.

»Watson, Watson«, tadelte mein Mitbewohner mich sanft und schenkte mir in einer seltenen fürsorglichen Anwandlung eine Tasse Kaffee ein. »Wo sind Sie heute nur mit Ihren Gedanken?« Er drehte die Zeitung so, dass ich die Schrift lesen konnte, und schob sie in meine Richtung.

Ich überflog die Schlagzeilen auf einer der mittleren Seiten, wo die Redakteure sich in der Regel so richtig austoben konnten und man es mit der Wahrheit oder der Stichhaltigkeit der Beweise nicht immer so genau nahm.

Paris: Schon wieder neues Phantom in der Oper?

Nein, wohl eher nicht.

Stevenson veröffentlicht neue Schatzkarte.

Auch das nicht, hoffte ich. Ich fühlte mich an diesem Morgen nicht gerade nach Schatzsuchen und Schiffsreisen.

Japanischer Frachter versenkt. Kaiserreich beschuldigt die Marine Ihrer Majestät!

Nichts Neues.

Irische Rebellen schicken Kobolde in den Kampf gegen England! Erste Tote!

Das wiederum war etwas Neues, zumal Holmes' Zeigefinger unauffällig in der Nähe dieses Artikels verharre.

»Kobolde?«, nuschelte ich in meine Tasse und schlürfte wenig manierlich das Lebenselixier aus Südamerika.

»Kobolde«, bestätigte Holmes belustigt.

Mit gerunzelter Stirn überflog ich den Artikel. Der Verfasser berichtete über den Mord an dem *stadtbekannten Hehler Eddie Campbell* und berief sich auf eine *Quelle bei Scotland Yard,* die gehört haben wollte, wie Inspektor G. Lestrade und Mr. Sherlock Holmes darüber sprachen, dass es sich bei den Mördern um irische Kobolde handelte, die den Mann mit ihren Äxten zerhackt hatten.

Und – natürlich – einem Morgenstern.

»Kobolde?«, wiederholte ich wenig überzeugt, nahm noch einen Schluck Kaffee und blickte fragend zu Holmes.

Erst da bemerkte ich, dass der Detektiv sich längst erhoben hatte, um die Tür zu öffnen.

Hatte es geklingelt?

»Kobolde!«, rief Inspektor Lestrade aufgebracht, als er wie ein Rhinozeros in unsere Wohnung stürmte. Der Schnee, den er mit hereintrug, verlor gegen die Wärme des Feuers im Kamin und hinterließ kleine Pfützen auf Teppich.

»Sie haben Ärger bekommen«, sagte Holmes, als er dem Inspektor den Mantel abnahm und achtlos aufs Sofa warf.

Noch mehr Flecken. Arme Mrs. Hudson.

»Natürlich habe ich das! Aber woher wissen Sie davon?«

»Mal ganz von Ihrer Stimmung und der hervorgetretenen Ader an Ihrer Schläfe abgesehen, die immer dann zu pochen beginnt, wenn Sie Ärger mit Ihren Vorgesetzten haben ... Ihre Schuhe und Ihr Mantel, Inspektor. Hätten Sie eine Kutsche genommen, wären Ihre Schuhe nicht so voller Schnee und ihr Mantel nicht so feucht. So aber sind Sie hierher gelaufen – um sich an der frischen Luft abzukühlen, nehme ich an. Also hatten Sie einen Disput mit Ihren Vorgesetzten.«

»Teufel auch, und wie ich den hatte!«, grollte Lestrade und hielt sich erst gar nicht mit der Bewunderung von Holmes' deduktiven Fähigkeiten auf. »Wer glaubt denn schon an so einen Schwachsinn? Was kommt als Nächstes? Ein Einhorn im St. James's Park?«

Holmes und ich tauschten einen Blick.

»Sie wissen ja, Inspektor«, sagte mein Freund mit ernster Miene. »Wenn man das Unmögliche ...«

»Hören Sie auf, sich über mich lustig zu machen, Holmes!« Lestrade funkelte meinen Freund böse an. »Schlimm genug, dass ich bereits heute Morgen erklären musste, weshalb meine Männer solchen Unsinn in die Welt setzen und uns wie die letzten Trottel dastehen lassen.«

»Nun ja. Genau genommen waren *Sie* es, der die Kobold-Theorie aufbrachte. Und daran war auch nichts Falsches. Schließlich brauchten wir eine Theorie, die den Einsatz von kleinen Schwertern und Äxten erklärt. Kobolde, die vom militanten irischen Untergrund angeheuert werden, um in London Menschen umzubringen, sind genauso ein Anfang wie beseelte Zinnsoldaten aus Dänemark. Ich wüsste allerdings nicht, was die irischen Revolutionäre vom Tod eines Mannes wie Campbell haben könnten«, schloss Holmes versonnen. »Das bringt sie ihrem eigenen Parlament auch nicht näher. Und es wäre kein Protest nach Mr. Parnells Geschmack.«

Die Fassung auf Lestrades Gesichtszügen schmolz wie der Schnee auf seinen Schuhen.

»Nehmen Sie einen Schluck Kaffee«, schlug ich dem Inspektor vor und griff nun meinerseits nach der Kanne.

»Danke, Doktor.« Lestrade blies seufzend in seine Tasse. »Heute Nacht hat es noch zwei Morde gegeben. Ein Juwelier und ein Pfandleiher wurden ausgeraubt. – Haben Sie Zucker? – Diese Überfälle waren mindestens so seltsam wie der Mord an Campbell oder der Kobold-Artikel von diesem elenden Schmierfink.« Lestrade verrührte den Zucker in seiner Tasse. »Ein toter Juwelier, aber keine gestohlenen Juwelen. Ein toter Pfandleiher, aber der teure Schmuck und die anderen Wertsachen sind noch im Lagerraum. Das ist völlig absurd. Wer würde einen Mann töten und dann den Raub kurz vor der Vollendung und dem Einstecken der Beute abbrechen?«

»Vielleicht wurde der Mörder gestört«, bemerkte ich.

»Zwei Mal? Und wie passt Campbell da ins Bild? Außerdem: Es *wurde* ja in beiden Fällen etwas gestohlen. Nur nicht das, was man erwarten würde, wenn bei Pfandleihern oder Juwelieren eingebrochen wird.«

»Bargeld?«

»Uhren. Und nicht nur die hochwertigen, teuren Stücke. *Alle* Uhren. Von der alten Küchen- bis zur kaputten Kuckucksuhr hat man in beiden Fällen alles mitgenommen, was irgendwie tickt.«

Holmes' konzentrierter Gesichtsausdruck sprach Bände.

Keine Frage: Hier hatten wir ein Rätsel ganz nach Sherlock Holmes' Geschmack. Lestrade brauchte nur noch das Zauberwort zu sagen.

»Wir tappen völlig im Dunkeln«, begann der Inspektor da auch schon zuverlässig wie ein Schweizer Uhrwerk. »Ich dachte mir, dass Sie so ein obskurer Fall interessieren könnte, zumal Sie ohnehin schon am Tatort waren und« – er tippte mit dem Löffel auf die Zeitung, hinterließ drei braune Tropfen und verzog das Gesicht zu einer Grimasse – »Sie und Ihr guter Ruf bereits involviert sind ...«

***

Holmes erklärte, er wollte etwas in der Innenstadt überprüfen, und verließ unsere kleine, ungeplante Gesellschaft. Der Inspektor und ich tranken in Ruhe unseren Kaffee aus und diskutierten über die literarische Qualität von »König Salomons Diamanten« – anscheinend machte meine Tätigkeit als Chronist der Fälle meines Freundes mich in Lestrades Augen automatisch zu einem auserwählten Literaturkritiker –, ehe auch der Inspektor sich wieder in die Kälte wagte, sich diesmal allerdings eine Droschke nahm und seinen Angelegenheiten nachging. Ich besuchte derweil einen Patienten, dessen Erkältung sich in eine böse Lungenentzündung verwandelt hatte, nachdem er seit Geburt seines Sohnes von seiner Frau dazu angehalten wurde, seine Zigarren am offenen Fenster zu rauchen (Holmes hätte bestimmt wieder einen abfälligen Kommentar zum Thema Frauen und Familie übrig gehabt, weshalb ich ihm nichts von *meinem Fall* in dieser Woche unserer Zusammenarbeit erzählte).

Bei meiner Rückkehr am Nachmittag erreichte gerade ein Telegramm die Baker Street. Es war von Lestrade.

`Mord Nr 4. Uhrmacher. Diesmal sogar defekte Uhren gestohlen. L.`

Holmes, der nur wenige Minuten nach dem Telegramm in unserer Wohnung auftauchte, wirkte nicht sonderlich überrascht, als er Lestrades Nachricht las.

»Unsere Kobolde scheinen fleißig zu sein. Und einen Tick fürs Tickende zu haben. Campbell hat am Abend seiner Ermordung einen Mantel voll mit Uhren getragen, wie ich herausgefunden habe. Diebesgut, das Campbell unter die Leute bringen wollte. Ich habe vorhin einen seiner *zufriedenen Kunden* getroffen. Der Mann war ziemlich unglücklich, als er von Campbells Ableben erfuhr – seine Uhr ist am nächsten Tag bereits stehen geblieben, und er wollte sie Campbell wohl mit einem netten Wort zurückgeben und höflich sein Geld zurückverlangen …«

Campbell und die Toten, von denen wir bis hierhin wussten, blieben nicht alleine: Die brutalen Raubmorde mit den förmlich zerhackten Opfern gingen weiter. Lestrade und die Londoner Zeitungen, die sich immer mehr für das Thema erwärmten, berichteten am folgenden Tag von zwei weiteren Pfandleihern und noch einem ältlichen Uhrmacher, die entsprechend entstellt aufgefunden worden waren und der mysteriösen Mordserie zugeordnet wurden.

Inzwischen hatte überdies auch ein Coroner dem Inspektor bestätigt, dass die Wunden von kleinen mittelalterlichen Handwaffen stammen mussten, wie Holmes bereits angedeutet hatte. Auch diese Information sickerte zur Presse durch, woraufhin weitere Journalisten die Kobold-Theorie aufgriffen und ausschmückten. Der militante Untergrund Irlands wurde immer wieder ins Spiel gebracht; dazu gesellten sich Theorien über Zwerge und Mainzelmännchen in Diensten des deutschen Kaisers und Smurf-Assassinen aus Belgien.

Mich dagegen beschäftigte vermehrt mein Patient, dessen Zustand sich über Nacht abermals drastisch verschlechtert hatte, und so dachte ich an diesem Vor- und Nachmittag nicht viel über den Fall nach.

Erst am frühen Abend, als ich müde durch den Schnee auf dem Trottoir schlurfte, wurde ich wieder mit Holmes' aktueller Ermittlung konfrontiert, als auf den Stufen zur Eingangstür von 221 ein Mann in einem zerfetzten braunen Mantel lag. Blut sickerte aus diversen Wunden unter dem aufgerissenen Stoff und floss über den Körper und die Treppenstufen in den platt getretenen Schnee. Ich eilte an die Seite des Fremden, der da blutend und halb bewusstlos auf der Treppe zu unserer Wohnung lag, schloss hektisch die Haustür auf und schleppte den Mann nach oben; eine Spur aus Schnee und Blut markierte unseren Weg durchs Treppenhaus. Zum Glück war der Kerl alles andere als ein Schwergewicht, und so bugsierte ich ihn ohne große Mühe auf das Sofa, kontrollierte Puls und Atmung und besah mir seine Wunden genauer.

Ich musste sofort an Campbell denken. Auch mein unvorhergesehener Patient war übel zugerichtet, hatte Schnitte im Gesicht und an Händen und Armen. Blut klebte im rotblonden Vollbart und überall auf seiner Kleidung. Zwar waren die Verletzungen nicht so schlimm wie bei Campbell – dennoch war ich mir keineswegs sicher, ob der Mann es überstanden hätte, wenn er nicht zufällig auf der Treppe zur Wohnung eines Arztes zusammengebrochen wäre. Ich zog ihm den blutgetränkten Mantel und das Hemd aus und säuberte, nähte, behandelte und verband seine Wunden.

Während ich anschließend meine medizinischen Utensilien mit Alkohol reinigte und das Feuer im Kamin wieder in Gang brachte, fragte ich mich, wo Holmes blieb. Ich hoffte, dass mein Freund bald zurückkehrte, damit wir gemeinsam den Mann befragen könnten, der auf unserem Sofa lag und sich von welchen Schrecken auch immer erholte, die ihm in der Dämmerung des Winterabends widerfahren sein und ihn dermaßen übel zugerichtet haben mussten.

Draußen tobte ein kleiner Schneesturm, dessen Wüten sich hier drin wie Koboldkichern anhörte. Ich fröstelte.

»Ruhen Sie sich aus«, sagte ich dennoch mit ärztlicher Sachlichkeit zu meinem Patienten, nachdem ich mir die Hände gewaschen und ihm eine weitere Wolldecke gebracht und über die Beine gelegt hatte. »Sammeln Sie Ihre Kräfte. Ich habe da so eine Ahnung, dass mein Mitbewohner Sie befragen möchte, sobald er nach Hause kommt.«

»Danke Ihnen, Watson«, sagte der bärtige Fremde da auf einmal mit der schwachen, gleichwohl unverkennbaren Stimme von Sherlock Holmes. »Aber ich muss mich für gewöhnlich nicht selbst befragen. Trotzdem erzähle ich Ihnen gerne, was mir in den letzten Stunden passiert ist …«

Draußen im Schneegestöber lachten und heulten die Kobolde.

***

»Ich habe mich als Straßenhändler verkleidet, um die Täter hervorzulocken«, begann Holmes ein paar Minuten später mit geschlossenen Augen, nachdem ich ihm ein Glas unverdünnten Brandy zur Stärkung und Belebung gebracht und er es in einem Zug geleert hatte. »Wie Sie sehen, hat es geklappt.«

»Aber zu welchem Preis, Holmes!«

»Nichts ist so teuer und kostbar wie die Wahrheit, mein Freund«, entgegnete der Detektiv ernst.

»Nicht einmal das Leben?«, fragte ich barsch.

Manchmal versetzte mich Holmes' Risikobereitschaft gehörig in Rage – erst recht, wenn ich daran dachte, dass er sich nur mit letzter Kraft in die Baker Street geschleppt und mit etlichen Schnitt- und Stichwunden besinnungslos in der Kälte gelegen hatte. Was, wenn ich länger bei meinem Patienten gebraucht hätte? Wäre Holmes dann für eine Information, die er nicht einmal weitergeben oder anderweitig nutzen konnte, im Schnee verblutet und gestorben?

»Wollen Sie nun über den *Preis des Lebens* debattieren – oder wollen Sie hören, was ich herausgefunden habe?«

Ich presste in stummer Wut die Lippen zusammen.

»Gut.« Holmes umklammerte das leere Brandyglas. »Ich habe jeden in der Gegend wissen lassen, dass ich viele *heiße* Uhren in meinem Mantel habe«, erzählte er. »Das hat zunächst niemanden interessiert, ich habe nichts verkauft. Mit der Dunkelheit kam dann aber der Schmerz – ein Schmerz, der sich zunächst als Stich in der Fersengegend bemerkbar machte. Dann hat mir auch schon irgendetwas in den Knöchel geschnitten, damit ich zu Boden falle. Nur das dicke Paar Wollsocken, das ich gegen das lange Herumstehen in der Kälte zusätzlich angezogen habe, hat mich davor bewahrt, dass meine Sehnen direkt durchtrennt wurden. Dennoch ging ich vor Schmerz in die Knie – woraufhin sich noch mehr Angreifer aus der Dunkelheit auf mich stürzten.«

»Waren es Kobolde?«

Ein flüchtiges Lächeln huschte über Holmes' bleiche Züge.

»Nicht ganz«, antwortete er ohne den üblichen Spott. »Schauen Sie mal in meine rechte Manteltasche.«

Ich tat, wie mir geheißen – und zuckte zurück, als hätte ich mir die Finger verbrannt. Der Inhalt von Holmes' Manteltasche fiel zu Boden und rollte über den Teppich.

»Nur die Ruhe, Watson«, sagte der Detektiv. »Unser kleiner Freund dort kann Ihnen nichts mehr tun.«

Ich straffte die Schultern und hob das *Ding* vom Teppich auf, um es näher zu betrachten. Zunächst dachte ich wirklich, einen leibhaftigen Kobold vor mir zu haben. Erst der zweite Blick zeigte: Stattdessen hielt ich einen grob nachgebildeten *Miniaturmenschen* in Händen, der nur aus Holz, Zahnrädern, Schrauben, Muttern und Federn zu bestehen schien – wie eine futuristische Gestalt aus den Romanen meiner in dieser Hinsicht fabulierfreudigeren, visionäreren Kollegen. In der kleinen Holzfaust hielt die etwa zwei Handspannen große, gesichtslose Zahnradfigur eine Axt.

Ich bildete mir ein, Blutsprenkler am polierten Blatt der nicht sonderlich spielzeughaften oder kindlichen Waffe erkennen zu können.

»Was ist das, Holmes?«, fragte ich leise, voller Ehrfurcht aufgrund so viel erfinderischer Meisterhaftigkeit.

»Das, mein lieber Watson«, antwortete mein Mitbewohner und zupfte an dem Verband um seinen Oberarm, »ist einer der Mörder von Campbell und den anderen. Seine Vettern haben sich die Uhren in meinem Beutel geschnappt und sind wie eine Horde brandschatzender Wikinger davon gerannt. Da lag ich schon längst blutend im Schnee. Diesen hier habe ich beim Rückzug mit der Beute erwischt – die Uhr, die er durch den Schnee zog, hatte sich in einem Abflussgitter verhakt, und er wollte partout nicht loslassen. Ich packte ihn und schleuderte ihn so fest ich nur konnte gegen eine Mauer. Deshalb können Sie auch nicht das Ticken hören, das er und seine kleinen Freunde beständig abgesondert haben.«

Fragen wirbelten wie Schneeflocken durch meinen Kopf. Die beunruhigendste dieser Fragen war sicherlich, wie ein mechanisches Ding ohne Herz und Verstand gezielt Menschen angreifen und töten konnte – und vor allem, wieso?

Mein Blick begegnete dem von Sherlock Holmes.

»Tick«, machte die Uhr über dem Kamin.

»Tack«, das kleinere Pendant in meiner Westentasche.

***

Holmes brauchte drei Tage, um sich von seinem Ausflug als zwielichtiger Straßenhändler zu erholen, und noch einen Tag länger, bis er seinen Arm wieder einigermaßen schmerzfrei bewegen konnte. Als ich am Donnertag von meinem anderen Langzeitpatienten zurückkehrte – der Mann befand sich auf dem Weg der Besserung und schien das Schlimmste überstanden zu haben –, saß Holmes voll angezogen am Esstisch in unserem Salon. Er hatte den kleinen mechanischen Soldaten in seine Einzelteile zerlegt und diese wie einen Flaschenschiffbausatz vor sich auf einer Decke ausgebreitet, um die Teile genauestens zu untersuchen, sich Notizen zu machen und ein paar Skizzen anzufertigen.

»Bemerkenswert, Watson!«, begann Holmes, sobald ich zur Tür hereingekommen war und Hut, Schal und Mantel abgelegt und aufgehangen hatte. »Diese Technik ist fortschrittlicher als alles, was ich vorher jemals gesehen habe. Konstruktion und Verarbeitung zeugen von meisterhafter Finesse.« Der Detektiv hielt eine kleine Feder mit einer Pinzette und betrachtete sie durch sein stärkstes Brennglas. Zwei andere Lupen lagen neben ihm. »Absolut präzise verarbeitet. Und sehen Sie mal, was ich im Mund des kleinen Kerls gefunden habe.« Er reichte mir mit der Pinzette einen zu den Maßen des Miniaturkriegers passend winzigen Fetzen Papier mit krakeligen Schriftzeichen darauf. »Das ist Hebräisch.« Holmes gab mir das Brennglas und trug derweil etwas in seiner Skizze ein. »Es heißt *Gehorche*«, fuhr er abwesend fort, während sein Bleistift über das Papier kratzte.

»Gehorche«, wiederholte ich widerwillig fasziniert und setzte mich Holmes gegenüber an den Tisch, um die bronzefarbenen Zahnräder, die kupfernen Spulen und Federn, die eisernen Bolzen, die Gelenke aus Draht und die Hülle aus Holz zu betrachten. »Wenigstens wissen wir nun, weshalb sie so verrückt auf alle möglichen Uhren sind«, merkte ich an.

»Wissen wir das?« Holmes sah mich scharf an. »Und ist das überhaupt die entscheidende Frage?« Damit spielte der Detektiv wohl darauf an, dass es seit dem Angriff auf ihn keine Morde an Uhrmachern, Pfandleihern oder Juwelieren mehr gegeben hatte. Lestrade hatte sich bereits entsprechend frohlockend geäußert, als er Holmes am Vortag besucht hatte. »Lassen Sie uns ehrlich sein, Watson: Die Frage, warum diese Aufziehkobolde die Uhren brauchen, ist für uns immer noch nicht endgültig geklärt, auch wenn wir freilich treffende

Vermutungen anstellen können, die letztlich nicht so weit von der Wahrheit entfernt sein werden. Die eigentliche Frage muss aber nicht lauten, ›Wofür?‹ oder ›Weshalb?‹ – sondern ›Wer?‹. Wer baut mit solch erfinderischem und handwerklichen Geschick kleine Soldaten aus Uhrwerken? Wer lässt sie immer mehr Uhren stehlen und sie dafür buchstäblich über Leichen gehen? Und wer bedient sich der Magie der Rabbiner?«

»Magie der Rabbiner?«, echote ich verwirrt. Von einer Sekunde auf die nächste hatte ich das Gefühl, einen wichtigen Teil des Gesprächs verpasst zu haben – wie so oft, wenn Holmes' Gedanken Siebenmeilenstiefel trugen.

»Eine Prager Legende«, sagte der Detektiv und winkte ungeduldig ab. »Sie sind doch der Schriftsteller von uns beiden.« Holmes schüttelte tadelnd das Haupt. Es gefiel ihm, mich mit meiner selbst erwählten Profession aufzuziehen. »Nicht? Na gut. Ich glaube, ich muss Sie einmal mit meinem Brieffreund Meyrink zusammenbringen. Ich müsste hier aber auch noch irgendwo die entsprechende Ausgabe der *Zeitung für Einsiedler* haben. Erinnern Sie mich bei Gelegenheit daran, dass ich danach suche und Sie ihnen zum Lesen gebe. Ich habe sie wahrscheinlich unter ›G‹ abgelegt. Jedenfalls: Der Legende nach ist der Golem ein aus Ton und Lehm geformtes Wesen aus dem jüdischen Ghetto in Prag. Er gehorcht den Befehlen seines Schöpfers – für gewöhnlich ein Rabbiner – und versteht sich als Arbeiter und Beschützer von dessen Gemeinde. Der Golem ist ein sehr starkes Wesen – wesentlich größer und stärker als diese tickenden Kerlchen.« Holmes lehnte sich zurück und tippte ein Zahnrad an, das aufrecht auf dem Tisch stand und daraufhin umfiel. »Außerdem steht der Legende nach auf dem Schriftstück im Kopf eines Golems nur ein Wort, das dem Golem Leben schenkt – und sicher nicht *Gehorche.* Wir haben es hier also mit einer korrumpierten Form jüdischer Glaubensmagie aus der Kabbalistik zu tun, die irgendjemand mit unglaublich fortschrittlicher Technik zusammengebracht hat. Wie gesagt: Faszinierend. Äußerst faszinierend …«

Holmes beschäftigte sich schon wieder mit dem nächsten Zahnrad und skizzierte es mit dem Bleistift.

Ansonsten hätte ich ihm gesagt, dass das alles nicht faszinierend, sondern höchst erschreckend und verstörend war.

***

Unsere Droschke raste so schnell über die vereisten Straßen, dass ich in jeder Kurve fürchtete, der Growler würde umkippen und uns einem schrecklichen Unfalltod in den winterlichen Straßen Londons übergeben.

Der Grund, der Holmes zuvor dazu veranlasst hatte, unseren Kutscher trotz der miserablen Straßenverhältnisse zu solch todesverachtender Eile anzuhalten, war ein alarmierend knappes Telegramm von Lestrade gewesen, das uns kurz vor Mittag erreicht hatte:

`Big Ben. So schnell Sie können. L.`

Was mochte uns am großen Uhrturm neben dem Palace of Westminster erwarten, wenn es den bodenständigen Inspektor zu solch einer Nachricht verleiten konnte? Nichts Gutes, so schwante mir, während unser Gefährt erneut in eine Kurve schlitterte, kurz darauf aus mörderischem Tempo abbremste und schlingernd am Straßenrand zum Stehen kam, wo die Passanten schon schreiend auseinandergestoben waren, da sie fürchteten, die Kutsche würde über ihr Ziel hinausschießen. Ich presste mich noch verkrampft in die Sitzbank, als der dick eingemummte Kutscher, der mit Schal und Zylinder wie ein Straßenräuber aussah, aufs Dach trommelte und uns signalisierte, dass wir am Ziel waren.

Holmes hatte da jedoch bereits längst die Tür aufgerissen und stürmte todesmutig über Schnee und Eis auf Big Ben zu. Ich bezahlte den Kutscher und eilte meinem Freund rutschend und leise fluchend hinterher.

Ein Beamter des Yards nahm uns unten in Empfang und führte uns den Turm hinauf zur Kammer mit dem gigantischen Uhrwerk. Unterwegs kamen wir auch an dem Gefängnis vorbei, in dem zehn Jahre zuvor der streitbare Charles Bradlaugh als letzter Insasse überhaupt in Big Ben eingesperrt worden war.

Im Uhrturm angekommen, überkam mich dieselbe Ehrfurcht wie immer: Ich sah die beeindruckende Konstruktion von Sir George Airey und Edmund Denison zwar nicht zum ersten Mal – nach unseren jüngsten Erlebnissen und deren Verbindung zu Uhren erschienen mir die großen Zahnräder jedoch einschüchternder und bedrohlicher als jemals zuvor.

Der Constable lenkte unsere Aufmerksamkeit auf einen jungen Mann, der unterhalb dreier riesiger Stirnräder an einer hüfthohen Steinmauer lehnte und von einem älteren Polizisten versorgt wurde. Blut floss aus einem Schnitt mitten auf der Stirn des jungen Mannes, schneller als der grauhaarige Polizist mit einem Taschentuch tupfen konnte. Ich ging sofort zu ihnen und bot meine Hilfe an. Drei Männer – vermutlich Hüter der Großen Uhr – standen mit bangen Gesichtern daneben und unterhielten sich leise; einer zupfte sich nervös am Bart. Sie hatten keinen Blick für den Verletzten und musterten kritisch die Bestandteile des von ihnen gehegten und gepflegten Uhrwerks.

Lestrade, der am anderen Ende der geräumigen Turmkammer stand, gab zwei seiner Unterstellten noch ein paar Anweisungen. Dann gesellte er sich mit mürrischem Gesicht zu uns. »Danke, dass Sie so schnell kommen konnten. Das ist Mickey Donaldson«, sagte der Inspektor. »Er und seine Kollegen haben heute Morgen die Uhren geputzt.«

Holmes und ich nickten wissend. Ganz London kannte die waghalsigen Männer, die sich regelmäßig abseilten und die vier Uhren von den Spuren der Witterung und vorbeiziehender Vogelschwärme befreiten, damit das Mauerwerk, die großen Zeiger und die Ziffernblätter ebenso wie das wundervolle DOMINE SALVAM FAC REGINAM NOSTRAM VICTORIAM PRIMAM – die lateinische Inschrift zu Ehren unserer Königin – im gewohnten Glanz knapp einhundert Yards über dem Boden erstrahlen konnten.

»Erzählen Sie Mr. Holmes und Dr. Watson, was Sie mir vorhin berichtet haben«, bat Lestrade den Mann mit der Schnittwunde, deren Form mir inzwischen nur allzu vertraut vorkam. Ich hatte die Blutung in den Griff bekommen – ein einfacher Pressverband musste reichen, bis dem Mann im Hospital mit Nadel und Faden weitergeholfen werden könnte.

»Wir waren mit unserer Arbeit fertig und schon so gut wie unten, als ich bemerkte, dass ich meine Pralinen vergessen habe«, sagte der junge Uhrputzer mit schwacher Stimme. »Ich habe die Schachtel heute Morgen hinter der Mauer versteckt, damit die Jungs sie nicht sehen. Sie hätten mich sonst nur ständig damit aufgezogen. Sie sind alle schon mindestens zehn Jahre verheiratet und tun so, als ob sie nicht mehr wissen, wie es ist, wenn man frisch verliebt ist.«

Lestrade lächelte für seine Verhältnisse regelrecht warmherzig.

Der ältere Constable und ich blickten freundlich drein.

Nur Holmes verzog keine Miene.

»Nun«, fuhr Donaldson mit belegter Stimme fort, die eindeutig noch vom Schock durchdrungen war. »Ich ging also noch mal zurück, um die Schachtel für meine Daisy zu holen. Da sprang mich irgendwas von der Mauer an. Etwas Scharfes traf mich genau an der Stirn.« Er wollte die verbundene Wunde berühren, hielt sich im letzten Moment aber gerade noch zurück. »Hat höllisch wehgetan.«

»Und Sie sind sich wirklich sicher, dass Sie Ihren Angreifer nicht gesehen haben?«, nahm Lestrade anscheinend den Faden einer früheren Befragung des jungen Uhrputzers wieder auf.

»Ich … das Blut schoss mir sofort in die Augen, Inspektor. Und hier ist es ja eh immer ziemlich düster. Aber ich will es mal so sagen: Eine Taube war das nicht.«

Holmes suchte den Blick des Burschen.

»Warum haben Sie solche Angst davor, uns zu erzählen, was Sie wirklich gesehen haben?«, fragte der Detektiv geruhsam.

Donaldson wich Holmes' Blick aus.

»Würde es helfen, wenn ich Ihnen erzähle, dass ich vor einigen Tagen von ein paar wild gewordenen Spielzeugsoldaten mit Äxten und Schwertern angegriffen und ziemlich übel zugerichtet worden bin?«

Holmes schob den Mantelärmel zurück und zeigte einen seiner Verbände.

Donaldson sah erst die Binden und dann den Detektiv ein paar Sekunden lang abwägend an. »Das würde es, Mister«, sagte er schließlich, streckte nun seinerseits den Arm aus und deutete auf eine Stelle schräg hinter uns. »Sie sind durch die Scharten da abgehauen, als ich geschrien hab und die Jungs mit den Wächtern die Treppe hoch gekommen sind. Wie die Spinnen sind sie an der Wand hochgeklettert. Ein unheimlicher Anblick …«

***

»Fassen wir also zusammen«, sagte Holmes, als er, Lestrade und ich im Schatten des Uhrturms in der Kälte standen und unsere nächsten Schritte planten. »Wir haben eine unbekannte Anzahl mechanischer Soldaten, die ungefähr zweihundert Uhren erbeutet haben und dafür auch nicht vor brutalem Raubmord zurückgeschreckt sind. Nun haben die Kerlchen es auf größere Zahnräder abgesehen. Ich glaube allerdings nicht, dass sie schon auf Raubzug waren. Das hier war mehr eine Erkundungsmission.«

»Wie wollen die kleinen Gnomen denn eines der großen Zahnräder den Turm hinunterschaffen?«, fragte ich argwöhnisch. Es war eine schreckliche Vorstellung, dass jemand aus welchen Gründen auch immer das beispielhafte Wunderwerk des menschlichen Fortschritts über uns zerstören könnte, das vor vierzig Jahren in Betrieb genommen worden war.

»In der Legende hat der Golem die Kraft von vielen Männern. Wenn wir davon ausgehen, dass unsere tickenden Freunde ebenfalls von jüdischer Magie gespeist sind – schauen Sie nicht so, Lestrade! –, sollte es möglich sein, dass sie zu mehreren eines der Zahnräder stemmen können. Anscheinend kleben sie ja regelrecht am Mauerwerk, wenn unser Uhrputzer sich nicht getäuscht hat.«

»Mh.« Lestrade rieb sich das Kinn. Diesmal hatte er an seine Handschuhe gedacht – vielleicht hatten er und Mrs. Lestrade sich aber auch einfach nur wieder versöhnt, wie Holmes schlussfolgern würde. »Wie geht es nun weiter?«

»Wir müssen das Versteck der Gnomen finden. Und ihren Meister«, sprach ich meine Gedanken laut aus.

»Richtig, Watson.« Holmes nickte eifrig. Sah man einmal von den Todesfällen zu Beginn des Falls ab, gefiel ihm diese Episode sichtlich. Es war besser, als eingeschneit in der Baker Street zu sitzen und gegen die geistige Lethargie des Winters zu kämpfen (ähnliches ergab sich jedes Mal im drückend heißen Hochsommer). »Und ich habe auch schon eine Idee, wie wir das bewerkstelligen werden. Dazu brauchen wir aber Ihre Befugnisse und ein paar Ihrer Männer, Inspektor.«

***

Lestrade beorderte ein Dutzend Beamte vom Yard in den Uhrturm und instruierte diese getreu Holmes' Anweisungen (auch wenn Lestrade das nicht gern zugegeben hätte: Holmes hatte durchaus großen Einfluss auf die Polizei Londons). Mein Freund rechnete indes fest damit, dass die tickenden Krieger in den Uhrturm von Big Ben zurückkehren würden und es sich deshalb lohnte, hier mit einem kleinen Empfangskomitee auf sie zu warten.

Das Warten überließ Holmes zunächst jedoch erst einmal mir und den von

Lestrade zusammengetrommelten Polizisten. Der Detektiv selbst setzte sich kurz nach Anrücken der uniformierten Beamten ab und verließ den Turm, um »etwas zu besorgen«, wie Holmes sich einmal mehr reichlich geheimniskrämerisch ausgedrückt hatte. Zuvor hatte er Lestrade allerdings noch wärmstens empfohlen, der Tower Bridge, die erst im Sommer durch den Fürsten von Wales und seine Ehefrau Alexandra von Dänemark eröffnet worden war, eine ebensolche Bewachung zuteilwerden zu lassen wie Big Ben. Denn auch in dem dampfbetriebenen Hebantrieb, der das Hochziehen der beiden Basküle ermöglichte, waren laut Holmes' Einschätzung genügend Teile verbaut, die für die mörderischen Uhrwerk-Diebe von Interesse sein könnten.

Also übernahm der Inspektor die Wache im Pumpenhaus der Brücke, während Holmes wohin auch immer unterwegs war und ich derweil mit den Männern vom Yard im Uhrturm auf seine Rückkehr – oder das Erscheinen der tickenden Gnomen – wartete.

Ein paar der Polizisten spielten in einer Ecke Karten auf dem Boden. Andere unterhielten sich über Probleme mit den Kindern, Ärger mit den Verwandten wegen einer Erbschaft, die Pferderennen am kommenden Wochenende oder einen Badeurlaub, den sie für den nächsten Sommer planten.

Wir alle blickten auf, als ein Geräusch auf der Treppe ertönte.

Die Bewegungen der Kartenspieler erstarrten mitten in der Bewegung.

Doch es war nur Holmes, der zurückkehrte.

»Was genau versprechen Sie sich von dieser Bewachung, Holmes?«, fragte ich meinen Gefährten kurz darauf, da ich des Wartens im zugigen, eisigen Uhrturm allmählich müde wurde. »Wir sind doch nicht bloß hier, um einen Diebstahl zu verhindern, oder? Das könnten Lestrades Männer auch ohne uns.«

»Richtig, Watson.« Holmes zog an der Zigarette, die er sich von dem freigiebigen Constable mit einer Glückssträhne beim Kartenspiel geschnorrt hatte. »Ich möchte aber dabei sein, wenn die kleinen Kerle erneut vertrieben werden.« Holmes streifte seine Lederhandschuhe über, die er aus seiner Manteltasche hervorholte. »Passen Sie gut auf, alter Freund. Das wird ein Streich ganz nach ihrem schriftstellerischen Geschmack …«

Unsere Geduld sollte sich auszahlen, Holmes' Vorhersage sich bewahrheiten: Sie kamen mit dem Zwielicht, das sich am Ende des kurzen Wintertages über London herabsenkte.

»Nur die Ruhe«, wisperte Holmes. Dennoch umfasste auch der Detektiv seinen Stockdegen fester. In diesem Fall schien Holmes sich aber mit dem Gewicht der hölzernen Stockhülle als Schlagwaffe zu begnügen, denn die Klinge sah ich nicht. Auch die Polizisten konnten sich nur auf ihre Schlagstöcke verlassen. Lestrade hatte mir großzügigerweise einen dieser Stöcke ausgeliehen. So stand ich nun in vorderster Front neben meinem konzentrierten Gefährten und harrte des Angriffs der kleinen Zahnradkrieger, aus deren Holzkörpern ein hektisches Ticken tönte, während sie nach und nach in den Scharten des

Uhrturms erschienen, wo sie laut Donaldsons Aussage bereits früher am Tag verschwunden waren. Ihre Waffen scharrten Leise über das Mauerwerk.

Tick. Tick. Tick. Tick. Tick. Tick.

Mein Herz raste. Ich zählte über zwanzig der kleinen Uhrwerkkrieger, die kopfüber an der rauen Steinwand hinabkletterten und sich uns gegenüber wie ein Bataillon aufstellten.

Das Ticken wurde lauter, die Frequenz schneller.

Es gab keinen Kriegsschrei, keinen mechanischen Gnom, der nach vorn trat, das Schwert senkte und in unsere Richtung deutete.

Auf einmal stürmten die kleinen Krieger einfach wie auf ein geheimes Zeichen hin gemeinsam auf uns los.

Tick! Tick! Tick! Tick! Tick! Tick …

Die Gnomen schnellten vom Boden und genau auf Gesichter und Hälse zu, die Schwerter und Äxte zum Hieb oder Stich erhoben. Holmes sprang den kleinen Angreifern als Erster entgegen und ließ seinen Stock auf ihre hölzernen Häupter niederfahren. Ich wischte derweil einen Gnom, dessen Federbeine ihn nach oben katapultiert hatten, aus der Luft und verlor ihn nach seinem Aufprall im Uhrwerk aus den Augen, hörte aber ein befriedigendes Mahlgeräusch, als der kleine Krieger zwischen den großen Metallrädern zermalmt wurde. Ein stechender Schmerz am Bein ließ mich dann aber sogleich tänzelnd zurückweichen und allen Triumph verfliegen. Einer der mechanischen Gnomen hatte seine kleine, aber tödlich scharfe Schwertklinge wie ein Skalpell von der Seite in meine Wade gebohrt.

Holmes sprang heran und zertrümmerte den Angreifer mit einem brutalen Hieb, dass Federn und Schrauben nur so in alle Richtungen spritzten.

»Sind sie in Ordnung?«

Ich nickte mit schmerzverzerrtem Gesicht.

Mein Freund nickte zurück, wandte sich ab und ließ den Stockdegen auf einen anderen Gnom herabsausen. Dann klemmte er sich seinen Stock unter die linke Achselhöhle und zauberte ein Einmachglas mit Schraubverschluss aus seinem Mantel hervor. Holmes' lange Finger schlossen sich fest um das Glas, als er es mit aller Kraft auf die allmählich zurückweichenden Aufziehkrieger schleuderte, die sich erneut unter den Scharten sammelten.

Das Glas zersplitterte klirrend; sein flüssiger Inhalt ergoss sich über die tickenden Gnomen. Weiter geschah jedoch nichts. Diese Wendung überraschte alle im Uhrturm so sehr, dass das Kampfgeschehen für den Augenblick erstarb.

»Das genügt! Rückzug!«

Lestrades Männer folgten Holmes' Befehl und zogen sich vorsichtig zurück, währenddessen die begossenen Gnomen uns aus vagen Holzgesichtern ohne Augen, Nasen oder Münder verwirrt anzustarren schienen. Die Uhrwerke in ihren Körpern und das große Uhrwerk hinter uns rasselten und knarzten um die Wette. Man konnte die Ratlosigkeit der kleinen Krieger förmlich spüren.

Dann ging ein Ruck durch die Gruppe, und die Gnomen traten die Flucht an. Ein paar Polizisten wollten ihnen nachsetzen, doch Holmes hielt sie mit einer energischen Geste zurück.

»*Nicht!* Wir haben, was wir wollten.«

Schweigend beobachteten wir den eiligen Rückzug der tickenden Gnomen.

***

Ich kümmerte mich zunächst um die beiden Beamten, die es am schlimmsten erwischt hatte. Die Hosen der beiden Männer hingen in Fetzen; ihre Beine sahen übel aus. Danach versorgte ich noch zwei Handgelenke, einen Oberarm und ein blutendes Ohrläppchen. Jemand legte mir eine Hand auf die Schulter, als ich gerade den Verband um meine Wade festzog.

»Können wir dann?« Es war Sherlock Holmes. »Wir müssen uns beeilen, solange die Spur noch frisch ist.«

Erst jetzt fiel mir der beißende, ätzende Gestank auf, der sich nach dem Abzug der Gnomen im Turm ausgebreitet hatte und gegen den auch der eiskalte Wind nichts tun konnte, der beständig durch die Scharten wehte.

Ich rümpfte die Nase. »Kreosot?«, fragte ich unnötigerweise.

Der Gestank der chemischen Mischung, die durch die Destillation von Buchenholzteer gewonnen wird, war unverkennbar. Wessen Nase ihn einmal gerochen hat, vergisst den Geruch sein Leben nicht mehr. In mir weckte der Gestank außerdem Erinnerungen an einen ganz besonderen Fall – aber auch traurige, schmerzhafte Erinnerungen an meine Frau Mary, die erst vor zwei Jahren viel zu früh an der von ihrem Vater vererbten Herzschwäche gestorben war.

»Ich habe doch gesagt, dass Ihnen die Sache gefallen wird«, sagte Holmes derweil und wandte sich rasch ab, als ein Schatten über mein Gesicht huschte und ich krampfhaft versuchte, das Bild meiner verstorbenen Frau aus meinen Gedanken zu verbannen. In der Tür des Uhrturms drehte sich der Detektiv noch einmal zu mir um. In seinem Blick lag eine Ahnung von Mitgefühl, aber auch Ungeduld und Tatendrang. »Kommen Sie, alter Freund?«

***

Die Bewohner der zweistöckigen Backsteinhäuser in der Pinchin Lane machten sich nicht die Mühe, Schnee und Eis zu räumen. Gehwege gab es ohnehin keine, und wer jemanden in dieser Gegend aufsuchen wollte, hatte einen triftigen Grund und würde sich auch nicht vom Zustand der Straße zwischen den alten Häusern und dem bisschen Schnee und Eis abhalten lassen. Eine berechtigte Annahme, und so kämpften wir uns durch den fest gefrorenen Schnee zur Hausnummer 3, wo Holmes' alter Freund Sherman wohnte.

Ich hatte Sherman eine ganze Weile nicht gesehen. Holmes ging es ähnlich, wie er sagte. Dennoch begrüßte der hagere Präparator mit der dicken, blau getönten Brille uns beide herzlich – herzlicher jedenfalls als mich bei unserem ersten Zusammentreffen damals, als ich ohne Holmes hier aufgekreuzt war und der ältliche Sherman mir mit allerhand Sachen gedroht hatte, ehe die Erwähnung unseres gemeinsamen Freundes uns doch noch eine Basis für ein zivilisierteres Gespräch verschafft hatte.

Auch diesmal fauchten und knurrten die üblichen Verdächtigen in den engen Käfigen, sobald man die Wohnung betreten hatte: Ein Dachs (angesichts Shermans Profession wagte ich zu bezweifeln, dass es sich um denselben handelte), ein Marderhund, ein Fuchs, ein weißer Hermelin und ein Waschbär. Unter der Decke saßen erwartungsgemäß unzählige gefiederte Zeitgenossen. Ob Sherman noch die Blindschleiche hatte, die sich um die Käfer kümmerte?

»Was führt dich zu mir, Sherlock?«, fragte Sherman und drohte dem Dachs mit der Faust. Mr. Sherman war neben Holmes' Bruder der Einzige, der meinen Freund beim Vornamen nannte. Ich wusste nicht genau, welche Verbindung es zwischen Holmes und dem alten Präparator gab – nur, dass sie wohl sehr weit, womöglich bis in Holmes' Jugend zurückreichte.

»Ich würde mir gern einen alten Freund ausleihen«, sagte Holmes. »Wenn du ihn ein paar Stunden entbehren kannst, versteht sich.«

Sherman überlegte kurz, ehe er uns durch sein streng nach Tier, Alkohol und Chemikalien riechendes Reich führte. Wir hielten vor einem Zwinger, über den ein Holzschild angebracht war, auf dem eine schiefe *7* prangte.

Ein freudiges Bellen begrüßte uns.

Toby war nicht der hübscheste Hund Londons, und daran war nicht allein sein fortgeschrittenes Alter schuld. Schon früher war der langhaarige Spaniel-Lurcher-Mischling mit seinen Hängeohren und seinem weiß-braun gefleckten Fell kein ansehnliches Schoßhündchen für eine feine Dame gewesen. Niemand wäre auf die Idee gekommen, Toby auf den Arm und mit auf eine Abendgesellschaft zu nehmen. Trotzdem hatte uns Toby einst einen großen Dienst erwiesen, als Holmes und ich in jenem Fall ermittelt hatten, den ich unter dem Titel »Das Zeichen der Vier« niedergeschrieben habe.

Bevor mich die Erinnerung an Mary wieder packen konnte, beugte ich mich herab und begrüßte unseren vierbeinigen Freund, da Sherman den Zwinger geöffnet hatte und Toby wie ein pelziger Pfeil herausgeschossen kam.

Seine Schnauze war schon ergraut – trotzdem wedelte Toby wie ein junger Hund mit dem Schwanz und erkannte uns sofort.

»Guter Junge!«, sagte ich und lächelte unwillkürlich, als er mir die Hände abschleckte und ich fast nicht dazu kam, ihn ordentlich zu streicheln.

»Sicher, dass du nicht lieber Basil mitnehmen willst, Sherlock?«, fragte Sherman derweil skeptisch. »Er ist um einiges jünger und inzwischen mein bester Bluthund.«

»Ganz sicher.« Holmes tätschelte unserem alten Freund die Flanke. Toby wusste gar nicht, zu wem er sich zuerst drehen, wen er zuerst ausführlich beschnuppern, ablecken und begrüßen sollte. »Toby mag nicht mehr der Jüngste und auch nicht mehr der Schnellste sein – seiner Nase vertraue ich aber noch immer bedenkenlos. Besonders wenn es um Kreosot geht.«

Sherman zuckte mit den Schultern und hielt Holmes eine häufig gebrauchte, abgewetzte Lederleine hin. »Du musst wissen, was du willst. Bring ihn mir nur wieder heil zurück. Ich hab den alten Knaben lieb gewonnen und mich an den Gedanken gewöhnt, dass wir unseren Lebensabend gemeinsam vor dem Kamin verbringen.«

»Aber Sie haben hier gar keinen Kamin«, gab ich nicht ohne einen Anflug von Traurigkeit zu bedenken.

»Ich weiß«, erwiderte der alte Präparator ernst und streichelte Tobys Kopf. »Aber ich mag die Vorstellung.«

Holmes durchbrach die kurze, drückende Stille, indem er Sherman aufrichtig versprach:

»Wir werden gut auf Toby aufpassen.«

***

Die Jahre hatten Tobys Geruchssinn nichts angehabt.

Kaum dass wir vor dem Uhrturm aus der Droschke stiegen und Holmes Toby einen mit Kreosot durchtränkten Lappen unter die Nase hielt, begann der Gute zu schnüffeln und schlug auch schon bellend an.

Weder Schnee noch Eis oder hinter ihren Schals und hochgestellten Pelzkrägen nörgelnde Passanten konnten uns aufhalten, als Toby Holmes hechelnd hinter sich herzog und ich mich beeilte, trotz meines Andenkens an Afghanistan und der Hinterlassenschaft der Gnomenklinge nicht den Anschluss zu verlieren (und nicht von einer Droschke überfahren zu werden, was auf einer belebten Kreuzung einmal eine ziemlich knappe Angelegenheit war).

Zwei Mal schien es außerdem, als habe Toby die Spur verloren, doch fand er sie nach ein paar Minuten hektischem Herumschnüffelns in beiden Fällen wieder. Toby schnupperte meist in den Schatten der Gassen und Nebenstraßen herum, entlang von Hauswänden und Mauern. Die Gnomen hatten sich wohl wie Ungeziefer verborgen – den Rest erledigte die Geschäftigkeit eines typischen Londoner Feierabends, wo die Wenigsten darauf achten, was um sie herum geschah, und einfach nur nach Hause und aus der Kälte kommen wollten.

»Mir war klar, dass die Gnomen zu ihrem Herrn zurückkehren würden«, erklärte Holmes unterwegs. Trotz Tobys Tempo geriet der Detektiv nicht einmal ins Schnaufen. »Die Magie, die zur Erweckung eines Golems nötig ist, ist eine sehr präzise. Man formuliert Ziele, die der Golem erreichen muss. Wenn er das nicht schafft, kehrt er verwirrt zu seinem Herrn zurück und wartet auf neue Anweisungen.«

Damit war auch klar, wieso Holmes nicht gewollt hatte, dass wir die Gnomen bei ihrem Rückzug angriffen. Der Detektiv hatte *gewollt,* dass die Uhrwerkkrieger entkommen und unverrichteter Dinge zu ihrem Herrn und Meister zurückkehren, damit wir ihnen zum Versteck des wahren Übeltäters folgen könnten …

»Haben Sie eigentlich Ihren Revolver dabei, Watson?«

»Seit dem Angriff auf Sie trage ich ihn ständig bei mir«, gestand ich etwas verlegen.

»Ausgezeichnet. Kommen Sie, da geht's lang. Ho, Toby, guter Junge …«

***

Als wir anhielten, hatte Holmes alle Mühe, den winselnden Toby zu halten, der mächtig an der Leine zog, bis er nur noch auf den Hinterpfoten stand und leise jaulte – unsere Spürnase wähnte sich ihrem Ziel scheinbar sehr nahe. Wir hatten inzwischen eine schmale, vereiste Promenade in der Nähe des Flusses erreicht. Kleine Ladenfronten mit beschlagenen Schaufenstern reihten sich dicht aneinander. Ein Schneider und ein Schuhmacher, daneben ein Barbier und ein Blumenladen – und am Ende der Straße, fast schon mit einem Bein im so nahe am Rand zugefrorenen Fluss, ein kleines Haus, über dessen Schaufenster in großen Lettern **GEPETTO'S** geschrieben stand: ein Spielzeugladen. Marionetten, Puppen, Springteufel und andere Kinderträume drängten sich hinter der Glasscheibe, an der unzählige Abdrücke von Kindernasen verewigt waren.

»Sieh an, sieh an«, bemerkte Holmes trocken. Er gab Toby ein Stückchen Wurst zur Belohnung, murmelte ein anerkennendes »Guter Junge!« und band unseren vierbeinigen Kameraden an einen Laternenmast. »Hier wartest du brav, bis wir dich wieder abholen und zu Sherman zurückbringen, ja?«

Toby verschlang gierig die Wurst und wedelte gut gelaunt mit dem Schwanz. Er hatte sein Soll erfüllt. Nun waren wir an der Reihe.

***

Die Glöckchen des Mobiles über der Eingangstür läuteten zaghaft. Elfen mit schimmernden Flügeln, die erschrocken im Wald verschwinden, müssen ein ähnliches Geräusch von sich geben. Überhaupt hatte der Laden etwas Märchenhaftes an sich: Riesige Adler, Pelikane, Albatrosse, Möwen, Papageien und geflügelte Lindwürmer aus bemaltem Holz hingen an Schnüren von der Decke herab. Große und kleine Teddybären reihten sich als Zuschauer dieser gefiederten und geschuppten Flugschau dicht an dicht in den Regalen, neben ihnen Puppen mit Echthaarperücke und im feinen Abendkleid, in Latzhose oder mit Strohhut, uniformierte Zinnsoldaten, Ritterburgen und Indianerzelte, Piratenschiffe, Lokomotiven und ein großes Segelschiff. Dazu kamen zwei Auslagen mit wunderschönen Tieren aus Holz: Pferde, Füchse, Katzen, Hunde, Waschbären, Eichhörnchen, Tiger, Papageien, Affen, Elefanten, Giraffen, Krokodile und Rhinozerosse. Ich dachte gerade, dass wer auch immer die Modelle fertigte, ein geschickter Schnitzer sein musste – da hörte ich es:

Hinter uns tickte es leise!

Ich tastete bereits nervös nach meinem Revolver, als sich hinter dem Tresen knarrend eine Tür öffnete und ein älterer Herr auf der anderen Seite des langen Verkaufstisches erschien. Er trug einen Nasenkneifer und hatte eine Halbglatze mit einem Mönchskranz krauser grauer Haare. »Guten Tag«, begrüßte er uns und lächelte freundlich. »Was kann ich für Sie tun?«

»Wir suchen ein Geschenk für einen kleinen Jungen«, sagte Holmes, ohne zu zögern. Wie ich ihn kannte, hatte er sich schon vor Betreten des Ladens eine passende Geschichte zurechtgelegt und in Gedanken verschiedene Varianten und mögliche Gesprächsverläufe durchgespielt. »Der Sohn eines Freundes. Er wird nächste Woche fünf.«

»Wunderbar, wunderbar!«, sagte der Alte und klatschte in die Hände. »Ein Junge also. Mh, hm, mh, hm. Ah! Hat er schon eine Schaukelpferd? Ich habe hier zwei besonders schöne. Schöne Arbeit, beides, sehr schön.«

»Wir dachten eher an etwas ... Handlicheres«, sagte Holmes abwägend, so als suchte er nach den richtigen Erwachsenenworten in diesem Reich der lebendig gewordenen Spielzimmerfantasien. »Vielleicht Spielzeugsoldaten? Oder ein Springteufel. Was meinen Sie, alter Freund?«

»Er mag Ritter«, sagte ich, einer spontanen Eingebung folgend. »Mit Schwertern und Äxten und solchen Dingen.«

Holmes nickte begeistert – das kurze, zustimmende Schließen seiner Augen bemerkte nur ich – und sah den alten Mann Hilfe suchend an.

»Irgendetwas mit ein bisschen Pfeffer, wenn Sie verstehen? Wir als exzentrische Patenonkel müssen keine so braven Sachen schenken, denke ich.«

Letztlich entschied Holmes sich für eine Schachtel klassischer Zinnsoldaten, während ich noch die passende Märchenheftung dazu kaufte.

Eine flüchtige Erinnerung an frühere Tage suchte mich heim – an einen kleinen Jungen in Australien, der trotz der flirrenden Hitze über dem roten Sand draußen fröstelte und schauderte, als er vom Tod des Mädchens mit den Zündhölzern im Schnee las.

»Das ein sehr schönes Geschenk«, beglückwünschte uns der Alte mit einem väterlichen Lächeln. »Ich wünschte, ich hätte als kleiner Junge gehabt solche Onkel.«

»Stammen Sie aus Italien?«, fragte Holmes interessiert – und angesichts des Akzents unseres Gegenübers ziemlich naiv. Aber Holmes bediente sich auch nicht des Tons, mit dem er sonst Klienten oder Zeugen ausfragte. Keine Silbe seines Geplauders verriet, wie sehr meinem Freund daran gelegen war, den Fall der tickenden Gnomen zu lösen. Er war einfach nur ein höflicher Kunde.

»Nein – wie kommen Sie dahin?«, fragte der Spielzeugschnitzer arglos und schob Holmes die Papiertüte über den Tresen zu, bevor er das Wechselgeld abzählte. »Ich stamme aus Prag.«

Holmes lächelte unverbindlich.

»Entschuldigen Sie. Ich dachte nur, wegen des Schriftzugs in Ihrem Schaufenster …«

»Ah, ach so ach so, das!« Wie der Alte so mit seinen Apfelbäckchen lachte, kam seine slawische Herkunft noch deutlicher zum Vorschein. »Das ist noch von …na, wie sagt man … von die Vorbesitzer, genau. Er war Italiener, so ich weiß. Die Nachbarn sagen, er irgendwann hat die Grillen gehört. Ist verrückt geworden, he? Ich habe den Namen einfach übernommen. Leute meinen, es lustig klingt, wenn ich ihn ausspreche. *Gepetto's!*«, schloss er besonders ungelenk und lachte über sein eigenes Unvermögen.

Holmes lächelte milde. »Stimmt. Der Name ist sehr einprägsam. Wir werden ihn uns jedenfalls merken! Mal sehen, wie dem Kleinen die Soldaten gefallen. Vielleicht sehen wir uns in drei Wochen wieder, um die Armee an Weihnachten aufzustocken«, versprach der Detektiv.

Wir verließen den Laden, schlenderten zu Toby, banden ihn los und suchten uns eine Droschke. Allerdings fuhren wir nicht weit. Schon nach zwei Querstraßen ließ Holmes den Kutscher anhalten, bezahlte ihn für den restlichen Weg zur Pinchin Lane, wo der rundliche Mann Toby bei seinem Herrn abliefern sollte, und stieg vor mir aus der Droschke. Unser Aufbruch auf vier Rädern hatte nur etwaige Verfolger oder neugierige Beobachter täuschen sollen, um unsere kleine Darbietung glaubhaft erscheinen zu lassen.

»Wir haben unseren Mann«, meinte Holmes zufrieden, als wir der Droschke hinterhersahen, die mit ihrer schlappohrigen Fracht über Schnee und Eis davonrumpelte. »Allein, dass er aus Böhmen stammt – dem Akzent nach würde ich sagen, sogar direkt aus einem der Viertel unterhalb der Prager Burg –, zeigt, dass wir auf der richtigen Fährte sind. Aber auch die Sache mit der Türglocke ist ein Hinweis auf Geheimnisse.«

»Ja. Eine richtige Feenmelodie«, meinte ich.

Holmes zog verwundert eine Braue in Richtung Haaransatz, in dem ein paar Schneeflocken hingen, da es zu schneien begonnen hatte. »Wenn Sie meinen, dass kein Mensch hinter der dicken, zu allem Überfluss auch noch abgeschlossenen Tür das schwache Läuten dieser Glocke hört, dann haben Sie recht, Watson«, versetzte mein Freund. »Da steckt irgendein Mechanismus dahinter, damit der Alte auch in seinem Keller mitkriegt, wenn jemand den Laden betritt.«

»Keller? Sie meinen, hinten in seiner Werkstatt, oder?«

Holmes schüttelte den Kopf. »Das Haus ist nicht so groß, Watson. Man konnte zwischen dem Spielzeugladen und dem Blumengeschäft ja bereits den Hinterhof sehen. Und der Verkaufsraum reicht schon sehr weit in die Tiefe. Ich denke, dass die gut verriegelte Tür – haben Sie das Ticken und Klicken des

Schließmechanismus bemerkt? – in ein Treppenhaus führt und die Werkstatt unter dem Laden liegt. Das würde auch das Vibrieren des Bodens erklären.«

»Ich habe nichts bemerkt«, meinte ich.

»Dachten Sie wirklich, ich könnte meine Schuhe nicht richtig binden und müsste Sie ausgerechnet im Laden unseres Verdächtigen neu schnüren?«

Ich erinnerte mich an die Szene – und tatsächlich hatte ich mich gewundert, dass Holmes, als der Spielzeugmacher und ich schon auf dem Weg zum Tresen waren, zurückgeblieben war, um seinen Schuh neu zu binden.

»Was machen wir nun?«

»Ich weiß nicht, wie es Ihnen geht – aber ich für meinen Teil wüsste gerne, was *genau* unser Mann im Keller hat.«

Die voranschreitende Dunkelheit zwischen den in dieser Gegend bestenfalls spärlich verteilten Laternen verbarg uns, als wir im Eingang einer Gasse standen und den Spielzeugladen beobachteten. Schneeflocken wirbelten wie Irrlichter vor unseren Nasen herum.

Es dauerte nicht lange, bis der Alte zur Tür rauskam, seinen Laden abschloss und mit tief ins Gesicht gezogenem Hut um eine Hausecke verschwand – wahrscheinlich lockte ihn sein Abendessen oder ein würziger Glühwein in einem Pub.

Das Eis knirschte hungrig unter unseren Sohlen, als wir wie diebische Füchse auf den Stall mit den tickenden Hühnern zuschlichen. Holmes hielt sich an diesem Abend erst gar nicht mit Dietrich, Blechscheibe oder Messer auf. Ein kurzer Blick in alle Richtungen, ob sich jemand in unmittelbarer Nähe in der Kälte und dem stärker werdenden Schneegestöber herumtrieb – dann setzte mein Freund zu einem beherzten Sprungtritt aus der Drehung an. Die Tür schlug hoffnungslos verloren nach innen. »Hat mir ein Mönch beigebracht«, erklärte Holmes zwanglos und trat in die nach Lack und Holz riechende Düsternis des Ladens. Ich zückte meine altbewährte Webley und deckte Holmes' Vordringen. Das feenhafte Glockenspiel über der Tür klimperte leise. Holmes rauschte bereits auf den Tresen zu, um sich der Tür hinter diesem zu widmen. »Das ist unsere Büchse der Pandora, die wir knacken müssen. Behalten Sie die Straße im Auge.«

Es dauerte eine Weile, und diesmal kamen auch Dietrich und Schweizer Offiziersmesser zum Einsatz – doch schließlich hörte ich es klicken und kratzen. Als ich mich daraufhin halb umdrehte, hielt mir Holmes die Tür auf. Auf der Innenseite der schlichten Tür war eine Reihe kompliziert aussehender Metallschlösser angebracht. »Ich kenne Banktresore, die schlechter gesichert sind«, bemerkte mein Freund anerkennend und machte eine halb einladende, halb auffordernde Geste ins Dunkel. »Wollen wir?«

***

Die wackelige Holztreppe, die auf erschreckend dürren Pfeilern mehrere Yards in die Tiefe führte, ächzte bedenklich unter unser beider Gewicht. Wir kamen dennoch wohlbehalten unten an und entzündeten eine Handvoll Laternen, die an Seilzügen in Kopfhöhe gefährlich tief über der letzten Stufe baumelten und sich mit einem kräftigen Ruck an den Tauen in die Höhe ziehen ließen.

Das Licht breitete sich mit gebührender Vorsicht aus. Ich erinnerte mich an den verschneiten Hinterhof, in dem die Leiche von Campbell im blutigen Schneematsch gelegen hatte. Wahrscheinlich war es ganz passend, dass diese Episode im Laternenschein begonnen hatte und nun wohl auch darin enden würde ...

Holmes deutete auf eine weitere Seilzug-Installation neben der, mit der wir die Laternen in die Höhe gezogen hatten. Dieses Seil führte via Ösen am Treppengeländer entlang nach oben – und Holmes' selbstgefälligem Gesichtsausdruck nach zu urteilen von dort wohl direkt zum feenhaften Glockenspiel über der Ladentür.

Ich ignorierte Holmes' Schmunzeln und sah mich neugierig um, da das Licht sich weiter ausbreitete.

Im unsteten Schein der leicht hin und her schaukelnden Laternen offenbarte sich zunächst, worauf die lange Treppe bereits hatte schließen lassen: Das Kellergewölbe war gut und gerne vier bis fünf Mal so groß wie der Laden darüber. Im hinteren Teil der Höhle, die ihren unebenen Felswänden nach natürlichen Ursprungs sein musste, drehte sich ein riesiges Wasserrad in einem trüben, eisfreien Kanal. Das große Schaufelrad war der Antrieb einer ganzen Reihe von kleineren Zahnrädern, die sich auf dicken Metallstangen wenige Zoll vor der Felswand wie gemütlich rotierende Galerie-Bilder drehten und die Energie des Mühlrads umwandelten oder weitertransportierten – zweifelsohne der Grund für das Vibrieren, das Holmes gespürt hatte. Mithilfe des Schaufelrads und seiner Geschwister – Stirnräder, Kegelräder, Kronräder, Spindelräder und Schneckengetriebe in jeder Größenvariante – wurden allerhand Gerätschaften und Apparaturen in der unterirdischen Werkstatt bewegt, deren Sinn sich mir nicht immer auf Anhieb erschloss.

Zwischen zwei Gängen aus zusammengeschobenen Arbeitstischen standen mindestens drei Dutzend kleine Uhrwerkkrieger. Wie eine stumme Drohung starrten sie aus augenlosen Gesichtern ins Leere (insofern das möglich war ...) und rührten sich nicht. Man hörte auch kein Ticken.

Von der übrigen Ausstattung her – mit all den großen Werkbänken und Tischen, den Kesseln, Öfen, Rohren und Seil- und Flaschenzügen – hatte die Werkstatt viel mit dem von Shelley beschriebenen Laboratorium in Ingolstadt gemein (erst vor Kurzem hatte ich eine amerikanische Buchausgabe mit den Stichen eines großartigen Künstlers aus Baltimore erstanden, die sich mir tief ins Gedächtnis eingebrannt hatten und nun wie von selbst vor mein inneres Auge sprangen, um diesen wenig beruhigenden Vergleich im Halbdunkel anzubieten). Außerdem hatte auch diese Höhle unter London ihr Monster, das alle Aufmerksamkeit auf sich zog, sobald man es einmal erspäht hatte.

Weder die Gnomen noch die stetig mahlenden und klickenden Zahnräder um sie herum konnten meine Aufmerksamkeit länger auf sich ziehen.

Dieses Monster war ein wahrer Gigant aus Holz und Metall. Allein durch seine Größe – drei Mal so hoch und gut vier Mal so breit wie ein Mensch – zog der mechanische Gigant alle Aufmerksamkeit auf sich. War sein Rumpf ein kolossales Weinfass? Und wie viele Scharniere, Gelenke, Zahnräder, Federn und anderen Teile das waren! Im massigen Brustkasten des Kolosses gähnte allerdings ein großes Loch. Von meinem Blickwinkel auf der letzten Stufe der Treppe sah ich durch dieses Loch ein golden schimmerndes Zahnrad am anderen Ende der Höhle, das sich behäbig an der Wand drehte – und plötzlich war mir auch klar, wieso die großen Zahnräder des Uhrwerks von Big Ben für die kleinen Brüder des schlafenden Riesengolems so interessant waren.

»Beängstigend«, flüsterte ich.

»Faszinierend«, murmelte Holmes.

Diese Katalogisierung des Gesehenen kam mir irgendwie seltsam vertraut war. Der Detektiv schwebte sogleich dann auch förmlich in die Höhle und sah sich so neugierig und begeistert um, wie ein Kind das über uns im Spielzeugladen getan hätte.

Ich blieb dagegen vorerst unschlüssig auf der Treppe stehen und musterte weiter die zyklopische Figur in der Mitte der Höhlenwerkstatt.

Hätte so der Golem in Prag ausgesehen, wenn die Rabbiner nicht nur Ton zur Verfügung gehabt hätten, sondern poliertes Holz und vor allem Spannfedern aus Eisen und Kupfer sowie Zahnräder aus Messing?

Ich konnte mich an der riesenhaften Gestalt, die wie ein stummer Wächter über den Werkbänken und den Gnomen aufragte, einfach nicht sattsehen.

Mein Starren fand ein jähes Ende, als ich einen harten Hieb in den Nacken bekam und nach vorn geschleudert wurde, wo ich benommen auf dem festgetrampelten, kalten Lehmboden liegen blieb.

Ein lautes Klicken ertönte hinter mir.

»Meine Soldaten Ihnen nicht gefallen, Gentlemen?«, fragte der alte Spielzeugmacher eisig und senkte ein eigenartig aussehendes Gewehr mit langem Lauf, sodass es genau auf meinen Körper zielte. »Sie hätten umtauschen können.«

***

Holmes und ich hatten einige Erfahrung mit Luftgewehren – die Waffe des Alten auf der Treppe spottete dennoch jeder Beschreibung und erinnerte eher an eine umgebaute Steinschlosswaffe, gespickt mit Spielereien aus der Zukunft, wie Nemo sie gesehen haben mochte.

»Sie nächstes Mal besser die Tür wieder von innen schließen, meine Herren.« Damit wandte sich der alte Spielzeugmacher an seine Aufziehkrieger und rief etwas in seiner Muttersprache.

Holmes, der abwartend zwischen den Werkbänken stand und besorgt zu mir und dem Alten mit der Flinte herübersah, musste diesmal nicht für mich übersetzen.

Das schnelle, aggressive Ticken aus den Leibern der rasselnd zum Leben erwachenden Zahnradgnomen verriet mir auch so, was die Worte für uns bedeuteten …

***

Die gesichtslosen Gnomen teilten sich auf und stellten sich je in einem Kreis um mich und Holmes auf. Ihre Waffen reckten sie mit einer unmissverständlichen Botschaft in unsere Richtung.

Der Koloss mit dem offenen Brustkasten bewegte sich bis jetzt zum Glück noch nicht.

Nicht, dass es für den Augenblick einen großen Unterschied gemacht hätte.

»Wollen Sie erzählen, was Sie hier unten suchen?«, fragte der greise Bastler, das Gewehr immer noch auf mein Herz gerichtet. »Sie nicht aussehen wie gemeine Diebe, trotz allem.«

»Wieso sagen *Sie* uns nicht einfach, was das hier soll?«, murmelte ich finster. »Wieso die Morde? Wieso diese bizarre Uhrwerk-Armee? Was treiben Sie hier unten?«

Der Spielzeugmacher lächelte versonnen. Das Gewehr blieb aber an seinem Platz. »Ich folge nur den Befehlen der Zahnräder«, erklärte der Alte mit aller Vernunft. »Menschen mich verschmähen, also Zahnräder meiner annehmen. Leute wie Sie haben mich getreten wie eine Hund und vertrieben. Erst aus Prag, dann aus Moskau, danach aus Kaiserreich und am Ende auch wieder aus niederländisches Königreich. Ignoranten. Zu brutal, sie sagten, und verbrannten wunderbare Glockenspiele von mir in Feuer auf Marktplatz.«

Ich blickte auf die im Laternenschein blitzenden Äxte und Schwerter in den Holzfäusten meiner Bewacher und konnte mir in etwa vorstellen, wie die Glockenspiele dieses Wahnsinnigen ausgesehen haben mussten.

»Doch als meine Verzweiflung am meisten, sie sprechen plötzlich zu mir und rufen meinen Name«, fuhr der Alte sachlich fort. »Jede Uhr, jede Spielzeug und jede Maschine sprechen auf einmal mit Karel. Damals ich stand bereits auf Pier in Rotterdam und dachte, mich einfach in Wasser zu stürzen. Da ich höre Ruf. Hinter See, so die Zahnräder mir zuflüstern, liegt Inselkönigreich mit viel Fortschritt, wo große Zahnräder und herrliche Maschinen warten auf ihr Befreiung. Darum ich komme her. Und was ich sehen? Menschen haben all die prächtige Zahnräder versklavt! Sogar Brücken bewegen sie mit ihnen, nur damit sie mit ihren dummen Schiffen können fahren darunter hinweg. Aber Zahnräder, das sollen sein Kunst! Spielzeug, um Kinderherz zu erfreuen, und Kunst in Uhrwerk und Glockenturm!«

Ich warf Holmes einen Seitenblick zu.

Täuschte ich mich, oder hatte der Detektiv sich leicht auf eine der Werkbänke hinter seinen tickenden Bewachern zu bewegt, während der Groll wie Blut aus einer alten, nicht zum ersten Mal wieder aufgebrochenen Wunde aus dem Mund des Alten quoll?

»Aber die Unterdrückung war nicht Schlimmstes«, fuhr der böhmische Bastler derweil verächtlich fort. »Viel schlimmer, dass eine Frau – eine Dirne! – über das schlummernde Imperium der Zahnräder herrschen und Versklavung der Zahnräder mit weibischer Politik fördert. Also ich beginne mit Bau von Armee. Mit Hilfe von Erbe ... von Glaube von mein Großvater und mit handwerkliche Geschick von mein Vater. Und *er* hier« – ein dürrer Arm schwenkte in Richtung des schlafenden Riesen – »mir helfen wird, die Palast in Schutt und Asche zu legen, Königin auf ihren Platz zwischen Hunden und Schweinen in Gosse zu verweisen und endgültig Zeitalter der Zahnräder auszurufen! Inselreich der Zahnräder. Zukunft der Zahnräder.«

Ich sah das Bild mit visionärer Klarheit: ein unaufhaltsamer Koloss, angetrieben vom unermüdlichen Uhrwerk des Todes, der auf seinem Weg vom Fluss zum Palast Terror, Chaos und Tod in den Straßen säte und die Mauern über dem Thron unserer geliebten Königin mit Leichtigkeit einriss ...

»Was fehlt, ist großes Herz in großer Brust«, erklärte der Alte sachlich weiter. Mir wäre es lieber gewesen, wenn er getobt, gegeifert und Gift und Galle gespuckt hätte. Seine Ruhe und die darin liegende Überzeugung von seiner Sache war erschreckender als jeder Tobsuchtsanfall.

Der vom Kontinent verbannte Tüftler hatte kaum geendet, als Holmes auch schon mit einem weiten Satz auf die Köpfe dreier Gnomen in der ersten Reihe seiner Bewacher sprang, sich abstieß und auf der nächsten Arbeitsplatte einer Werkbank landete. Dort riss er einen großen Vorschlaghammer nach oben und schwang ihn mit beiden Händen.

»Rule, Britannia!«, brüllte Holmes aus voller Kehle, derweil der schwere Hammer das erste Mal nach unten rauschte, krachend ein Ziel traf und es Zahnräder, Muttern und Schrauben regnen ließ.

Der Alte schwenkte das Gewehr unentschlossen in Holmes' Richtung.

Ohne lange zu überlegen, hechtete ich nach vorn. Ich ignorierte den Schmerz in meinem Bein, als mich eine Schwertklinge unterhalb des Knies ritzte, und stürzte auf den Alten zu. Ein Faustschlag ins Gesicht ließ den Kerl zurücktaumeln und das Gewehr seinen Fingern entgleiten.

Ich griff nach der Waffe. Trotz ihres befremdenden, seltsam fortschrittlichen Aussehens und etlicher Hebel und Zylinder oberhalb des Griffes richtete ich sie wie eine normale Flinte auf die Gnomen, die sich tickend und rasselnd in ihrem leicht schaukelnden Gang der Treppe näherten. Schnell brachte ich zwei weitere Stufen zwischen mich und die kleinen Krieger, die rücksichtslos über ihren Herrn hinwegkrabbelten, der am Boden lag und sich die Hände gegen die heftig blutende Nase presste.

Dann drückte ich auf gut Glück den Abzug.

Der Rückstoß des Gewehres warf mich nach hinten – die Streuung der Ladung, die aus dem langen, nach vorne wie eine Trompete geformten Lauf schoss, erwischte jedoch drei Gnomen. Ich sprang wieder auf die Füße, lud nach und feuerte in der Hoffnung, den richtigen Hebel erwischt zu haben, gleich noch eine Salve hinterher. Wieder wurden zwei mechanische Krieger auf den Rücken geschleudert, zappelten noch kurz wie Käfer mit den Gliedern und froren dann scheinbar mitten in der Bewegung ein, ein großes, qualmendes Loch in der hölzernen Brust.

Ich schoss erneut. Ein polierter Holzkopf zerplatzte regelrecht und ließ Zahnräder, Schrauben, Federn und Holzsplitter in alle Richtungen spritzen.

Auch Holmes blieb keineswegs untätig.

Als der Druck seiner mechanischen Widersacher zu groß wurde, schleuderte er den Hammer in den Pulk der Uhrwerkkrieger, die ihn mit aufgebrachtem, wütendem Ticken wie Wespen verfolgten. Der Detektiv kletterte behände an einem dicken Tau nach oben, schnappte sich eine der Laternen an den gespannten Seilen über den Werkbänken und warf sie auf die Gnomen.

Ein kluger Schachzug: Feuer vertrugen die kleinen Kerle gar nicht gut.

Das sah auch Holmes, der sogleich eine zweite Laterne wie eine reife Frucht von einem der Taue pflückte und sie durch die Kaverne schleuderte – genau auf den Koloss, dessen unförmiger Schädel aus Holz beinahe die Steindecke berührte. Holmes' sportliche Fähigkeiten zahlten sich wieder einmal aus: Die Laterne segelte durch die Luft, landete genau im leeren Brustkasten des wartenden Maschinengolems und zerplatzte dort in einer Fontäne aus Petroleum und Feuer – die Flammen schossen förmlich in alle Richtungen aus dem Leib des Golems, der auf sein Herz und seine Erweckung wartete.

»Nein!« Der verrückte Alte achtete nicht mehr auf das Blut, das aus seiner Nase schoss, und rappelte sich auf die Füße. Wie von Sinnen rannte er an seinen kleinen Untergebenen vorbei durch die Werkstatt. Ich wollte ihm nicht in den Rücken schießen, und so blickte ich ihm lediglich aufmerksam hinterher, während ich noch einen Schuss auf die Gnomen unten an der Treppe abgab.

Mit katzenhafter Behändigkeit, die ich dem Spielzeugmacher nicht zugetraut hätte, sprang der Alte an den Beinen seiner gigantischen Schöpfung aus Holz und Metall hoch, klammerte sich an den Rand der großen Öffnung im Leib des Golems und zog sich nach oben. Seine panischen Schreie steigerten sich zu einem schrillen Kreischen, als die Flammen auf seinen Bart übergriffen.

»Der Kanal!«, rief ich und empfand mit einem Mal Mitleid für den Alten, obwohl seine Schergen mich und Holmes nach wie vor bedrängten.

Holmes hatte es etwas leichter, da die Hälfte seiner Angreifer vom Feuer zerstört worden waren und angekohlt auf der Seite lagen.

Der alte Bastler hatte sich indessen wie ein Sack Mehl zu Boden fallen lassen und schlug heftig auf seinen Bart ein, wobei er auf den Kanal und das rettende Wasser zuhüpfte.

Ich weiß bis heute nicht, ob es die Schmerzen durch die Verbrennungen waren oder an seiner Panik lag, die ihn blind machte – jedenfalls prallte er mit ungeminderter Geschwindigkeit gegen das große Schaufelrad. Seine schwelenden Kleider verfingen sich in den Schaufeln des Mühlrads, das ihn in der Folge unnachgiebig mit ins Wasser zog.

Kurz darauf endete das Kreischen des Alten in einem Blubbern, ehe auch dieses verstummte.

Die Bewegungen der tickenden Gnomen wurden nur wenige Augenblicke danach ebenfalls immer langsamer, bevor sie schließlich ganz versiegten und die Uhrwerkkrieger erstarrten. Das Ticken aus ihren Leibern wurde immer leiser, die Frequenz niedriger.

Tick … Tick … … Tick … … … Ti

Mit dem Tod ihres Herrn versiegte auch die Magie, die die mechanischen Gnomen zum Leben erweckt und auf den Beinen gehalten hatte.

Nur die Zahnräder an den Höhlenwänden und das große Schaufelrad im Wasser drehten sich von all dem unbeeindruckt weiter.

Holmes kletterte wieder auf den Boden, wo er einen der eingefrorenen Gnomen mit der Fußspitze anstieß. Ich tippte einen anderen Aufziehkrieger am Fuß der Treppe mit dem Gewehrlauf an. Dann sah ich zum Kanal und dem großen Mühlrad – und fühlte mich elend.

Keine Frage: Dieser Sieg war notwendig und hart erkämpft gewesen, und er mochte die Sicherheit unserer geliebten Königin und ganz Londons gesichert haben. Dennoch schmeckte er äußerst schal.

»Ein Gegner, dessen Motive Habsucht, Hass oder Rache sind, ist immer leichter zu bekämpfen als ein Mann, der von einer aberwitzigen Obsession beherrscht wird und in seiner eigenen Welt lebt«, meinte Holmes, als wir uns zu Füßen des brennenden Kolosses trafen, aus dessen Brust immer noch heiße Flammen und schwarze Qualmwolken schlugen.

Ich wollte in dieser Situation nicht darauf verweisen, dass Holmes selbst mindestens eine Obsession hatte (auch wenn er sie meist in positive Kanäle umleitete).

Das Feuer arbeitete sich derweil weiter durch den Leib des mechanischen Golems, der jetzt niemals zum Leben erweckt werden, niemals von einem Uhrwerk des Todes angetrieben werden würde.

Wir sahen schweigend dabei zu, wie der riesige Golem verbrannte.

Danach löschten wir die Flammen, bevor sie auf den Rest der Werkstatt übergreifen konnten. Nach getaner Arbeit lehnte sich Holmes an einen Stapel roher Bretter und wischte sich Ruß aus dem Gesicht. Neben ihm standen ein paar ein für allemal stillgelegte Gnomenkrieger. Sie wirkten traurig.

»Mycroft wird an den Dingern seine Freude haben«, meinte der Detektiv mit einem abschätzenden Blick auf die ruhenden Gnomen und die Höhlenwerkstatt, in der dunkle Rauchschwaden waberten.

In den Händen hielt Holmes inzwischen die Flinte mit den vielen Hebeln und untersuchte die Waffe eingehender.

»Denken Sie nicht, dass Ihr Bruder sich auch den großen Golem gerne näher betrachtet hätte?«, fragte ich meinen Gefährten.

Holmes zögerte kurz und ließ seine Finger gedankenverloren über den polierten Lauf des absonderlichen Gewehres wandern.

»Manche Dinge sind so gefährlich, dass ich sie nicht einmal in Mycrofts Händen wissen möchte, Watson«, antwortete er schließlich. »Was halten Sie von einer frischen Brise Londoner Winterluft, alter Knabe?«

***

Wir verließen den Spielzeugladen und standen geschwärzt, zerkratzt, zerschnitten und zerschlagen vor der Ladentür, begrüßt nur vom leisen Heulen des eisigen Windes, der uns anstelle kleiner Klingen in die Wangen schnitt.

Da ertönte in der Stille des Winterabends ein vertrautes Läuten.

Aus Gewohnheit hob ich den Kopf und blickte in die Richtung, wo ich um das Antlitz des großen Uhrturms neben dem Parlament wusste, der die übrigen Gebäude der Stadt wie ein Monument überragte.

Wie viele Menschen mochten nun wohl gerade dieses vertraute Läuten hören, ohne von der Episode hier auch nur die leiseste Ahnung zu haben? Ohne zu wissen, dass es ohne unser Eingreifen vielleicht nur noch wenige Tage gedauert hätte, ehe der Alte den Golem mit seinem ganz persönlichen Uhrwerk des Todes zum Leben erweckt und Angst und Schrecken über unsere schöne Stadt gebracht hätte?

Aber das zählte nicht. Was zählte, war, dass wir wieder einmal ein Übel vom Empire abgewandt hatten, das diesem und unserer geliebten Königin hätte gefährlich werden können.

Und auch wenn ich die Buchstaben von hier aus nicht erkennen konnte, wusste ich doch, dass Sherlock Holmes und ich der Inschrift unter den vier Ziffernblättern von Big Ben wieder einmal zu Wahrheit und Gültigkeit verholfen hatten.

Gott schütze unsere Königin Victoria die Erste.

Eisige Verlockung

Jetzt, da ich diese Zeilen schreibe, bin ich umgeben von allerhand Behaglichkeiten. Mir diese bewusst zu machen, hat nichts damit zu tun, dass ich mich über die armen Teufel in den verschneiten Seitenstraßen und unter den mit langen Eiszapfen geschmückten Brückenbögen erheben möchte, die Annehmlichkeiten wie eine warme Stube nicht aus eigener Kraft erreichen können. Ich tue dies, um ein Gespür dafür zu bekommen, wie es seinerzeit gewesen ist, als auch ich all diese Dinge nicht genießen konnte. Damals, auf hoher See, als Behaglichkeiten wie ein prasselndes Kaminfeuer oder ein kuscheliges Bett nur eine bestenfalls lauwarme Erinnerung waren.

Vor mir steht außerdem eine Tasse mit heiß dampfendem Tee und einem kräftigen Schuss Rum – der Wärme von innen halber.

Ob das allein hilft, weiß ich noch nicht.

Ich werde vermutlich schnell genug frösteln, wenn ich mich für diese Niederschrift an eine transatlantische Reise im Winter 1897 erinnere, die mich jedes Mal schaudern lässt, sobald ich nur flüchtig an sie zurückdenke …

***

Die Aufregung wegen des diamantenen Thronjubiläums der Königin hatte sich im Winter allmählich gelegt. Seit zwei Wochen schon berichtete die Presse dafür von nichts anderem als den verschwundenen Schiffen im Atlantik: Frachter, Fischkutter, Marinekreuzer, Forschungsschiffe – kein Schiffstyp schien sicher, keine Flagge, keine Reederei.

Eines Morgens erschien Mycroft Holmes in der Baker Street. Ein Besuch des älteren Bruders meines Mitbewohners in unserem Domizil des kultivierten Junggesellentums war stets eine kleine Sensation, erst recht bei diesen Temperaturen. Mycroft war einer der wichtigsten Männer des Empires und zog allerhand Fäden im politischen Spinnennetz – und mied körperliches Ungemach, wo es nur ging. Anders als sein jüngerer Bruder verließ Mycroft sich lieber vollständig auf seinen enormen Intellekt, den er ganz dem Blühen und Gedeihen unseres stolzen Königreichs verpflichtet hatte.

»Ist es also so weit?«, begrüßte mein Freund seinen Bruder, kaum dass dieser den schweren Langmantel ausgezogen und auf dem Ohrenbackensessel Platz genommen hatte, der dem Kamin am nächsten stand.

Mycroft Holmes nickte.

»Ich habe es dir ja schon an Weihnachten gesagt, Sherlock: Sobald es das falsche Schiff erwischt, müssen wir der Sache auf den Grund gehen.«

»Und nun hat es das falsche Schiff erwischt«, folgerte mein Freund und nahm seinem beleibten Bruder die Zeitung aus der Hand, die dieser mit nach oben gebracht hatte. Zu dieser Jahreszeit kam die *Times* später als gewöhnlich, da Schnee und Eis auch die Geschwindigkeit der flinken Londoner Zeitungsjungen spürbar verringerten.

»Müh dich nicht ab«, bemerkte der ältere Holmes, als mein Freund seine Adlernase in die steifgefrorene Morgenausgabe steckte. »Noch wissen sie nichts davon. Die Nachricht kam direkt ins Ministerium. Sie ist sozusagen noch frischer als druckfrisch – und streng vertraulich.«

»Was du nicht eigens erwähnen musst.« Sherlock Holmes' Miene verdüsterte sich. Er klappte die kalte Zeitung zu und warf sie auf den Tisch. »Ein Kriegsschiff also«, deutete er die Worte seines Bruders.

Mycroft drehte sich im Sessel zur Seite und hielt die großen, fleischigen Hände in Richtung Kaminfeuer.

»Die *HMS Victoria,* um genau zu sein«, präzisierte er.

Ich runzelte die Stirn. Das war ein auffälliger Name – und dennoch hatte ich nie etwas über den Stapellauf eines Schiffes mit diesem Namen gelesen.

Ich machte eine entsprechende Bemerkung.

»Können Sie auch nicht, Watson.« Sherlock Holmes lächelte schwach. »Wenn mein Bruder bei Schnee und Eis schon früh am Morgen zu uns kommt, darf man davon ausgehen, dass er uns nicht nur die Zeitung bringen wollte. Und dass es sich nicht um *irgendein* Schiff der Flotte Ihrer Majestät handelt – erst recht nicht um ein Schiff, dessen Stapellauf groß in den Zeitungen gestanden hätte. Habe ich recht, Mycroft?«

Der ältere Holmes wedelte ungeduldig mit einer seiner Pranken.

»Spar dir deine Vorstellung für ein Publikum auf, das sie zu würdigen weiß, Sherlock«, tadelte er seinen Bruder. »Ja, die *Victoria* ist kein normales Schiff. Sie ist ein ... Experiment. Ein teures. Ein wichtiges. Ein hoffnungsvolles.« Eine kurze Pause. Ein Holzscheit rutschte geräuschvoll im Kamin nach. »Ein gefährliches«, fügte Mycroft genau da an. »Jedenfalls in falschen Händen. Wobei es aus diplomatischer Sicht schon gefährlich genug wäre, wenn man dieses Experiment zu uns zurückverfolgen könnte.«

»Aber du darfst nicht darüber reden, nehme ich an?«

»Richtig, Sherlock.« Mycroft Holmes schoss einen giftigen Blick in Richtung seines Bruders. »Dein Talent, das Augenscheinliche festzustellen, ist wie immer überaus erfrischend.«

Er räusperte sich.

»Nur so viel: Wir brauchen Gewissheit, was der *Victoria* zugestoßen ist.«

»Warum ich?«, fragte mein Freund ehrlich überrascht.

Womit es ihm ähnlich ging wie mir. Was sollte Sherlock Holmes denn schon groß auf dem Meer tun? Die Fische befragen?

»Nun. Wir können in dieser Sache nicht offiziell ermitteln. Wenn die Deutschen oder gar die Russen merken, dass wir an diesem Schiff besonderes Interesse haben, dann wissen sie, dass etwas im Argen liegt. Deshalb kam aus dem Palast der *Vorschlag*, dass Dr. Watson und du euch der Sache annehmt, Sherlock.«

Aus dem Palast.

Die Worte hingen zwischen uns in der gewärmten Luft, die leicht nach verbranntem Buchenholz und Rauch roch. Holmes sah seinen älteren Bruder abwägend an. Dann begann er, seine Pfeife mit dem abscheulichen Tabak vom Vortag zu stopfen, den er seinem legendären Pantoffel entnahm, und zündete seine Pfeife mit einem dünnen Streichholz an.

Noch während er das Zündholz ausschüttelte, kam seine Antwort auf die so genannte Bitte aus dem Palast.

»Was halten Sie von einer kleinen Kreuzfahrt, Watson?«

***

Ich will den Leser nicht mit unseren Vorbereitungen für die Seereise langweilen und greife den Faden daher erst wieder auf, als Holmes und ich nach fünf Tagen an Bord der *Albion* abends in unserer Kabine zusammensaßen.

Unser Atem bildete kleine Wölkchen vor unseren Gesichtern, so kalt war es selbst unter Deck – das Heizsystem des Schiffes hatte am Vortag einen Defekt erlitten, was dazu führte, dass das heiße Wasser nicht ordnungsgemäß durch den Schiffsleib gepumpt werden konnte und es allerorts eisig kalt war. Die Matrosen karteten bereits nicht länger um Zigaretten, sondern um Wolldekken und zweite und dritte Sockenpaare, und Kapitän Simmons hatte die Grog-Ration nach dem Abendessen wohlweislich um einen Fingerbreit pro Kopf erhöhen lassen, um die Moral der Mannschaft zu stärken, bis der Schaden an den Leitungen behoben war und der Warmwasserkreislauf wieder brav zirkulierte.

Ich für meinen Teil fühlte mich bereits jetzt an die desaströse letzte Fahrt der *Terror* und der *Erebus* erinnert, als Sir John Franklin und Francis Crozier und ihre knapp hundertdreißig Mann starke Mannschaft die Hölle im ewigen Eis der Arktis erlebt hatten, während sie die Nordwestpassage erstmals in östlich-westlicher Richtung durchfahren wollten und von Eis, Kälte und anderem niedergerungen worden waren.

Im Vergleich zu den Widrigkeiten der Franklin-Expedition war die Kälte an Bord der *Albion* wahrscheinlich ein frühlingshaftes Vergnügen. Dennoch fror ich erbärmlich und sehnte mich nach der behaglichen Wärme in der

Baker Street, am besten ergänzt durch ein deftiges Abendessen aus der Küche von Mrs. Hudson. Und anschließend einer Nacht in einem Bett, in dem ich bei schlechtem Seegang nicht hin und her gerollt wurde wie ein Kotelett, das von Mr. Silver in der Kombüse paniert werden sollte.

Während ich in zwei Decken gehüllt dasaß und einen bitteren, aber wenigstens ordentlich heißen Muckefuck aus einem Blechbecher trank, zeigte sich Holmes wieder einmal immun gegen äußere Widrigkeiten: Die Kälte schien ihm nicht viel auszumachen. Die Decke lässig um die Schultern geschwungen, saß Holmes mir gegenüber und las im Kerzenschein ein Buch – über Bienen, wie mir der Umschlag verriet. Er sah aus wie ein adeliger Lord, der am Abend gemütlich vor dem Kamin in seinem Landhaus saß und seine Lektüre genoss.

Ach, was hätte ich nicht alles für einen Kamin gegeben!

»W-Warum sind w-wir noch g-gleich h-hier, H-Holmes?«, fragte ich schlotternd (und beileibe nicht zum ersten Mal seit Erreichen dieser unterkühlten Breitengrade). Denn bisher waren wir doch mehr als nutzlos gewesen, was die Aufklärung des Verschwindens der *HMS Victoria* anging. Es war mir ohnehin nach wie vor schleierhaft, warum man Holmes und mich geschickt hatte. Sicherlich, das Vertrauen der Königin ehrte uns – aber wären Ingenieure und Taucher nicht die bessere Alternative gewesen, um ein verschwundenes, wahrscheinlich gesunkenes Schiff zu finden? Heimlichkeit allein konnte hier nicht das entscheidende Argument sein.

»Wir sind hier, weil es der Wunsch der Königin ist, alter Freund«, antwortete Holmes in der Zwischenzeit freundlich, ohne von seinem Buch aufzuschauen. Er blätterte eine Seite weiter. »Und weil man Königinnen keinen Wunsch abschlägt. Das steht sogar in diesem Buch, Watson ...«

Ich presste die Hände an den warmen Becher, um möglichst viel von der köstlichen Hitze meines Hochsee-Ersatz-Kaffees zu haben.

»Ihr Brennglas wird hier draußen nicht von großem Nutzen sein«, versetzte ich widerspenstig, nicht für die Weisheiten der Bienen empfänglich.

Holmes legte einen Finger ins Buch, klappte es zu und sah mich an.

»Das stimmt, Watson«, entgegnete er ernst. »Und auch die Möglichkeiten der Deduktion sind auf dem Meer eher begrenzt, wenn es nicht um ein Verbrechen auf oder unter Deck geht. Nirgends sind Spuren so flüchtig wie im Ozean. Die Natur ist schon immer ein mächtiger Gegenspieler gewesen. Gleiches gilt für all jene Dinge, die sich im Schoß des Atlantiks verbergen mögen. Ob U-Boot oder Ungeheuer – abgetaucht ist abgetaucht, Watson. Und trotzdem: Mein Bruder hat klar gemacht, dass die Königin Sie und mich auf diesem Schiff haben möchte, um dem Verschwinden der *Victoria* auf den Grund zu gehen. Sind wir der letzte Strohhalm, Watson? Oder ist das Vertrauen Ihrer Majestät in meine Fähigkeiten so grenzenlos, dass es sie gegenüber allen Fakten und äußeren Umständen blind macht?«

Jeder, der Holmes weniger gut gekannt hätte als ich, hätte diese Rede als höchst arrogant und sogar beleidigend und anmaßend empfunden. Selbst ich hatte an Holmes' Interpretation des königlichen Befehls so meine Zweifel, da es mir nach wie vor einfach absurd erschien, einen beratenden Detektiv und einen Arzt und nebenberuflichen Schriftsteller aus London auf einem Forschungsschiff auf den Atlantik zu schicken, um ein verloren gegangenes Schiff der königlichen Marine wiederzufinden (oder zumindest seinen Verbleib zu klären).

Ich schlürfte den letzten Schluck Kaffee und bereute mein hastiges Austrinken sofort, als die Wärme sich bereits spürbar aus dem Metall des Bechers zurückzog.

»Ich kann mir nicht vorstellen, dass unsere sonst so rationale Königin sich an die Hoffnung klammert, dass zwei Männer, die von der Seefahrt keinen Schimmer haben, klären können, wo eines ihrer Schiffe abgeblieben ist«, betonte ich meinen Standpunkt noch einmal, obwohl Holmes sich schon wieder seinem Buch zugewandt hatte, wie ich durch die hartnäckige Atemwolke vor meinem Gesicht sah.

Holmes hob nochmals den Kopf und sah mich mit einem seltsamen Lächeln an. »Vielleicht hat der Hofzauberer unser hochverehrten Regentin ja auch in ihrem Kaffeesatz gelesen und wie einst der große Merlin verkündet, dass es für diese Geschichte von Vorteil wäre, Sie und mich in der Nähe des Quadranten zu haben, aus dem der letzte Funkspruch der *Victoria* gekommen ist. Und an unserem verehrten *Sir Hofzauberer* wollen Sie doch nicht zweifeln, mein lieber Watson, oder?«

»Ich schaue, ob ich Silver noch einen Kaffee aus den Rippen leiern kann«, brummte ich, schälte mich aus meinen Decken und machte mich bibbernd auf den Weg durch den kalten Schiffsleib in Richtung Kombüse, wo ich versuchen wollte, Silver einen weiteren Becher seines eifrig gehüteten heißen Gebräus abzuschwatzen, indem ich den Smutje mit einem bis dato unveröffentlichten Abenteuer meines Freundes bestach.

***

Der Morgen brachte einen klaren Horizont, noch mehr Kälte und keinerlei neue Erkenntnisse darüber, was Holmes und ich auf dem Ozean tun sollten – und leider auch keine guten Nachrichten vom Unterdeck und den Technikern, was das kaputte Heizsystem anging. Ich stand fest in meine pelzgefütterte Kapuzenjacke eingepackt auf Deck, stützte mich mit den Fäustlingen auf das Schanzkleid und blickte über das von kleinen Eisschollen durchzogene Meer, das seitlich am Schiff vorbeizog. Inzwischen war es in unserer Kabine nicht viel kälter als an Deck, und hier waren Auge und Geist wenigstens mit der Großartigkeit des Ozeans beschäftigt und von der Kälte abgelenkt.

Mein Blick strich über das Wasser. Langsam aber sicher näherten wir uns der Stelle, an der die *HMS Victoria* verschwunden war – gesunken, wie Mycroft und die anderen schlauen Köpfe in London annahmen. Ich versuchte mir auszumalen, was ein britisches Kriegsschiff auf den Grund des Meeres ziehen könnte. Ein Riesenkrake? Ein deutsches Tauchboot? Ein Strudel? Oder vielleicht sogar eines der prähistorischen Untiere, deren Skelette man in den letzten Jahren überall auf der Welt fand?

»Ihr Freund lässt wieder die Katzen jammern.«

Ich zuckte erschrocken zusammen, als Mr. Smith wie ein Geist aus der Kälte neben mich trat. Smith war der Erste Maat der *Albion,* ein derber, aber freundlicher Bursche, auch wenn die Mannschaft des Forschungsschiffes die Fäuste des Mannes fürchtete. Es hatte auf der gesamten Überfahrt bisher nur einen Mann gegeben, der Smith beim abendlichen Boxkampf unter Deck geschlagen hatte: Sherlock Holmes. Es war eine jener seltenen Gelegenheiten gewesen, da der Ermittler im Auftrag der Königin unsere Kabine freiwillig verlassen hatte. Ansonsten vergrub mein Gefährte sich in seinen Büchern, schrieb an der Neufassung seiner Abhandlung über Zigarettenasche, brauchte Stück für Stück seinen widerlichen Kokainvorrat auf oder spielte Stunden lang auf seiner Geige, die er natürlich mit aufs Schiff gebracht hatte. Aber was hätten Holmes und sein scharfer Intellekt trotz aller guter Absichten auch groß anderes tun sollen?

Doch wie Holmes am Abend zuvor treffend gesagt hatte: Wenn die Königin einen Wunsch äußerte, schlug man diesen nicht einfach aus.

»Er hat wohl mal wieder eine seiner Stimmungen«, antwortete ich Smith. Die Eintönigkeit einer Hochseereise konnte einem tatsächlich aufs Gemüt schlagen, wenn man sich erst einmal am endlosen Blauschwarz sattgesehen hatte, erst recht, wenn man wie Holmes ständig nach geistiger Stimulanz suchte.

Holmes' Geigenspiel, das über das gesamte Oberdeck schallte, klang heute aber wirklich besonders traurig, insbesondere natürlich im Vergleich mit den Hymnen des Meeres, denen ich eine halbe Stunde davor hatte lauschen dürfen, als eine Walschule unseren Weg gekreuzt hatte.

»Sagen Sie Ihrem Freund, dass ich ihm seine Stimmung rausboxe, wenn er sich heute Abend mal wieder zu uns traut.«

Das war eben Smith' Art. Er meinte es sportlich, da war ich mir sicher. Und er hatte recht. Holmes' Geigenspiel war an diesem Morgen eine Zumutung. Ein disharmonisches Kratzen, grässlich und nicht einmal mit dem sonst in vielen Fällen äußerst geduldigen Wörtchen *Kunst* zu entschuldigen.

Da verstummte das Geigenspiel kurz – fast so, als hätte Holmes in der Kabine unter Deck meine Gedanken gelesen.

Ich genoss das Heulen des Windes, das Brummen der Motoren und das Rauschen des Ozeans und des rauen Seewinds – zumindest solange, bis Holmes' Spiel von Neuem einsetzte, grässlicher und kratziger denn je.

Seufzend lehnte ich mich wieder an die Reling und beobachtete das Wasser, Holmes' fragwürdige Melodie stets im Hinterkopf. Ich glaube, nach all den Jahren war ich so auf das Spiel meines Freundes und die darauf fußende Analyse seiner Gemütsfassung fixiert, dass ich es schon gar nicht mehr ignorieren *konnte,* ob ich wollte oder nicht.

Irgendwann bemerkte ich, dass von Neuem jemand neben mich getreten war. Diesmal war es aber nicht Smith allein – sondern zwei Dutzend Männer, die ihren Posten auf Deck verlassen hatten! Sogar Kapitän Simmons, der einen Kontrollgang gemacht hatte, war unter ihnen. Noch seltsamer als dieser Umstand war der verträumte, abwesende Ausdruck auf den Gesichtern der Männer, die sehnsüchtig aufs Wasser blickten. Ich besah mir die beiden Offiziere neben mir genauer und bemerkte entsetzt, dass ihre Augen so glasig waren, als hätten sie sich alle an Holmes' Kokainvorrat bedient, Smith und Simmons eingeschlossen.

Verwirrt folgte ich dem Blick der Besatzung aufs Eismeer hinaus – und erstarrte.

In fünfzehn Yards Abstand zur *Albion* trieb eine weitere Eisscholle im dunklen Wasser, nicht größer als die Tore des Buckingham Palace. Nichts Ungewöhnliches hier draußen – verhältnismäßig harmlose Schollen wie diese passierten oder rammten wir zuhauf, seit wir in kältere Gewässer vorgestoßen waren. Allerdings stand auf *dieser* Eisplatte eine eindeutig weibliche Gestalt, nackt wie Gott sie schuf, ohne der Kälte oder dem rauen Seewind Beachtung zu schenken, nur eingehüllt von ihrem langen, dunklen Haar. Und sie sang. Sang, was das Zeug hielt, inbrünstig wie eine Operndiva aus Moskau.

Eine Sirene, schoss es mir durch den Kopf.

Und als hätte irgendetwas in meinem Kopf nur darauf gewartet, dass ich eine Verbindung zu den Irrfahrten des Odysseus herstellte, trat Holmes' Geigengejammer in den Hintergrund, bis auch ich die Stimme der nackten Frau auf dem Eisfloß hören konnte. Wie der Rest der Mannschaft bekam ich sofort die Anziehungskraft der Stimme zu spüren, die alle möglichen Freuden und Sünden versprach.

Ich schüttelte den Kopf, kämpfte gegen die Gier an, die der Gesang in mir weckte, und konzentrierte mich auf das mitleiderregende Klagen von Holmes' Streichinstrument. Daraufhin bekam ich nach und nach wieder Gewalt über meine Gliedmaßen, löste sich mein Verstand aus der Starre der Versuchung und von den lustvollen Bildern, die in meinem Kopf entstanden.

Mir war klar: Ich musste schleunigst handeln.

Was mir trotz allem noch schwer genug fiel.

Denn auch wenn ich in Afghanistan und an der Seite von Holmes schon diverse Male mit eindeutiger Absicht auf Mensch und Tier geschossen hatte, verabscheute der Diener des Hippokrates in mir zutiefst Gewalt gegen alle Lebewesen. Nichtsdestoweniger war die Sirene eine Gefahr für Schiffe und ihre Besatzungen – und damit für unschuldige Familienväter, Brüder, Ehemänner und Freunde, so, wie sie schon den antiken Mannschaften des

Odysseus und der von Sindbad dem Seefahrer in den Drachenfelsen beinahe zum Verhängnis geworden wäre.

Also tat ich das Einzige, was jeder rechtschaffene Mann in einer solchen Situation getan hätte, wie ich hoffe: Ich griff nach dem Revolver, den Kapitän Simmons in einem Halfter an der Hüfte trug, zielte und schoss auf die nackte Frauengestalt.

Der Schuss hallte laut durch die klare Luft und ließ das Rauschen des Windes, das Schwappen der Wellen, das Brummen der Maschinen, das Leiern von Holmes' Geige und den verlockenden Gesang der Sirene verstummen.

Letzteren für immer. Die Schöne auf dem Eis wurde brutal herumgerissen und taumelte zur Seite.

Erst als ihr Blut in dünnen, verästelten Bahnen über das Eis kroch und die Sirene reglos auf dem Rücken und ihrem Haar lag, erwachten die Männer neben mir langsam aus ihrer Starre.

Holmes' Geige klagte von dem Schauspiel hier an Deck und auf dem Eis im Wasser unbeeindruckt weiter.

Ausnahmsweise kam mir sein schauderhaft schräges Spiel wie Musik in meinen Ohren vor.

***

Nach meinem knappen Bericht gab Kapitän Simmons den Befehl, ein Beiboot zu Wasser zu lassen, um unter Smith' Aufsicht die Leiche der Sirene zu bergen und an Bord zu bringen. Ich eilte da bereits in die Kabine, die ich mir mit Holmes teilte, um dem Detektiv davon zu berichten, was sich oben an Deck zugetragen und was er wie die Funker, Heizer, Maschinisten und alle anderen unter Deck verpasst hatte.

Holmes unterbrach mich kein einziges Mal und sah mich nach meiner Zusammenfassung einige Augenblicke stumm an.

»Watson«, begann er schließlich, »normalerweise würde ich sagen, Sie wollen sich einen schlechten Scherz erlauben – oder die See bekommt Ihnen nicht.« Er hob eine sehnige Hand, und ich schluckte meinen Widerspruch hinab. »Aber wir haben gemeinsam schon genug Seltsames erlebt. Ich glaube Ihnen, alter Freund, keine Sorge. Nur noch eine Sache, bevor wir nach oben gehen und die Leiche inspizieren.« Auch wenn Holmes nicht oben auf Deck dabei gewesen war – er blieb der Meister der Zusammenhänge und Schlussfolgerungen (und zeigte das auch gern, selbst wenn er außer mir kein anderes Publikum hatte). »Sie spekulieren wohl richtig, wenn Sie sagen, dass das Wesen eine Sirene war. Wer weiß schon, was die Meere an Absonderlichkeiten bereithalten? Und kann sich nicht auch ein mythologisches Wesen verirren? Ich stimme Ihnen außerdem zu, dass wir hier tatsächlich den Grund für die verschollenen Schiffe gefunden haben dürften. Wir haben großes

Glück gehabt, Watson. Uns kam kein Eisberg in die Quere, als das Schiff bis zu Ihrem tapferen Einsatz führerlos war ...«

Ich war bereits drauf und dran, aus der Kabine zu eilen, als Holmes die Geige behutsam zurück in ihren Kasten legte und noch einmal das Wort an mich richtete.

»Unser werter Sir Hofzauberer hatte anscheinend doch eine gute Nase, als er Ihrer Majestät empfahl, mich und insbesondere Sie an Bord der *Albion* zu schicken, Watson. Wenn ich es mir recht überlege, nannte Mycroft ja auch *Ihren* Namen zuerst, ehe er mich im Auftrag Ihrer Majestät zu Ihrem Begleiter erwählte. Gut gemacht, alter Knabe.«

***

Es ist nicht Nostalgie allein, die mich heute dazu veranlasst, diese Episode endlich niederzuschreiben. Viel mehr ist es ein Ereignis, von dem die Zeitungen schon den ganzen Tag in Sonderausgaben berichteten, unterbrochen nur von Pausen, wenn ihnen die Druckerschwärze ausgeht.

16. April 1912

Unsinkbarer Luxusliner mit Eisberg kollidiert

DIE TITANIC SINKT IN PANIK!

Lesen Sie mehr ab Seite 3!

Der Rabe

Manchmal, wenn die Worte nicht fließen wollten und ich es nicht auf Anhieb schaffte, aus meinen Notizen einen unterhaltsamen Bericht in gefälliger Prosa für das *Strand Magazine* zu zimmern, zog es mich gerade in meinen ersten Jahren als Chronist der Abenteuer meines Freundes Sherlock Holmes in einen der vielen Londoner Parks. Dort schlenderte ich dann gedankenversunken über die gewundenen Kieswege oder schaute den alten Männern beim Schachspielen und den Kindern beim Fangen, Bootsrennen oder Drachensteigen zu. Manchmal fütterte ich auch einfach nur die Tauben und erfreute mich daran, dem städtischen Alltag für die eine oder andere geruhsame Stunde zu entkommen.

So auch an diesem milden Oktobermorgen. Die Herbstsonne hatte den Nebel zumindest aus der Grünanlage vertrieben und schien zwischen den Bäumen hindurch, um mit letzter Kraft ein paar helle Flecken auf den feuchten Kies zu malen. Trotzdem waren längst nicht so viele Menschen im Hyde Park unterwegs wie noch Mitte September. Dafür scharten sich umso mehr Tauben vor meinen Füßen und pickten gurrend nach dem Futter, das ich ihnen hinwarf.

Plötzlich nahm ich im Augenwinkel eine Veränderung meines Umfelds wahr. Ich drehte den Kopf zur Seite – und wich verdutzt zurück.

»Guten Morgen«, murmelte ich schnell, um mein peinliches Verhalten zu überspielen. Dennoch war ich irritiert. Ich hätte schwören können, dass der alte Mann mit der Augenklappe, dem weißen Vollbart und der braunen Jacke gerade eben noch *nicht* neben mir gesessen hatte und auch auf keinem der Wege in der Nähe herumgeschlendert war.

»Komische Vögel«, sagte der Alte versonnen und nickte lässig in Richtung der Tauben, während er die Beine ausstreckte.

Die Bewegung erinnerte mich an Holmes.

»Was meinen Sie?«, fragte ich so höflich wie möglich.

»Sie haben keinen Stolz. Andere Vögel würden nie so nahe an einen Menschen herankommen oder ihm dämlich glucksend vor den Füßen rumeiern. Nehmen wir zum Beispiel einen Raben. Der würde elegant hier vorbeisegeln, sich draufgängerisch im Flug einen Krumen Brot schnappen und sich dann flugs auf den nächsten Baum außer Reichweite verziehen. Nie würde er sich dazu herablassen, vor uns zu fressen.«

»Vielleicht.« Ich klemmte die leere Tüte neben mir zwischen zwei Bretter der Bank. »Sind sie ein Vogelforscher?«

Der Mann lachte; es klang wie das Husten eines Bären.

»Es ist die Augenklappe, oder?« Er tippte gegen das Leder. »Jeder, der mich über Vögel reden hört, denkt sofort, dass ich ein Forscher sein muss und mir ein wütender Adler oder ein nervöser Falke das Auge rausgepickt hat. Ab und zu denken die Leute natürlich auch, dass ich in jungen Jahren ein Wilderer gewesen sein könnte …«

»Ich wollte nicht andeu…«

»Schon gut.« Der Alte winkte mehr amüsiert denn verärgert ab. Völlig unvermittelt fragte er dann: »Sagen Sie, Mister – Sie kennen nicht zufällig einen guten Detektiv?«

***

»Wen haben Sie da mitgebracht, Watson?«

Holmes saß mit dem Rücken zu uns an seinem Arbeitstisch und linste in sein Mikroskop; seine Finger drehten an einem kleinen Rädchen an der Seite des Geräts. Trotz der Versunkenheit in seine Studien zu bemerken, dass ich unsere Wohnung nicht allein betrat, gehörte zu den leichtesten Übungen meines Freundes. Immerhin hatte er siebzehn Stufen Zeit gehabt, den Rhythmus der Schritte zu analysieren und Rückschlüsse auf mich und meinen Begleiter zu ziehen. Holmes' Frage führte mir jedoch unangenehm vor Augen, dass ich und mein Bekannter aus dem Park uns auf dem Weg in die Baker Street zwar rege über alle möglichen Dinge unterhalten, aber einander zu keinem Zeitpunkt ordnungsgemäß vorgestellt hatten.

»Mein Name ist North«, kam mir der Alte Mann neben mir zur Hilfe, indem er sich selbst vorstellte. »Ich bat Dr. Watson, mich zu Ihnen zu bringen. Ich brauche Ihre Hilfe, Mr. Holmes.«

Ich war derweil wie vom Donner gerührt. Ärger stieg in mir hoch. Nicht nur, dass es mir immer noch Unbehagen bereitete, wenn die Leute mich auf offener Straße erkannten. Ich fühlte mich benutzt. Anscheinend hatte mein Begleiter ganz genau gewusst, wen er da im Park ansprach und zu welchem *guten Detektiv* er dadurch *zufälligerweise* gebracht werden würde …

Holmes drehte sich halb auf seinem Hocker herum und ließ den Blick effizient über Mr. North hinweggleiten.

»Und in welcher Angelegenheit brauchen Sie meine Hilfe, Mr. North?«, fragte der Detektiv leidenschaftslos.

»Wie Ihr Freund bereits richtig vermutet hat, sind Vögel meine Passion«, erklärte North und setzte sich in einen Sessel, ohne dass Holmes oder ich eine entsprechende Aufforderung ausgesprochen hätten. »Raben haben es mir besonders angetan. Zwei Exemplare habe ich schon sehr, sehr lange. Sie können ziemlich alt werden, wissen Sie? Nun ist einer meiner Lieblinge nicht von seinem letzten Streifzug zurückgekehrt. Ich weiß inzwischen nicht mehr, ob er diesmal alleine nach Hause zurückfindet. Deshalb möchte ich Sie bitten, ihn zu suchen. Gold spielt keine Rolle.«

Holmes sah den alten Mann, der abwesend ins Kaminfeuer blickte, ein paar Sekunden gedankenvoll an. »Wir finden den Burschen schon«, meinte der Detektiv. »Selbst wenn er sich nicht auf Anhieb erinnern kann.«

North drehte wie ein Uhu ruckartig den Kopf. Was auch immer er im ersten Augenblick sagen wollte, fand nicht den Weg über seine Lippen.

»Ich danke Ihnen, Mr. Holmes«, brummte der alte Mann am Ende nur und stemmte sich aus dem Sessel. »Oh, dieses elendige Rheuma!«, fluchte er leise und verabschiedete sich mit eigenartiger Hast.

»Seltsame Vögel bringen Sie da aus dem Park mit«, war alles, was Holmes später zu seinem neuen Klienten sagte, ehe er sich wieder seinem Mikroskop widmete.

***

Zunächst zeigte Holmes nicht viel Interesse an seinem neuen Fall und beschäftigte sich weiter mit seinen Studien. Ich verließ zwischenzeitlich unsere Wohnung, da ich zu einem Notfall gerufen wurde. Als ich von dem dringlichen Hausbesuch bei der jungen Ms. Clemm in unsere Wohnung zurückkehrte, waren Holmes' Arbeitstisch und sein Mikroskop verwaist. Eine hastig hingekritzelte Notiz setzte mich darüber in Kenntnis, dass mein Freund schließlich doch noch auf Rabenjagd gegangen war.

Seltsamerweise traf es mich sehr, dass Holmes nicht auf mich gewartet hatte, damit wir gemeinsam losziehen könnten.

Nachdem ich Mr. North erst in unsere Räumlichkeiten in der Baker Street gebracht hatte, wäre es das Mindeste gewesen, mich an dieser Untersuchung zu beteiligen.

Ich zerknüllte die Nachricht in meiner Faust.

Diesmal würde ich mich nicht mit dem Schicksal des Zurückgelassenen und Wartenden abfinden! Da ich an diesem Nachmittag keine weiteren Termine hatte, entschied ich, mich selbst ein wenig in der Stadt umzusehen.

Ich hatte auch so eine Ahnung, wo sich ein Blick nach Mr. North' verschollenem Raben lohnen könnte …

***

Robert Butcher war einer der Ältesten im Verbund der Yeomen Warders of Her Majesty's Royal Palace and Fortress the Tower of London. Außerdem war er ein alter Bekannter von mir, da ihn seine chronische Blasenentzündung seit gut drei Jahren des Öfteren in meine Praxis trieb – öfters, als dem brummigen Familienvater von fünf Kindern lieb war.

Der Gedanke, der mich zum berüchtigten Tower in der Nähe des Kanals geführt hatte, war unterdessen folgender: Ein besonderer Rabe wie der von Mr. North würde vielleicht die Gesellschaft anderer besonderer Raben suchen – etwa die der großen blauschwarzen Kolkraben im Tower, die ein Edikt von Karl II. schützte (die Legende besagte, dass kein Feind Britannien erobern könnte, solange die Raben im Tower hausierten).

»Wir stutzen ihnen die Flugfedern«, gestand Robert, als ich ihn darauf ansprach und wir die Raben beobachten, die über den Tower Green stolzierten.

»Dann müssten Sie ja einen guten Überblick haben«, meinte ich hoffnungsvoll. »Ist in den letzten Tagen ein Rabe dazugekommen?«

Der Wächter in traditionellem Schwarzrot ließ den Blick über die Raben schweifen. Seine Lippen bewegten sich lautlos. »Nein, Doktor, alles wie immer«, sagte er zu meiner Enttäuschung. »Aber wenn Sie schon einmal hier sind ...« Ich hörte mir geduldig an, was er für neuerliche Beschwerden hatte, und gab dem geplagten Mann für den nächsten Tag einen frühen Termin.

Danach trat ich missmutig den Rückweg zur Baker Street an.

***

Holmes saß mit ausgestreckten Beinen – von der Haltung her eine exakte Kopie von Mr. North im Park früher am Tag – auf dem Sofa und zog an seiner Meerschaumpfeife. Bereits an seiner Ausstrahlung konnte ich ablesen, dass Holmes den Fall gelöst hatte. Ein weiteres deutliches Indiz dafür war der mit einem Handtuch abgedeckte Vogelkäfig neben dem Sessel.

»Wo haben Sie ihn gefunden?«, fragte ich zerknirscht und warf meinen Zylinder missgelaunt auf den Esstisch. Ein leeres Wasserglas fiel um.

Holmes ignorierte es und paffte zufrieden vor sich hin. »Auf der Kuppel von St. Pauls«, antwortete er bedächtig. »Ich habe es erst in Westminster versucht – doch die Höhe war dann wohl doch der entscheidende Faktor, nicht die Königlichkeit.«

Danach schwieg mein Freund.

Ich seufzte. Es ging wohl nicht anders:

»Das müssen Sie mir erklären, Holmes.«

Der Detektiv blies einen Rauchring.

»Was war das grundlegende Problem dieses Falls, Watson?«

Ich erinnerte mich an die Raben auf dem Rasen im Hof des Towers, die irgendwie alle gleich ausgesehen hatten.

»Einen unter vielen zu finden«, antwortete ich.

»Sehr gut. Und wie findet man einen unter vielen?«

»Ich nehme an, dass Sie es mir gleich sagen werden.«

»Natürlich, alter Knabe. Ihr Mr. North gab uns zu verstehen, dass sein Rabe etwas Besonderes ist. Es galt also, herauszufinden, *wie* besonders. Doch was wussten wir über das Tier, außer dass es anscheinend regelmäßig alleine losflog und bisher immer wieder aus eigenem Antrieb zu seinem Herrn zurückgekehrt war? An diese Sache musste man anders herangehen. Indem ich mir anhand der zur Verfügung stehenden Fakten über Mr. Norths wahre Identität klar wurde, ließ das wiederum Rückschlüsse auf seinen Vogel zu.«

»*Wahre Identität?* Wovon reden Sie, Holmes?«

»Na, Watson, wo würde der Rabe eines Gottes – nicht irgendeines Gottes, sondern des Rabengottes höchstpersönlich! – sich wohl aufhalten, wenn er hier in London wäre und sich verloren fühlt?« Bevor ich etwas erwidern konnte, fuhr Holmes schon energisch fort: »Richtig: auf dem höchsten Kirchengebäude der Stadt. Gewissermaßen dem mächtigsten Londoner Pantheon, das Asgard am nächsten liegt und von der architektonischen Pracht und der Aura der Göttlichkeit her mit Odins Hallen konkurrieren kann.« Wieder bekam ich keine Gelegenheit, einen Einwand vorzubringen. »Sobald ich die Luke in der Flüstergalerie nach oben gedrückt hatte, blickte mich unser gefiederter Freund auch schon mit schief gelegtem Kopf an. Er schien erleichtert, dass ihn endlich jemand einsammelt.«

Die Standuhr in der Ecke tickte eindringlich. Draußen klapperten die Hufe eines Kutschenpferdes. In Mrs. Hudsons Wohnung unter uns fiel die Badezimmertür ins Schloss.

»Rabengott?«, fragte ich so gelassen wie möglich.

Mein Freund nickte fröhlich. »Jetzt schauen Sie nicht so, Watson! Ich bin nicht von Sinnen. Aber überlegen Sie mal: ein Mann, den Sie einfach so im Park auflesen? Der eine Augenklappe trägt? Der sich Mr. *North* nennt? Der mit *Gold* bezahlen möchte? Und der uns aufträgt, *seinen Raben* zu finden? Ich *bitte* Sie!« Holmes quittierte meine ungläubige Miene mit einem Grienen, sprang vom Sofa, durchschritt forsch das Wohnzimmer und nahm ein Buch von seinem Arbeitstisch, das dort aufgeschlagen neben dem Mikroskop gelegen hatte. Der Detektiv las vor: *»Zwei Raben sitzen auf seinen Schultern und sagen ihm ins Ohr alle Zeitungen, die sie hören und sehen; sie heißen Hugin und Munin. Er sendet sie Morgens aus, alle Welten zu umfliegen, und Mittags kehren sie zurück und so wird er manche Zeitungen gewahr. Die Menschen nennen ihn darum Rabengott. Davon wird gesagt: Hugin und Munin müssen jeden Tag / Über die Erde fliegen. / Ich fürchte, dass Hugin nicht nach Hause kehrt / Doch sorg ich mehr um Munin.«*

»Hugin und Munin also«, wiederholte ich matt.

»Gedanke und Erinnerung«, antwortete Holmes im Ton eines Akademikers und legte das Buch zurück.

Ich rieb mir mit Daumen und Zeigefinger die Augen.

»Sie behaupten also, dass Mr. North – den ich im Park beim Taubenfüttern getroffen habe – der nordische Allvater ist? *Odin?*« Ich musste daran denken, wie der alte Mann plötzlich neben mir auf der Parkbank gesessen und was für ein seltsames Gefühl ich da mit einem Mal gehabt hatte.

»Ich *behaupte* nicht nur, ich *weiß*, Watson!«, betonte Holmes mit einem Anflug von Ungeduld. »Doch ich sehe schon: Sie glauben mir immer noch nicht. Nun, dann warten wir gemeinsam, bis *er* hier aufkreuzt. Ich habe unserem *Mr. North* nicht Bescheid gegeben, dass ich seinen Raben gefunden habe. Sie etwa? Nein? Gut. Denn wenn ich richtig liege, weiß er das auch so. Eine leichte Übung für einen Gott. Und wenn nicht, dann für seinen verbliebenen Raben, der ihm alle Neuigkeiten ins Ohr flüstert. Hören Sie! Schwere Schritte auf der Treppe. Und das, ohne dass jemand geklingelt hätte. Wo kommt unser werter *Mr. North* bloß her, Watson? Ob er unter unserer Treppe biwakiert hat? Oder ob er bei Mrs. Hudson zum *Teetrinken* gewesen ist? Odin soll wie Zeus noch im hohen Alter ein echter Frauenhel…«

Ich erhob mich eilig, bevor Holmes zu Ende sprechen konnte, und öffnete die Tür bereits nach dem vierten herrischen Pochen.

»Ich danke Ihnen, Mr. Holmes«, sagte der Alte anstelle einer Begrüßung, eilte an mir vorbei, als ob es mich nicht gäbe, und kniete vor dem Käfig nieder. Er zog das Handtuch grob zurück und lächelte beim Anblick des großen schwarzen Vogels, der den grauen Schnabel durch die Gitterstäbe steckte und den alten Mann zärtlich an der großen Hand berührte. Nach ein paar Augenblicken erlosch das Lächeln unseres Gastes jedoch. Er griff nach dem Käfig und erhob sich ohne ein Zeichen von Gebrechlichkeit oder Rheuma.

»Was schulde ich Ihnen?«, fragte er geradeheraus. Der Blick seines einen Auges fixierte Holmes.

Dieser streckte erneut die langen Beine aus und zog abwägend an seiner Pfeife. »Was ist *Erinnerung* einem Gott wohl wert, der ein Auge gegen allmächtiges Wissen eingetauscht hat?«, philosophierte der Detektiv und hüllte sich in eine Rauchwolke. »Alles Gold von Asgard? Einen Apfel aus Iduns Garten? Einen Ritt mit den Walküren oder der Wilden Jagd?«

Das Gesicht von Holmes' Klienten verdüsterte sich.

»Seit wann wissen Sie es?«, fragte er grollend.

»Mit Bestimmtheit? Seit gerade eben. Sie sollten sich angewöhnen, Türen zu benutzen.«

Nach diesen Worten meines Mitbewohners veränderte sich die Gestalt des Alten. Er schien zu wachsen und breitere Schultern zu kriegen – jedenfalls wirkte unser Salon auf einmal wesentlich kleiner als vorher, als fülle ihn eine riesige Präsenz. Ich blinzelte. Nun stand da auch nicht mehr ein alter Mann in einfachen Hosen und brauner Jacke vor uns, sondern ein mächtiger, imposanter nordischer Göttervater in seiner mit Gold und Silber verzierten

Halbrüstung. Die Augenklappe war verschwunden; Odins linkes Auge war wie von einer dünnen, silbrigen Eisschicht überzogen.

Der Käfig war ebenfalls nicht mehr da: Der Rabe saß auf Odins Schulter und beäugte mich argwöhnisch.

»Es war leichter, als ihr noch Felle in den Eingängen eurer Hütten hängen hattet«, murrte Odin indes.

»Sie können ja einmal einen entsprechenden Vorschlag an Mrs. Hudson herantragen«, schlug Holmes trocken vor.

»Die Hausherrin? Prächtiges Weib«, sagte der Rabengott anerkennend. »Nun. Ich muss zurück nach Asgard. Loki treibt sonst wieder alle mit seinen Intrigen in den Wahnsinn. Und wer weiß, was Thor diesmal mit ihm anstellt, wenn ich ihn nicht zurückhalte. Was ist nun dein Begehr, Sterblicher? Welche Belohnung verlangst du?«

Es gibt Menschen, die in solch einer Situation versucht hätten, jeden nur erdenklichen Reichtum zu erlangen, vielleicht sogar Unsterblichkeit oder sonst eine seltene Gunst des obersten nordischen Gottes.

Sherlock Holmes überlegte lediglich einen kurzen Augenblick.

Dann blickte er lächelnd zu Odin empor, der über dem Detektiv aufragte, und hob seine hölzerne Pfeife.

»In den legendären Schatzkammern von Asgard gibt es doch bestimmt eine schöne, von geschickter Zwergenhand gefertigte Pfeife, die niemand mehr braucht, oder?«

Nemesis

(Prolog)

Zu behaupten, Sherlock Holmes hätte präzise wie ein Uhrwerk funktioniert, widerspräche dem Wahrheitsempfinden eines Gentleman – und erst recht dem eines Chronisten.

Sicherlich hatte Holmes genügend Manierismen und ausreichend eingespielte, auf Außenstehende oftmals verwunderlich wirkende Rituale. Sein Tagesrhythmus, in den all diese Observanzen integriert waren, neigte jedoch dazu, sich flexibel dem Problem anzupassen, mit dem der Detektiv gerade beschäftigt war. Essen, Schlaf oder ein auch nur einigermaßen erträgliches Sozialverhalten rückten da schon einmal in den Hintergrund.

Wenn Holmes und ich über mehrere Tage also nur das Nötigste miteinander sprachen und einander trotz der gemeinsamen Wohnung so gut wie nicht sahen, dann belastete das unsere Freundschaft nicht weiter. Bis heute weiß ich nicht, ob Holmes sich über solche Dinge überhaupt Gedanken machte – ich für meinen Teil hatte mich nach all der Zeit dem ungeachtet an die Marotten meines Freundes gewöhnt.

Nichtsdestoweniger bot mir Holmes' Verhalten im Oktober 1899 Anlass zur Sorge. Egal wann ich den Detektiv wie einen Schatten durch den Salon huschen sah, um sich in seinem Zimmer eiligst in eine neue Verkleidung zu werfen und gleich wieder aus der Wohnung zu stürmen: Der Ausdruck auf dem hageren Raubvogelgesicht – unter falschen Bärten, Perücken und mehreren Schichten Schminke – gefiel mir überhaupt nicht. Konzentriert, angespannt, gedankenversunken, energisch oder sogar wild und wütend – all das kannte ich an Holmes, wenn er sich an einem Fall festgebissen hatte. Diesmal aber lag in seinem Blick etwas anderes. Es war nicht das übliche Fieber der Jagd oder der Schatten der Askese als Zeichen seiner bedingungslosen Fokussierung auf eine Sache.

Es war der nach innen gekehrte Blick eines Mannes, der vom langen Kampf gegen eine Seelenqual langsam zerrieben wurde, währenddessen er an sich selbst den Anspruch stellte, seine Sorgen mit niemandem zu teilen.

Folglich blieb mir als Freund gar nichts anderes übrig, als dem großen Detektiv eines Abends heimlich zu folgen, als er unsere Wohnung mit einem abwesenden Gesichtsausdruck, dunklen Augenringen und ausnahmsweise einmal ohne falschen Schnauzer, schwarze Locken oder hingeschminkte Pockennarben verließ …

***

Holmes nachzustellen, ohne dass er es bemerkte, mag dem Leser als Ding der Unmöglichkeit vorkommen. Das ist sicherlich richtig – hätte ich es denn mit einem Sherlock Holmes in Normalform zu tun gehabt. Es mag als gewichtiges Indiz für Holmes' Zustand (und als Rechtfertigung meiner Besorgnis) gewertet werden, dass es mir an jenem Abend gelang, dem Detektiv unbemerkt quer durch das in herbstliche Nebelschwaden getauchte London zu folgen, bis wir eine wenig belebte Seitenstraße im Südwesten der Stadt erreichten. Von dort bog Holmes in eine noch einsamere und stillere Gasse ein, die so einladend wirkte wie ein Friedhof. Der Nebel schien sich wie Regenwasser in einer Dachrinne zwischen den Mauern zu sammeln.

Ich wahrte den Abstand, der mich bisher unentdeckt hinter meinem Freund hatte herschleichen lassen, drückte mich ans feuchte Mauerwerk und lugte vorsichtig in die Düsternis der nebelverschleierten Gasse.

Holmes war nach ein paar Schritten ebenfalls stehen geblieben. Beide blickten wir nun auf das, was sich nur wenige Yards vor uns im Grau abspielte: Ein Mann und eine Frau hielten einander in einer innigen Umarmung fest. Zumindest war das mein erster Eindruck, als ich die Schattenrisse in den Schwaden wahrnahm. Die Arme, die schlaff an der Seite des Mannes herabbaumelten, gaben der Szene freilich schnell eine andere Bedeutung.

Das war *kein* normales Paar, das sich in die Gasse zurückgezogen hatte, um *allein zu sein.*

Als ein Strahl Mondlicht den Nebel durchdrang und auf das schöne, von langem, dunklem Haar gerahmte Frauengesicht fiel, stockte mir der Atem.

Zwei Reißzähne blitzten knapp über der Haut am Hals des jungen Mannes!

Das war aber noch nicht alles.

Ich schluckte hart, als ich die Frau erkannte.

Doch nicht nur ich erkannte *die Frau* sofort.

»Irene«, murmelte Holmes, wobei seine Stimme mit jedem Buchstaben ein ganzes Spektrum an Gefühlen durchlief und sowohl die Hölle, als auch den Himmel besuchte.

Kein Wunder. Bei der Vampirin vor uns handelte es sich ohne jeden Zweifel um Irene Adler.

Die Frau – das einzige weibliche Wesen, das jemals nachhaltig Sherlock Holmes' Herz berührt hatte und sich zugleich mit seinem Intellekt hatte messen können. Meine Gedanken überschlugen sich. Hatte diese faszinierend kluge, wunderschöne Frau von Welt, die in Mailand die Primadonna, an unzähligen Höfen die einflussreiche Geliebte und in Berlin, Paris und Wien die geschickte Spionin gegeben hatte, sich etwa der sündigen Dunkelheit hingegeben? Womöglich sogar nur, weil sie den Gedanken an den allmählichen Verlust ihrer Schönheit und die schleichende, aber unabwendbare Niederlage gegen das Alter nicht mehr länger hatte ertragen können?

Der Kopf der Vampirin ruckte fauchend herum. Das Zischen erstarb, als sie den Mann im Eingang der Gasse erkannte.

»Hallo Sherlock. *Du* schleichst mir da also seit Tagen nach«, sagte *die Frau* anstelle einer Begrüßung. »Ich hätte es mir denken können.« Damit entließ sie ihr Opfer achtlos aus ihrer kräftezehrenden, lebensgefährlichen Umarmung. Der arme Kerl, der sich auf was für ein amouröses Abenteuer auch immer eingelassen hatte, sank mit einem leisen Stöhnen zu Boden und blieb reglos liegen. Der Nebel schien sich wie eine lebendige Decke – oder ein untotes Leichentuch – daran zu machen, seine Gestalt zu verhüllen.

Die Adler wandte sich indessen betont gleichgültig ab und verschmolz bereits nach zwei Schritten mit dem Grau. Holmes trat einen beherzten Schritt vor. *»Irene!«*, rief er laut und deutlich. Drohend. Flehend.

Der Name hallte zwischen den Wänden wider.

Die Frauengestalt im Nebel drehte sich noch einmal halb zu Holmes um.

»Warum bist du damals verschwunden?«, fragte der Detektiv die einzige Frau, die ihm jemals etwas bedeutet hatte.

»Weil du zurückkehren musstest«, antwortete Adlers Stimme aus den fahl erleuchteten Schwaden. Ihre Umrisse zeichneten sich nur noch schwach gegen das allgegenwärtige Wabern ab. »Die Welt brauchte ihren Sherlock Holmes mehr als ich.«

»Die Welt war mir egal«, versetzte Holmes leise und so traurig, wie ich es vorher noch nie bei ihm gehört hatte.

Eine dichte Nebelbank schob sich zwischen Adler und uns.

»Ich weiß«, erwiderte die Vampirin dumpf. Ihre schlanke Silhouette verblasste zusehends, bis sie ganz verschwunden war. Bald waren auch ihre leisen Schritte verklungen. *»Gute Nacht, Mister Sherlock Holmes«*, wisperte der Nebel noch einmal sachte. Dann senkte sich Stille über die namenlose Gasse.

Holmes stand mehrere Minuten wie angewurzelt an Ort und Stelle und starrte in den Nebel. Auch ich rührte mich nicht.

»Helfen Sie dem Mann endlich, Watson«, sagte Holmes irgendwann gefasst.

Selbst als ich schon neben dem armen Teufel kniete und nach dem schwachen Puls des Mannes tastete, hing Holmes' Blick düster an der unüberwindbar wirkenden Nebelwand, hinter der *die Frau* verschwunden war.

Der Fluch

Holmes und ich hatten es Mrs. Ackroyd niemals vergessen, dass sie uns einst als zeitweilige Mieter aufgenommen und so lange bewirtet hatte, bis die Renovierung unsere Räumlichkeiten in der Baker Street abgeschlossen war und wir wieder in die Obhut von Mrs. Hudson und ihrer soliden Hausmannskost hatten zurückkehren können. Dorset Street Nummer 2 war in der kurzen Zeit, die wir in jenem drückend heißen Sommer dort gewohnt und uns an der französisch gefärbten Kochkunst von Mrs. Ackroyd erfreut hatten, weniger ein aufgenötigter Unterschlupf als viel mehr eine Art Ferienhaus innerhalb der Stadtgrenzen gewesen, sodass uns entsprechend viel Sympathie mit der Schwester von Mrs. Hudsons verstorbenem Gatten verband. Demzufolge war es keineswegs bloß eine Frage von Ritterlichkeit und Tugend, Mrs. Ackroyd zur Hilfe zu eilen, sobald uns die Nachricht erreichte, dass Mrs. Hudsons Schwägerin Beistand brauchte. Holmes und ich ließen alles – Holmes sein derzeitiges chemisches Experiment, ich meine Ausgabe der Abenteuer des Arthur Gordon Pym – stehen und liegen. Keine zehn Minuten später erreichten wir das kleine Häuschen in der Dorset Street, wo uns eine völlig aufgelöste Mrs. Ackroyd bereits händeringend an der Haustür empfing und sogleich nach drinnen führte.

»Erst waren da diese grässlichen Geräusche!«, sprudelte es schon im Treppenhaus aus der älteren Dame hervor. »Dann dieses Gepolter und Geknurre. Und diese Schreie!« Mrs. Ackroyd schüttelte sich bei der Erinnerung und blieb stehen, um uns die Gänsehaut auf ihren Armen zu zeigen. »Als das Fenster klirrend zu Bruch ging, habe ich mich in meinem Schlafzimmer eingeschlossen.« So hatte sie auch der Milchmann vorgefunden, dem sie am Morgen an der Fensterscheibe Klopfzeichen gegeben hatte. »Es ist ein Jammer! Sie wissen ja, dass ich mit der Wohnung nicht viel Glück hatte und schon lange genug keinen Nachmieter fand, nachdem Mr. Hampton einfach so verschwunden ist.«

Ich erinnerte mich dunkel. Die ganze Angelegenheit hatte nicht für viel Aufsehen in den Zeitungen gesorgt, wenngleich in der Nachbarschaft natürlich darüber geredet worden war: Nachdem er nur zwei Wochen bei Mrs. Ackroyd zur Miete gewohnt hatte, war Gary Hampton einfach verschwunden und bis heute wie vom Erdboden verschluckt geblieben.

»Gestern habe ich die Wohnung endlich an einen höflichen jungen Mann aus Rumänien vermieten können, der frisch aus San Francisco gekommen ist«, setzte Mrs. Ackroyd ihre Schilderung inzwischen fort. »Der Arme wirkte völlig erschöpft. Sie müssen wissen, Mr. Lupescu hat sich in San Francisco von seiner Verlobten getrennt. Aber wer lässt sich schon mit einer Frau namens Lila ein? Lila der letzte Versuch, sage ich nur ...«

»Wie sah Mr. Lupescu aus?«, fragte Holmes sachdienlich.

»Gut, wenn ich dreißig Jahre jünger wäre.« Mrs. Ackroyd hüstelte diskret. »Aber das hilft Ihnen vermutlich nicht weiter. Dunkle Haut, lockige schwarze Haare. Den Bart trug er arg ungepflegt. Das schrieb ich aber der langen Schiffsreise zu. Und es gab ihm ja durchaus etwas Verwegenes.«

Mittlerweile hatten wir die Wohnung erreicht.

Mir fehlten die Worte. Was war nur mit dem Salon geschehen, der mir als so gemütlich und anheimelnd in Erinnerung geblieben war!

Den Raum selbst erkannte ich kaum wieder. Tisch und Stühle, ja selbst das Sofa und die große Kommode waren umgeworfen und schwer beschädigt worden, lagen wie tote Kadaver auf dem Boden, die Polster so zerrissen und zerkratzt wie der Teppichläufer unter all den Holztrümmern. Füllungsfetzen quollen wie Eingeweide aus dem Bauch des Sofas, auf dem ich damals nachmittags so gerne gelesen hatte, bis die weichende Hitze des Tages es zuließ, dass man hinausging. Am schlimmsten war jedoch der Anblick eines zerschlissenen Jacketts und eines abgerissenen Hemdsärmel, die inmitten des Trümmerfelds lagen und wie ein stummer Vorwurf aussahen.

»Da ist das Fenster«, sagte Mrs. Ackroyd unnötigerweise und deutete auf das eingeschlagene Fenster auf der anderen Seite des Raumes, das ein nicht zu dem Anblick der Verwüstung passendes Gemisch aus Vogelgezwitscher, Bienensummen und Grillenzirpen in den Salon sickern ließ.

»Schrecklich, nicht wahr?« Mrs. Ackroyd schniefte. »Eine Tragödie! Ich werde nie wieder einen Mieter finden, wenn sich herumspricht, dass eine wilde Bestie hier eingedrungen ist, einen meiner Untermieter angefallen hat und ihn dann verschleppte, um weiß Gott was mit ihm anzustellen. Alle Welt wird sich sofort wieder an Mr. Hampton erinnern. Diese Sache wird mich ewig verfolgen! *Ewig!*« Sie begann zu schluchzen und tupfte sich mit einem Taschentuch die Augen ab.

»Beruhigen Sie sich, Mrs. Ackroyd«, sagte ich sanft.

Holmes indes nahm das demolierte Wohnzimmer mit erstaunlich viel Gelassenheit zur Kenntnis. Mir war außerdem keineswegs entgangen, dass mein Begleiter sich bisher nicht einmal die Mühe gemacht hatte, sein Brennglas hervorzuholen oder sich anderswie eingehender mit dem Chaos zu beschäftigen. Stattdessen sagte Holmes gelassen:

»Ich glaube nicht, dass die Bestie aus dem Garten kam.«

Der Detektiv durchquerte das Zimmer und umsteuerte geschickt die Möbelleichen, bevor er sich weit aus dem eingeschlagenen Fenster lehnte und nach draußen spähte. »Sehen Sie«, meinte er bereits nach wenigen Sekunden über die Schulter gewandt nach hinten. »Die Scherben liegen im Rosenbeet. Demnach muss jemand – oder etwas – nach *draußen* gesprungen sein, nicht umgekehrt.« Er ging leichtfüßig in die Hocke und fuhr mit der flachen Hand über die abgeschälte Tapete unter dem Fensterrahmen.

Erst jetzt bemerkte ich die tiefen Furchen, die bis auf die roten Backsteine reichten. Eindeutig Krallenspuren.

»Auch das lässt darauf schließen, dass es eher ein *Entkommen* und weniger ein *Eindringen* war«, kommentierte Holmes prosaisch.

Mrs. Ackroyd presste das Taschentuch an ihre Brust. Hätte sie es nicht tunlichst vermeiden wollen, mit irgendeinem Gegenstand in ihrem zerstörten Salon in Berührung zu kommen, wäre sie bestimmt gegen den Türrahmen gesackt. So mussten meine Schulter und mein Oberarm herhalten.

»Sie meinen, das Untier war die ganze Zeit *im Haus?*«, keuchte die alte Dame erschüttert und begann zu zittern.

»Eine Frage der Definition«, erwiderte Holmes und täuschte vor, nichts von Mrs. Ackroyds Schwächeanfall und der aufkeimenden Hysterie der alten Dame zu bemerken.

Wieder einmal wurde mir klar, wie sehr mein Freund vom Elend anderer Menschen profitierte; wie es ihn stimulierte, seinen Geist anregte und seinem Leben einen höheren Sinn gab, wenn er ein Verbrechen rekonstruieren und aufklären konnte – selbst wenn einmal nicht das Schicksal des gesamten Empires auf dem Spiel stand.

»Wir hatten gestern Vollmond, oder?«, fragte Holmes da auf einmal zusammenhangslos.

Der abrupte Themenwechsel überraschte die angeschlagene Mrs. Ackroyd zu sehr, um antworten zu können. Ich half ihr bereitwillig aus, zumal ich seit unserer ersten Begegnung wusste, dass Holmes sich nicht übermäßig für Astronomie interessierte, da sie für seine Arbeit eher selten von Belang war.

»Jawohl«, bestätigte ich also und erinnerte mich an den runden, gelben Mond der letzten Nacht.

Holmes nickte zufrieden. »Keine Sorge, Mrs. Ackroyd«, erklärte er mit einem Mal leichthin. »Damit bin ich mir vollkommen sicher, dass Ihr Gast *nicht* von einer wilden Bestie überrascht wurde. Viel mehr wurde er vom *Vollmond* überrascht, der durch das Fenster hier geschienen hat. Ich denke, dass Mr. Lupescu durch die lange Schiffsreise und die Zeitumstellung – Sie sagten, er kam direkt aus San Francisco? – den Überblick verloren und den Mondlauf ausgerechnet für diesen Abend außer Acht gelassen hat. Sonst wäre es nie zu dieser Unannehmlichkeit gekommen. Aber seien Sie unbesorgt: Ich denke, dass es ihm den Umständen entsprechend gut geht und er sich jetzt gerade irgendwo von den Auswirkungen der letzten Nacht erholt.«

Mrs. Ackroyds Blick strich zweifelnd über das Chaos in ihrem Zimmer, das natürlich durchaus für sich und gegen Holmes' These sprach. Andererseits kannte sie natürlich den Ruf meines Freundes und wusste mit Sicherheit von ihrer Schwägerin (oder vielleicht sogar aus einem meiner Berichte), dass Holmes' Wort bei vielen wichtigen Persönlichkeiten einiges an Gewicht hatte.

»Sie meinen also, dass ich nicht die Polizei einschalten muss?«, fragte Mrs. Ackroyd nach ein paar Sekunden bedächtig.

»*Das* wäre tatsächlich vergebene Liebesmüh«, entgegnete Holmes mit einem Schmunzeln, nur um nüchterner hinzuzufügen: »Ich würde vorschlagen, dass Sie einen Glaser rufen. Heute Abend stellen Sie außerdem Mr. Lupescus Sachen – zumindest die, die seinen ... Ausbruch heil überstanden haben – mitsamt seiner Koffer in den Garten. Er wird es zu schätzen wissen, wenn er in der Nacht noch einmal vorbeikommt. Und das wird er. Es gibt da gewisse Verhaltensregeln. Aber fürchten Sie sich nicht! Er wird nicht noch einmal mit Ihnen in Kontakt treten. Wahrscheinlich lässt er Ihnen, insofern er über die nötigen Mittel verfügt – wovon ich aufgrund seiner Reise nach Amerika und der Qualität von Sakko und Hemdsärmel ausgehe – in der Nähe einen kleinen Betrag als Entschädigung für Ihre Unannehmlichkeiten zurück. Wenn Sie das nächste Mal Ihr Rosenbeet harken, sollten Sie also besser darauf achten, was sie auf den Kompost werfen ...«

***

Als die gute Mrs. Ackroyd so weit beruhigt schien und der gerufene Handwerker endlich eintraf, machten Holmes und ich uns auf den Weg zurück zur Baker Street. Angesichts des prächtigen Maiwetters entschieden wir uns gegen eine Droschke, zumal Eile nun definitiv nicht länger vonnöten war, wie Holmes mir abermals mit Nachdrücklichkeit versicherte.

»Damit wäre immerhin auch geklärt, was Mr. Hampton im vergangenen Herbst passiert ist«, sagte Holmes irgendwann.

»Wie meinen Sie das?«

Holmes wartete, bis ein glücklich lächelndes Pärchen Arm in Arm an uns vorbeispaziert war. Dann sagte er:

»Sehen Sie, Watson: Lykanthropen haben ein ausgeprägtes Revierverhalten. Gerüche und ihr Instinkt bestimmen selbst dann weite Teile ihres Tuns, wenn Sie nicht in ihrer tierischen Gestalt unterwegs sind. Sie handeln anders als wir. Unbewusster. Triebhafter. Wir müssen davon ausgehen, dass Hampton ebenfalls ein Lyktanthrop war, und sich Lupescu unwissentlich auf seiner Fährte befand, sobald er – so wie der Amerikaner im letzten Jahr vor ihm – gestern am Hafen angekommen ist. Leubuscher hätte seine Freude an dieser Konstellation gehabt, glauben Sie mir. Aber wenigstens kann ich Russoff von dieser Sache berichten, damit er sie in seine Chronik aufnimmt. Ich bin immer noch skeptisch, ob er sie wirklich unter dem Namen Jack Russell veröffentlichen wird, oder ob Conway und Ploog von ihrem Recht als Verleger Gebrauch machen und sich gegen dieses alberne Pseudonym aussprechen.« Holmes schnippte mit den Fingern. »Ich könnte auch Baring-Gould mal wieder schreiben. Habe lange nichts von ihm gehört. Er wird sich wohl wieder in unserem geliebten Dartmoor herumtreiben.«

Ich wusste nicht, von wem Holmes da alles sprach – er kannte Gott und die Welt – oder was seine Beweiskette für den mysteriösen Fluch bedeutete, der auf Dorset Street Nummer 2 zu liegen schien und Mrs. Ackroyds letzte beiden Mieter betraf.

Meine Gedanken kreisten ohnehin um andere Dinge.

Ich konnte nicht sagen, dass mir die Vorstellung gefiel, Werwölfe durch London streifen zu wissen, selbst wenn Holmes ihnen eine gewisse Selbstkontrolle und eine Art Ehrenkodex zuzuschreiben schien.

»Das heißt, wir haben nun schon mindestens zwei von der Sorte in London«, sprach ich meine Sorge laut aus.

An einem hellen Sommertag waren solche Grübeleien und Theorien ja noch erträglich und für den einen oder anderen womöglich sogar interessant – doch was, wenn die Tage wieder deutlich kürzer, die Schatten früh länger würden? Und auch wenn die Sonne mit besten Absichten vom Himmel schien und meinen Rücken wärmte, als wir auf die Baker Street einbogen, gefiel mir Holmes' Antwort noch weit weniger als der Gedanke, den ich zuvor ausgesprochen hatte.

»*Zwei?* Sie sind und bleiben ein Optimist, Watson!«

***

Am nächsten Morgen warteten Holmes und ich vergebens auf unser Frühstück. Auch auf mein wiederholtes Ziehen am Klingelstrang hin erschien keine Mrs. Hudson mit ihrem Tablett und den kleinen Freuden, die einem den Start in den Tag erleichterten. Obwohl Mrs. Ackroyds französische Küche damals eine echte Abwechslung zu Mrs. Hudsons solider Kost gewesen war – in Sachen Frühstück machte der guten alten Mrs. Hudson niemand etwas vor. Kein Wunder: In ihren Augen war es die wichtigste Mahlzeit des Tages.

Umso ungewöhnlicher war ihr Säumen. Ungewöhnlich und sehr schade!

Denn eigentlich hatten Holmes und ich unserer Vermieterin gleich am Morgen – wenn Sie uns Toast, Konfitüre, Spiegeleier und Tee brachte – berichten wollen, mit welcher Leichtigkeit Holmes ihrer Schwägerin am Vortag hatte helfen und Mrs. Ackroyd hatte beruhigen können.

»Seltsam, nicht wahr?«, sagte ich zu meinem Mitbewohner und zupfte bedeutungsschwer an der Kordel neben der Tür. »Vielleicht ist der Klingelzug defekt?«

Mein Freund erhob sich. »Ich schaue kurz bei ihr vorbei und frage, ob Sie unser Läuten gehört hat. Ich wollte ohnehin die ersten Zeitungen holen.«

Es vergingen höchstens zwei oder drei Minuten, bis Holmes zurückkehrte.

Ich erschrak fürchterlich, als ich seine Miene bemerkte.

»Holmes!«, rief ich. »Was ist mit Mrs. Hudson?«

»Mrs. Ackroyd ist heute Morgen tot in ihrer Wohnung aufgefunden worden«, erwiderte mein Freund leise. Sein Blick ging glatt durch mich hindurch. »Sie wurde auf bestialische Weise ermordet. Mehr bekam ich nicht aus Mrs. Hudson raus. Könnten Sie bitte nach ihr sehen? Ich glaube, sie könnte ärztlichen Beistand gebrauchen.«

Holmes hatte noch nicht zu Ende gesprochen, da hatte ich mir bereits die Tasche mit meinen medizinischen Utensilien geschnappt und eilte, immer zwei Stufen auf einmal nehmend, ins Erdgeschoss.

***

Ich spritzte Mrs. Hudson etwas zur Beruhigung und wartete, bis ihre Nichte kam, um sich um die alte Dame zu kümmern.

Als ich in unsere Wohnung im ersten Stock zurückkehrte, fiel die eiserne Beherrschung des Arztes von mir ab, die mich die letzte Dreiviertelstunde auf den Beinen gehalten hatte. Ich klappte wie ein Rasiermesser im Sessel zusammen und hing ähnlich lethargisch im Polster wie Holmes. Nun konnte auch ich nicht mehr anders, als wie betäubt dazusitzen und trübe vor mich hin zu starren. Wenn ich zwischenzeitlich doch einmal flüchtig den Blick hob, sah ich Holmes, der mir gegenüber mit geschlossenen Augen statuengleich auf dem Sofa saß.

Ob er meditierte? Seit seiner Rückkehr vor sieben Jahren tat er dies gelegentlich. Doch keine fernöstliche Geistesreinigung dieser Welt konnte etwas gegen den Schatten tun, der sich über Holmes' Raubvogelgesicht gelegt hatte und ihn krank und elend aussehen ließ. Ich konnte praktisch dabei zusehen, wie seine Schuldgefühle den Detektiv von innen heraus zerfraßen.

Ich weiß nicht mehr, wie lange wir in diesem beklommenen, trostlosen Schweigen beisammensaßen und uns in unseren Schuldgefühlen suhlten.

Irgendwann sprang Holmes jedoch behände auf die Beine und drohte der Welt mit der Faust.

»Es ist meine Schuld, Watson!«, erklärte er impusliv und sagte damit nur das, was ich bereits für mich wusste. »Ich bin zu leichtfertig mit dieser Sache umgegangen. Wir hätten wenigstens die Nacht bei Mrs. Ackroyd abwarten und vorsorglich Wache halten müssen. Aber ich war mir so sicher ...«

Vermutlich war das die Krux an Männern wie Sherlock Holmes: Sie irrten selten und waren daran gewöhnt, die richtigen Entscheidungen zur rechten Zeit zu treffen. Doch wehe, wenn sie doch einmal danebengriffen und aus irgendeinem Grund fehlten – oder, noch schlimmer, nach einer beeindruckenden Serie korrekter Entscheidungen und vorbildlicher Lösungen einen Fall zu sehr auf die leichte Schulter nahmen.

Ich war, wie ich sehr wohl wusste, nicht ganz unschuldig an all dem. Ich hatte mich nach all den Jahren an der Seite des größten kriminalistischen Genies der Welt zu sehr daran gewöhnt, dass Holmes, wenn er in seiner unnachahmlichen Art selbstbewusst durch die Hinterlassenschaften eines Verbrechens schritt und dieses für den Normalsterblichen entschlüsselte, nahezu unfehlbar war.

Nahezu.

»Ich werde diesen Lupescu finden«, knurrte Holmes derweil finster. Seine Augen sprühten fast so sehr wie die des unseligen Monsterhundes aus dem Moor, der mich noch heute in besonders schlimmen Nächten durch meine Albträume jagt.

Ich konnte nach Holmes' grimmigem Schwur gar nicht so schnell schauen, wie der Detektiv an der Tür war und über die Schulter rief:

»Kommen sie, alter Junge?«

***

Lupescu war in der Nacht in die Dorset Street zurückgekehrt, so wie Holmes es vorausgesagt hatte.

Anstatt sich jedoch wie ein »Werwolf-Gentleman« (um Holmes zu zitieren) zu nehmen, was ihm zustand, die peinliche Angelegenheit in beidseitigem Einvernehmen stillschweigendend zu vergessen und erleichtert seiner Wege zu ziehen, war Lupescu abermals in Wolfsgestalt in Nummer 2 eingedrungen – augenscheinlich nur, um in Mrs. Ackroyds Schlafzimmer ein sinnloses Blutbad anzurichten.

Letzteres zeigte uns ein außergewöhnlich blasser und schweigsamer Inspektor Hopkins von Scotland Yard, als Holmes und ich dem Ort des Gräuels einen kurzen, nichtsdestotrotz äußerst unangenehmen und schmerzhaften Besuch abstatteten – ohne unsere bisherige Rolle in dem Fall zu erwähnen. Darüber mussten wir vorher nicht einmal reden.

Hopkins und Scotland Yard ermittelten noch gegen einen unbekannten Einbrecher und klapperten die Irrenhäuser im hinteren Teil des East Ends ab, um zu klären, ob nicht ein kranker Mordbube in der Nacht entflohen war.

»Wenn ich es nicht besser wüsste, würde ich sagen, das war irgendein wildes Tier«, meinte der junge Inspektor, der ein großer Bewunderer von Holmes' Methoden war. »Aber derzeit gastiert kein Zirkus mit Raubtieren in der Stadt. Zwei meiner Männer überprüfen gerade aber alle Frachtpapiere und Schiffe mit afrikanischen und amerikanischen Routen.«

Falls Hopkins sich eine kluge Antwort von seinem detektivischen Vorbild erwartete, wurde er enttäuscht.

Holmes murmelte eine Unverbindlichkeit, ehe wir schleunigst den Schauplatz der blutigen Tat verließen.

Nicht ohne dass sich die rot beschmierten Wände und der blutdurchtränkte Teppich in mein Gedächtnis einbrannten.

***

Für gewöhnlich nahm mich Holmes nicht auf seine Erkundungszüge in die Londoner Unterwelt mit. Seine Ausflüge auf die Schattenseite der Gesellschaft sind stets die verschwommensten und ungenauesten Stellen in meinen Berichten – Passagen, die ich in der Regel bloß aus zweiter Hand wiedergeben kann und gelegentlich mit meiner Vorstellungskraft ausschmücken muss.

Mein Freund wusste, wie unwohl ich mich in Bordellen, Opiumhöhlen und anderen Etablissements dieser Couleur fühlte, die auch Holmes häufig nur in Verkleidung aufzusuchen pflegte – etwa als der Hafenarbeiter Lefty (mit der Hakenhand) oder der Schmalspurganove Matches (der immer ein Streichholz im Mundwinkel klemmen hatte und niemals redete, sondern stets wie ein ältlicher Oxfordprofessor nuschelte).

Am Tag nach der Mordnacht in der Dorset Street war es uns beiden jedoch einerlei, wohin wir uns begeben und in welche Hölle wir hinabsteigen mussten – oder wer uns bei unserem gesellschaftlichen Sündenfall sehen könnte.

Es zählte einzig und allein, diesen Lupescu zu finden.

Einen Mann, der, ohne dass wir ihn jemals zu Gesicht bekommen hätten, zu einem Feindbild für uns geworden war.

Nach zwei Fehlversuchen steuerten wir ein kleines Gasthaus in der Park Street an. Die Absteige wurde gerne von Einwanderern aus Siebenbürgen und dem Zarenreich frequentiert, wie Holmes zu berichten wusste. Es war also nicht gerade eine meisterliche Deduktion, die uns zum *Prancing Pony* führte. Viel mehr war es eine Demonstration von Holmes' Kontakten und Kentnissen.

Von Hartnäckigkeit und Entschlossenheit.

Vor dem *Pony* befragte Holmes einen jungen Schuhputzer aus Glasgow, der mit seinem modrigen Holzkasten, einem alten Lappen und seiner verkrusteten Bürste gegenüber dem *Pony* auf Kundschaft wartete. »Hast du einen großen, bärtigen Mann mit Seesack gesehen? Der Kerl sieht ziemlich krank aus«

»'leichd«, schnarrte der schmutzige Jüngling und verschränkte die Arme vor der schmalen Brust. Holmes schnippte ihm einen Shilling zu, den der Knabe geschickt aus der Luft griff. »Hab'm geholf'n, sein Zeuch hochzutrag'n. Hat wirklich beschissen ausgschaud, der Kerl, wennse mich frag'n, Mesder.«

»Wir werden uns um ihn kümmern«, versprach Holmes mit kalter Stimme und warf dem Jungen kommentarlos einen weiteren Shilling zu – zusammen mit einem erwartungsvollen Blick.

Der Jüngling fischte auch diese Münze mit dem Geschick einer Möwe aus der Luft.

»Zimmer 8«, verriet er dann mit einem ebenso falschen wie breiten Grinsen, das einige Zahnlücken preisgab.

***

Wir ignorierten die Blicke des Wirts und seines in der Nähe des Tresens herumlungernden Rausschmeißers, als wir den nach abgestandenem Bier und billigem Tabak riechenden Schankraum durchquerten, die Treppe in den ersten Stock ansteuerten und oben an die Tür des dritten Zimmers auf der linken Seite eines schmalen, dämmrigen Ganges ohne Fenster klopften.

Keine Reaktion.

Holmes ließ nicht locker und klopfte weiter, und irgendwann hörte man hinter der Tür jemanden in einer hektischen, harten Sprache fluchen. Schritte näherten sich schlurfend.

Schließlich wurde die Tür einen Spalt geöffnet.

Was Holmes bereits genügte.

Kaum dass Lupescu die Tür zu seiner gemieteten Zuflucht ein Stückchen geöffnet hatte, trat Holmes die Türe förmlich ein – und stürzte sich auf den rückwärts stolpernden Lupescu.

Noch ehe ich ›Jack Broughton‹ sagen konnte, traf Holmes' Faust schon das bärtige Kinn des Mannes, der mit einem überraschten Schmerzenslaut zu Boden geschleudert wurde und im Fallen einen Schwall Blut und sogar einen Zahn ausspuckte.

»*Holmes!*«, rief ich entsetzt, da ich eine solche Vorgehensweise von meinem Gefährten keineswegs gewöhnt war.

Doch Holmes interessierte sich nicht für meinen Protest – wenn er ihn überhaupt gehört hatte. Er sprang über den von Lupescu im Fallen umgerissenen Hutständer hinweg, zog den Rumänen grob auf die Füße und schmetterte ihm erneut die Faust gegen den Kiefer. Bevor der Mann abermals zu Boden ging, packte Holmes ihn auch schon mit beiden Händen am Kragen, riss ihn herum und schleuderte ihn wie eine Strohpuppe gegen die nächste Wand. Dort rutschte Lupescu stöhnend zu Boden. Holmes war da aber schon wieder über seinem Opfer, krallte sich in Lupescus krauses Haar und knallte den Kopf des Mannes hart mit dem Gesicht voran gegen den Nachttisch. Drei, vier Mal hämmerte Holmes den Schädel seines übertölpelten Gegners rücksichtslos gegen die Holzplatte des Tischchens. Blut tropfte in besorgniserregenden Mengen auf den Boden und lief Lupescu über das bleiche Gesicht, als Holmes ihn von Neuem auf die Füße zog.

Ich starrte hilflos auf das blutige Spektakel.

Zu spät hörte ich die schweren Schritte hinter mir auf dem Gang.

»Was ist hier los?!«

Der bullige Rausschmeißer erschien in der Tür und blies mir seinen üblen Zwiebelatem in den Nacken. Vermutlich war er vom Wirt nach oben geschickt worden, nachdem dieser das Gepolter und Gerumpel gehört und endgültig entschlossen hatte, seine fadenscheinige Diskretion aufzugeben.

»Ein Trainingskampf?«, sagte ich wenig überzeugend und versuchte, mich möglichst breitzumachen.

Holmes hatte den halb besinnungslosen Lupescu mittlerweile in der Raumecke festgenagelt und verpasste dem jungen Mann einen Nierenhaken nach dem anderen.

Der massige Schläger schob mich mit einer Pranke zur Seite, als ob es mich nicht gäbe, zwängte sich durch die Tür und packte Holmes wie ein Ringer von hinten. Nun, zumindest *wollte* er das. Holmes aber schlupfte unter der Bärenumarmung des massigen Schlägers hindurch, drehte sich flink wie ein Terrier in der Rattengrube herum und verpasste auch dem kahlen Hünen einen harten Fausthieb ins Gesicht, dem der Detektiv einen Handkantenschlag gegen den Hals folgen ließ – eine weitere seiner Errungenschaften aus einem stillen Kloster an den vereisten Hängen des Nanga Parbat, wie ich vermutete.

Der Mediziner in mir schauderte, als ich das Nasenbein des Schlägers brechen hörte und der Ochse nach Holmes' zweitem Schlag wie vom Blitz getroffen zusammenbrach.

Endlich löste ich mich aus meiner Betäubung und tat einen Schritt auf meinen Gefährten zu.

»Holmes!«

Der rasende Detektiv fuhr wie ein Tiger herum, holte aus – und erstarrte mitten in der Bewegung mit erhobenem Arm.

In diesem Augenblick sah ich nicht viel von dem besonnenen, brillanten Mann, den ich sonst mit so viel Stolz meinen Freund nannte.

Es war eine grässliche, vor Hass und Wut verzerrte Fratze, aus der mich zwei vor Hass lodernde Augen durchbohrten wie afghanische Messer.

»Watson …«, murmelte Holmes dann aber kehlig. Er klang wie jemand, der nach einem langen Schlaf in fremder Umgebung erwacht. Seine Schultern sackten herab; sein gesamter Körper schien zu erschlaffen.

Lupescu – der inzwischen an der Wand entlang nach unten gerutscht war – und der stiernackige Schläger lagen auf dem Boden und rührten sich nicht. Das mickrige, verwanzte Zimmer sah nach Holmes' Wüten nicht besser aus als der Salon in der Dorset Street Nummer 2.

Lediglich die Blutmenge machte einen Unterschied.

»Oh Watson«, murmelte mein Freund da. Er bemerkte den roten Lebenssaft auf seinen Händen nicht. Ich hoffte, dass die Fingerknöchel des Ermittlers nicht aufgeplatzt waren. Holmes' Hang zu einer siebenprozentigen Lösung alle paar Wochen war schlimm genug. Ich brauchte nicht auch noch einen Mitbewohner, der sich einmal im Monat in einen Wolf verwandelte, weil sein Blut sich mit dem von Lupescu vermischt hatte. »Wie teuer soll dieser eine Fehler noch werden?«, fragte Holmes zwischenzeitlich bedrückt.

Ich straffte die Schultern und sah dem Ermittler fest in die Augen.

»So teuer, wie Sie es zulassen«, erwiderte ich streng.

Holmes sah mich ausdruckslos an. Dann nickte er schwach.

»Sie haben recht, alter Freund«, antwortete der Detektiv so leise, dass ich es kaum hörte. Er wischte sich übers Gesicht. Entschlossenheit und Konzentration kehrten wie die Sonne nach einem schweren Gewitter auf Holmes' Züge zurück; das Flackern der Wut in seinen Augen machte dem Fieber der Jagd Platz. »Kommen Sie, Watson, packen Sie mit an!«, sagte er schließlich mit ruhiger, fester Stimme.

Gemeinsam schleppten wir Lupescu über die Hintertreppe aus dem Gasthaus und verfrachteten ihn in eine Droschke, die der junge Schuhputzer aus Glasgow für uns auftrieb. Ein Glück, dass die Kutscher in dieser Gegend keine Fragen stellten, solange sie im Voraus bezahlt wurden ...

***

Zurück in der Baker Street, verfrachteten wir den bewusstlosen Lupescu unsanft aufs Sofa. Danach bestand ich darauf, umgehend Holmes' Hände zu untersuchen. Ich seufzte erleichtert auf, als nach dem Waschen keine offenen Wunden zum Vorschein kamen – das Blut stammte einzig und allein von Lupescu. Die Hornhaut, die Holmes sich in all den Jahren beim Boxtraining angezüchtet hatte, machte sich einmal mehr bezahlt.

Nachdem das geklärt war, ging ich nach unten und sah kurz nach Mrs. Hudson, die den Tod ihrer Schwägerin nicht sonderlich gut verkraftete.

Je älter die Menschen werden, desto weniger Leute gibt es nun mal, die sie an ihre Jugend erinnern – und desto härter trifft sie jeder Abschied.

Als ich in unsere Wohnung zurückkehrte, saß Holmes mit geladenem Revolver im Schoß in seinem Sessel. Die Mündung der Waffe deutete auf Lupescu, der inzwischen wieder zu sich gekommen war und den Detektiv lauernd anstarrte. Lupescus Gesicht sah übel zugerichtet aus. Er blinzelte nicht.

Niemand rührte sich.

Ich wagte kaum zu atmen.

»Werden Sie mich töten?«, fragte der junge Mann irgendwann mit schwachem Akzent, der weniger seine Herkunft und mehr einen längeren Aufenthalt in Amerika verriet.

Mein Bruder hatte damals schon nach einem Jahr ähnlich geklungen.

»Möglicherweise«, entgegnete Holmes aufgeräumt. »Warum haben Sie Mrs. Ackroyd umgebracht?«

Ein Schatten legte sich auf das arg lädierte Gesicht unseres Gegenübers.

»Der Fluch«, knurrte Lupescu und erinnerte dabei wahrlich an einen großen, bösen Wolf.

Auf der Rückfahrt vom *Pony* hatte Holmes mir erklärt, dass Lykanthropen sich tatsächlich nur bei Vollmond verwandelten und die Legenden und Geschichten hier ausnahmsweise einmal voll und ganz die Wahrheit sprachen – es sei denn, die Tiermenschen kannten sich mit Magie aus und konnten entsprechend nachhelfen (oder benutzten irgendein magisches Amulett oder einen Trank). Auf Lupescu schien all das nicht zuzutreffen – sonst hätten wir schon längst einen Wolf vor uns auf dem Sofa sitzen gehabt.

Aber wie hatte Lupescu dann auch in der Nacht nach dem Vollmond noch einmal in seine Wolfsgestalt schlüpfen können, um Mrs. Ackroyd erneut zu besuchen und die alte Dame ruchlos abzuschlachten? Und wie Holmes richtig gefragt hatte: Wieso hatte er sie nicht gleich beim ersten Mal getötet? Eine Schlafzimmertür hätte ihn in seiner Wolfsgestalt bestimmt nicht aufgehalten.

»Erzählen Sie uns von diesem Fluch«, verlangte Holmes eisig.

»Sie wissen, was ich bin?«,

»Ein Mörder«, grollte Holmes.

Lupescu seufzte genervt und schloss kurz die Augen.

»Es ist nicht so, wie Sie denken«, murmelte er, hob langsam die Hände und betastete seinen Kiefer unter den blutigen Bartstoppeln. Er verzog das Gesicht. »Sie haben eine harte Rechte, Mister.«

»Ich habe auch einen Revolver. Erzählen Sie endlich.«

Lupescu leckte sich über die geschwollenen Lippen, schwieg aber.

»Wissen Sie, Mr. Lupescu«, sagte Holmes. »Lykanthropen sind nicht die Bestien, zu denen zweitklassige Schriftsteller – Pardon, Watson – Sie so gerne machen. Es gibt wie in allen anderen Gesellschaftsschichten ganz bestimmte Regeln, an die man sich hält. Etwa, dass man ein Haus nicht mehr betritt, wenn die persönlichen Sachen draußen warten.«

Auch das hatte mir Holmes auf dem Rückweg erläutert.

Man musste sich die Gemeinschaft der Werwölfe als ein über die ganze Welt verteiltes Rudel vorstellen, das wie eine Bruderschaft denselben Regeln folgte. Den unbeugsamen, an das Überleben in einer von Galanterie beherrschten Zivilisation angepassten Regeln dieses Rudels zufolge hätte Lupescu Mrs. Ackroyds Haus nicht noch einmal betreten dürfen.

Der junge Mann gab einen frustrieren Knurrlaut von sich und drückte den Handballen vorsichtig gegen sein zugeschwollenes Auge. Seine Blessuren schienen schnell zu heilen, wie ich im Verlauf dieser eigenwilligen Befragung mit dem Blick des Arztes realisierte – ein Vorteil des Werwolfdaseins, wie ich vermutete. »Ich hatte keine Wahl«, begann Lupescu sein schwächliches Plädoyer unterdessen. »Ich musste zurück.«

»Weshalb?«

»Ihretwegen.« In diesem letzten Wort lag einiges an Furcht, aber auch gren-

zenloser Hass und beträchtlich viel Abscheu. »Wir sind große Jäger. Ausdauernd. Stark. Mit Sinnen, die normale Menschen wie Sie sich nicht einmal erträumen können. Aber unser Wille ist erschreckend schwach, wenn wir in Wolfsgestalt umherlaufen. Wir sind wirklich nur Tiere. Gegen andere Kinder der Nacht haben wir keine Chance. Vampire, zum Beispiel. Ihr Wille ist so viel stärker als unserer. Wir sind ihre Sklaven und hoffnungslos verloren, wenn wir in ihre Fänge geraten. Dazu müssen sie uns nicht einmal beißen.« Etwas in Holmes' frostiger Miene ließ Lupescu hinzufügen: »Hören Sie. Ich habe die Frau umgebracht, ja, und es tut mir leid. Besonders, wenn sie Ihnen nahestand. Aber nun erschießen Sie mich einfach, und dann haben wir die Sache hinter uns.« Leiser und undeutlicher: »Es ist vielleicht das Beste. Dann habe ich endlich meinen Frieden.«

»Ich möchte wissen, warum Mrs. Ackroyd sterben musste. Wofür.«

Holmes' Stimme klang gepresst, so als müsste er es sich wirklich verkneifen, Lupescu einfach zu erschießen.

Ich blickte besorgt auf Holmes' Finger, der am Abzug ruhte. Der Detektiv ging weitgehend mit dem Gesetz konform – doch hier und da legte er die Regeln auch nach seinem Gusto aus oder urteilte nach seinen eigenen Maßstäben. Aber ob er in seiner Verbitterung auch selbst zum Richter werden würde? Unter gewöhnlichen Umständen hätte ich das mit Bestimmtheit – und Nachdruck – verneint. Nach Holmes' Auftritt im *Pony* jedoch …

»Haben Sie nicht zugehört?«, brummte Lupescu derweil ungehalten. »Ich bin ein *Sklave!* Wenn Andrzej Gorgo oder seine Herrin pfeifen, muss ich springen. Völlig egal, ob ich die meiste Zeit als Mensch auf Erden wandle. Auf mir liegt der Fluch des Wolfes. Das gibt ihnen Macht über mich. Wie über alle Wölfe. Sie können uns sogar dazu bringen, uns außerhalb des Vollmonds zu verwandeln. Ja … *so* viel Macht haben sie über uns.«

Ich weiß nicht, ob es der Humanist oder die Neugierde des Chronisten waren, die aus mir sprachen, als ich vorsichtig anmerkte:

»Das klingt nach einer Geschichte, die erzählt werden sollte.«

Mein Mitbewohner gab mir recht – zumindest interpretierten ich und auch Lupescu das ungeduldige Wedeln mit dem Revolver entsprechend, sodass unser Gast zu berichten begann: von seiner Arbeit als Immobilienmakler in Bukarest. Dem alten Schloss, das er in den Karpaten verkaufen sollte. Dem Wolf, der ihn im Wald anfiel, als er sich eines Nachts verirrt hatte – die klassische Geschichte eben. Bis hin zu den Vampiren, die Lupescus wölfisches Ich unterwarfen, wie sie es mit den meisten Tieren tun können.

Nachdem Lupescus Erzählung zu einem Ende gekommen war, bemerkte Holmes: »Damit ist immer noch nicht erklärt, was sie in San Francisco gesucht haben – oder wieso Mrs. Ackroyd sterben musste.«

San Francisco – ein paar schöne, aber auch einige weniger schöne Erinnerungen drängten sich mit aller Macht in meine Gedanken und versuchten mich abzulenken. Ich schob sie zur Seite und konzentrierte mich ganz auf Lupescus Antwort.

»Warum ich in San Francisco war, ist meine Sache.« Lupescu änderte seine Meinung, als Holmes den Revolver ein Stück bewegte. »Eine Frau«, knurrte der Rumäne. »Und weil ich gehofft hatte, mich in Amerika vor Andrzej und den anderen verbergen zu können. Beides erwies sich als Reinfall«, murrte er düster und irgendwie trotzig.

»Ihre Freunde haben Sie gefunden?«

»Das haben sie. Und mich hierher geschickt. Um zu erledigen, was sie nicht alleine können.«

»Und was sollte das sein, Mr. Lupescu? Ihren eigenen Ausführungen zufolge sind Ihre Freunde doch unbeschreiblich mächtig.«

»Erde.« Lupescu spuckte das Wort aus, als hätte er den Mund wirklich voller trockener, staubiger Erde, an der er fast erstickte. »Die Erde *des Meisters*. Der letzte Rest, den der Professor und seine Mitstreiter nicht gefunden haben. Sie kennen die Geschichte doch bestimmt. Auch wenn Wahrheit und Fiktion darin ziemlich wild vermischt sind, ist nicht alles dichterische Freiheit, was Stoker geschrieben hat.«

Das wussten wir bereits. Holmes hatte aber anscheinend kein Interesse daran, das Lupescu gegenüber weiter zu erörtern. »Selbst wenn Sie uns die Wahrheit sagen«, meinte der Detektiv stattdessen. »Was hat das alles mit Mrs. Ackroyd zu tun? Wieso musste sie sterben?«

»Zufall. Es geht nur um das elende Haus. Dort hat *er* eines seiner Notverstecke eingerichtet. Andrzej und seine Vampirfreunde sind mächtig – aber sie können nicht in ein Haus, wenn sie nicht hereingebeten werden. Nicht einmal ihre derzeitige Herrin. Und da scheint noch etwas zu sein. Ich würde schon sehen, meinte Andrzej. Sie lieben solche geheimnisvollen Reden.«

»Das ist ... interessant«, sagte Holmes abwägend und legte den Kopf leicht zur Seite. »Aber damit sind Sie uns immer noch eine Erklärung dafür schuldig, wieso *Sie* letzte Nacht Mrs. Ackroyd umgebracht haben.«

»Ich bin nicht gerne der Sklave von skrupellosen Mordbuben, wissen Sie?« Lupescu zeigte uns in einer wölfischen Geste die Zähne. »Nachdem ich beim letzten Vollmond wieder einmal versucht habe, mich von Andrzejs Bann und dem Einfluss seiner Herrin zu befreien – und er mich doch wieder unter seine mentale Kontrolle bekommen hat –, wollte er mir demonstrieren, wie viel Macht er auch auf der Insel über mich besitzt. Also zwang er mich eine Nacht später erneut in die Gestalt des Wolfes – und dazu, Ihre Bekannte umzubringen. Er wusste, dass das gegen unsere Gesetze ist und er mich damit endgültig zu einem Ausgestoßenen macht.« Lupescu seufzte und fletschte die Zähne. »Damit hat er mir einmal mehr gezeigt, wie groß seine Macht über mich ist. Größer als über Hampton sogar noch, fürchte ich.«

»Hampton?« Holmes' Stimme blieb teilnahmslos. »*Gary* Hampton?«

Lupescu runzelte die Stirn, nickte aber. »Ja. Ein Geschäftsmann aus San Francisco. Ich kenne seine Schwester.« Sein kurzes Schweigen sagte alles und füllte die Lücken. »Hat die Moldau mit einem Schiff bereist und wurde in einem kleinen Dorf am Fluss von einem Wolf angefallen – und fiel kurz darauf einer schönen Vampirin in die Hände. Der Bann, mit dem sie ihn belegt hatte, war allerdings noch frisch, und als man ihn vor einem Jahr entsandte, lehnte er sich wohl mit Erfolg auf. Er wollte das Wissen um die Erde des Grafen als Druckmittel benutzen, um seine Freiheit zurückzukaufen. Er hätte wissen müssen, dass man sich nicht mit ihnen anlegt und sie nicht hintergehen kann. Sie sind die Meister der Intrige.«

»Was haben sie mit ihm gemacht?«

»Vampire sind grausam.« Lupescu zuckte mit den Schultern. »Die derzeitige Herrin ganz besonders. Und Andrzej ist ein einfallsreicher Foltermeister, wie ich aus Erfahrung weiß. Vielleicht haben Sie Hampton irgendwo in einem Verlies angekettet und erfreuen sich jeden Tag an seinem Leid? Ihr Land ist doch voll mit Schlössern und alten Häusern, in deren Gewölben man Menschen wegsperren und nach Belieben quälen kann, ohne dass es jemand mitkriegt.«

Holmes und ich erwiderten nichts, dachten aber wohl dasselbe – das nächste Rätsel, das in Ansätzen gelöst war.

Mein Freund erhob sich schließlich.

»Rufen Sie eine Droschke, Watson.«, sagte er, den Revolver nach wie vor auf Lupescu gerichtet.

***

Hopkins hatte lediglich einen Mann zur Bewachung des Tatorts zurückgelassen. Holmes schickte den Beamten mit einer Nachricht für den Inspektor fort und versprach, solange in Nummer 2 zu warten.

Sobald Hopkins' Mann außer Sicht war und seine Schritte in der Nacht verklungen waren, ließ uns Holmes an folgender Überlegung teilhaben:

»Was ist das Wichtigste für einen Vampir?«, fragte er.

»Blut?«, meinte ich.

»Seine Zuflucht«, sagte Lupescu bestimmt.

»Sehr gut, Mr. Lupescu«, erwiderte Holmes sarkastisch und drückte dem Werwolf den Revolverlauf in den Rücken. »Sein Heiligstes ist der Ort, an dem er tagsüber ruht. Wo er verletzlich ist. Im Schloss des Grafen war dies die Gruft im Kellergewölbe unter der Burg, wie wir alle wissen. Da dieses Haus keine Gruft haben dürfte, sollten wir es zunächst im Keller versuchen.«

Also stiegen wir die Treppe hinab. Lupescu voraus, Holmes hinterher und ich als Schlusslicht mit einer kleinen Bergwerkslaterne.

Holmes brauchte nicht lange, bis er das Versteck der transsylvanischen Mutter-Erde gefunden hatte. Mein prominenter Freund besaß ein naturgegebenes Talent, wenn es darum ging, Geheimgänge oder verborgene Türen aufzuspüren. Ein Klopfen hier, ein Rütteln da, ein Lauschen an der Wand dort – und schon schien es, als würden sich die Felsen vor der Höhle der Räuber wie von Zauberhand verschieben und den Blick auf die Schätze aus Tausendundeiner Nacht freigeben. In diesem Fall gehörte allerdings noch dazu, dass Lupescu und ich einen alten, schweren Schrank zur Seite schoben – und anstelle von funkelnden Schätzen aus dem Orient präsentierte sich uns lediglich eine Luke aus Stahl.

Ein großes Relief in Form eines Kruzifixes zierte die versenkte Bodenklappe wie ein Fensterrahmen – und sicherte sie gegen Vampire.

Lupescu nickte.

»Der Alte war stärker als alle anderen aus seiner Brut zusammen. Er hätte die Berührung des Kreuzes für kurze Zeit ausgehalten. Seine Nebenbuhler und Nachfahren – Andrzej und seine Herrin eingeschlossen – nicht. Deshalb brauchen sie jemanden wie mich. Jemanden mit übermenschlicher Stärke, der ihrem Willen ausgeliefert ist und nicht vor einem Kreuz zurückschreckt.«

»Na dann machen Sie schon, Bigby«, sagte Holmes ungeduldig und deutete auffordernd mit der Waffe auf die Klappe.

Lupescu nickte konzentriert, legte seine Finger um das Relief – und zog mit *animalischer* Kraft und einem wilden Knurren. Am Ende riss er die Luke mitsamt Nieten und Bleiversiegelung aus ihrer Verankerung.

Die Kammer, die unter der Platte zum Vorschein kam, maß nicht mehr als drei Fuß im Quadrat. Unten, zu zwei Dritteln im dunklen Erdreich eingegraben, ruhten zwei versiegelte Tonkrüge, die an die Beilagen in einem ägyptischen Pharaonengrab erinnerten.

»Die Meistererde«, raunte Lupescu und beugte sich bereits herab.

Holmes riss ihn in letzter Sekunde an der Schulter zurück. Ein silbern glitzernder Speer schoss wie ein geschleuderter Blitz des Zeus quer durch die Grube, aus einer Scharte im Mauerwerk kreischend in die nächste. Und ob starker Werwolf oder nicht – er hätte Lupescus Gehirn durchbohrt, wenn Holmes auch nur einen Herzschlag länger gezögert hätte.

Und gezögert *hatte* er.

Wir starrten betroffen in das Loch.

»Ein letzter Gruß des Meisters«, sagte Holmes schließlich, ehe er mir mit einem Nicken signalisierte, dass es nach Auslösen dieser Falle ungefährlich sei, in die Grube zu langen. Holmes' Entwarnung genügte mir.

Ich kam mir vor wie Flinders Petrie, als ich mich daran machte, vorsichtig die erste Vase auszugraben …

***

Wir verließen das Haus mit unserer Beute und traten hinten in den Garten, um die unheilige Erde zu entsorgen. Nebel floss wie Rahm um unsere Fußknöchel. In London waren Schwaden, die man mit dem Säbel schneiden könnte, sicherlich nichts Ungewöhnliches – dass sie sich binnen weniger Sekunden wie aus dem Nichts materialisierten, war allerdings ungewöhnlich.

Wir horchten auf und hoben die Köpfe, als wir ein seltsames Geräusch in den trüben Schwaden vernahmen.

Es klang nach Lederschwingen.

»Sie kommen«, sagte Lupescu unnötigerweise. Seine Körperhaltung veränderte sich, wirkte mit einem Mal weniger raubtierhaft und wesentlich unterwürfiger.

»Leeren Sie die Erde aus«, sagte Holmes angespannt.

Ich folgte seinem Beispiel und kippte den Inhalt des tönernen Gefäßes zwischen meinen zittrigen Händen ins Rosenbeet. Holmes' Füße vermischten die transsylvanische Muttererde mit der guten Erde des englischen Bodens.

Der Nebel verdichtete sich zusehends, nur um sich in wenigen Sekunden so schnell aufzulösen, wie er aufgezogen war. Was er zurückließ, war beunruhigend: Wir waren von neun dunklen Gestalten umzingelt, die sich in einem Halbkreis um Hauswand und Rosenbeet aufgestellt hatten. Sie trugen schwarze Mäntel mit Kapuzen, die ihre Gesichter verbargen. Obwohl sie sich nicht bewegten, ging von den Neun eine unmissverständliche Drohung aus.

Einer der Vermummten trat nach vorn und schlug seine Kapuze zurück.

Ein junges, gut aussehendes Männergesicht mit aristokratischen Zügen lächelte uns freudlos an.

»Guten Abend, Flaviu«, grüßte der Mann Lupescu.

Unser Begleiter wimmerte leise. Es klang wie ein Welpe, der schon zu oft die Zeitung zu spüren bekommen hatte.

»Andrzej«, krächzte Lupescu heiser.

»Was hast du denn, mein Bester? Sorgst du dich etwa?«

Das Lächeln des Vampirs wurde verschlagen und gemein. Es ließ mich frösteln. Andrzej wandte sich an seine Begleiter, die wie auf einen stummen Befehl hin nach und nach ebenfalls ihre Kapuzen zurückstreiften – zwei Frauen, sechs Männer, alle mit jugendlichen Gesichtern. Hungrige Blicke. Spöttisches Lächeln. Hervorspitzende Reißzähne.

»Gratuliere. Sie waren uns heute einen Schritt voraus, Mr. Holmes«, sagte Andrzej inzwischen. Er fixierte Holmes. »Leider muss ich Sie gehen lassen. Meine Herrin bestand darauf, falls sich unsere Wege kreuzen sollten. Ihnen darf kein Leid von meiner Hand geschehen. Das sagte Irene mir vergangene Nacht extra noch einmal, als wir beisammenlagen.«

Holmes starrte den schlanken Vampir ausdruckslos an.

Seine Augen brannten jedoch wie Feuergruben.

Andrzej ignorierte den mörderischen Blick meines Freundes und wandte sich unbeeindruckt Lupescu zu.

»Weder der Schutz meiner Herrin, noch das Verbot gelten für dich, treuer Flaviu …«

»Nein!«, keuchte Lupescu, doch fiel er da bereits auf die Knie, wie von einem fremden Willen niedergedrückt. Er schlug unkontrolliert mit den Armen um sich, beugte das Kreuz durch und stieß einen wüsten Schrei aus. Gepeinigt warf er sich von einer Seite zur anderen, knurrte, wimmerte, gurgelte und stöhnte. Nach ein paar Augenblicken rissen die Nähte seiner Kleidung – der Stoff *platzte* buchstäblich auf. Lupescus Haare schossen in sekundenschnelle in die Länge, ebenso seine Fingernägel und all seine Glieder. Ich kniff angewidert die Augen zusammen, als Knochen und Wirbel laut knirschten, und war dankbar, dass Lupescu mit dem Rücken zu uns im Gras kauerte.

Es dauerte nicht lange, bis sich dort, wo eben noch der Rumäne im Gras gekauert hatte, ein riesiger graubrauner Wolf auf zwei Beinen aufrichtete und langsam zu uns herumdrehte. *Lupescu* überragte uns in seiner Wolfsgestalt um mindestens drei Haupteslängen. Das Mondlicht verfing sich in seinem scharfen Raubtiergebiss, als er die Lefzen zurückzog. Ich hatte nur einmal ein ähnlich grässliches, hundeähnliches Wesen gesehen, und die Erinnerung lähmte mich wie das Kaninchen vor der Schlange.

Andrzej klatschte in die Hände.

»Wunderbar!«, rief er wie ein Zirkusbesucher. Mit tödlichem Ernst sagte er dann aber hart und schlicht: »Los.«

Der verwandelte Lupescu stürzte sich knurrend auf uns.

Holmes reagierte blitzschnell.

Er riss rasch den Arm empor und schoss – allerdings an Lupescu vorbei und auf Andrzej.

Während die übrigen Vampire sich nach Überbringen der Botschaft scheinbar im Nebel aufgelöst hatten und bereits wieder in der Nacht verschwunden waren, war Andrzej zurückgeblieben, um das Werk seines Schoßhundes zu betrachten, auf den er den Mord an mir und meinem Gefährten später vor seiner Herrin schieben wollte.

Die Kugel traf den Vampir genau zwischen die Augen.

Andrzejs Knie waren bröseliger Staub, noch ehe sein Torso das Gras berührte. Lupescu brach ebenfalls mitten im Schritt zusammen, als der Wille, der den seinen beherrscht hatte, übergangslos erlosch. Andrzej zerfiel in wenigen Sekunden; seine Überreste wurden vom lauen Nachtwind davongetragen. Der nackte Lupescu blieb indessen zusammengekrümmt vor uns auf dem Boden liegen und stöhnte mitleiderregend.

Ich hätte mich beinahe übergeben.

Lupescu war weder richtig Mensch noch richtig Wolf – er blieb zwischen seinen beiden Gestalten gefangen. Seine Extremitäten sahen unnatürlich verwachsen und verdreht aus. Die einst so verwegenen Gesichtszüge erinnerten nur noch an eine verunglückte Skulptur aus Madame Tussauds Kabinett.

»Töten … Sie … mich«, keuchte das Wesen, das sabbernd im Gras lag, hilflos mit Armen und Beinen zuckte und kaum noch etwas mit dem auf verruchte Art und Weise gut aussehenden Lupescu gemein hatte. Seine Stimme war nur noch ein raues, blutiges Röcheln. Zu lange Knochen mussten sich in die Organe gebohrt haben. »... erlösen … *bitte* ...«

Holmes reichte mir seinen Revolver.

»Silberkugeln«, sagte er dumpf. »Ich kann es nicht tun. Es wäre zu befriedigend.«

Damit entfernte sich der Detektiv aus dem Garten und ließ mich mit der Entscheidung allein.

»Bitte«, bettelte Lupescu abermals und reckte einen langen, affenartig gekrümmten Arm in meine Richtung, dessen wulstige Finger an fette Maden erinnerten.

Ich hob den Revolver.

Gnädiges Silber glänzte flüchtig im Mondlicht und brachte wenigstens einem von uns zwischen den halb zur Nacht geschlossenen Rosen Frieden.

Abschied aus London

(Epilog)

Zwei Jahre später erfuhr ich zunächst über Umwege vom Tod der Irene Adler am 8. Oktober 1903 in ihrer Heimatstadt Trenton, New Jersey. Auch wenn es in den Zeitungen anders dargestellt worden ist, weiß ich doch aus erster Hand, welchen letzten Liebesdienst Sherlock Holmes der ehemaligen Operndiva, Geliebten von Prinzen und Königen, Spionin, späteren Vampirfürstin von ganz England und nicht zuletzt Mutter von Sherlock Holmes' einzigem Sohn während eines Amerika-Aufenthaltes im Oktober 1903 erwies.

Nach seiner Rückkehr aus den Staaten war mein Freund nie mehr derselbe.

Nachdem ich im Juli 1902 – kurz vor meiner dritten Hochzeit – schon in die Queen Anne Street gezogen und 221B auf ausdrückliches *Bitten* der neuen Mrs. Watson ein für allemal verlassen hatte, packte auch Holmes Ende 1903 sein Bündel und kehrte London endgültig den Rücken zu, um sich im Süden der Sussex Downs unweit von Eastbourne niederzulassen und sich dort in Ruhe seinen Studien und der Bienenzucht hinzugeben.

Äußerlich merkte ein Fremder ihm nichts an, als Holmes an einem grauen, nasskalten Oktobermorgen in der Tür zu seinem Waggon stand und wir uns wortlos die Hand gaben.

Als sein langjähriger Weggefährte und Freund spürte ich jedoch sehr wohl, wie es in ihm aussah.

Der große Detektiv verließ London als gebrochener Mann.

***

Es steht mir nicht zu, über Holmes' Beziehung zu Irene Adler zu richten oder den letzten Dienst meines Freundes an seiner großen Liebe zu bewerten. Nur so viel sei an dieser Stelle gesagt: Kurz bevor ich anfing, diese außergewöhnlichen Episoden anhand meiner Notizen niederzuschreiben (und dieser elende Husten begann, mir wieder einmal schwer zu schaffen zu machen), saßen mein Freund und ich auf der Terrasse von Holmes' sonnenbeschienenen Cottage beisammen, während um uns herum die Bienen summten. Bei diesem Gespräch im Mai 1929 – die Welt war, wie Sherlock Holmes, längst nicht mehr dieselbe; nicht einmal, wenn zwei alte Männer gemeinsam in Erinnerungen schwelgten – gestand mein Freund mir nicht nur die Sache mit seinem Sohn Nero, sondern im Zuge dessen auch, dass er und Adler während des ersten Jahres, da ich und die Welt Holmes für tot geglaubt hatten, unter falschen Namen als Liebespaar unterwegs gewesen waren; dass sie gemeinsam große wie kleine Theater rund um die Welt mit ihrem hinter Pseudonymen verborgenen Talent beehrt hatten, bis sie sich wieder trennten und Holmes als unermüdlicher Antagonist des Bösen auf die Bühne des Weltgeschehens zurückkehrte.

Holmes äußerte mir gegenüber an jenem Nachmittag auf der Terrasse seines Domizils im Grünen erstmals den Verdacht, dass *die Frau* ihn nicht ohne Grund wortlos und über Nacht verlassen haben könnte, sondern weil sie an jenem Tag als Erste bemerkt haben mochte, dass Moriartys Häscher um den bissigen Colonel Moran dem untergetauchten Holmes viel zu nahe gekommen waren – und Adler ihren Geliebten schützen wollte, indem sie meinen Freund mit ihrem Verschwinden aus der Bequemlichkeit ihres glücklichen Zusammenseins riss und zurück in seine alten Gewohnheiten als rastloser und vor allem aufmerksamer Verbrechenbekämpfer trieb.

Damit wäre wohl auch der Tatendrang erklärt, mit dem Holmes sich nach seiner Wiederkehr in die Arbeit stürzte – und die melancholischen Stimmungen, die sich in den ersten Jahren verschlimmert zu haben schienen und oft dazu führten, dass Holmes seine Stradivari quer über die Knie legte und bis weit in die Nacht quälte. Wenn ich jetzt so darüber nachdenke, hatte mein Freund die ersten Monate nach seiner Rückkehr auch immer einen eigenartigen Gesichtsausdruck, wenn wir uns einem Theater näherten.

Nun. Für Sherlock Holmes war sie eben *die Frau.*

Der Vorhang fällt

Dr. John H. Watson starb am 24. Juli 1929.

Sherlock Holmes starb am 6. Januar 1957.

Die Familie Jenkins, die vor Jahren ein altes Cottage in den Sussex Downs gekauft hat, wusste nichts über den Verbleib einer alten Fiedel, nach der sich ein Mr. Bond an einem strahlenden Sommertag erkundigte.

Noch heute erreichen Briefe aus aller Welt die Baker Street, in denen man Mr. Sherlock Holmes um Hilfe bittet.

Entfallene Szenen

I. Ein Ende mit Farmer
(alternatives Ende zu »Schatten aus dem Meer«)

Als ich im Sommer 2008 »Schatten aus dem Meer« (mit dem damals alles begann) weitgehend fertiggestellt hatte, arbeitete ich parallel an einem Artikel über Philip José Farmer und sein Wold Newton Universum. Mit dem Wold Newton Universum (WNU) schuf der Anfang 2009 verstorbene Farmer aus Liebe zu den Pulp-Helden seiner Jugend in den 1970ern ein sogenanntes Crossover-Universum, in dem er mittels fiktiver Biografien und aufgezeigten Überschneidungen in den Originalwerken dafür sorgte, dass literarische Persönlichkeiten wie Tarzan, Doc Savage, Sherlock Holmes, Kapitän Nemo, Phileas Fogg und andere Helden und Schurken der Genre-Literatur auf einer gemeinsamen Zeitleiste und in ein und demselben Universum zusammenfanden. Vorbild für Farmers Biografien von etwa Lord Greystoke und dem Mann aus Bronze war übrigens Baring-Goulds unermesslich wertvolle fiktive Biografie für Sherlock Holmes (so, wie die Crossover-Theorien des WNUs unermesslich wertvoll als Initial-Zündung für dieses Buch waren). Wie auch immer. Heute verwaltet Win dieses Crossover-Universum, unterstützt von Anhängern rund um den Globus (lang lebe das Internet!). Nachdem ich mich in das WNU eingelesen und Win sogar interviewt hatte, kam mir die Idee, »Schatten aus dem Meer« einen Epilog ganz im Sinne des Wold Newton Universums zu spendieren. Dieser Epilog fußt auf der in WNU-Kreisen verbreiteten Theorie, dass James Moriarty und Kapitän Nemo in Wahrheit ein und dieselbe Person gewesen sein müssen – dass Nemo also nur ein Deckname von Moriarty war, als der Napoleon des Verbrechens mit der Nautilus die Meere befuhr. Was das für die entsprechende Geschichte dieses Bandes bedeutet, zeigt der nachfolgende Epilog, den ich ohne diese WNU-Erklärung aber niemandem zumuten wollte, zumal er die zeitreise-typischen Paradoxen noch weiter auf die Spitze treibt …

[…]

Holmes und ich blickten noch eine ganze Weile über das dunkle Wasser. Ich weiß nicht, woran der Detektiv dachte oder was für Überlegungen er anstellte. Ich für meinen Teil dachte nicht länger an Nemo, die *Nautilus,* Atlantis oder die nahe wie ferne Zukunft, derweil ich über die allmählich wieder beruhigte Themse blickte.

In diesem Moment begnügte ich mich damit, neben meinem Freund am Ufer zu stehen und den Sternen über unserem gegenwärtigen London beim Blinken zuzusehen.

***

Natürlich könnte man es damit bewenden lassen, hätte der Fall damit abgeschlossen sein können. Der Chronist in mir wäre glücklich gewesen, mit dem eindrucksvollen Bild der in den Fluten entschwebenden *Nautilus* und dem Spiegelbild des unendlichen Sternenhimmels auf der Themse einen Schlussstrich unter die brisante Episode zu ziehen.

Ausgerechnet Sherlock Holmes persönlich machte mir jedoch einen Strich durch die Rechnung, indem er mir, kaum dass wir an diesem Abend in unsere Wohnung zurückgekehrt waren, wortlos ein rechteckiges, in Wachstuch geschlagenes Bündel über den Tisch zuschob.

Ich funkelte den Detektiv anklagend an. »Sie haben doch eine Kopie angefertigt!«, rief ich entrüstet. »Für ihren Bruder, nicht wahr?« Enttäuschung und Abscheu klangen aus meiner Stimme. Zum ersten Mal fühlte ich mich von Holmes ohne einen tieferen Sinn hintergangen und verraten.

Mein Freund nahm mir gegenüber Platz und ignorierte meinen letzten Satz, überhaupt meinen ganzen Wutausbruch.

»Keine Kopie, alter Knabe«, erwiderte er gelassen und griff nach seiner Pfeife. »Das Original. Der Kapitän hat lediglich eine Nachricht von mir und ein Vorab-Exemplar meiner Studien über die Analyse von Schuhabsätzen und ihren Abdrücken bekommen.«

Ich starrte Holmes, der mit übertriebener Ruhe seine elende Meerschaumpfeife stopfte, entgeistert an.

»Warum?«, flüsterte ich irgendwann.

Ich fühlte mich müde, in wenigen Sekunden um Jahre gealtert; das Buch hielt ich fest umklammert und drückte es auf meine Knie.

»Ich kann mir denken«, sagte Holmes nicht unfreundlich an seiner Pfeife vorbei, »dass ein letzter großer Verrat meinerseits eine gelungene Abschiedsvorstellung für Ihre Berichtserie gäbe, alter Freund. Aber ich muss Sie und Ihre Leser leider enttäuschen. Sie können mir nur vorwerfen, dass ich Sie nicht früher darüber in Kenntnis gesetzt habe, mit wem wir es in Wahrheit zu tun hatten.«

Ich schnaubte verärgert. »Spielen Sie nicht mit mir, Holmes! Sie haben mir doch schon in Nemos Beisein gesagt, wer er in Wirklichkeit …«

»Guter alter Watson! Ich sagte Ihnen, was Nemo hören wollte. Doch in Wahrheit saß da weder Prinz, noch Kapitän vor uns. Tatsächlich schlürfte hier, in unserem gemütlichen Wohnzimmer, niemand anderes als der Napoleon des Verbrechens Mrs. Hudsons Tee!« Holmes ließ die Worte einige Sekunden nachklingen. »Professor Moriarty«, fügte er dann unnötigerweise hinzu, als spräche ein Schamane einen Fluch aus. Damit widmete er sich wieder ganz dem Stopfen seiner Pfeife.

Ein Blick in das scharf geschnittene Gesicht meines Freundes genügte, um mich elendig zu fühlen.

Holmes sprach die Wahrheit. Seine Augen, seine Haltung, sein leises Lächeln im Mundwinkel – all das sagte mir dies. Außerdem wusste ich, dass mein Gefährte niemals über seinen alten Erzfeind scherzen würde.

Ich schämte mich. Schämte mich, unsere Freundschaft infrage gestellt und Holmes' von mir andernorts so oft gepriesenen Charakter angegangen zu haben. Wenn ich schon nicht Moriarty selbst durchschaut hatte – hätte ich dann nicht wenigstens meinem alten Waffenbruder und Freund blind vertrauen oder immerhin in korrekter Form befragen müssen, anstelle ihn gleich mit üblen Vorwürfen zu bombardieren?

»Holmes ...« Ich stockte. »Es tut mir leid. Ich ...«

Mein Mitbewohner winkte ab.

»Alles in Ordnung, Watson«, sagte er – vielleicht ein wenig zu schnell.

Meine Finger glitten rastlos über die Ränder des Bucheinbands.

»Woher wussten Sie es?«

»Bewegungen. Gesten. Kleinigkeiten. Manchmal glaube ich fast, dass ich Moriarty besser kenne als Sie oder meinen Bruder.«

Nach den letzten Minuten wärmte es meine Seele, dass Holmes mich und seinen Bruder immer noch in einem Atemzug nannte. »Und das Buch?«

»Der Dieb, den die Deutschen umgebracht haben, war ein britischer Doppelagent, der die Baupläne und die Karten außer Landes schaffen sollte – um Moriarty gegebenenfalls aufhalten zu können. Das Boot hat der Professor selbst entworfen; die Karten sind jedoch wirklich das Erbe von Atlantis.« Holmes suchte nach der Streichholzschachtel in seiner Rocktasche. »Warum Moriarty sich das Buch nicht selbst wieder beschafft hat, kann ich nicht sagen. Womöglich hatte er tatsächlich Angst, dass ein allzu aktiver Eingriff in die Vergangenheit zu einem Paradoxon führen und zu einer Gefahr für die Realität werden könnte. Beruhigend, dass selbst ein Mann wie Moriarty irgendwo noch Skrupel hat.«

»Was hindert den Professor daran, es noch einmal zu versuchen?«, fragte ich nervös. »Noch einmal in die Vergangenheit zu reisen und uns dieselbe Falle ein zweites Mal zu stellen – und seine Person dann besser zu tarnen?«

Mein Freund lächelt dünn.

»Eitelkeit«, antwortete Holmes schlicht, schlug die Beine übereinander und blies zufrieden einen Rauchring.

II. Ein gewisser Lord Darcy

Es gibt immer wieder den Punkt, an dem man als Autor merkt, dass es einer Geschichte nicht schaden würde, wenn man sie um zwei, drei Seiten ausdünnt. Dem »Fall der verschwundenen Katzen« ist genau das passiert – allerdings fielen gleich fünfzehn und ein paar mehr Seiten dem Rotstift zum Opfer. Indem ich am Anfang außerdem den »klassischen« Auftraggeber herausnahm – in diesem Fall sogar einen Gesandten Mycrofts bzw. des britischen Geheimdienstes –, gab ich Holmes' Ermittlung als Freundschaftsdienst für Watson noch mehr Gewicht. Ich mag die Szene mit einem gewissen Lord Darcy aber trotzdem recht gern. Deshalb hat sie es in diesen Anhang geschafft. Richtig eingefügt, stünde sie vor Holmes' und Watsons Gang in den Londoner Untergrund.

»Wo steckt eigentlich Ihr Kater?«, fragte Holmes eines Nachmittags ohne große Vorrede. Sein konzentrierter Blick ruhte dabei auf der bläulichen Flüssigkeit, die er in einem Reagenzglas auf dem Gaskocher erhitzte.

Mit *Ihr Kater* meinte mein Freund natürlich Merlin – jenes anhängliche Katzenwesen, das ich im Fall des erpresserischen Ebenezer Ark vor dem Schicksal eines städtischen Robinson Crusoe bewahrt hatte.

Eigentlich hatte ich zu keinem Zeitpunkt vorgehabt, den getigerten Unruhestifter zu behalten – doch genau so war es am Ende gekommen.

Frauen und Katzen treten eben stets nur unvorhergesehen in das Leben eines Junggesellen: Wann immer es *ihnen* passt – und für gewöhnlich mit der Zerstörungskraft eines Wirbelsturms in den Ebenen von Kansas …

Nun war Merlin seit vier Tagen verschwunden.

Ich blickte von meinem Bericht über die Episode mit den 42 weißen Mäusen in den altehrwürdigen Hallen von Cambridge auf und sah Holmes argwöhnisch an. Es wunderte mich nicht, dass der Detektiv Merlins Verschwinden bemerkt hatte. Holmes entging nur wenig, was um ihn herum geschah, selbst wenn er in vielen Fällen gerne so etwas wie gelangweiltes Desinteresse vorheuchelte.

Viel mehr erstaunte mich, dass Holmes sich darum *scherte*, wo Merlin abgeblieben war. Bisher hatte ich nicht den Eindruck gehabt, dass Holmes und unseren neuen Mitbewohner viel Liebe verband.

»Weshalb fragen Sie?«, erkundigte ich mich deshalb und machte mir nicht die Mühe, Überraschung und Skepsis zu verbergen.

Holmes nahm eine Pinzette und fütterte das giftig blaue Gebräu mit irgendeiner gepressten Substanz. Als die heiße Flüssigkeit den Würfel zischelnd zerfraß, meinte er: »Kleinigkeiten, Watson. Es ist zum Beispiel lange niemand mehr auf meinen Tisch gesprungen, um die Reagenzgläser umzuwerfen. Oder das Tintenfass. Fast fange ich an, die poetischen Pfotenabdrücke auf meinen Forschungsergebnissen zu vermissen …«

Wie gesagt: Holmes und Merlin würden in diesem Leben wohl keine Freunde mehr werden. Was hauptsächlich daran lag, dass sie sich in ihrem territorialen Egoismus zu ähnlich waren und demzufolge regelmäßig ins Gehege kamen.

Während Holmes' Experiment gurgelnd sein Mahl fortsetzte, schlenderte der Detektiv zur Sitzgruppe und ließ sich in seinen Lieblingssesel fallen, wo er nach seinem bewundernswert unmodischen Döbereiner'schen Feuerzeug griff und sich eine Zigarette anzündete.

»Fragen Sie schon«, sagte Holmes, während er die Zigarette anzündete.

Ich sah meinen Mitbewohner verwirrt an.

Holmes inhalierte den Rauch und wedelte ungeduldig mit der freien Hand.

»Ob ich Ihnen helfe, *den Kater* zu finden ...«

Mir wäre nie in den Sinn gekommen, Holmes mit so einer Banalität zu belästigen. Ehe ich mich aber weiter mit diesem Angebot befassen konnte, läutete es an der Tür. Kurz darauf führte Mrs. Hudson einen Mann mittleren Alters in unsere Stube, der einen modischen grauen Anzug und ein etwas dandyhaftes schwarzes Halstuch trug. »Lord Darcy«, stellte unsere Hauswirtin den Mann mit einer gewissen Ehrfurcht vor. Wäre sie jünger gewesen, hätte sie wohl einen Knicks gemacht. Oder mit den Wimpern geklimpert.

»Ihr Bruder schickt mich«, begann Lord Darcy anstelle einer Begrüßung, sobald sich die Tür hinter Mrs. Hudson geschlossen hatte. Er fixierte uns mit den blauesten Augen, die ich je gesehen habe – von so einem intensiven Blau wie Holmes' flüssiges Experiment drüben auf dem Tisch. »Was wissen Sie über die verschwundenen Katzen, Mr. Holmes?«

***

»Ihr Bruder meinte, dass das ein Fall ganz nach Ihrem Geschmack sein könnte«, eröffnete uns Darcy, nachdem er sich im Polstersessel zwischen Holmes und mir niedergelassen hatte. Er strahlte Selbstsicherheit aus, aber auch Unruhe und einen gewissen Widerwillen, als wäre er lieber woanders. Was allerdings nicht an Holmes oder mir lag, wie wir sogleich erfahren sollten.

»Ich halte nicht viel von dieser Sache. Wenn einer Bekannten des Prinzen der Schuh drückt, sollte das nicht unsere Aufgabe sein. Wir sind Agenten der Krone – keine Kindermädchen für ...« Er presste die Lippen zusammen, zündete sich lieber einen türkischen Zigarillo an und hielt mir in einer ungelenken Geste das Etui hin, das bereits wieder auf dem Weg in die Innentasche seiner Weste gewesen war. »Auch einen? Bitte. Bei der Frau, die unseren Prinzen diese Woche verzaubert hat, handelt es sich um Ms. Selina Kyle.« Ein rauchiger Seufzer des Missfallens. »Wir haben ganze Aktenschränke mit Dossiers, in denen ihr Name wie der einer reißerischen Schundromanheldin auftaucht. Oh. Verzeihen Sie, Doktor.« Darcy verbarg seine Mimik hinter einer duftenden Rauchwolke. »Abenteurerin. Diebin. Betrügerin. Suchen Sie sich etwas aus.

Ihre Leidenschaft sind Diamanten und Männer – und Katzen. Ich hatte kürzlich die Ehre, Ihre Suite zu betreten. Dort wimmelte es nur so von den Biestern.« Als er meinen fragenden Gesichtsausdruck ob dieses Ausbruchs bemerkte, fügte Darcy hinzu: »Ich bin allergisch auf Katzenhaare. Warum ausgerechnet ich den Fall der verschwundenen Katzen leite?« Er zuckte mit den Schultern. »Schicksal, schätze ich.«

»Fall der verschwundenen Katzen?«, brachte Holmes das Gespräch zurück in die Spur. »Nennt Mycroft ihn so?«

Darcy schüttelte den Kopf.

»Nein. Ihr Bruder spricht von der bedauernswerten Sache mit Ms. Kyle.«

»Das sieht ihm ähnlich«, meinte Holmes trocken.

»Alle anderen beteiligten Agenten nennen ihn aber so. Sie müssen wissen, inzwischen sucht die halbe Belegschaft nach Ms. Kyles beiden verschwundenen Schoßtierchen.«

Darcy berichtete uns von der Bitte, die Ms. Kyle an den Prinzen gestellt hatte – dass der Thronfolger doch all seine Macht und seinen Einfluss gelten machen sollte, damit man der schönen Dame dabei half, ihre verschwundenen Lieblinge wiederzufinden. Doch nirgends eine Spur der Katzen.

»Darum bin ich hier«, schloss Lord Darcy seinen Bericht. »Wir müssen diese Katzen finden. Sonst können wir nie wieder normal arbeiten. Der Prinz sitzt uns ständig im Nacken. Unter uns gesagt: Ich schätze, Ms. Kyle erpresst ihn, wie es nur eine Dame kann, wenn sie verstehen …«

Holmes drückte seine Zigarette im Kristallaschenbecher vor uns auf dem Wohnzimmertisch aus.

»Wir verstehen, Lord Darcy, wir verstehen. Überhaupt trifft sich das alles vorzüglich! Wir wollten selbst nach einer Katze Ausschau halten. Nicht wahr, Watson?«

[…]

III. Der Markt, Mr. Fraction und die Walküren

Bleiben wir beim »Fall der verschwundenen Katzen«, der – wie gesagt – einige drastische Kürzungen hinnehmen musste, bis ich mit ihm zufrieden war. Manchmal merkt man als Autor erst nach einer Handvoll Seiten, dass das soeben Geschriebene zu sehr von außen beeinflusst worden ist. Ursprünglich hätten Holmes und Watson, bevor sie auf die Ghule treffen, einen unterirdischen Markt besuchen und sich dort die Hilfe der verbannten Walküren sichern sollen, die man auf dem Markt von Subcity als Söldnerinnen (man ist trotz Kettenhemd-Brustpanzer emanzipiert unter London, jawohl!) anheuern konnte. Die ganze Szene war maßgeblich von den exzellenten Thor-Comic-One-Shots von Autor Matt Fraction beeinflusst (den Namen Fraction für den »Bruchrechenkönig« und Marktaufseher zu nutzen, ist lediglich der deutlichste Hinweis auf die Inspirationsquelle dieses der Schere zum Opfer gefallenen Abschnitts). Am Ende fand ich aber, dass die Szene auch zu viel von Gaimans »Niemalsland« und Mignolas/del Toros »Hellboy II« hat, und strich sie komplett. Die Geschichte sollte ja ohnehin kompakter und schneller werden. Allerdings hätte ich Thor (wie seinen göttlichen Vater Odin) gerne im Buch gehabt. Gleiches gilt für die nicht ganz so netten (aber nicht böse gemeinten) Verulkungen von Bilbo und Elric. Aber wofür gibt's deleted scenes, wenn nicht, um mit seinen schrägen Ideen-Kombos anzugeben – oder sich der Lächerlichkeit preiszugeben?

[...]

»Willkommen auf dem Markt«, sagte Holmes und trat zur Seite, damit ich aus dem Tunnelausgang heraus einen Blick auf das werfen konnte, was vor uns in der großen Senke lag.

Ich öffnete staunend den Mund, brachte aber keinen Ton heraus.

Hatten sich so die Wikinger gefühlt, nachdem sie die eisigen Gewässer ihrer Heimat längst hinter sich gelassen hatten, immer weiter südwärts gesegelt waren und irgendwann die Städte des Orients mit ihren fremdartigen Basaren voller Wunder gesehen hatten?

Der Markt, der sich vor uns erstreckte, konnte es mit allem aufnehmen, was ich zeit meines Lebens in dieser Hinsicht an der Oberfläche gesehen habe. Kein hektischer Basar in der Hitze Kairos oder Kalkuttas und kein lauter Straßenmarkt in Whitechapel oder Wien hatten mich auf diesen Anblick vorbereiten können. Allein die Höhlenkammer, in der die vielen Stände, kleinen und großen Zelte, Zigeunerwägen, Koppeln und sogar Häuser standen, spottete allem, was ich über – unter – London zu wissen geglaubt hatte. Das galt auch für die Menschen, Gestalten und Wesen, die den Markt bevölkerten oder wie wir aus den übrigen Röhren rund um die Senke strömten, die den Markt fortwährend mit Besuchern speisten.

Die seltsamsten Individuen tummelten sich vor uns. Hätte ich es nicht besser gewusst, hätte ich geglaubt, mich auf einem Kostümball zu befinden.

Hoch gewachsene Wikinger mit horngekrönten Helmen, grimmig dreinschauende Hünen mit Ritterrüstungen, struppigen Bärten und Bärenfell-Umhängen, magere, sehnige Abenteurer in zerschlissenen Ledermänteln, eine Kompanie römischer Zenturios, Mönche mit braunen Kutten und spitzen Kapuzen, verwegen leicht bekleidete Frauen mit Äxten oder – und – Schwertern, die sie auf den nackten Rücken geschnallt hatten; Buckelige, Riesen, Zwerge, dazwischen Jongleure, Feuerspucker, Messerwerfer und, zu meiner Beunruhigung, diverse wilde Tiere, aber auch Kreaturen, deren Namen ich nicht kannte (aber wohl in manch einem Märchenbuch oder Bestiarium gefunden hätte).

Holmes grüßte hier und da, wechselte ein paar Worte mit dem einen oder anderen Händler und schlug einem kleinwüchsigen Taschendieb mit pelzigen Füßen und krausem Lockenkopf einmal mit seinem Stock beiläufig so wuchtig auf den Arm, dass das kleine Männlein wie vom Blitz getroffen an Ort und Stelle zusammenbrach und wie ein junger Hund losheulte, ehe es an einem Ring an seinem Finger drehte und sich scheinbar in Luft auflöste – was niemanden um uns herum weiter zu stören schien. Genauso wenig wie der Faustkampf, den sich zwei bestenfalls spärlich bekleidete junge Damen zwischen den Ständen zweier Verkäufer lieferten. Erst als Blut aus einer gebrochenen Nase schoss und auf die wollenen Umhänge des einen Händlers spritzte, intervenierte dieser und erhob seine Stimme zum Protest – woraufhin auch er eines auf die Nase bekam und selbst einen Schwall Blut über seine heilige Ware vergoss, auf der er im nächsten Moment – bewusstlos und hönisch verlacht – zusammenbrach.

Holmes packte mich plötzlich fest am Ärmel und zog mich zur Seite, als ein Streitwagen zwischen den Ständen hindurchdonnerte. Wer nicht rechtzeitig ausweichen konnte oder so wie der grün gekleidete Jäger mit seinem Bogen und der drallen Blondine im Arm artistisch aus dem Weg sprang, wurde einfach von den drei mächtigen schwarzen Widdern über den Haufen gerannt, die den Wagen schnaubend zogen, oder machte Bekanntschaft mit den geschliffenen Dolchklingen im Zentrum der Radspeichen.

Das Lachen des großen Mannes auf dem Wagen hallte wie Donner in der Luft.

»Odinsson kann eine echte Plage sein«, raunte mir eine ältere, grauhaarige Frau missbilligend zu, die sich neben mir gegen die Bretter eines Standes drückte, an dem Pasteten verkauft wurden, deren Rezeptur mich nicht im geringsten interessierte, nachdem ich einen Hauch ihrer Ausdünstungen in die Nase bekommen hatte. Auf dem Rücken trug die Frau zwei schmale Rapiere, die überkreuzt in einem ledernen Futteral steckten; metallene Dornen schmückten das Lederhalsband der alten Dame, die mich bis dahin an eine von Mrs. Watsons Freundinnen erinnert hatte, die zwei Mal die Woche zum Tee kamen.

»Sein Vater muss ihm nun mal wieder eine Lektion in Demut erteilen«, stimmte ein Albino mit langen weißen Haaren der alten Schwertkämpferin zu. Er sah mich bedeutungsschwer an. Dann lupfte er seinen karierten Schottenrock über den alabasterfarbenen Oberschenkel und fragte höflich: »Interesse, mein Herr?«

»Ich ... ich glaube nicht, danke«, murmelte ich hastig.

Allmählich geriet ich in Panik. Wo war Holmes?

Ich trat nach vorn und sah mich um. Hilflos drehte ich mich im Kreis und wurde diverse Male angerempelt und in verschiedenen mir bekannten und unbekannten Zungen beschimpft, als die Menge auf die Durchgangsstraße des unterirdischen Marktes zwischen die Buden und Stände zurückkehrte und dem davondonnernden Odinsson Fäuste und Finger hinterher reckte.

Fast rannte mich ein Dromedar – ein Dromedar, hier, unter London! – über den Haufen. Der weiß verschleierte Beduine mit den rot glühenden Augen, der die Zügel des Tieres hielt, beschimpfte mich auf Arabisch und schlug mit den Lederzügeln wie mit einer Peitsche nach mir. Ich stolperte hastig weiter. Schweiß perlte auf meiner Stirn. Was, wenn ich Holmes nicht wiederfinden und auf immer in diesem Tohuwabohu hier unten ...?

»Watson! Hier drüben, alter Junge!«

Wie ein reumütiger Sünder kehrte ich an die Seite meines Gefährten zurück. »Tun Sie das nie wieder«, grollte ich.

»Was denn, alter Freund?«, fragte der Detektiv unschuldig.

Ich strich mir das Jackett glatt. Jede Minute hier unten schien ich eine Sprosse die gesellschaftliche Leiter hinabzufallen, so rapide verschlechterte sich der Zustand meiner Kleidung.

»Mich einfach inmitten dieser Bande Verrückter stehen lassen!«

»Die Wenigsten hier sind verrückt«, sagte da der halbwegs normal aussehende Gentleman, der bis dahin schweigend neben Holmes gestanden hatte. Er trug ein weißes Hemd und einen schwarzen Anzug mit passender Weste und Krawatte. Die Hände steckten in den Hosentaschen. »Nur ein bisschen anders als das, was Sie da oben gewohnt sind.«

»Watson, das ist Mr. Fraction«, stellte Holmes mir den Mann mit der glänzenden Melone und den irritierend sauberen Schuhen vor. »Er ist so etwas wie der Marktaufseher hier unten und schaut, dass jeder seinen gerechten Anteil an der Sache kriegt. Die meisten nennen ihn *Bruchrechenkönig.*«

»Manch einer würde mich auch einfach einen Verwalter nennen, Mr. Holmes«, erwiderte Fraction verschnupft.

Holmes lächelte leicht, ehe er das Gespräch wieder an der Stelle aufnahm, an der ich ihn und Fraction unterbrochen hatte.

»Was wissen Sie jetzt über die Katzen?«

In Fractions linkem Auge explodierte ein gieriger Stern.

»Was ist Ihnen dieses Wissen wert, Mr. Holmes?«

»Ich könnte Ihnen sagen, wer den verrückten Hutmacher umgebracht hat. Oder warum Mr. Kravinoff sich seit der letzten Jagd auf die große Schwarze Spinne aus Babylon nicht mehr bei Ihnen meldet. Und was ein Rabe und ein Schreibpult gemeinsam haben.«

Fraction tat so, als müsse er ernsthaft überlegen.

Die Begierde in seinen Augen strafte sein Zögern jedoch Lügen.

Schließlich nickte er gönnerhaft.

»Also schön. Ich sage Ihnen, wo die Katzen sind, Mr. Holmes. Nicht, dass es Ihnen etwas nützen würde.« Das abgehackte Lachen des Mannes mit dem eleganten Anzug war mehr ein kränkliches Husten.

Ich revidierte meine Einschätzung, dass er weniger verrückt oder verstörend war als der Rest der Unterstadt.

Fraction beruhigte sich derweil wieder so weit, dass er voller Gehässigkeit zischen konnte:

»Niles und seine Bande haben die Katzen.« Wieder das Husten.

Holmes' gleichgültige Miene veränderte sich nicht.

»Danke, Mr. Fraction«, sagte er kultiviert und wandte sich zum Gehen.

»He! Und was ist mit meiner Bezahlung?«

»Wenn wir zurückkommen«, sagte Holmes kühl.

Fraction wurde blass wie ein Gespenst, vermutlich eher vor Wut denn vor Sorge. So hatte er sich diesen Handel nicht vorgestellt. »Ich bin ein Optimist, Mr. Holmes«, sagte er mit höflicher Boshaftigkeit. »Aber ich würde nicht darauf wetten, dass Sie und Ihr Freund heil zurückkommen. Nicht, wenn sie schnurstracks zu ihnen gehen.«

»Lassen Sie das mal unsere Sorge sein, *Bruchrechenkönig.*«

Damit wandte Holmes sich ab.

Ich eilte dem Detektiv hinterher. Ich hatte erwartet, dass wir wieder in eine der Röhren eintauchen würden. Stattdessen steuerte Holmes auf das Zentrum des Marktes zu, wo ein paar Blockhütten standen, die direkt aus einem kanadischen Holzfällerlager hier nach Unter-London verpflanzt worden zu sein schienen.

»Was haben Sie vor, Holmes?«

»Fraction hat recht, Watson. Wir brauchen Verstärkung. Rückendeckung, wenn Sie so wollen. Alles andere wäre blanker Selbstmord, wenn wir es mit Niles' Bande zu tun haben.«

Wenn Holmes solche Reden schwang, verwandelte sich mein Magen in Eis.

»Wie wäre es mit Scotland Yard?«, plapperte ich nervös. »Immerhin sind wir im Auftrag der Regierung hier unten.«

»Watson. Wir brauchen Rückendeckung. Nicht jemanden, auf den wir noch zusätzlich aufpassen müssen. Nein, ich dachte da eher an ein paar heimische Kräfte ...«

[...]

Nachwort

»Der Henker« war meine erste veröffentlichte Kurzgeschichte – eine Sherlock-Holmes-Story, die ich Anfang 2004 für die Ausschreibung zur Anthologie »Das Geheimnis des Geigers« schrieb. Da im Leben vieles in Zyklen verläuft, hätte ich mir ja eigentlich schon damals denken können, dass ich eines Tages als Autor zu einem meiner absoluten Lieblingshelden zurückkehre. Aber ich hätte wohl ohnehin nie erwartet, dass es letztlich schon so bald oder in dieser Form passieren würde – oder dass es mein bis dato umfangreichstes Buchprojekt werden sollte ...

***

Sherlock Holmes auf Inverness-Mantel, Deerstalker-Jagdmütze, Pfeife, die Fähigkeit der Deduktion und die Auflösung verzwickter Kriminalfälle zu reduzieren, erschien mir schon immer falsch. Genauso falsch, wie Sir Arthur Conan Doyle einzig und allein als den Vater von eben Sherlock Holmes zu sehen. Tatsächlich war nämlich Conan Doyle – um mal mit dem Meister zu beginnen – nicht nur der wahrscheinlich beliebteste Autor seiner Zeit, sondern auch einer der interessantesten Promis des ausklingenden viktorianischen Zeitalters: ein vielerorts geschätzter, äußerst umtriebiger Weltbürger und moderner Denker (wenngleich sein Einsatz für den Spiritismus und seine Begeisterung für Elfenfotos in den letzten 30 Jahren seines Lebens einige Kratzspuren an seinem Image hinterließen). Neben seinen 56 Holmes-Kurzgeschichten und den vier Romanen mit dem Meisterdetektiv schrieb Conan Doyle u. a. Science-Fiction-Storys und exzellent recherchierte historische Romane (an denen ihm deutlich mehr lag als an Holmes); er referierte über Kriege (wofür er schließlich geadelt wurde), war ein fantastischer Sportsmann und stellte sich gegen Justizirrtümer im Königreich; er galt als ein kosmopolitischer Globetrotter, der den Ski-Tourismus in der Schweiz salonfähig machte, den U-Boot-Krieg voraussagte und mit über 50 noch in den Ersten Weltkrieg zog; Rudyard Kipling brachte er auf einer Nordamerika-Reise das Golfspielen bei; er war ein Brieffreund von Robert Louis Stevenson, debattierte mit Harry Houdini über Geistererscheinungen und dinierte mit Oscar Wilde; er war einer der ersten Briten, der einen Strafzettel wegen zu schnellem Autofahren bekam, und schrieb mit J. M. Barrie ein Theaterstück, das königlich floppte, nur um ein paar Jahre später Bram Stoker mit einem anderen Bühnenstück schier aus den Socken zu blasen.

Und so wie Conan Doyle eine facettenreiche Persönlichkeit war, so ist auch sein Sherlock Holmes mehr als bloß ein pfeiferauchender Detektiv, der mit kühlem Verstand Verbrechen aller Art auflöst und auch noch so geschickte Mörder, Diebe und Erpresser überführt. Das ist lediglich *eine* Seite dieser literarischen Gestalt von beinahe mythologischer Qualität. Natürlich sind die Pfeife, die Deduktion und das Lösen von komplizierten Kriminalfällen ein wichtiger Bestandteil des Sherlock-Holmes-Kanons.

Aber da ist – wie bei Conan Doyle – noch so viel mehr!

Man darf eine so interessante Figur wie den Detektiv aus der Baker Street nicht nur auf seine geniale Kombinationsgabe dezimieren – oder, noch schlimmer, auf Vergrößerungsglas und Deerstalker (den *Strand*-Illustrator Sidney Paget Holmes einfach andichtete, obwohl Holmes in den Originalgeschichten nur ein einziges Mal eine ähnliche Mütze trägt). Allein Holmes und Watson liefern so viele Möglichkeiten: Wie lange litt etwa der gute Doktor tatsächlich unter der Begegnung mit dem Monsterhund im Hochmoor? Und wieso ist Holmes damals *wirklich* nach London und in den Fokus der Öffentlichkeit zurückgekehrt? Gab es in seinem Leben vielleicht doch eine weibliche Schlüsselfigur? Wie sah Holmes' Verhältnis zu seinem Dozenten Lewis Carroll aus? Und wie groß waren die Spannungen zwischen dem Egozentriker Holmes und dem ritterlich-biederen Ehrenmann Watson wirklich?

Interessante Fragen, die sich automatisch ergeben, wenn man Conan Doyles Werke und womöglich noch Baring-Goulds fundamentale Holmes-Biografie gelesen hat (aus der z. B. die Sache mit Carroll stammt). Von den vielen Pastiches und Möglichkeiten, die sich mit diesen auftun, ganz zu schweigen.

Eines ist aber klar: Jeder Autor, der sich an Holmes heranwagt, muss wissen, wie weit er gehen darf. Ganz ohne Schlussfolgerungen, Lupe und Shagtabak geht es nicht. Das Klischee ist schon lange mächtiger als das Original (und verdient es, berücksichtigt zu werden – und sei es mit einem Augenzwinkern). Und *natürlich* dürfen die klassischen Elemente, die Marotten und die bekannten Figuren nicht fehlen, ebenso wenig die Kulisse des spätviktorianischen Londons.

Dennoch stand für mich von Anfang an die Erkundung des Verhältnisses Holmes/Watson im Vordergrund – die Betrachtung dieser eigenwilligen Männerfreundschaft zweier charakterlicher Gegenpole, die sich ungeachtet aller Gegensätze immer aufeinander verlassen können (egal ob während eines brisanten Falles oder wenn Holmes mal wieder im Drogenrausch taumelt). Ich wollte hier ein wenig von dem zeigen, was andere Autoren bisher verschwiegen haben, wenn sie die legendäre Wohnung 221B in der nicht weniger legendären Baker Street betraten.

Und dann reizte mich – aufgrund meiner eigenen Interessen und Verbindungen – die Verknüpfung des bewährten Holmes-Settings mit den fantastischen Genres, also mit Magie, Vampiren, Ghulen, Kapitän Nemo und der Nautilus, König Oberon, Baums »Zauberer von Oz«, dem Schaffen von Peter S. Beagle, Motiven von Poe und Lovecraft, Comics, den nordischen Göttersagen und anderem. Es hat viel Spaß gemacht, diese konträren Welten aufeinanderprallen zu lassen und ihre Inhalte – nun ja – zu *kombinieren.*

Dabei ist es gar nicht angedacht (und erst recht nicht notwendig), dass jeder Leser auf Anhieb jede Anspielung erkennt und z. B. weiß, dass sich der Titel der Werwolf-Episode »Der Fluch« auf einen tollen Swamp Thing-Comic von Alan Moore aus dem Jahre 1985 bezieht oder »Ratten im Gemäuer« auch der Titel einer Lovecraft-Story ist. Oder dass »Junge Römer tanzen anders« aus einem Falco-Song stammt. Oder dass Molly Grue eine der Hauptfiguren aus Peter S. Beagles »Das letzte Einhorn« und Matches Malone ein Alias von Batman ist, wenn er undercover ermittelt. Oft baute ich diese Verweise (die meist Verneigungen und Hommagen sein sollen) nur zu meinem eigenen, ganz persönlichen Vergnügen ein. Deshalb folgt hier auch kein komplettes Glossar jeder Anspielung, wie zwischenzeitlich angedacht. Das wäre mir dann doch etwas zu vorwitzig erschienen.

Allerdings wäre es schön, wenn der eine oder andere sich auf die in den Geschichten integrierte »Schnitzeljagd« eingelassen hat und zwischendurch immer mal überlegte, was eine wahre historische Begebenheit und was pure Fiktion ist – und was innerhalb dieser Fiktion einen handfesten Bezug zur Popkultur oder Mythologie hat.

Ferner hoffe ich, dass es in dieser Sammlung immer wieder etwas zu entdecken gab, das ein neues Licht auf den großen Sherlock Holmes und den wahrscheinlich noch viel größeren Dr. John Watson wirft.

Und hat man während der Lektüre nur halb so viel Spaß wie ich beim Recherchieren und Schreiben, hat sich all die Arbeit und das Jahr in der Baker Street und mit Holmes und Watson als ständigen Begleitern gelohnt.

In diesem Sinne: Excelsior!

Christian Endres
Höchberg, September 2009

Christian Endres, Jahrgang 1986, ist gelernter Medienoperator und hat seit jeher eine Schwäche für Fantastik aller Art, Sherlock Holmes, Comics und Musik von Falco. Er schreibt regelmäßig für das Hauptstadtmagazin *zitty*, *Nautilus: Abenteuer & Phantastik*, *das* ICOM COMIC!-*Jahrbuch*, *phantastisch!* und Heynes *Das Science Fiction Jahr*. Außerdem ist er als Comic-Redakteur für Panini, Cross Cult und Modern Tales tätig und betreut dort u. a. die deutschen Ausgaben von Spider-Man, Conan und Hellboy. Im Atlantis Verlag erschienen neben seinem *Sherlock Holmes und das Uhrwerk des Todes* noch sein Fantasy-Episodenroman *Der Preis des Lebens* und die Story-Sammlung *Die Zombies von Oz*. Seine Kurzgeschichte *Feuerteufel* aus *Disturbania* wurde ebenso wie die in diesem Band versammelten fantastischen Abenteuer aus der Baker Street mit dem DEUTSCHEN PHANTASTIK PREIS ausgezeichnet. Christian Endres lebt als freier Autor und Redakteur in der Nähe von Würzburg.

Mehr Infos, News und Blog:

www.christianendres.de

Danksagung

Mein Dank gilt Guido Latz *(der auf Anhieb großes Interesse hatte und mir wieder Narrenfreiheit gewährte, obwohl er es langsam eigentlich besser wissen müsste)*, Timo Kümmel *(dem großen Aufmunterer, Cover-Meister und Tippfehler-Terminator)*, Volkan Baga *(für die geduldige Foto-Session und das umwerfende Nichtraucher-Raucher-Porträt)* und Win Scott Eckert *(für das versierte Vorwort)*.

Außerdem André Piotrowski, Sonja Stöhr, Sabrina Bundesmann, Achim und Bice D'Amato Hiltrop, Ingrid Endres, Carlo Del Grande, Carsten Pohl, Chris Weidler, Bea Thier, Kai Koerffer, Horst Illmer und Jürgen Pirner *(für hilfreiche, wertvolle Anmerkungen und/oder Dienste als u. a. Teil-Testleser, Korrektoren, Musen, Motivatoren und dergleichen mehr)*.

Ganz besonders möchte, muss und darf ich mich außerdem bei Oliver Kotowski bedanken. Sein kritischer Blick war nicht nur eines Sherlock Holmes würdig, sondern hat den Geschichten in diesem Band auch sehr geholfen (und sei es nur, indem Oliver mich hier und da mit einer gnadenlosen Kritik bei meinem Ehrgeiz gepackt hat und ich es im zweiten Anlauf dann eigentlich nur besser machte, um es Oliver zu zeigen ...).

Nicht nur die Ratten im Londoner Hafen werden es dir auf ewig danken, my dear Kotowski!

Dorothys Heimkehr gerät zum Albtraum: Untote haben das Land überrannt! Doch nicht nur in Kansas hat sich die Ordnung der Dinge verändert, entsteigen die Toten ihren Gräbern ...

Auch der unsterbliche Mythos von Frank Baums »Der Zauberer von Oz« verändert sich in den Geschichten dieses Bandes ständig – mal gekreuzt mit magischem Realismus, mal mit klassischer Fantasy, mal mit modernem Western, mal mit zombieverseuchtem Horror.

»Die Zombies von Oz« – die neue Storysammlung von Christian Endres, Gewinner des Deutschen Phantasik Preises für die beste Kurzgeschichte 2009 und die beste Kurzgeschichtensammlung 2010.

Christian Endres: Die Zombies von Oz
A5 Paperback, ca. 240 Seiten
ISBN: 978-3-941258-33-4

Sie haben alles verloren. Und doch können sie noch mehr verlieren. Der eine ist ein ausgestoßener Jagam, ein von Rache und Verbitterung angetriebener Krieger der Kirche. Der andere ein geläuterter Vampir auf der mühsamen Gralssuche nach dem Sinn des Lebens. Zwei gefallene Helden, trotz aller Unterschiede Schattenbrüder, die gemeinsam den dunklen Pfad zwischen Vergeltung und Vergebung beschreiten. Einen Pfad, gesäumt von Werwölfen, Zauberern, Vampiren, Nixen, Trollen, Höllenpriestern und der bittersüßen Widersprüchlichkeit des Seins.

»Fafhrd & der Graue Mausling und Gotrek & Felix waren gestern!«

phantastik-news.de

Christian Endres: Der Preis des Lebens
A5 Paperback, ca. 19 Seiten
ISBN: 978-3-941258-04-4

ATLANTIS

Mehr Infos unter www.atlantis-verlag.de